Emily Bold

Palast der Lügen

Vergangen ist nicht vorbei

Planet!

Lü·ge

Substantiv, feminin [die]

Falsche Aussage, die bewusst gemacht wird und jemanden täuschen soll.

Die fünf Regeln der Lüge

Kindern wird immer gesagt, sie sollen nicht lügen. Darüber kann ich nur lachen. Ich bin Sophie. Und ich lüge. Täglich. Warum? Um die Wahrheit zu verbergen. Warum auch sonst? Niemand würde die Wahrheit verstehen. Und darum war es wichtig, nein, lebensnotwendig, zu lügen.

Und es ist leicht.

Eine Lüge ist oft nur *ein* Wort.

Wie vorhin, als ich Joel, den Freund meines Bruders vor der Apotheke getroffen habe.

»Hi Sophie! Wie geht's?«, hat er wissen wollen.

Ich hätte ihm viel erzählen können. Von meinen Sorgen, meiner Unruhe, weil … lassen wir das. Ich habe ihm gesagt, es ginge mir gut.

»*Gut.*« – So einfach war das. Und obwohl Joel mich schon lange kennt, hat er mir geglaubt. Aber lügen ist mehr, es endet nicht, weil Menschen nicht aufhören, Fragen zu stellen. So wie Joel.

Er hat gewartet, bis ich die Tasche mit Medikamenten am Henkel meines Fahrrads befestigt hatte, ehe er mehr erfahren wollte.

»Wo steckt denn Elian? Er war heute wieder nicht beim Fechttraining.«

Mein Bruder focht. Aus gutem Grund. Ein Grund, den Joel nicht kannte. Den niemand kannte. Ein Grund, der Lügen erforderte.

Ich war ein Profi in dieser Disziplin. Nicht im Fechten. Im Lügen. Es gab fünf einfache Regeln, um im Alltag überzeugend zu lügen. Und ich befolgte sie. Immer. Auch wenn die Lüge noch so klein war.

Regel Nummer 1:
Sieh deinem Gegenüber dabei direkt in die Augen.
Joel hatte braune Augen. Etwas zu blass, um interessant zu sein. Doch das würde ich ihm nicht sagen. Auch eine Art zu lügen – die Wahrheit zu verschweigen.

Regel Nummer 2:
Halte dich, soweit es geht, an die Wahrheit.
»Ich schätze, Elian hat die Zeit mal wieder nicht auf dem Radar.«

Wie nah an der Wahrheit diese Antwort möglicherweise lag, würde Joel nie erfahren.

Regel Nummer 3:
Lenke ab, wenn die Lüge ausgesprochen ist.
Das ist leicht, weil die meisten gerne von sich selbst sprechen.

»Ich habe gehört, du hast jetzt eine Freundin?«, hat in Joels Fall zweifellos funktioniert. Er hat mir von Camille aus der Zwölften erzählt. Ich habe genickt. Und gelächelt. Das ist keine Regel, aber zu lächeln hilft.

Regel Nummer 4:
Löse dich aus der kritischen Situation, sobald sich die Gelegenheit ergibt.
»Ich muss jetzt weiter.« Ein Fingerzeig auf die Tasche an meinem Lenker unterstrich meine Behauptung. Aber manche

Menschen waren eben anhänglicher als andere. Ein Fingerzeig reichte da nicht. Auch nicht bei Joel.

»Was hast du denn heute noch vor?« Und das bringt uns zur letzten Regel in der Kunst des Lügens.

Regel Nummer 5:
Niemals zittern – egal wie gewaltig die Lüge ist.

Ich habe nicht gezittert. Und Joel würde nie erfahren, wie gewaltig die Lüge meiner nächsten Worte war. Vielleicht, weil ich es zu diesem Zeitpunkt selbst noch nicht gewusst hatte:

»Ach, eigentlich nichts *Besonderes* …«

Die Nacht des Unheils

In der Nähe von Paris, 1685

Ein Blitz zuckte über den nächtlichen Himmel und das Donnergrollen ließ die Luft vibrieren. Albert Dubois stemmte sich mit ganzer Kraft in die Polster seiner Kutsche. Jedes Rumpeln auf den vom Regen ausgewaschenen Straßen war wie ein Dolchstoß in seinen krummen Rücken, und der Regen prasselte so laut aufs Kutschdach, dass Rémi, der Junge auf dem Kutschbock, seine Befehle nicht verstand. Darum öffnete Albert das Kutschfenster und streckte seinen Kopf in die sturmumtoste Nacht. Regen schlug ihm ins Gesicht und der Wind riss an seiner schwarz gelockten Perücke, die er sich mit einer Hand verzweifelt auf den Kopf presste. »Schneller!«, brüllte er über den Sturm hinweg und schlug dabei mit seinem Gehstock gegen die Kutschwand. »Rémi! Beeilung!«

Der Kutscher sah sich fragend nach ihm um. Wasser troff dem armen Wicht von der braunen Kappe in den Kragen seines gewachsten Umhangs.

»Treib die Pferde an!«, schrie Albert noch einmal und Rémi nickte. Der wischte sich den Regen aus dem Gesicht und ließ die Peitsche knallen. Die vier Pferde rissen an den Gurten und der Satz nach vorne stieß Albert zurück in die Kutsche. Er kippte vom Polster und krachte auf den Boden. Schmerz schoss ihm die Wirbelsäule hinauf und er kam nur mühsam auf alle viere.

Was er hier tat, war lebensmüde! Das war ihm klar. Die Kutsche fuhr viel zu schnell. Und doch ging es ihm noch zu langsam. Er hievte sich ächzend aufs edle Polster zurück und streckte sich nach dem geöffneten Fenster, durch das nach wie vor regelrechte Wassermassen ins Kutscheninnere schlugen. Der Wind hatte die Vorhänge nach außen gerissen und sie flatterten nun übers Kutschdach. Sie waren triefendnass und vermutlich nicht zu retten. Kurzerhand zerrte Albert den roten Samtstoff von der Verkleidung und opferte ihn dem Sturm. Dann zog er die Scheibe herunter und der kurze Moment der Stille, die ihn daraufhin umfing, ließ ihn durchatmen. Er umklammerte den Gehstock zitternd und versuchte, mit den Beinen die harten Stöße der wilden Fahrt abzufedern, während draußen ein weiterer Blitz die Dunkelheit taghell erleuchtete.

Nur ein Wahnsinniger würde in so einer Nacht das Haus verlassen. Ein Wahnsinniger, oder jemand, der keine Wahl hatte. So wie Albert Dubois. Donner grollte über den Himmel und vermischte sich mit dem lauten Hämmern seines Herzschlags. Er hatte Angst. Nicht vor dem Gewitter. Sondern vor dem, was ihn aus dem Haus getrieben hatte. Der qualvolle Schrei seiner Frau Estelle.

Albert schlug sich die Hand vor den Mund, um ein Schluchzen zu unterdrücken. »Estelle«, wisperte er, doch das Brüllen der Naturgewalten verschluckte seine Worte. Er betete für sie. Für sie und das Kind, das sie unter ihrem Herzen trug. Er sah an sich hinab. Gab sich dem Schmerz hin, der in seinem einst gebrochenen Rücken wütete. Er würde keine weitere Chance auf ein Kind bekommen, das wusste er. Keinen Erben haben, wenn Estelle und dem Baby etwas zustoßen würde. All das Land, durch das die Kutsche sich in dieser Nacht des Unheils kämpfte, war Land der Dubois. Doch ohne Erben war das bedeutungslos.

Donner grollte und die Pferde wieherten panisch. Rémi stieß einen Pfiff aus und das Rucken der Kutsche zeigte, dass die Tiere scheuten. Albert klammerte sich an den Sitz. Nichts hatte mehr Bedeutung, wenn er Estelle nicht helfen konnte. Er hatte alles versucht. Mediziner, Handaufleger, Scharlatane mit ihren Wundertränken, Wahrsager, die ihm ein gesundes Kind prophezeit hatten, nur um mit einem Beutel Gold belohnt zu werden. Keiner von ihnen hatte ihn vor dem, was in dieser Nacht geschehen würde, bewahrt oder auch nur gewarnt. Vor den Schreien. Den Schmerzen und der Verzweiflung im Gesicht seiner geliebten Ehefrau.

Das Rumpeln wurde langsamer, das Geräusch der Räder veränderte sich, und als die Kutsche schließlich anhielt, stieß Albert die Kutschtür auf und schnappte nach Luft. Die Stadtmauer von Paris ragte vor ihnen auf. Das Tor war geschlossen, wie jede Nacht.

Rémi war bereits vom Bock geklettert und hämmerte mit den Fäusten gegen das Stadttor. »Aufmachen!«, hörte Albert ihn durch den Sturm hindurch. »Bei Gott, öffnet meinem Herrn das Tor!«

Ein Verschlag, nicht größer als die Hand eines Mannes, wurde aufgestoßen und das Gesicht eines Torwächters erschien dahinter. »Die Tore sind geschlossen! Versucht es am Morgen noch einmal!« Er wollte den Verschlag schon wieder zuziehen, da streckte Rémi die Hand hindurch.

»Wartet!«, flehte er, während Albert sich aus der Kutsche mühte. Der Wind riss an seinem Umhang und seine Stiefel versanken im Matsch, aber das spürte er kaum. Ebenso wenig wie das Ziehen in seinem Rücken. Er hastete, so schnell es sein lahmes Bein zuließ, zu seinem Kutscher ans Tor. »Was kostet es, das Tor zu öffnen?«, rief er über ein Donnern hinweg und stemmte sich gegen das Holz. »Ich zahle jeden Preis – nur öffnet meiner Kutsche das Tor!«

»Das ist unmöglich«, erwiderte der Torwärter entschieden. »Erst bei Sonnenaufgang …«

»Seht Ihr nicht, dass mein Herr in Not ist?«, fuhr Rémi den Wärter an. »Öffnet das Tor!«

Der Mann schüttelte den Kopf. »Ich kann keine Kutsche hindurchlassen – selbst wenn ich wollte. Einen Fußgänger – das ginge. Aber kein Gespann mit vier Pferden.«

»Dann lasst *mich* durch!«, keuchte Albert und schob hektisch einen Beutel mit Münzen durch den Verschlag. »Macht schon auf! Es geht um Leben und Tod!«

Der Verschlag wurde geschlossen und für einen Moment war auf der anderen Seite nichts zu hören.

»Herr, glaubt ihr, er hat das Geld genommen und …«, fragte Rémi und nahm die durchweichte Kappe ab. Er schlug sie gegen seine nasse Hose, um das Wasser abzuschütteln, und setzte sie dann wieder auf.

Albert verließ langsam der Mut. Er hatte sich durch das Unwetter gequält, seine Frau verlassen in ihrer größten Not und hatte doch keine Gewissheit auf Erfolg. Was sollte er nur tun, wenn er nicht in die Stadt käme? »Dann versuchen wir es am nächsten Tor – und am übernächsten, bis uns einer einlässt!«, presste er verzweifelt hervor, wohl wissend, dass jeder Augenblick zählte. »Und wenn nichts anderes hilft, dann fahren wir zum anderen Ende von Paris, dort lässt der König die Stadtmauern schon einreißen. Dort kommen wir in jedem Fall durch«, überlegte Albert, noch nicht bereit, einfach aufzugeben.

Holz kratzte auf Holz, Metall knirschte. Dann schwang eine Seite des doppelflügeligen Stadttors auf. »Einer kann rein – nicht beide.«

Albert nickte und zwängte sich schon durch die Öffnung. »Bleib bei den Pferden!«, wies er den Kutscher an. Schließlich machte er sich auf den Weg. Ein Blitz erhellte die Gassen der Stadt, ehe er sie in erneute Dunkelheit stieß. Die Straßenlaternen waren längst gelöscht, die Fensterläden der Häuser geschlossen. Kein Lichtstrahl gelangte bis zum Boden. Trotzdem kämpfte Albert sich unbeirrt weiter. Dies war die Stunde für Mörder und Diebe, für zwielichtiges Pack und allerlei Sünder. Doch selbst die hielten sich bei solch einem Wetter zurück. Soweit er sagen konnte, war Albert allein unterwegs. Hinter einer Tür bellte ein Hund – von irgendwoher vernahm er das Heulen eines Babys. Ansonsten nur das Gurgeln des Wassers im Rinnstein und das Pfeifen des Windes.

Trotz seines gewachsten Umhangs drang ihm der Regen bis auf die Haut. Die Perücke hing ihm wie eine tote Ratte vom Kopf und er fand auf den glitschigen Pflastersteinen kaum Halt. Endlos kamen ihm die Gassen vor. Wieder und wieder bog er ab, der Beschreibung folgend, die er einst in einem Wirtshaus am Nebentisch belauscht hatte. Die Beschreibung zu einem Haus, das niemand aufsuchte, der bei Verstand war. Ein Haus, über das niemand sprach, dem sein Leben lieb war.

Atemlos stützte Albert sich an der nächsten Hausecke ab. Sein verkümmerter Rücken stand in Flammen. Es war, als würden Bienen jeden Millimeter seines schwachen Beins mit Stichen übersäen. Er keuchte und beugte sich schwer atmend über seinen Gehstock. Der Blick die Gasse entlang zeigte, dass er es fast geschafft hatte. Es war die dunkelste aller Gassen, die sich wie der Schlund eines Monsters vor ihm auftat. Dunkel und unheilvoll. Die Häuser standen dicht beisammen und es schien, als würden sich die Dächer einander zuneigen. Der Regen spülte Unrat die Gasse hinab und gelbe Augen leuchteten ihm aus den Ecken entgegen. Hier ein Huschen, dort ein Fiepen. Dann – je weiter er kam, nur noch Stille. Selbst der Regen ließ nach, als fürchtete er sich vor diesem Ort. Alberts Herz hämmerte ihm angstvoll in der Brust. Der Schweiß lief ihm unter seinem besten Hemd und der feinen Weste, die er zur Geburt seines Erben gewählt hatte, die Wirbelsäule hinunter. Jeder Knochen im Leib protestierte, als wollte sein Innerstes selbst verhindern, dass er tat, weshalb er hergekommen war.

Er erreichte die Tür, deren Beschreibung er in dem Wirtshaus aufgeschnappt hatte. Nicht ahnend, dass er sich dieser Tür je gegenübersehen würde. Und vielleicht war er ein Narr, sich überhaupt hierher aufgemacht zu haben, anstatt bei Estelle zu bleiben und ihr beizustehen.

Er hob die Hand und klopfte mit ganzer Kraft an die mit pechschwarzer Farbe gestrichene Tür. Vielleicht war er ein Narr – er würde es gleich erfahren.

Ein Krimi zur Ablenkung

Maison de Dubois, in der Nähe von Paris, heute

Die kleine Papiertasche, die mir der Apotheker mitgegeben hatte, baumelte am Lenker meines Fahrrads, und der Wind blies mir die blonden Haare ins Gesicht, als ich den Hügel zu unserem Haus hinauffuhr. Von oben konnte man den Stadtrand von Paris sehen. Doch ich drehte mich nicht um, um die Aussicht zu genießen. Ich musste fester in die Pedale treten, um den finalen Anstieg zu meistern. Atemlos bog ich auf die mit *privat* gekennzeichnete lange Einfahrt ab, die zum Haus führte. Eine ordentlich getrimmte Ligusterhecke säumte die Auffahrt auf beiden Seiten, bis zum eisernen Tor. Dort stieg ich ab, öffnete eine Seite des doppelflügeligen Tors und schob mein Rad hindurch. Erst dann wagte ich es durchzuatmen. Nur hier, hinter den hohen Mauern, die das Anwesen meiner Familie umliefen, konnte ich ich selbst sein. Nur hier gab es keine Lügen.

Die *Maison de Dubois* war der einzige Ort, an dem die Wahrheit Raum fand.

Ich lehnte mein Rad an die Hauswand des ehemaligen Torhäuschens und nahm die Papiertasche vom Lenker. Dann schlenderte ich den kopfsteingepflasterten Weg zum Haus hinauf. Die eierschalenweiße Fassade des zweistöckigen Stadthauses lag bereits im Schatten der mächtigen Bäume, die es umgaben. Trotzdem wirkte es einladend, was vermutlich an den großen Sprossenfenstern mit den hübschen hellgrauen Fensterläden lag, die links und rechts von der Haustür die ganze Front schmückten. Zur mit Glas durchsetzten Haustür selbst führten ein Dutzend breite Stufen hinauf. Der Charme der vergangenen Jahrhunderte war in jedem Stein, der hier verbaut worden war, spürbar. Ich ging ins Haus, durchquerte die helle Eingangshalle und trat an den unteren Treppenpfosten der sich halbrund nach oben windenden Marmortreppe.

»Papa?«, rief ich hinauf, stellte die Tasche ab und schlüpfte aus meiner Jeansjacke. »Elian? Ist jemand zu Hause?« Ich hängte die Jacke übers Geländer und ging ins Wohnzimmer. Die Türen zum Garten standen offen. »Papa?«

Er saß in einem weißen Sessel aus Korbgeflecht auf der Terrasse und war in ein Buch vertieft. »Papa?«, sprach ich ihn erneut an und trat zu ihm. Eine leichte Brise wehte durch die üppig blühenden Rosen, die an der Fassade emporwuchsen, und trug deren süßlichen Duft mit sich. »Ich habe deine Medikamente.«

Er sah auf und schenkte mir ein Lächeln. »Danke, Sophie. Die Kopfschmerzen sind heute wieder unerträglich.« Gequält rieb er sich die Stirn und seine Finger ertasteten die Narbe, die unter seinem schlohweißen Haaransatz verborgen war. »Ich versuche zu lesen, aber die Buchstaben verschwimmen mir vor Augen.«

Ich ging zu ihm und nahm das Buch auf, das er auf seinem Schoß liegen hatte. Ein Kriminalroman. Ich runzelte die Stirn. »Ist Elian noch nicht zurück?«, fragte ich besorgt, denn Clément Dubois griff nur zu Spannungslektüre, wenn er sich ablenken wollte.

»Nein. Ist er nicht.« Mein Vater setzte sich aufrechter hin und strich sich über den kurzen Vollbart.

»Elian hat doch gesagt, der Auftrag wäre schnell erledigt«, erinnerte ich ihn verwundert und setzte mich in einen Korbsessel gegenüber. »Joel hat schon gefragt, warum er heute nicht beim Training war.«

»Was hast du ihm gesagt?« Papas Augenbrauen, die um etliches dunkler waren als sein Haar, hoben sich neugierig.

Ich rollte mit den Augen. »Was glaubst du wohl? Dass ich ihm erzähle, Elian würde in der Vergangenheit einen nicht ganz ungefährlichen Auftrag erfüllen?« Ich warf seinen Krimi auf den Glastisch mit den Löwenbeinen und schüttelte den Kopf. »Ich hab ihm gesagt, dass Elian vermutlich nur die Zeit verpennt hat.«

Papa schmunzelte. »Das mag sogar stimmen. Er sollte längst zurück sein.«

Obwohl Papa so tat, als würde er das locker nehmen, sah ich ihm seine Sorge an. Seine Wangen waren unter dem Bart fahler als gewöhnlich und über seiner Nasenwurzel hatte sich eine tiefe Furche eingegraben. Entweder von den Schmerzen, oder vor Sorge.

»Warum gehen wir nicht in die Küche, ich schieb ein Hühnchen in den Ofen, mit leckeren Rosmarinkartoffeln, und wenn Elian kommt, essen wir drei gemeinsam. Er wird hungrig sein.«

Mein Vater nickte. Er fasste sich an die Stirn und verzog gequält das Gesicht. »Das mit dem Hühnchen klingt gut. Aber ich leg mich vor dem Essen besser noch etwas hin.« Er streckte mir die Hand entgegen und ich half ihm auf die Beine. Er stand wackelig, sodass ich ihn stützen musste.

»Alles gut?« Ich hasste es, ihn so zu sehen.

»Ja, ja, alles gut, Sophie. Mach dir keine Sorgen. Du weißt doch, mein Gleichgewicht …«

Im Grunde war es wirklich nichts Ungewöhnliches, dass Papa wankte. Er hatte gute und schlechte Tage. Doch wenn er sich Sorgen machte, dann setzte ihm das immer sehr zu. Und dass er sich Sorgen machte, das konnte ich ihm nicht verübeln. Ich selbst malte mir jedes Mal, wenn Elian einen Auftrag antrat, aus, dass er – genau wie unser Vater – eines Tages schwer verwundet werden könnte. Vielleicht überhaupt nicht mehr wiederkommen würde, weil ihm etwas zustieß. Papa war nur knapp mit dem Leben davongekommen, als er selbst noch die Schuld beglichen hatte, die das Erbe unserer Familie war. Diese verdammte niemals endende Schuld.

Eine halbe Stunde später schob ich den Bräter in den Ofen und stellte mir einen Timer, damit ich nicht verpasste, die Kartoffeln dazuzugeben. Anschließend ging ich leise die Treppe hinauf. Papa hatte sich hingelegt und ich wollte ihn nicht wecken. Im ersten Stock blieb ich kurz stehen und warf einen Blick durch die geöffnete Tür in sein Schlafzimmer. Die Vorhänge waren zugezogen und nur ein schmaler Lichtstreifen fiel durch die Fenster auf sein Bett. Ich ballte die Fäuste, denn selbst im Schlaf glättete sich die Falte über Papas Nasenwurzel nicht. Die Sorge ließ offenbar keine Sekunde von ihm ab.

Auf Zehenspitzen setzte ich meinen Weg fort. Mit der Hand auf dem metallenen Handlauf stieg ich die deutlich schmalere Treppe in das Dachgeschoss hinauf. Die Decken waren hier abgeschrägt, aber durch die Erkerfenster, die zum Garten hin viel Licht einließen, wirkte das Stockwerk dennoch luftig. Zielstrebig steuerte ich zu dem Zimmer, das aus gutem Grund ganz oben untergebracht war. Niemand, der nicht Teil dieser Familie war, hatte diesen verbotenen Raum je betreten. Ich öffnete die Tür.

»Elian?« Eigentlich war meine Frage überflüssig. Warum sollte er hier oben sitzen? Er würde herunterkommen, sobald er zurück wäre. Dieses Zimmer war nicht dazu gemacht, seine

Zeit hier zu verbringen. Im Gegenteil. Dieses Zimmer … es war die Zeit. Die unendliche Zeit, die verformbare Zeit. Die Zeit, die immer wieder meine Familie zerriss.

Wie erwartet bekam ich keine Antwort. Ich trat zögernd ein und schloss die Tür hinter mir. Das Parkett unter meinen Füßen knarzte leise. Obwohl die Sonne durch das Erkerfenster fiel, fröstelte ich, als ich mich dem Schreibtisch aus Ebenholz näherte, auf dem sich nichts weiter befand als ein altmodisches Tintenfass samt eleganter Schreibfeder und ein ausgerolltes Stück cremefarbenen Pergaments. Ein Schaudern lief mir den Rücken hinunter. Trotzdem ging ich näher heran. Es war nur ein Bogen Pergament – zumindest auf den ersten Blick. Das wäre es für jeden, der hier unbefugt hereinkäme. Ein unbeschriebener Bogen altes Papier, an den Kanten bereits rissig.

Ich schluckte. Dann hob ich die Hand und strich vorsichtig mit dem Finger über das Pergament. Es fühlte sich an, als würde Strom ganz schwach durch meine Fingerspitzen zucken. Als würde ich etwas berühren, auf dem eine schwache Spannung lag. Dort, wo ich es berührte, drängte schwarze Tusche an die Oberfläche. Fein geschwungene Wortfragmente wurden sichtbar, verblassten aber wieder, sobald mein Finger weiterzog. Mein Puls beschleunigte sich. Was hier geschrieben stand, war nicht für meine Augen bestimmt. Ich war kein männlicher Nachfahre von Albert Dubois.

Ein bisschen frustriert, weil die Macht dieses Raums den Männern der Familie vorbehalten war, zog ich meine Hand zurück, aber das Kribbeln in meiner Fingerspitze blieb. Ich würde nicht lesen, was da stand. Noch nicht. Elian würde sich ja schon aufregen, wenn er wüsste, dass ich nur hier drinnen war.

Mein Blick wanderte zu der fast einen Meter hohen Sanduhr, die in einem metallenen Gestell an der Wand aufgehängt war. Drei Tage dauerte es, bis jedes einzelne Sandkorn von oben durch die Verengung bis in den unteren Bauch der Uhr gewandert war. Drei Tage, die fast verstrichen waren, wenn man die wenigen Körner betrachtete, die noch im oberen Glas der Sanduhr hingen.

Ich strich über das Glas und fragte mich, warum Elian so lange brauchte. War der Auftrag, den er erfüllte, doch schwerer als gedacht? Wieder glitt meine Aufmerksamkeit zum Schreibtisch. Es stand auf dem Pergament. Die Schuld, die wir zu begleichen hatten – sie stand dort geschrieben.

»Auf dem Pergament der Schuld«, wisperte ich ehrfürchtig und trat dann langsam rückwärts aus der Tür. Irgendwie hatte ich Angst, die Kräfte, die hier zugange waren, würden mich verschlingen, würde ich ihnen den Rücken zuwenden. Beinahe hektisch zog ich die Tür zu und legte meine Hand flach gegen das Türblatt. »Komm nach Hause, Elian«, flüsterte ich und lehnte besorgt die Stirn gegen das Holz. »Das Essen ist fertig.«

Mein Herr empfängt Euch jetzt

Paris, 1685

Auf sein erstes Klopfen regte sich nichts. Albert Dubois bekam es mit der Angst zu tun. Was, wenn er einem Märchen aufgesessen war? Wenn die Kerle im Wirtshaus in ihrem Suff nur Geschichten erfunden hatten? Oder er etwas von dem, was er an jenem Abend dort in der Schenke belauscht hatte, falsch deutete? Was, wenn er seine Frau in ihrer größten Not verlassen hatte, um …

Verzweifelt hämmerte er mit dem Griff seines Gehstocks gegen die Tür. »Aufmachen! Ist da jemand?!« Alberts schwaches Bein zitterte vor Anstrengung, und die Nässe, die durch seine Kleidung drang, verkrampfte seine Muskeln. »Aufmach–«

Ein Riegel hinter der Tür wurde zurückgezogen.

Albert schnappte nach Luft. Er wischte sich den Regen aus dem Gesicht und rückte sich hektisch die Perücke zurecht. Dann wurde ihm geöffnet. Er hatte mit vielem gerechnet. Mit einer dunklen Gestalt, einem dämonischen Herrn, einem Zauberer vielleicht. Doch nicht mit dem, dem er sich nun gegenübersah.

»Ihr seid ja ganz nass, Monsieur«, staunte das kleine Mädchen in ihrem bodenlangen Nachtgewand mit der gerüschten Haube auf dem Kopf und den weichen Pantoffeln an den bloßen Füßen. Blonde Zöpfe ragten unter der Haube hervor. Das Kind, das ihm kaum bis zum Bauchnabel reichte, hielt eine kleine Öllampe in der Hand und machte große Augen.

Albert beugte sich nach vorne. Das musste ein Irrtum sein!

Er spähte in den finsteren Gang hinter dem Kind, doch nur eine weitere flackernde Flamme irgendwo im Haus sandte schwaches Licht aus.

»Kommt doch herein«, bot das Mädchen an und trat höflich beiseite.

»Wo … bin ich hier?«, fragte Albert und kam sich dumm dabei vor.

Das Kind kicherte. »Monsieur, Ihr habt doch hier geklopft. Sicher wisst Ihr, wo Ihr seid.«

Albert war sich da nicht so sicher. Er stützte sich auf seinen Stock. »Wo sind deine Eltern? Wer … wohnt hier? Ich … bin in Eile, und …« Seine Worte klangen selbst für ihn wirr und zusammenhanglos und etwas in seinem Innersten sagte ihm, dass er hier falsch sein musste. Und wenn er hier falsch war, dann vergeudete er kostbare Zeit. Er lehnte sich zurück und spähte noch einmal die dunkle Gasse entlang. Er stand vor der einzigen nachtschwarz gestrichenen Tür – er musste richtig sein. Doch warum dieses Mädchen? Sie hielt sich die Hand vor den Mund, um ihr Kichern zu verstecken. Als hätte er etwas Lustiges gesagt. Und tatsächlich lachten sogar ihre Augen, als sie ihn betrachtete.

»Monsieur, Ihr macht vielleicht Späße.« Sie winkte ihm, ihr zu folgen, und ging den Flur hinunter. »Tretet Eure Stiefel ab, wenn Ihr hereinkommt. Ihr seid ganz nass.«

»Lässt du jeden Fremden ein?«, rief er ihr nach, denn die winzige Flamme ihrer Kerze vermochte es kaum, die Haustür zu erhellen. »Willst du nicht wissen, wer ich bin – oder warum ich hier bin?«

Wieder lachte das Mädchen. Sie zuckte mit den Schultern – zumindest nahm er das an, denn die Flamme hob und senkte sich. »Wollt Ihr zu mir, Monsieur?«, fragte sie und das Licht glitt weich über ihr kindliches Gesicht. »*Non?* Dann muss ich nicht wissen, wer Ihr seid.« Sie winkte ihm erneut. Am Himmel über ihm zuckte ein Blitz und das Donnergrollen ließ nicht lange auf sich warten.

Da Albert nicht wusste, was er sonst hätte tun sollen, trat er ein. Seine nassen Stiefel schmatzten auf dem Steinboden, und als er die Tür hinter sich schloss und das Unwetter aussperrte, umfing ihn gespenstische Stille. Sein lauter Herzschlag war das einzige Geräusch, das er wahrnahm. Er schluckte und stützte sich mit der einen Hand auf seinen Stock, mit der anderen an der Wand ab, um im Dunkeln nirgendwo dagegenzulaufen. »Warte!«, rief er dem Kind nach, denn es ging bereits voran und der Schein der Kerze wurde schwächer. Die Situation war derart unwirklich, dass Albert langsam den Eindruck bekam, vielleicht doch richtig zu sein.

Er setzte sich in Bewegung und folgte dem flackernden Lichtschein der Kerze durch das Haus. Eine knarzende Treppe hinauf, eine andere wieder hinunter. Vorbei an etlichen Türen, die allesamt verschlossen waren, immer weiter dem Mädchen mit dem Licht hinterher. Sie ging zu weit voraus, als dass er sie etwas hätte fragen können, und wann immer er sich beeilte, zu ihr aufzuschließen, beschleunigte auch sie ihre Schritte. Es kam ihm vor, als würden Stunden vergehen. So viele Flure, so viele Treppen. Ihm war klar, dass er sich längst nicht mehr in dem Haus mit der schwarzen Tür befand. Doch wo war er? Es gab keine Fenster, die ihm dies hätten verraten können, und selbst der Weg zurück … Er fragte sich, ob er ihn ohne das Kind und im Dunkeln überhaupt wieder finden würde. Jeder Knochen im Leib tat ihm weh und sein Rücken, den er sich als Knabe beim Sturz vom Pferd mehrfach gebrochen hatte, brannte wie Feuer.

»Monsieur.« Das Mädchen war stehen geblieben und Albert ging zu ihr. Sie gähnte müde, ehe sie ihm lächelnd eine Tür öffnete. »Bitte tretet ein.« Der Raum war mit mehreren Kerzen erhellt und im Kamin prasselte ein Feuer. Ein Hund lag auf dem Teppich vor dem Kamin und spitzte nur die Ohren, als das Mädchen näher kam. Sie deutete auf einen gemusterten Sessel mit gedrechselten Füßen. »Nehmt Platz.« Vorsichtig stellte sie ihre Lampe ab. Dann kam sie zu ihm, nahm seine Hand und führte ihn zum Sessel. »Ihr müsst Euch setzen, Monsieur.« Anschließend griff sie nach einem Weinkrug und einem Zinnbecher, die auf dem Kaminsims standen, und kam damit zu ihm zurück. Wortlos drückte sie ihm den Becher in die Hand und goss ihm dunklen roten Wein ein. Mit einem höflichen Knicks trat sie zurück. »Trinkt, Monsieur.« Sie stellte die Karaffe zurück auf den Kamin und ging zu einer angrenzenden doppelflügeligen Tür. Zwei Mal klopfte sie, ehe sie die beiden Flügel weit öffnete. Albert beugte sich nach vorne. Er wollte durch die Tür spähen, lauschte angestrengt, doch weder vernahm er ein Geräusch, noch sah er etwas, denn ein schwerer Samtvorhang mit goldenen Quasten verschloss den Durchgang.

»Wo sind wir hier?«, fragte er, aber das Mädchen zuckte lediglich mit den Schultern.

»Trinkt«, wiederholte sie. Dann kam sie näher und schob ihn mit mehr Kraft, als er ihr zugetraut hätte, zurück in den Sessel, bis er die Lehne an seinem geschundenen Rücken spürte. »Trinkt. Mein Herr ist ein guter Gastgeber. Er wird nicht erfreut sein, wenn Ihr seinen Wein ablehnt«, flüsterte sie und führte ihm entschieden den Becher an die Lippen. Albert nahm einige große Schlucke, die ihm sogleich zu Kopf stiegen. Süß im Geschmack, aber betäubend in der Wirkung. Er berührte seine Lippe, die schon taub wurde. »Wer ist dein Herr?«, stieß er ängstlich hervor, und trotz des prasselnden Feuers und des Alkohols in seinem Blut überlief es ihn eiskalt.

Das Mädchen kicherte wieder. Dann machte sie einen Schritt nach hinten und verneigte sich vor dem leichten Rascheln des Vorhangs. Sie senkte die Stimme. »Ihr wisst, wer mein Herr ist. Ihr seid doch seinetwegen hier.« Sie wich an die Tür zurück, zu der sie ihn hereingeführt hatte. »Monsieur, der Teufel von Paris empfängt euch jetzt.«

Blut auf dem Parkett

Maison de Dubois, heute

Ich verspürte keinen Appetit. Das Hühnchen war golden gebräunt und im ganzen Haus roch es köstlich nach Rosmarin. Trotzdem saßen Papa und ich vor halbvollen Tellern. Ich hatte zarte weiße Hühnerbrust auf meiner Gabel. Aber ich brachte kaum einen Bissen hinunter.

»Es kommt nicht oft vor, dass Elian sich so viel Zeit lässt«, warf ich ein und zwang mich, das Stück Fleisch zu essen. Die knusprige Haut schmeckte würzig nach Paprika, trotzdem konnte ich das nicht genießen. »Als du noch die Aufträge erfüllt hast, da bist du fast immer aktiv nach Hause zurückgekehrt, richtig? Du hast nie gewartet, bis … die Zeit abgelaufen ist, oder?«, fragte ich mit vollem Mund.

Papa legte das Besteck aus der Hand und tupfte sich den Mund mit der Serviette ab. »Es gibt Aufträge, da braucht man jede Minute, um sie zu erfüllen. Du weißt selbst, dass manchmal die Zeit nicht reicht und wir um Aufschub bitten.« Mein Vater atmete tief durch. Dann suchte er über den Tisch meinen Blick. »Manchmal hindert uns etwas daran, selbst den Rückweg anzutreten.«

Ich würgte das Fleisch meine Kehle hinunter und packte meine Gabel fester. »Denkst du, ihm ist etwas passiert? Denkst du, Elian wurde verletzt?«

Papa schluckte. Er wischte sich mit der Serviette über den Nacken. Offenbar schwitzte er. »Ich hoffe nicht.«

»Und wenn doch?« Ich schob meinen Stuhl zurück und

stand auf. Das Essen war vorbei. »Ich hole meine Tasche. Nur zur Sicherheit«, erklärte ich, ehe ich die Treppe hinauf in mein Zimmer rannte. Das ungute Gefühl, das mich bereits den ganzen Tag verfolgt hatte, wurde zunehmend stärker. Irgendetwas stimmte nicht.

Hektisch schob ich die Kissen von der Truhenbank unter dem Fenster und klappte den Deckel auf. Es war meine Notfalltruhe. Ich wühlte mich durch etliche Rollen Verbandszeug und die Bücher zum Thema Wundversorgung, bis ich meine Tasche fand. Ich riss sie heraus und hastete, ohne die nun auf dem Boden liegenden Kissen zu beachten, zurück in den Flur. Mein Vater war inzwischen die Stufen heraufgekommen und ich hakte mich bei ihm unter, da er wankte. »Kommst du mit hoch?«, fragte ich ängstlich. Ich hoffte es, denn falls Elian wirklich etwas zugestoßen sein sollte, dann würde ich Hilfe brauchen.

»Er wird uns auslachen, für unsere Sorge«, meinte Papa, wandte sich aber der Treppe ins Dachgeschoss zu. »Vermutlich hat er eine hübsche Mademoiselle kennengelernt, von der er sich nicht losreißen kann«, mutmaßte er, wobei der Schweiß auf seiner Stirn zeigte, dass er daran kaum selbst glaubte.

»Ich bring ihn um, wenn er uns wegen eines Mädchens so eine Angst macht«, rief ich, als ein lautes Poltern über uns mich plötzlich erstarren ließ. Ein Krachen, dumpf und laut – dann ein heiseres Keuchen.

»Elian!«, schrie ich und ließ Papa los. Ohne auf ihn zu warten, hastete ich immer zwei Stufen auf einmal nehmend die Treppe hinauf. Die Tasche schlug mir gegens Schienbein, als ich die Tür zum verbotenen Zimmer aufstieß.

Das Erste, das ich wahrnahm, war das Blut auf dem Parkett.

Da war überall Blut.

Feucht glänzend war es über den Boden verschmiert, bis zu der reglosen Gestalt, die zusammengekauert vor der durchgelaufenen Sanduhr lag. Ich ließ die Tasche los. »Elian«, keuchte ich und warf mich neben die in Lumpen gekleidete Gestalt. »Elian, was zum Teufel ist passiert?« Ich packte ihn an den Schultern und drehte ihn auf den Rücken. Dann strich ich ihm das halblange, verfilzte Haar aus der Stirn und –

Schreiend wich ich zurück. Ich schnappte nach Luft, verstand die Welt nicht mehr. Panisch presste ich mir die Hand aufs Herz und starrte entsetzt in das mir vollkommen fremde Gesicht.

»Wer ist das?«, stieß Papa in diesem Moment von der Tür aus hervor. »Wo ist Elian?«

Ich war überrascht, dass er die Fragen, die mir wie ein Wirbelsturm durch den Kopf jagten, aussprechen konnte. Ich selbst war zu keinem klaren Gedanken fähig.

Der Fremde, dessen Blut sich unaufhörlich auf unser Parkett ergoss, atmete gurgelnd ein. Mit angstgeweiteten Augen starrte er blicklos zur Decke und seine Finger zuckten suchend über den Boden.

»Sophie!« Papa klang drängend. »Wo ist Elian?«

»Was weiß denn ich?«, fuhr ich ihn an. Mein Herz hämmerte so hart, dass ich Angst hatte, das Haus würde deshalb einstürzen. Ein fremder Mann verblutete vor unseren Augen.

Ich schnappte nach Luft. Es war, als würde ich das Blut metallisch auf meinen Lippen schmecken. »Was weiß denn ich«, wiederholte ich flüsternd. Dann nahm ich meinen Mut zusammen und kroch wieder näher an den Mann, der definitiv nicht Elian war. Es wunderte mich, dass mir das nicht sofort aufgefallen war. Elians Haar war zwar wie das des Fremden etwa schulterlang und leicht gelockt, doch es war heller. Dunkles

Blond. Nicht schmutzverklebt und braun. Und der Kerl war viel älter als mein achtzehnjähriger Bruder. Er hatte eine Hakennase, und als er wimmernd Atem holte, offenbarte er ein lückenhaftes Gebiss schwarzer Stumpen. Die Fingernägel starrten vor Dreck, als er die Hand an seinen blutenden Bauch hob und etwas Unverständliches keuchte.

»Er braucht Hilfe!«, japste ich, und so langsam nahm mein Gehirn seinen Dienst wieder auf. Wer auch immer das war – er brauchte dringend Hilfe. »Gib mir meine Verbandstasche!«, wies ich meinen Vater an, während ich zitternd auf den Kerl zutrat. »Und ruf den Notarzt!« Der Fremde trug einen ledernen Umhang, der mit feuchter Erde verklebt und blutbefleckt war. Das Hemd aus grober Wolle darunter war in keinem besseren Zustand. Ein schmutzverkrustetes Halstuch war unter der Kehle des Kerls gebunden und der Ärmel seiner Jacke war zerschlissen. Ich sah nicht auf, als Papa meine Tasche neben mich stellte. Hektisch kramte ich nach Handschuhen und streifte sie mir über. Dann erst schob ich den Umhang des Unbekannten auseinander und suchte nach der Ursache für das viele Blut. Ich riss das Hemd auf und schnappte entsetzt nach Luft. »Guter Gott!«, entfuhr es mir, als ich den Schnitt entdeckte, der sich über den gesamten Bauch des Mannes zog.

Papa legte mir die Hand auf die Schulter. Er klang bedauernd, wenn auch mitfühlend. »Es ist zu spät. Er wird –«

»Er ist der Einzige, der weiß, was mit Elian passiert ist! Er darf nicht sterben!«

Die Lider des Kerls flatterten schwach, aber er regte sich nicht, als ich mit ganzer Kraft versuchte, die Blutung abzudrücken. »Wo ist Elian?«, wiederholte ich kreischend, wobei mir klar wurde, dass ich von dem Mann vor mir keine Antwort erhalten würde. »Ruf den Arzt!«, schrie ich Papa wieder an, doch der kniete sich neben mich und durchsuchte stattdessen die Taschen des Fremden. Röchelnd schnappte dieser nach Luft und mein Vater wich ein Stück zurück. Ich riss erschrocken die Hände nach oben. Die schmutzigen Stiefel des Kerls kratzten über den Boden, verschmierten das Blut. Ich konnte meinen Blick nicht von ihm wenden. Er spuckte einen Schwall Blut auf sein Hemd, ehe sein Kopf kraftlos nach hinten gegen die Wand kippte. Das gurgelnde Röcheln erstarb.

»Papa!« Ich zitterte am ganzen Leib. »Was …?«

Ein letztes Mal zuckten die Beine, dann erschlaffte der ganze Körper.

Einen Moment wagte niemand auch nur zu atmen. Die plötzliche Stille hatte etwas Endgültiges an sich und der fehlende rasselnde Atem war erschreckend. Papa beugte sich über den Fremden und fühlte an dessen Kehle nach einem Puls. Dann beäugte er mich und schüttelte den Kopf.

»Oh Gott!« Ich ließ die Arme sinken und wich weiter von dem Kerl weg. »Ist er tot?« Es war unnötig zu fragen, aber ich konnte es einfach nicht glauben. Das Ganze war so schnell gegangen. Vermutlich keine Minute. Und trotzdem kam es mir vor, als säße ich bereits seit Stunden im Blut dieses Mannes.

Mein Vater nickte. Anschließend tastete er die Brust des Toten ab und durchstöberte weiter dessen Kleidung.

»Was machst du denn?«, rief ich entgeistert.

Er blickte nicht auf. »Er muss den Chronographen bei sich haben«, klärte er mich auf. »Nur wer im Besitz des Chronographen ist, kann durch die Zeit gehen. Das weißt du doch.«

Das wusste ich. Aber in diesem Moment hatte ich daran überhaupt nicht gedacht.

Papa rümpfte beim Durchforsten der Jacke des Fremden die Nase. Elender Gestank entstieg seiner Kleidung. Der Kerl hatte sich sicher Wochen nicht gewaschen. Ich schlüpfte aus den blutverschmierten Handschuhen und rieb mir dann übers Gesicht. Das war alles zu viel für mich. Mein Magen rebellierte und ich kämpfte gegen den Drang an, mich zu übergeben.

Mein Vater erstarrte. Dann drehte er sich langsam zu mir um. Er hielt den Chronographen der Zeit in Händen. Das kupferne Gerät, einer Taschenuhr nicht unähnlich, mit den vielen Zahnrädern, Gewinden und dem Zeiger, der wie eine goldene Schlange geformt war, lag reglos in der Hand meines Vaters. Es war eindeutig Elians Chronograph.

»Er hatte ihn in seiner Brusttasche«, keuchte Papa und mit einem Mal wich alle Kraft aus ihm. »Er hatte Elians Chronographen.«

Wir beide wussten, was das bedeutete. Elian würde nicht zurückkommen können.

»Er ist in Schwierigkeiten«, überlegte Papa laut und wurde ganz blass unter seinem Bart. Er sah nicht so aus, als würde er mich überhaupt wahrnehmen, als ich zu ihm krabbelte und ihm den Chronographen abnahm. Das Metall war warm und mich schauderte. Warm vom Körper des Toten. Ich vermied es, den Leichnam anzuschauen, wandte mich stattdessen meinem Vater zu.

»Und jetzt?«, fragte ich. »Was wird jetzt aus Elian? Wenn er nicht zurückkommen kann, dann …«

Papa ließ die Schultern nach vorne sacken und fasste sich an die Stirn. Ich wusste, ihn schmerzte die alte Narbe. »Wir müssen nachdenken«, meinte er matt und zuckte mit den Schultern. »Wir müssen überlegen, wie ich Elian helfen kann.« Dann widmete er sich der Gestalt, die ich ganz bewusst versuchte auszublenden. »Und um den da müssen wir uns auch kümmern.«

Ich stieß ein ungläubiges Keuchen aus. »Kümmern? Wie willst du dich um eine Leiche kümmern?« Ich zwang mich, den Toten anzusehen. Mein Blick glitt über dessen unzeitgemäße Kleidung und sein verruchtes Äußeres.

Papa kämpfte sich vom Boden hoch. Er winkte mich zu sich, um ihn zu stützen, dabei trugen mich meine Beine kaum selbst.

»Es gibt nur einen Mann, an den wir uns nun wenden können«, murmelte mein Vater.

»Einen Mann? Wen meinst du? Wer kann denn bitte Tote verschwinden lassen?« Ich war mit den Nerven am Ende.

»Er«, meinte Vater geheimnisvoll und ich erstarrte.

»Du meinst …?« Ein Schaudern rann mir über den Rücken. »Du meinst nicht wirklich …«

Papa musterte mich. »Wen sollte ich sonst meinen? Wir müssen ihn informieren. Wir müssen ihm sagen, was geschehen ist. Er muss uns helfen!«

Ich schüttelte den Kopf. »Das ist Wahnsinn, Papa!«, erinnerte ich ihn. »Schulden wir diesem Mann nicht schon genug? Willst du gerade ihn um einen weiteren Gefallen bitten?«

Clément Dubois straffte die Schultern. »Das Gute an einer unendlichen Schuld ist – es kann fast nicht mehr schlimmer kommen.« Er schluckte. »Ohne Elian können wir unsere Schuld nicht begleichen. Wir haben keine andere Wahl.«

»Das ist Wahnsinn!«, flüsterte ich ungläubig und rieb mir über die mit Gänsehaut überzogenen Arme.

Als hätten wir das Unheil beschworen, fing die Luft an zu surren, und wie von Geisterhand erschienen schwarze Lettern auf dem Pergament neben uns auf dem Tisch.

Der Auftrag wurde nicht erfüllt, war zu lesen. *Die Schuld der Dubois wurde nicht beglichen. Der Pakt gebrochen. Tragt nun die Konsequenzen.*

»Wir müssen um Aufschub bitten!«, stieß ich panisch hervor und riss mit wild klopfendem Herz die Feder aus dem Tintenfass. Schwarze Tusche tropfte auf das Pergament, als ich hektisch die Spitze aufsetzte.

Der Tote auf dem Boden war nicht länger unser größtes Problem.

Aufschub

Zur Begleichung der Schuld wird um Aufschub gebeten.

Meine krakelige Schrift verblasste auf dem Pergament, während die Tinte trocknete. Mir hämmerte das Herz bis unter den Haaransatz und ich hätte mir am liebsten die Schläfen massiert, so wie Papa es neben mir gerade tat. Seine Haut war aschfahl und der Schweiß stand ihm auf der Stirn. Auf dem Boden lag ein Toter, und doch hatten wir größere Probleme.

»Um ein Haar ...«, murmelte mein Vater und starrte blicklos aufs Pergament. »Wir haben unsere Schuld nicht beglichen – er wird ...« Ihm blieben die Worte im Hals stecken und er senkte den Kopf in die Hände. »Er wird doch nicht ...«

Ich legte ihm den Arm um die Schultern und führte ihn hinaus. Der Tote machte mich nervös und verhinderte jeden klaren Gedanken. Dabei mussten wir gerade jetzt einen klaren Kopf bewahren.

»Der Teufel von Paris wird uns Aufschub gewähren«, beruhigte ich Papa und hoffte zugleich, dass das auch tatsächlich stimmte. Ich wusste es nicht wirklich. Ich wusste überhaupt viel zu wenig. Seit Jahren stritt ich mit Papa darüber, dass sie mich viel zu wenig in die Geheimnisse einweihten, die unsere Familie hütete. Immer wieder nur die gleiche nervige Antwort: *Du bist kein Mann, Sophie, dich betrifft das nicht.*

Aber so ganz stimmte das natürlich nicht. Es betraf mich wohl! Denn ich würde die Konsequenzen mittragen müssen. Trotzdem verbot mir mein Vater jede Einmischung. So war es gewesen, seit ich denken konnte. *Stell keine Fragen, Sophie, das musst du nicht wissen, Sophie, halt dich raus, Sophie …*

Ich ballte die Fäuste, weil ich mich jetzt genau deswegen so hilflos fühlte. Es musste doch etwas geben, das ich tun konnte.

Mein Vater murmelte vor sich hin. »Ich muss mir etwas überlegen. Ich muss dorthin. Muss Elian finden.«

Ich hätte gelacht, wenn es nicht sein voller Ernst gewesen wäre.

»Wie soll das gehen?«, fragte ich ungläubig. »Ich musste dich stützen, damit du die Treppen hier heraufgekommen bist. Wie willst du in der Lage sein, dorthin zu gelangen, wo Elian gerade ist? Wie willst du in deinem Zustand …?«

»Ich habe doch keine Wahl, Sophie! Er hat den Chronographen verloren – ohne ihn kann er nicht nach Hause kommen!« Papa riss sich von mir los und stieg demonstrativ ohne meine Hilfe die Treppe in den ersten Stock hinunter. Er wankte in Elians Zimmer und öffnete dessen Kleiderschrank. Unter einem Stapel nicht gerade ordentlich zusammengelegter Jeans befand sich eine Truhe. Papa öffnete den Deckel und starrte auf die verschiedenen Waffen. Allesamt historische Stücke. Und doch regelmäßig in Gebrauch.

»Elian hat seinen Degen und sein Kurzmesser dabei«, erfasste mein Vater die fehlenden Waffen. »Und den kurzen Vorderlader.«

Mir wurde schlecht. »Ganz schön viele Waffen, für einen einfachen Auftrag«, meinte ich und sah Papa ängstlich an. Es war unvorstellbar, dass er Elian folgte. Er konnte kaum länger als ein paar Minuten stehen, ohne dass ihm seine Kopfverletzung zusetzte.

Mein Vater beugte sich in die Truhe und nahm sich einen der Degen heraus. Er wog die Waffe in der Hand und nickte schließlich. »Zu dieser Zeit lauerte die Gefahr überall. Elian kannte das Risiko und hat sich bewaffnet. Das war klug von ihm. Er wird durchhalten, bis ich ihn finde! Er hat sich gut vorbereitet.«

»Er war vorbereitet – und trotzdem ist ihm etwas zugestoßen!«, erinnerte ich meinen Vater ängstlich. Es erschreckte mich, dass er offenbar ernsthaft glaubte, Elian helfen zu können. »Elian ist im Gegensatz zu dir fit. Er kann kämpfen, ist trainiert. Wie willst du …?« Ich wollte nicht aussprechen, dass Papa seit vielen Jahren nicht mehr in der Verfassung war, zu tun, was er nun offenbar beabsichtigte.

»Meinst du, ich weiß nicht, dass das riskant ist?«, fuhr er mich an und ich schrak zurück. Er war nicht oft aufbrausend. »Aber es gibt *niemanden* sonst, der an meiner Stelle gehen könnte. Ich weiß, dass ich deinen Bruder nicht allein finden kann. Denkst du, ich bin lebensmüde? Unser Urahn Albert wird mir helfen, Elian aufzuspüren.«

Mein Vater hastete mit ausgestreckten Armen für ein besseres Gleichgewicht aus dem Zimmer meines Bruders, über den Flur in sein Schlafzimmer. Dort riss er die Schranktür auf und warf seine Hemden achtlos auf den Boden, um die dahinter fein säuberlich bereitgelegten Kleidungsstücke hervorzuholen. Eine Kniebundhose, mehrere Hemden in verschiedenen Qualitäten. Leuchtend blaue Kniestrümpfe, bunte Halstücher, feine Gehröcke und Westen.

»Zum Glück habe ich das alles aufbewahrt, auch wenn ich nicht erwartet habe, die Sachen noch einmal zu tragen.«

»Das ist doch verrückt, Papa! Du kannst nicht …«

»Ich muss!«, rief er und sah mich unnachgiebig an. »Ich muss.«

Ich verschränkte die Arme vor der Brust. »Ist dir klar, wie

lächerlich das klingt?«, schrie ich zornig und den Tränen nahe. Warum hörte er mir nicht zu?

»Geh in Elians Zimmer. In der Truhe mit den Waffen muss ein Beutel mit Dukaten liegen. Und ich brauche meine Schmerztabletten. Sonst wird das nichts.«

»Wenn du meinst, du kannst durch die Zeit gehen und Elian suchen, dann hol dir doch selbst, was du brauchst. Ich werde dir nicht dabei helfen, dich umzubringen!« Ich funkelte ihn drohend an. »Was du da vorhast, ist Selbstmord! Und du weißt es!« Es musste einen anderen Weg geben.

Papas Züge verhärteten sich. »Ich weiß nur, dass ich alles in meiner Macht Stehende tun werde, um Elian nach Hause zu holen. *Niemand* sonst kann das tun.«

»Was, wenn er tot ist?« Ich wollte das nicht aussprechen, doch der Gedanke ließ mich nicht los. »Was, wenn er überhaupt nicht mehr lebt? Ihm muss etwas zugestoßen sein, sonst wäre er hier, und nicht dieser … dieser …«

»Ich will das nie wieder hören!«, donnerte mein Vater lauter, als ich ihn je hatte schreien hören. »Wir halten deinen Bruder erst dann für tot, wenn wir seinen Leichnam vor uns sehen! Und keinen Augenblick früher! Hast du das verstanden?!«

»Ja«, presste ich heraus und fühlte mich tatsächlich furchtbar.

»Ich bringe ihn nach Hause – und wenn es das Letzte ist, was ich tue.«

»Was ist mit mir? Kann ich das nicht?«

Mein Vater schnaubte. »Mach dich nicht lächerlich, Sophie. Du bist ein Mädchen.«

»Und was?« Es war ja wohl kaum lächerlicher als die Vorstellung, dass *er* sich das zutraute. »Was hat das damit zu tun?«

Er schaute mich an, als wäre ich bescheuert. »Mädchen

haben in dieser Zeit nichts verloren. Außerdem ist es unmöglich. Ich würde nie zulassen, dass du …« Er winkte ab. »Du verstehst das nicht. Du … weißt nicht, wie die Dinge funktionieren, Sophie! Es ist viel zu gefährlich!«

»Und für dich ist es nicht gefährlich?«

Clément Dubois straffte die Schultern und blickte mich entschieden an. »Ich bin ein Mann! Ich kann fechten, habe früher jeden Kampf gewonnen und weiß, wie man sich in dieser Zeit bewegt, ohne aufzufallen. Außerdem diskutiere ich das nicht mit dir, Sophie«, erklärte er streng. »Und jetzt stell keine Fragen, sondern hol die Münzen, und dann hilf mir, mich fertig zu machen.« Er hob den Chronographen hoch, dessen Zahnräder sich in diesem Moment anfingen zu drehen. »Der Teufel von Paris gewährt uns Aufschub«, deutete er die sich in Bewegung setzende Mechanik. Die Zahnrädchen waren in Aufruhr und das leise Ticken elektrisierte die Luft. »Mir bleiben drei Tage.«

Zitternd entwich mir der Atem. Ich wurde immer panischer. Dabei war es wichtig, ruhig zu bleiben, doch es tauchten nur schreckliche Bilder vor meinem geistigen Auge auf. Elian, der verwundet sein musste, oder Schlimmeres. Mein Vater, der sich wankend durch die Zeit bewegte und dabei noch schwerer verletzt wurde. Den Teufel von Paris, wie er unsere Blutlinie kappte, wenn sein Auftrag nicht erfüllt werden würde. Und dazu der Tote über uns. Mich schüttelte es und ich schlang mir die Arme um den Oberkörper, weil ich mich so verloren fühlte.

»Und was wird aus mir, wenn dir was zustößt? Einen Stock über uns liegt ein Leichnam, der bereits stinkt, ohne dass er am Verwesen ist! Was soll ich mit ihm tun, wenn du weg bist? Ich kann nicht mit einem Toten im Haus –«

»Ich werde mich darum kümmern!«, schnitt Papa mir das Wort ab. »Der Teufel von Paris kann solche Dinge regeln!«

»Ach ja?«, schrie ich fassungslos. »Ist der Mann, der uns das hier alles eingebrockt hat, etwa plötzlich unser Freund?«

»Sophie!« Die Stimme meines Vaters donnerte durchs Haus und er packte mich an den Oberarmen. »Es reicht!« Er drückte so fest zu, dass ich zusammenzuckte. »Tu, was ich dir sage! Sofort!«

Ich presste die Kiefer aufeinander, um meinen Vater nicht noch weiter anzuschreien. Was er da vorhatte, war Wahnsinn. Aber ihm war es absolut ernst. Also nickte ich, sobald er mich losließ und mir dabei einen Stoß in Richtung Flur versetzte.

»Hol den Beutel mit Dukaten«, hörte ich ihn, als ich mit Tränen in den Augen zurück in Elians Zimmer ging.

Wut und Angst beherrschten mich und ich konnte kaum sagen, welches dieser Gefühle stärker war. Ich hatte furchtbare Angst. Ein Mann war vor meinen Augen gestorben. Er war vermutlich ein Krimineller gewesen, der Elian den Chronographen der Zeit gestohlen und ihm damit den Rückweg nach Hause verbaut hatte. Dabei brauchte ich Elian doch! Er war der wichtigste Mensch in meinem Leben. Mein Bruder, mein bester Freund, der Einzige, den ich nie hatte anlügen müssen, der Einzige, der mich wirklich kannte.

Ich wischte mir eine Träne aus dem Augenwinkel. Wann immer er eine Schuld unserer Familie erfüllte, saßen wir abends zusammen vor dem Kamin und er erzählte mir leise von seinen Reisen. Von den Menschen, die er dort in dieser anderen Zeit traf, von den Bällen, Festen und Soireen in Versailles. Ich beneidete ihn um seine Erlebnisse. Um die Abenteuer, die er erlebte, während ich mir hier zu Hause Lügen ausdenken musste, um seine Abwesenheit zu erklären. Ich hätte diese Dinge auch gerne gesehen. Auch gerne mal ein Abenteuer erlebt. Manchmal, wenn er mir von seinen Aufgaben berichtete, war ich mir sicher, dass ich das auch gekonnt hätte. Manchmal habe ich nachts davon geträumt, ihn auf seinen Reisen in die Vergangenheit zu begleiten. Wir wären ein gutes Team gewesen …

Seufzend fuhr ich mir übers Gesicht. Ich musste mich zusammenreißen, wenn ich nicht mit dem Leichnam im Obergeschoss darauf warten wollte, dass auch noch meinem Vater etwas zustieß. Und das war ziemlich wahrscheinlich, bei dessen Zustand.

Ich musste meine Angst um Elian beiseiteschieben, um klar zu denken. Da war es sogar besser, mich auf meine Wut zu konzentrieren. Ich war wütend, weil Papa meine Einwände nicht ernst nahm. Weil er glaubte, stärker zu sein als ich, obwohl er vor Schmerz kaum gehen konnte. Was er vorhatte, war verrückt, und ich war stinksauer, weil er offenbar kein Vertrauen in mich hatte. Natürlich, ich war bloß ein Mädchen, kein Mann – aber im Gegensatz zu ihm war ich nicht durch eine alte Kopfverletzung beeinträchtigt.

Ich strich mir die blonden Haare aus den Augen und sah mich in Elians Zimmer um. Ich hatte Angst um Vater. Und um Elian. Was, wenn keiner von beiden je wieder nach Hause käme? Wenn Papa scheitern würde, wäre ich allein. Ich hatte doch nur die beiden.

Zögernd näherte ich mich der Truhe. Die Waffen flößten mir Respekt ein und ich verdrängte die Erinnerung an die Wunde im Körper des Fremden. Das hier waren keine Spielzeugwaffen. Das waren gefährliche Klingen, gemacht, um zu töten. Trotz meiner Furcht nahm ich eine der Waffen heraus. Ein kleineres Messer, das man in einer Scheide am Strumpf trug. Ich wog es in der Hand, hatte jedoch keine Ahnung, ob es gut in meiner Hand lag. Mir fehlte dummerweise der Vergleich.

Wütend darüber fuhr ich mit dem Finger über die Klinge. *Das ist nichts für Mädchen, Sophie*, hörte ich im Geiste die Warnung meines Vaters, mit der er, wann immer ich mich für den Inhalt dieser Truhe interessiert hatte, angekommen war. Es war frustrierend, dass er mich stets von allem ferngehalten hatte. Frustrierend, dass diese Schuld nur von den männlichen Nachfahren der Dubois abgegolten werden konnte. Wo doch auch mein Leben endete, falls der Teufel von Paris nicht zufrieden wäre und aus Rache unsere Blutlinie kappen würde. Und im Moment sah ich nicht, wie Vater – oder auch Elian – den Auftrag in diesen wenigen Tagen erfüllen sollte. Und damit war ebenso mein Leben in Gefahr! Ich musste etwas unternehmen.

Ich umklammerte das Messer fest und ein Gedanke nahm in meinem Kopf Gestalt an. »Es geht auch um mein Leben«, wisperte ich tonlos und legte das Messer zurück. Nachdenklich nahm ich den Beutel mit klimpernden Münzen heraus. *Gold löst viele Probleme,* hörte ich Elian sagen und sah vor mir, wie er vor so manchem Auftrag einige Münzen aus dem Beutel nahm. *Es öffnet Türen.* Dabei fasste er sich die schulterlangen, leicht gewellten Haare mit einem samtenen Band im Nacken zusammen, wie es der damaligen Mode entsprach. *Es rettet Leben,* hallte seine Stimme durch meine Erinnerungen und entzündete eine Flamme neuen Mutes.

»Elian«, flüsterte ich und presste mir den Beutel Gold an die Brust. Er würde nicht sterben! Und ich auch nicht. Er musste zurückkommen. Um jeden Preis. Und wenn alles Gold dafür aufgebraucht werden würde. Mit Schritten voll neuer Energie kehrte ich ins Schlafzimmer meines Vaters zurück.

»Na endlich! Was dauert denn da so lange?«, fuhr Papa mich an, der inzwischen seine Hose ausgezogen hatte. Ich stellte den Beutel auf seinen Nachttisch und reichte ihm die Kniebundhose, die er umständlich vor dem Spiegel anzog. Er musste sich an der Lehne eines Stuhls festhalten, um nicht zu fallen. Der Schweiß rann ihm in die Augen.

Die Sache war klar, als er sich vergeblich durch das Hemd kämpfte, ohne den Kragen zu finden. Er würde scheitern.

Einen letzten Moment zögerte ich. Dann stand mein Entschluss.

Ich nahm die Tabletten vom Nachttisch und betrachtete die Packung. Einen – zwei Herzschläge lang, rang ich mit mir. Konnte ich das wirklich durchziehen? Machte ich nicht einen Riesenfehler? Oder hatte mein Vater in all den Jahren einen Fehler gemacht, indem er mich von all den Dingen, die unsere Familie betrafen, ausgeschlossen hatte? Beinahe wütend drückte ich die Pillen aus dem Blister in meine Hand und goss Wasser in ein Glas. Ich ging zu ihm hinüber, half ihm, den Kopf aus dem Hemd zu befreien, und reichte ihm das Wasserglas. »Trink einen Schluck«, forderte ich. Dann bot ich ihm die Hand mit den Pillen an. »Und nimm deine Tabletten. Du siehst aus, als hättest du Schmerzen.« Ich schaute ihm in die Augen. So wie ich es gelernt hatte.

Mein Herz hämmerte, aber ich zitterte nicht, als ich beobachtete, wie er die Tabletten mit einem großen Schluck Wasser hinunterspülte. Trotzdem wandte ich mich ab, denn ich fühlte mich furchtbar. Unser Zuhause war der einzige Ort, an dem die Wahrheit Raum hatte. Der einzige Ort, an dem ich zuvor noch nie gelogen hatte. Und diesmal brauchte die Lüge keine Worte – sondern nur eine Tat. Einen Betrug, wie man die Lüge nannte, die eine Handlung erforderte.

»Erklär mir noch einmal, was du vorhast, wenn du … wenn du dort bist?«, fragte ich und versuchte, mir meine Falschheit nicht anmerken zu lassen. »Wie willst du den Leichnam verschwinden lassen und Elian finden?«

Mein Vater steckte das Hemd in seine Hose. »Ich werde Albert brauchen. Er muss mich zum Teufel von Paris bringen. Ich werde ihm darlegen, was passiert ist, und da es ohne Elian keinen weiteren männlichen Erben in unserer Blutlinie gibt, der unsere Schuld begleichen könnte, wird er uns sicher helfen.« Er hielt inne und gähnte. Rieb sich die Augen. »Er hat uns und unsere Vorfahren mit den Chronographen durch die Zeit geschickt. Vielleicht kann mich der Teufel von Paris an den Tag schicken, an dem Elian etwas zugestoßen sein muss. Wenn ich den Überfall, oder was immer vorgefallen ist, verhindern kann, wird Elian seinen Chronographen nicht verlieren, der Fremde wird nicht in unserem Haus landen und … und alles wird gut.« Seine Stimme war leiser geworden. Kraftloser.

Ich schluckte und prägte mir jedes Wort genau ein, während Papa hinter mir versuchte die Bänder am Ausschnitt seines Hemds zu binden. Ich beobachtete ihn im Spiegel. Seine Bewegungen waren langsam, mühevoll und matt. Er bekam die Enden nicht gut zu fassen und runzelte die Stirn.

»Sophie?«, stöhnte er und ließ sich auf die Kante seines Bettes sinken. »Mir wird etwas schwindelig.«

Ich sah von seinem Spiegelbild zu meinem. Obwohl ich geübt darin war, glaubte ich diesmal die Lüge in meinen blauen Augen zu erkennen. Ich benetzte meine vollen Lippen mit der Zunge und strich mir die Haare aus dem Gesicht. Dann drehte ich mich zu Papa um und lächelte. *Immer lächeln.* Das war keine Regel, aber es half.

»Du bist erschöpft. Das ist alles etwas viel für dich«, blieb ich, so nah ich konnte, bei der Wahrheit. »Leg dich etwas hin. So viel Zeit muss sein.«

»Ich kann nicht. Elian braucht Hilfe«, erinnerte er mich unruhig, doch er ließ sich nach hinten auf die Matratze sinken. Natürlich tat er das. Ich schluckte. Suchte seinen Blick. Schaute geradewegs in seine Augen. Wahrheit und Lüge lagen so nah beieinander. Ich griff nach Papas Hand und hauchte einen Kuss auf seinen Handrücken. »Alles wird gut«, versprach ich ihm, als seine Lider schon schwer wurden.

»Sophie?« Mein Vater packte meine Hand fest und riss die Augen auf. »Was ist los? Was hast du …? Waren das meine Schlaftabletten?« Er drückte meine Hand so fest, dass ich meinte, er würde mir die Finger brechen.

»Versteh doch, Papa … du bist nicht in der Lage …«

»Du hast mich angelogen!«

Ich nickte und löste mich aus seinem Griff. Langsam stand ich auf und nahm den Chronographen der Zeit in die Hand. Meine Fingerspitzen strichen über das kühle Metall und das leise Ticken verursachte mir eine Gänsehaut.

»Du hast mir das beigebracht, Papa – zu lügen, wenn es nötig ist. Zu lügen, um *uns* zu beschützen.« Ich hob den Beutel mit Gold vom Nachttisch auf und sah auf meinen Vater hinunter, der gegen den Schlaf ankämpfte. »Gerade beschütze ich uns, das musst du verstehen. Aber jetzt sage ich dir die Wahrheit, Papa: Ich werde Elian finden und nach Hause bringen.«

Clément Dubois schnappte nach Luft. Er wollte etwas erwidern, doch das Medikament tat seine Wirkung. »Nicht … zurück!«, presste er heraus. »Chronograph kann … nur … *ein Mann* …«

»Mach dir keine Sorgen«, flüsterte ich und beugte mich über

ihn. Ich küsste die Narbe an seinem Haaransatz und strich ihm über die Wange. »Auch Mädchen können etwas. Du wirst schon sehen. In spätestens drei Tagen … bin ich wieder hier.«

Seine Augen schlossen sich und ich verharrte noch einen Moment an seiner Seite. Die Falte über seiner Nasenwurzel war tief eingegraben. Seine Sorge war unübersehbar. Selbst im Schlaf. Ich zog ihm die Bettdecke bis zur Brust und atmete dann tief durch.

Jetzt war es an mir.

Ich hielt den Chronographen in der einen Hand und das Gold in der anderen. Ich hatte keine Ahnung, was auf mich zukommen würde. Keine Ahnung, was mich erwartete. Ich hatte Angst, aber wenn ich Vater so ansah, dann wusste ich zugleich, dass ich keine Wahl hatte.

Elian brauchte Hilfe. Unsere ganze Familie brauchte Hilfe. Und nur *ich* konnte helfen, das war klar.

Ich würde meinen Bruder finden und zurückbringen.

Aber da in all der Zeit immer nur männliche Nachfahren von Albert Dubois die Schulden der Familie beglichen hatten, hatte ich abgesehen vom Verbandszeug nichts Brauchbares in meiner Truhe. Und das auch nur, weil weder Vater früher noch Elian heute mit einer Wunde aus einem Schwertkampf zu einem modernen Arzt marschieren konnten. Dafür waren Mädchen dann gut genug! Ich schnaubte. Doch all mein Ärger brachte mir auch keine Kleidung ein, die für einen Trip ins siebzehnte Jahrhundert geeignet war.

Darum suchte ich in Elians Sachen nach etwas, das mir passen könnte. Hosen, Kniestrümpfe, ein Gürtel, ein Halstuch, Weste, Umhang und ein Hut mit Feder. Ich kam mir vor wie verkleidet, als ich mich anschließend in seinem Spiegel betrachtete. Ich war mit ein Meter fünfundsechzig nicht klein, aber in seinen Klamotten versank ich dennoch beinahe. Ich hatte nicht so breite Schultern wie er und seine Stiefel waren mir ein ganzes Stück zu groß. Ich sah aus wie ein geschrumpfter Kutscher, der einen Pfau überfahren hatte. Ich pustete mir die schillernde Feder aus dem Gesicht und runzelte die Stirn. Der Hut war unpassend. Ich nahm ihn ab und entschied mich für eine einfache Kappe, die zumindest einen Teil meiner blonden Haare bedeckte.

Damit zufrieden atmete ich mehrfach tief durch, band mir den Beutel mit Gold an den Gürtel und steckte mir zum Abschluss das kleine Messer in den Schaft des Stiefels. Nur für alle Fälle.

Dann drängte ich jeden Zweifel zurück und stieg die Stufen zum verbotenen Zimmer hinauf.

Das Parkett knarzte unter meinen Füßen und ich hielt den Atem an. Das Blut auf dem Boden war getrocknet, der Tote nach wie vor da. Logisch.

Ich versuchte, ihn auszublenden, und näherte mich, ganz auf mein Vorhaben konzentriert, dem Pergament auf dem Schreibtisch.

Das Pergament der Schuld. Es war unbeschrieben. Ich trat näher und berührte es.

Aufschub wurde gewährt, erschien dort, wo meine Fingerspitze über die Blattoberfläche strich, nur um sogleich wieder unsichtbar zu werden. Ich fuhr die einzelnen Lettern nach, die mit elegantem Schwung zu Papier gebracht worden waren. Kaum vorstellbar, dass ein Mann, den die Welt lediglich als den Teufel von Paris kannte, eine derart beeindruckende Handschrift haben sollte. Ein Mann, der bestimmt hässlich wie die Nacht war, warum sonst sollte er sich versteckt halten? Ein Mann, der eine solche Macht besaß wie er – warum sollte er sich nicht zeigen? Vielleicht war er entstellt, so abscheulich wie der Kerl, der dort neben mir auf dem Boden lag – mit schwarzen Zähnen und schrecklichen Narben.

Ich schluckte und starrte auf das Pergament.

»Aufschub wurde gewährt«, las ich leise. »Drei Tage«, murmelte ich und trat an die Sanduhr. »Mir bleiben drei Tage.« Ich holte tief Luft. Dann stemmte ich mich gegen den gefüllten Bauch der Sanduhr und drückte ihn mit ganzer Kraft nach oben. Sogleich rieselte der Sand durch die schmale Öffnung nach unten und das leise Säuseln der verrinnenden Zeit vermischte sich mit dem kaum merklichen Ticken des Chronographen. Meine Finger krampften sich um das kupfern glänzende Zahnradgebilde, das wie das Leben selbst in ständiger Bewegung schien. Jedes Rädchen drehte in eine andere Richtung, jedes in einem anderen Takt, und mich schwindelte, wenn ich länger auf die sich drehenden Scheiben und zuckenden Zeiger sah. Es war, als wäre die Schlange auf dem Zeiger lebendig. Lebendig und gefährlich.

Ich hatte Angst. Was, wenn der Chronograph wirklich nicht für mich gemacht war? Weil ich ein Mädchen war und kein Mann, wie mein Vater immer wieder betont hatte.

»Merde!«, murmelte ich und holte zitternd Luft. Papas letzte Worte, ehe er eingeschlafen war, hämmerten mir wie eine Warnung im Kopf. *Nur ein Mann, nur ein Mann, nur ein Mann …* Mir wurde schlecht. War ich dabei, einen Fehler zu machen? Ich wischte mir die Haare zurück und blickte mich um. Der Tote ließ mich schaudern. Ich wich vor ihm zurück, als …

»Ein Mann!«, stieß ich hervor und runzelte zugleich die Stirn. Der Tote war ein Mann. Ich schluckte und kniete mich neben ihn, sorgsam darauf bedacht, ihn nicht zu berühren. Was, wenn der Chronograph der Zeit wirklich nur von einem

Mann benutzt werden konnte? Der Kerl hatte ihn benutzt. Vielleicht konnte er es wieder?

Ich atmete hörbar tief durch. Dann drehte ich das Rädchen am Gehäuse des Chronographen, welches das einzige Zahnrad in Bewegung setzte, das noch stillstand. Ich fügte es in das sich drehende Gefüge und packte daraufhin entschieden die Hand des Toten. Mich schüttelte es vor Graus, aber im nächsten Moment, als das letzte Zahnrad seinen Platz einnahm und anfing, sich zu drehen, verschwamm mir die Welt vor Augen.

Aufschub wurde gewährt, hallte es in meinem Kopf, während eine Macht, größer als alles, was vorstellbar war, die Zeit dehnte, wie ein Gummiband. Und wie ein schnalzendes Gummiband fühlte es sich an, als der Pakt mit dem Teufel von Paris mich aus meiner Zeit peitschte.

Himmel hilf, ein Mädchen!

Maison de Dubois, 1688
– Drei Tage verbleibend –

Jeder meiner Knochen schmerzte, als ich aufwachte. Es fühlte sich nicht an, als hätte ich geschlafen, und kam mir doch zugleich vor, als hätte ich schrecklich geträumt. Dieser kurze, jedoch heftige Schmerz hallte in meinen Knochen nach und jeder Atemzug tat weh. Dunkelheit umgab mich und mir war kalt. Panisch schnappte ich nach Luft.

Was hatte ich nur getan? Der Chronograph der Zeit tickte in meinen Händen und ich steckte ihn mir in die Brusttasche des Mantels. Dann rappelte ich mich auf die Knie und versuchte zu erkennen, wo ich war. Ich befand mich im verbotenen Zimmer. Das stand trotz des schwachen Dämmerlichts fest. Aber zugleich war es nicht der Raum, wie ich ihn kannte. Es roch feucht, Regen trommelte laut aufs Dach und es war dunkel. Ich kämpfte mich zum Stehen hoch und tastete mich bis an die Tür. Mein Fuß berührte etwas Schlaffes, das mich zurückzucken ließ. Der Boden knarzte nicht und dort, wo sich eigentlich der Lichtschalter befinden sollte, war nichts.

Mich durchlief es eisig. War das wirklich wahr? War ich tatsächlich … hier? Es war mir nicht so abwegig erschienen, als ich den Entschluss gefasst hatte. Ich hatte schließlich sowohl meinen Vater als auch Elian immer wieder … durch die Zeit gehen sehen. Als wäre es das Normalste der Welt. Doch jetzt, wo ich hier stand – und der Lichtschalter nicht da war, wo er sein sollte, da überkam mich Panik. Sie verwandelte meine

Knie in Pudding und jagte Adrenalin durch mein Blut, sodass ich von Kopf bis Fuß zitterte.

Komm runter!, ermahnte ich mich in Gedanken und stützte mich an der Wand ab, um nicht zu fallen. Ich tastete nach der Tür und atmete erleichtert aus, als ich den Türknauf fand. Ich drehte ihn um und die Tür sprang auf, doch etwas verhinderte, dass ich sie öffnen konnte. Ich stolperte rückwärts, stürzte und entgegen meiner Erwartung krachte ich nicht auf den Boden, sondern auf etwas Weiches. Der Gestank von fauligen Zähnen schlug mir ins Gesicht und filzige Haare kratzten mich an der Wange. Kalte Finger streiften meinen Hals.

Mein Herz blieb stehen und ich schrie mir die Seele aus dem Leib. Panisch rappelte ich mich auf, die Dunkelheit nährte das Grauen, das mich gepackt hatte, und bittere Galle stieg mir in den Mund, denn ich kam nicht hoch. Die unförmigen Klamotten verhinderten jede Flucht und es war, als würde der Tote mich festhalten.

Meine Schreie rissen nicht ab – und ich war froh darum. Solange ich mich hörte, lebte ich, denn hier zu liegen, auf diesem leblosen kalten Fremden, war, als wäre ich gestorben und in der Hölle gelandet. In der Hölle, wegen all der Lügen, die ich auf mich geladen hatte.

Ich schrie, bis mir schwindelig wurde, bis meine Lunge krampfhaft nach Sauerstoff verlangte und sich vor der Tür Schritte näherten. Ein schwacher Lichtschein streckte sich unter der Tür hindurch und beleuchtete die blicklosen Augen des Mannes unter mir. Seine Nase war krumm, als hätte er sie sich im Lauf seines Lebens mehrfach gebrochen.

Ich hätte gedacht, Licht würde mir helfen, doch dem war nicht so. Ich schrie lauter und kämpfte gegen eine regelrechte Ohnmacht an, die mich zu packen versuchte.

Dann wurde die Tür aufgedrückt.

Die Beine des Kerls unter mir kippten zur Seite und gaben den Weg frei. Licht fiel auf den Boden. Auf den Toten – und auf mich.

Keuchend rappelte ich mich auf, schaffte es endlich, von dem leblosen Körper loszukommen. Ich merkte nicht, dass mir Tränen über die Wangen liefen, bemerkte nicht, dass ich nach Luft schnappte wie ein Fisch auf dem Trockenen, oder dass ich zitterte wie Espenlaub, bis mich eine Frau in einem eleganten Kleid und Spitzenhäubchen an sich zog und aus dem Raum schaffte. Ein Mann, mit üppiger Perücke auf dem Kopf und auf einen Gehstock gestützt, schaute mich schockiert an. Er hielt mit einer Hand eine Öllampe in die Höhe, um etwas zu sehen. »Was geht hier vor?«, fragte er verwirrt. »Elian?«

Die Frau an meiner Seite strich mir wieder und wieder beruhigend über den Rücken. »Das ist nicht Elian«, stieß sie hervor und zog mir die Kappe vom Kopf. »Albert, das ist eine junge Frau!«

»Guter Gott!«, keuchte der Mann entsetzt. »Ein Mädchen?« Er starrte erst mich an, dann die reglose Gestalt am Boden der Kammer. »Ein Mädchen – und ein Toter? Was hat das zu bedeuten?«

Ich wollte etwas sagen, alles erklären, aber ich brachte kein Wort heraus. Ich versuchte, nur das regelmäßige Streicheln der Frau wahrzunehmen, denn alles andere war mir gerade zu viel. Ich packte es überhaupt nicht, dass ich tatsächlich hier war. Was hatte ich denn gedacht, wo ich landen würde? Was hatte ich denn erwartet? Dass Elians magisches Verschwinden ihn nicht hierherbringen würde, wie er es mir immer erzählt hatte? Dass er auf wundersame Weise verschwand und wieder auftauchte, ohne tatsächlich durch die Zeit zu reisen? Warum war ich ihm nachgegangen, wenn ich doch etwas anderes erwartet hatte? Und hatte ich das tatsächlich?

Ich beugte mich nach vorne und erbrach mich aufs Parkett.

»Meiner Treu, Albert! Dem Mädchen ist nicht wohl!«

»Das sehe ich!«, murrte er und kam neben mich. Er umfasste mein Kinn und hob so meinen Kopf an. »Wer bist du?«, verlangte er zu erfahren.

»Ich …« Meine Stimme klang heiser und ich räusperte mich. »Ich bin Sophie. Sophie Dubois. Und ich brauche Hilfe!«

»Sophie Dubois!«, stießen beide wie aus einem Mund hervor und starrten mich an. »Sophie? Die Schwester von Elian?« Albert stützte sich schwer auf seinen Stock. »Du meine Güte, Kindchen, was tust du denn hier?«

»Elian braucht Hilfe.« Ich hatte keine Ahnung, wo ich anfangen sollte zu berichten. Ich war so verwirrt und an meinen Händen klebte nach wie vor das Blut des Fremden. Ich wischte es mir an dem Umhang ab und versuchte, wieder ruhiger zu atmen. Ich war am Leben – das war doch schon mal was. Und ich hatte offenbar meinen Vorfahren Albert Dubois gefunden. Für den Anfang konnte ich damit zufrieden sein.

»Wo ist Elian? Und wer ist das?« Albert deutete mit seinem Stock auf den Fremden am Boden.

»Gott, Albert!«, protestierte die Frau an meiner Seite und schlug leicht nach meinem Ur-Ur-Ur-Ur-Großvater. Wie viele »Urs« genau, konnte ich gar nicht sagen. »Siehst du nicht, dass das Kind vollkommen verstört ist? Sie muss sich setzen.«

Albert nickte. »Natürlich, Estelle, meine Teuerste. Du hast wie immer recht.« Er zog die Tür zum verbotenen Zimmer hinter sich zu, als hätte er vergessen, dass darin eine Leiche lag. Dann tätschelte er etwas unbeholfen meine Schulter und blickte mich aufmunternd an. »Komm, Kindchen. Wir besorgen dir eine Stärkung und dann berichtest du uns, was eigentlich los ist. Was dich herführt« Er hob mahnend den Zeigefinger. »Denn eines ist klar: Du hast hier nichts verloren.«

Etwas später fand ich mich mit einer Teetasse in der Hand in einem marineblau gepolsterten Sessel im Salon wieder. Draußen prasselte nach wie vor der Regen in Strömen gegen die Fenster und dunkle Wolkenberge türmten sich, so weit das Auge reichte. Leichte Nebelschwaden verschluckten das Häuschen am Tor und ich fragte mich, ob es überhaupt da war. Der Tee in der Tasse kühlte langsam ab und ich nahm einen vorsichtigen Schluck. Dann ließ ich meinen Blick durch den Salon schweifen.

Der Raum, den wir in unserer Zeit als Wohnzimmer verwendeten, sah vollkommen anders aus. Anstatt des Holzbodens, den ich kannte, bedeckten Steinplatten den Boden, und einige dicke Teppiche in Dunkelblau und Moosgrün sorgten trotz des grausigen Wetters für Behaglichkeit. Und als die beruhigende Wirkung der Melisse aus dem Tee so langsam einsetzte, ließ auch mein Zittern nach. Estelle, die Frau meines Vorfahren, legte mir eine gehäkelte Decke um die Schultern und setzte sich dann mir gegenüber in einen weiteren Sessel. Insgesamt gab es vier davon.

Ihr Blick war aufgeregt und besorgt, aber sie schwieg. Schaute mich nur an, während im Treppenhaus Unruhe aufkam. Ich drehte den Kopf in Richtung der Tür, woraufhin sich Estelle sogleich räusperte.

»Keine Sorge, Kindchen. Alles ist gut.«

»Was ist da draußen los?«, fragte ich und stellte die Teetasse auf dem Tischchen vor mir ab. Ich wollte weglaufen können, sollte die Situation es erfordern. Denn nur, weil ich mich so langsam beruhigte, den ersten Schreck meiner Reise durch die Zeit verarbeitete, fühlte ich mich noch lange nicht sicher.

Estelle lächelte. »Albert ist gleich hier«, versuchte sie mich zu beruhigen. »Er kümmert sich lediglich um … um den Herrn, den …« Sie beäugte mich etwas unsicher. »… den du mitgebracht hast.«

»Der Tote?«, entfuhr es mir? »Was macht er denn mit ihm? Weiß Albert, wer das ist? Weiß er, wo Elian ist? Ich …« Ich sprang auf und die Decke rutschte mir von den Schultern.

»Huch!« Estelle stand auf und bückte sich danach. Dann kam sie zu mir und fasste meine Hand. »Immer mit der Ruhe, meine Liebe. Vielleicht berichtest du zuerst einmal, was –«

Die doppelflügelige Tür wurde von einem Hausmädchen geöffnet und Albert kam herein. Er stützte sich schwer auf seinen Stock, und als er sich durchs Haar fuhr, perlten Regentropfen auf den Boden.

»Danke, Lucille. Du kannst gehen.« Er wedelte mit der Hand, um das Mädchen zu verscheuchen. Erst, als sie die Tür hinter sich schloss, seufzte er lautstark.

»Was für ein Wetter!« Er bat Estelle mit einem Nicken heran und wartete, bis sie ihm die Knöpfe der nassen Jacke geöffnet, und ihm herausgeholfen hatte. Dann hinkte er zu einem der Sessel und hockte sich leicht auf die Armlehne.

Seine Stirn war fliehend und die Perücke saß etwas schief. Ich erkannte ihn von den Gemälden, die sich im Besitz unserer Familie befanden, aber ich konnte abgesehen von einer steilen Sorgenfalte über der Nasenwurzel kaum Ähnlichkeit zu meinem Vater feststellen. Vielleicht zu Elian, dessen markantes Kinn dem von Albert ein wenig glich. Aber womöglich war das alles bloß Einbildung oder Zufall.

Albert strich über den silbernen Griff seines Gehstocks und betrachtete mich. »Geht es dir besser?«, fragte er sanft, wobei sich die Sorgenfalte auf seiner Stirn vertiefte.

»Du bist noch immer blass«, stimmte Estelle zu, setzte sich neben Albert und legte die Häkeldecke wieder zusammen.

»Mir … geht es gut.« War das die Wahrheit? Oder ebenso eine Lüge? Ich wusste es nicht. Vielleicht log ich mich damit auch selbst an.

Albert machte den Eindruck, als zweifelte er an meinen Worten. »Du bist offenbar körperlich unversehrt«, meinte er. »Im Gegensatz zu dem Croûton, den du mitgebracht hast.« Albert rümpfte die Nase. »Darf ich fragen, wer der Herr war?«

»Ich weiß es nicht!«, gestand ich und zuckte mit den Schultern. Ich war verspannt – und müde. »Ich weiß nicht, wer der Kerl war. Er ist einfach im verbotenen Zimmer … ich weiß nicht, wie ihr den Raum nennt, aber bei uns ist es der verbotene Raum, damit niemand das Pergament der Schuld sieht, und …« Die Worte sprudelten nur so aus mir heraus und ich merkte selbst, dass das wirr klang. Ich winkte ab. »Egal. Papa und ich haben uns Sorgen gemacht, weil Elian für einen Auftrag, den er selbst als leicht eingestuft hat, so lange gebraucht hat. Die drei Tage seines Auftrags waren fast vorbei und –« Ich atmete durch, um meine Gedanken zu sortieren. »Mit einem Mal hörten wir ein Rumpeln aus dem Zimmer. Wir dachten, Elian wäre etwas zugestoßen. Vielleicht, dass er verletzt wäre. Aber dann lag statt meines Bruders dieser Typ da. Blutüberströmt.«

Estelle schlug sich die Hand vor den Mund und sah mich aus großen Augen an.

»Wie konnte er zu euch gelangen?«, fragte Albert besorgt.

Ich griff in meinen Umhang und holte den Chronographen der Zeit heraus. »Er hatte das hier«, erklärte ich und hielt das tickende Uhrwerk hoch. »Ich denke, er hat es Elian gestohlen. Dummerweise ist er gestorben, ehe er uns irgendetwas dazu sagen konnte.«

»Ein Wegelagerer!«, rief Estelle geschockt und nickte heftig, sodass ihr Häubchen auf ihren Locken wippte. »So sah er aus! Wie ein schrecklicher Wegelagerer!« Sie schaute mich an. »Du musst wissen, die Wälder um Versailles sind voll mit üblem Gesindel. Wegelagerer hinter jedem Baum!«

»Du machst dem Mädchen Angst«, mahnte Albert und kniff streng die Lippen zusammen. »Was soll sie denn denken, wenn du so etwas sagst?«

»Meiner Treu, das wollte ich nicht!« Estelle wurde rot. »Verzeih Kindchen.«

»Nicht so schlimm.« Ich blickte zwischen den beiden hin und her. »Papa und ich glauben auch, dass Elian überfallen wurde.«

Albert nickte zustimmend und rieb sich das Kinn. »Das wäre möglich.« Er sah mich an. »Was hat der Kerl zu dem Chronographen gesagt?«

»Zu dem Chronographen?« Ich überlegte. Hatte er überhaupt etwas gesagt? »Ich denke … er wusste nicht, was der Chronograph ist. Er hat wahrscheinlich nur gedacht, dass er etwas Wertvolles gefunden hat.«

»Das klingt einleuchtend!«, meinte Estelle und holte Luft. »Meine Freundin – Vivienne de la Roche – ihr wurde sogar ein ausgestopfter Falke gestohlen, nur weil der Präparator die Augen des Vogels mit Topas ersetzt hat.«

Albert rollte die Augen. »Vivienne neigt zu Übertreibungen.« Er wandte sich wieder mir zu. »Aber es ist dennoch anzunehmen, dass der Tunichtgut keine Ahnung hatte, was er deinem Bruder da entwendet hat.«

Ich nickte und fragte mich, wer es schön fand, Edelsteine in das Gesicht eines toten Vogels zu stopfen. Mich schauderte. Aber es war besser, mich schauderte wegen des Vogels als wegen des Toten, der mit mir durch die Zeit gereist war. Vielleicht war ich nur dank ihm hier. Wenn stimmte, was Vater sagte, dass nur ein Mann den Chronographen benutzen konnte, dann hatte der Kerl mir vermutlich das Leben gerettet.

»Warum auch immer er den Chronographen bei sich hatte – als Elians Zeit für den Auftrag abgelaufen ist, ist er anstelle meines Bruders bei uns aufgetaucht.« Ich stand auf, so unruhig machte mich das. »Ohne Chronograph kann Elian nicht nach Hause. Und deshalb musste ich herkommen.« Ich sah Albert eindringlich an und klopfte auf den klimpernden Beutel mit Münzen an meinem Gürtel. »Ich muss meinen Bruder finden und ihm helfen, den Auftrag für den Teufel von Paris zu erfüllen, damit die Schuld rechtzeitig beglichen wird. Ich habe Geld, das sollte doch nützlich sein, oder?«

Ich blickte in zwei versteinerte Gesichter. Keiner von beiden sagte etwas. Das war kein gutes Zeichen.

Nervös knetete ich den Beutel mit Gold. Elian hatte gesagt, Gold würde Leben retten – bestimmt auch seines. Das war doch nicht schwer, oder?

»Du … bist … ein Mädchen«, ergriff Estelle als Erste wieder das Wort.

»Das wusste ich schon«, gab ich zurück, denn so langsam ging mir diese Leier gehörig auf die Nerven.

»Was du vorhast, ist zu gefährlich für ein Mädchen«, unterstrich Albert die Vorbehalte seiner Frau. »Du kannst nicht …«

Ich ballte die Fäuste. »In der Zeit, aus der ich komme, können Mädchen alles! Sie können alles sein – und alles tun! In meiner Zeit sind Frauen Ärzte, Richter, Politiker, Spitzensportler und noch viel mehr!«

Albert nickte betroffen. »Das mag sein. Aber … es ist dennoch nicht natürlich.«

»Was?« Ich hatte mich ja wohl verhört.

Estelle senkte den Blick, aber Albert schien seine Worte nicht zu bereuen. »Mädchen müssen sich in Zurückhaltung üben. Das Leben ist nicht leicht, wenn man eine Frau ist. Du kannst nicht einfach –«

»Das Leben ist bestimmt nur deshalb so kacke für Mädchen, weil Männer mit so einer Einstellung hier das Sagen haben!« Ich wusste, ich ging zu weit, aber anstatt mir mit meinem Problem zu helfen, sagte er mir bloß, was ich alles nicht tun konnte. Und das brauchte ich echt nicht.

Estelle war derart geschockt, dass sie ein kleines Fläschchen öffnete, das an einer Kette um ihren Hals hing, und daran roch. Ich hatte davon gehört. Ein Riechsalz, um nicht ohnmächtig zu werden. Als wäre das, was ich gesagt hatte, so schockierend, dass sie es nur durch eine Ohnmacht verkraften konnte. Das war doch absurd!

»Das Kind ist aufgebracht«, stellte Estelle richtig fest und griff nach Alberts Hand. »Was sollen wir nur tun?«

»Ihr könntet mir helfen, Elian zu finden!«, fuhr ich die beiden an. Ich hatte keine Zeit, hier zu sitzen und Tee zu trinken, während mein Bruder womöglich in Gefahr schwebte.

Albert erhob sich. Er kam auf mich zu, doch ich verspürte keine Angst. Ich war durch die Zeit gereist – mit einem Toten im Schlepptau, um in einem Jahrhundert, in dem Frauen keinerlei Rechte hatten, meinen Bruder zu retten, und hatte dazu noch meinen eignen Vater mit Schlaftabletten betäubt.

Ich hatte jede Brücke des Zweifels hinter mir abgerissen und war bereits zu weit gegangen, um mich jetzt aufhalten zu lassen. Ich stemmte die Hände in die Hüften und reckte das Kinn nach vorne. Mit ganzer Kraft hielt ich Alberts strenger Miene stand.

»Du hast hier nichts verloren«, meinte er entschieden und sein Blick bohrte sich in meinen.

»Ich habe meinen Bruder hier verloren – und ich gehe erst, wenn ich ihn gefunden habe.«

Alberts Mundwinkel zuckte. »Diese Zeit ist nichts für dich.«

Ich nickte. »Keiner aus meiner Familie ist je freiwillig in diese Zeit gereist. *Du* hast dieses Pergament der Schuld unterzeichnet!« Erst jetzt, wo ich es aussprach, merkte ich, wie wütend ich eigentlich auf meinen Vorfahren deswegen war. Ich trug diese Wut schon immer in mir. Seit ich von unserer niemals endenden Schuld erfahren hatte. Seit mein Vater verwundet von einem Auftrag zurückgekehrt war, seit klar war, wie viele Lügen unser Leben bis dahin beherrscht hatten, sodass unsere Familie daran zerbrach. Ich war wütend auf Albert Dubois, dass er diesen Pakt mit dem Teufel von Paris unterzeichnet hatte. »*Du* bist der Grund, dass meine Familie kein normales Leben in meiner Zeit führen kann! Also entschuldige die Störung, aber da ich nun schon mal hier bin … bleibe ich auch.«

In der Stille, die auf meine Worte folgte, glaubte ich, Estelle würde schluchzen. Erstickte Laute drangen hinter dem Taschentuch hervor, das sie sich vor den Mund presste. Doch als ich hinsah, erkannte ich, dass sie lachte.

»Estelle?« Albert schien sich zu wundern.

Sie gluckste. »Entschuldige. Ich wollte nicht lachen. Die Situation ist … ja nun wirklich nicht lustig.« Sie tupfte sich

Tränen aus den Augenwinkeln. »Aber das Mädchen hat zumindest Feuer. Sie … hat Mut. Das muss man ihr lassen.«

Albert rollte mit den Augen und rieb sich den Rücken, als hätte er Schmerzen. Er schüttelte den Kopf, aber sein Blick wurde milder. »Na schön.« Er stützte sich auf seinen Stock und humpelte zurück zum Sessel. »Uns wird schon etwas einfallen.«

»Dann … hilfst du mir?«, hakte ich nach und Erleichterung durchströmte mich.

»Was bleibt mir anderes übrig?« Er hob mahnend den Finger. »Ich helfe dir. Aber auf eine Art, die uns nicht alle in Gefahr bringt, verstanden?«

Ich zögerte. Ich hatte keine Lust, mir Vorschriften machen zu lassen. Andererseits kannte ich mich in dieser Zeit tatsächlich nicht gut aus, etwas Hilfe konnte also sicher nicht schaden.

»Okay«, stimmte ich zu und Albert runzelte die Stirn.

»Okay?«, wiederholte er kopfschüttelnd. »Kindchen, wir müssen zwingend an der Art arbeiten, wie du dich gibst«, meinte er und die Falte über seiner Nasenwurzel wurde wieder tiefer. »Eine unmögliche Herausforderung, wenn man bedenkt, dass uns nur wenige Tage bleiben.«

»Drei Tage, um die Goldene Libelle von Lyon zu stehlen«, warf Estelle besorgt klingend ein. »Oder hat Elian die Libelle noch in seinen Besitz gebracht, ehe er überfallen wurde?«

»Was ist die Goldene Libelle von Lyon?«

Den Begriff hatte ich noch nie gehört.

Albert kratzte sich unter der Perücke. »Elians Auftrag«, erklärte er. »Er sollte dieses historische Artefakt in seinen Besitz bringen und sie an einem speziellen Ort hinterlegen.«

»Wo?«

Albert zuckte mit den Schultern. »Das weiß ich nicht. Elian spricht nicht über seine Aufträge. Nicht immer. Oft erfahren wir nur Bruchstücke.« Er zog sich die Perücke vom Kopf und kratzte über seine Glatze. »Er hat lediglich gesagt, dass der Mann, der die Libelle von Lyon ausfindig gemacht hat, Adrien Arnault ist. Ob er ansonsten etwas herausgefunden oder die Libelle gar in seinen Besitz gebracht hat, das weiß ich nicht.« Er rieb sich übers Gesicht. »Ich werde morgen gleich in der Frühe aufbrechen und Erkundigungen einholen«, versprach er und sein Blick wanderte über mich. »Und du bleibst hier – du bist nicht gerade unauffällig.«

»Wenn Elian diese Goldene Libelle schon bei sich hatte, könnte er dort überfallen worden sein, wo er sie hätte übergeben sollen, oder nicht?«

Albert nickte. »Ich werde versuchen, das herauszufinden.« Er erhob sich und streckte den Rücken. »Und nun sollten wir zu Bett gehen. Morgen wird ein langer Tag.« Sich schwer auf den Stock stützend ging er zur Tür. Das Hausmädchen stand davor, als hätte sie nur auf eine weitere Aufgabe gewartet. »Lucille, bitte richte meiner Nichte Sophie ein Gemach für die Nacht«, bat er und bedeutete mir, der jungen Frau zu folgen. »Sophie hat eine lange Reise hinter sich.«

Er schaute dem Hausmädchen direkt in die Augen und ich schmunzelte. Die Regeln einer überzeugenden Lüge hatten sich in all den Jahren wohl nicht sehr geändert.

»Mais oui.« Lucille knickste erst vor Albert, dann vor mir. »Bitte, Mademoiselle, folgt mir nach oben.« Sie ging voran und hielt mir die Türen auf. »Ich hoffe, Eure Reise ist angenehm verlaufen?«, hakte sie höflich nach.

Ich biss die Zähne zusammen. »Sagen wir so – sie war aufregend«, blieb ich nahe an der Wahrheit und schenkte ihr ein Lächeln.

Ich fand keinen Schlaf. Das leise Ticken des Chronographen auf meinem Nachttisch erinnerte mich daran, dass ich weit von zu Hause entfernt war, obwohl ich im selben Zimmer lag, das auch später mein Zimmer sein würde. Das Bett war jedoch vollkommen anders. Die Matratze war mit Rosshaar gefüllt und fast deckenhohe Bettpfosten trugen einen goldgelben Betthimmel, der im Dunkel der Nacht wie eine graue Wolke über mir schwebte. Ich drehte mich auf die Seite und knautschte mir das Kissen unter den Kopf. Was Elian wohl gerade tat? Wo er wohl die Nacht verbrachte? Auf kaltem Stein oder in irgendwelchen Büschen, verwundet und mit Schmerzen? Ich biss die Zähne zusammen und nahm mir vor, mir keine Sorgen um ihn zu machen. Er war schon oft dem Ruf der Schuld gefolgt. Hatte viele Reisen mit dem Chronographen durch die Zeit unternommen. Er kannte sich hier aus. Bestimmt ging es ihm gut.

Obwohl ich mir die Decke über die Schultern zog, fröstelte ich. Das Feuer, das Lucille mir vor Stunden im Kamin an der Stirnseite des Raumes entfacht hatte, war bereits heruntergebrannt und nur die Glut kämpfte noch gegen die Kälte an, während draußen unvermindert Regen an den Scheiben hinunterlief.

Ob Elian ein Feuer hatte?

Ich seufzte. Wenn ich doch nur wüsste, wo mein Bruder sich befand. Wenn ich nur wüsste, ob er die Goldene Libelle von Lyon – was auch immer das war – bereits gefunden hatte. Gähnend drehte ich mich zurück auf den Rücken. Starrte wieder blicklos in den Betthimmel. Ob Elian das Artefakt direkt an den Teufel von Paris übergeben sollte? War Elian diesem geheimnisvollen Fremden schon begegnet? Vielleicht, ohne es zu wissen?

Ich schloss die Augen und atmete tief durch. Ich musste schlafen, doch meine Gedanken wollten einfach keine Ruhe geben. Ich sah meinen Bruder vor mir, wie er mit einem glänzenden Gegenstand in der Hand auf die Übergabe wartete, wie düstere Gestalten, Wegelagerer, sich aus den Schatten lösten und ihn umzingelten. Ich sah, wie es zum Kampf kam, wie sie ihn verletzten, niederstreckten und ihm nahmen, was er bei sich hatte. Dann blickte ich in nachtschwarze Augen. In das Gesicht des Bösen. Hässlich verzerrt, mit Narben übersät und von Schmutz starrend. Der Teufel von Paris beugte sich über Elian, der blutend am Boden lag und sich vor Schmerz krümmte. Eine Hand, wie eine Klaue griff nach ihm, nahm ihm den Atem und …

Panisch schreckte ich aus dem Schlaf. Mein Herz hämmerte mir in der Brust und ich zitterte. Die Bettdecke hatte ich von mir gestrampelt und nun lag sie am Boden. Ich setzte mich auf und rieb mir das Gesicht. Das war nur ein Traum. Ein schrecklicher Traum.

Ich bückte mich nach der Decke und legte sie mir über die Schultern. Das bauschige Nachthemd, das Lucille mir gegeben hatte, wärmte kaum, und der furchtbare Traum steckte mir kalt in den Knochen. Vielleicht würde mir ein Glas Wasser helfen, den üblen Geschmack der Angst aus meinem Mund zu vertreiben.

Ich zog mir die Decke fest um die Schultern und stand auf. Die Holzdielen waren kalt unter meinen bloßen Füßen und kleine Sandkörnchen blieben an meinen Sohlen haften. Auf dem Tischchen neben der Tür standen ein Krug Wasser und ein Becher. Ich goss mir etwas ein und schritt dann zum Fenster. Der Regen hatte aufgehört. Ich schob die Vorhänge zur Seite und blickte hinaus. Die Schwärze der Nacht war dem ersten Dämmerlicht des neuen Tages gewichen, unheimlicher Nebel waberte über den feuchten Boden. Ich nippte am Wasser und es war, als würde mir eisiger Dunst die Kehle hinunterrinnen.

Gerade wollte ich mich abwenden und zurück ins Bett schlüpfen, da hörte ich Stimmen. Neugierig stellte ich den Becher ab, fasste die Decke fest und öffnete leise das Fenster. Tatsächlich. Stimmen. Ich hielt den Atem an und horchte angestrengt. Eine der Stimmen erkannte ich. Sie gehörte meinem Vorfahren Albert. *Onkel* Albert, wie ich ihn hier nennen würde, da niemand wusste, dass ich erst in über dreihundert Jahren geboren werden würde. Niemand wusste es – und niemand würde es glauben. Also war seine Nichte zu sein, die Lüge, die am nächsten an der Wahrheit lag.

»Ist die Kutsche bereit?«, hörte ich Albert und beugte mich etwas aus dem Fenster. Ich sah nichts, denn der Nebel verschluckte den gesamten Weg bis zum Torhäuschen.

»Monsieur, wollt Ihr das wirklich tun?«, hakte eine junge Männerstimme ängstlich nach. »Erinnert Ihr Euch nicht an das letzte Mal? Niemand weiß, was genau dort geschehen ist. Niemand weiß, ...«

»Genug, Rémi!« Die Stimme meines Onkels klang entschlossen. »Steig auf den Kutschbock und treib die Pferde an. Ich muss ... dorthin zurückkehren!«

Ein Windhauch lichtete den Nebel etwas und die dunklen Umrisse einer Kutsche wurden sichtbar. Goldene Leisten zierten das ansonsten schwarze Gefährt mit den zwei – nein, vier Pferden davor. Die Gestalt meines Onkels näherte sich gekrümmt dem Gespann. Er keuchte, als er sich in den Einstieg bückte. »Bring mich nach Paris«, befahl er und zog die Tür hinter sich zu. Der Kutscher fluchte. Dann knallte die

Peitsche. Hufe kratzten über die Steine und die Kutsche holperte los.

Langsam ließ ich meinen angehaltenen Atem entweichen. Albert fuhr nach Paris. Ob er dort herausfinden würde, was mit Elian geschehen war? Ich kehrte zum Bett zurück, aber anstatt mich noch einmal hinzulegen, legte ich die Decke ab und trat an die Waschschüssel. Ich spritzte mir kaltes Wasser ins Gesicht, bürstete mir das Haar und nahm anschließend die ungewöhnliche Zahnbürste zur Hand, die neben der Waschschüssel bereitlag. Sie bestand aus einem Bambusstöckchen mit Schweineborsten und hatte kaum Ähnlichkeit mit einer echten Zahnbürste. Doch von Elian wusste ich, dass die Dubois hier echte Vorreiter waren. Zahnpflege wurde in diesem Jahrhundert nicht wirklich betrieben.

Nachdem ich mit meiner Körperpflege fertig war, klingelte ich nach Lucille, die einige Kleidungsstücke für mich bereitgelegt hatte. Wenn sie sich darüber wunderte, warum die Nichte des Comte Dubois ohne Gepäck oder eigene Garderobe eine Reise antrat, dann ließ sie es sich nicht anmerken, als sie mir beim Anziehen half. Es war nicht so einfach, den Reifrock über den überdimensionalen Unterhosen, die sich bis zu meinen Knien bauschten, anzulegen, das Fischbeinkorsett über der leichten Bluse zu schnüren und dann das Ungetüm von Kleid darüberzuziehen. Die drei Lagen Stoff, die sich wie Wasserfallkaskaden über meinen Hintern ergossen, wogen mehr als gedacht, und ich fragte mich, wie ich damit die Treppe hinunterkommen sollte, ohne zu fallen. Ich sah meine Füße nicht mehr, dabei hatte ich die hellblauen Samtpantoffeln mit dezentem Absatz noch gar nicht angezogen. Ich raffte die Röcke, während Lucille mir in die Schühchen half, die kaum dazu gemacht waren, das Haus zu verlassen. Dabei hatte ich doch etliches vor! Ich wackelte mit dem Fuß hin und her und betrachtete skeptisch die dünne Sohle. Dann glitt mein Blick bedauernd hinüber zu Elians Stiefeln.

Vielleicht hatte Papa recht. Ein Mann hatte es in dieser Zeit leichter.

Ich schnaubte und ließ die Röcke wieder zu Boden. Anschließend strich ich den Stoff glatt und wappnete mich mit einem tiefen Atemzug für meine Aufgabe – in einem Kleid, das mich weder atmen ließ noch sonst irgendeine ausladende Bewegung ermöglichte. Ich fühlte mich so hilflos wie ein Käfer, der auf dem Rücken lag, als ich mein Messer und den Chronographen in das kleine beutelartige Täschchen stopfte, das die Damen hier am Handgelenk trugen.

Das kann ja nur schiefgehen, dachte ich und machte mich auf, Elian zu retten. Oder es zumindest zu versuchen.

Unerwartet

Irgendwo in Paris, 1688

Das Feuer im Kamin war beinahe heruntergebrannt. Einige Funken stoben aus der Glut auf und verglühten auf ihrem Flug. Der Hund gähnte auf seinem Platz neben dem Kamin. Nur der Mann am Fenster verspürte keine Müdigkeit. Kühle Nachtluft drückte durch die Mauerritzen und wanderte ihm den Rücken hinauf wie eine böse Vorahnung. Seit dem unerwarteten Besuch des Comte Dubois war er von innerer Unruhe ergriffen. Er hatte nicht mit Problemen gerechnet. Tatsächlich gab es nicht oft Probleme, mit denen er sich direkt auseinandersetzen musste. Doch diesmal …

Er stieß sich vom Fenstersims ab und trat ans Feuer. Er goss sich ein Glas von dem dunkelroten Wein ein, der auf dem Kaminsims stand, mied jedoch die Zinnbecher, die er für spezielle Gäste bereithielt. Für Gäste, wie den Comte Dubois. Für Gäste, die weder seinen Namen kannten noch ihn. Die ihn später auf der Straße nicht erkennen sollten. Dass der Comte Dubois ihn gefunden hatte, war dennoch bemerkenswert, wo er sich doch größte Mühe gab, nie lange an ein und demselben Ort zu verweilen. Andererseits wollte er gefunden werden. Gelegentlich. Dubois musste die ganze Stadt auf den Kopf gestellt haben, um ihn aufzuspüren.

Er nippte am Wein und ging neben dem Hund in die Hocke. Der hob den Kopf und ließ sich den Hals kraulen.

»Wir haben ein Problem, alter Freund«, berichtete er dem Vierbeiner, der die Augen genussvoll geschlossen hatte, von

Dubois' Besuch. »Wie es aussieht, werden wir die Goldene Libelle von Lyon nicht so schnell in Händen halten wie geplant.« Er rollte mit den Augen. »Offenbar ist Elian Dubois verschwunden. Soll ich das etwa glauben?«

Der Hund blinzelte und schleckte die Hand seines Herrchens, als wollte er ihn trösten.

»Und damit kann das Haus Dubois seine Schuld nicht begleichen.« Er kniff die Lippen zusammen. »Ich weiß nicht, was es ist, aber etwas stimmt an dieser Geschichte nicht.«

Der Hund bellte und der Mann lächelte. Er richtete sich wieder zu voller Größe auf und fuhr sich durch sein dunkles Haar, das er entgegen der Mode kurz trug. »Man nennt mich den Teufel von Paris!«, wunderte er sich verärgert und der Hund knurrte leise. »Und trotzdem kommt dieser Dubois hierher, um mich um Gnade oder gar Hilfe zu bitten! Oder um Erbarmen, wo er doch nicht einmal die ursprüngliche Schuld begleichen kann!« Er schüttelte den Kopf und ging mit großen Schritten in das angrenzende Arbeitszimmer. Er setzte sich an den Schreibtisch und betrachtete das Tintenfass vor sich mit der nachtschwarzen Flüssigkeit darin.

Er war wütend geworden, als Albert darum gebeten hatte, seiner Familie dieses eine Mal die Schuld zu erlassen. Als wäre das so einfach. Dubois ahnte ja nicht, wie zwingend gerade diese Schuld erfüllt werden musste. Wie lange er darauf gewartet hatte, dass die Goldene Libelle von Lyon gefunden wurde. Nun befand sie sich zum Greifen nahe, irgendwo in Paris. Und die Dubois baten um Erbarmen. Das war unmöglich. Andererseits … Er stützte den Kopf in die Hände und stöhnte. Dubois hatte behauptet, Elians Schwester Sophie hätte den Chronographen benutzt, um ihren Bruder zu suchen. War diese Familie denn verrückt? Er fuhr sich genervt durchs Haar.

Ein Mädchen … er konnte nicht so einfach ein Mädchen in Gefahr bringen. Er schluckte und schloss die Augen. Trotzdem ließen sich die quälenden Bilder in seinem Kopf nicht vertreiben.

Papa!, hörte er die panischen Stimmen seiner wunderschönen, jungen Schwestern, als wäre er noch immer dort. Dort, am Ort des Grauens. Er sah das Blut vor sich, das glänzend und feucht den Boden neben ihren zarten Körpern bedeckte, und fühlte seine eigene Hilflosigkeit.

Er presste sich die Hand auf die Brust, um den Schmerz zu mildern, doch nichts würde je wieder seine Qualen lindern. Oder doch? Er rieb sich die alte Wunde und atmete tief durch.

Es war so eine Sache mit Mädchen, dachte er und die Bilder in seinem Kopf verblassten. Es war hart, sie in Gefahr zu sehen. Und noch härter, sie sterben zu sehen. Darum machte er keine Geschäfte mit ihnen. Normalerweise nicht …

»Herr?« Die Stimme von Fleur klang besorgt, und obwohl er nicht gehört hatte, wie sie den Raum betreten hatte, überraschte es ihn nicht, als sie ihre Hand auf seine Schulter legte. »Habt Ihr Kummer, Herr?«

Er hob den Kopf, verdrängte die Erinnerungen und lächelte die Neunjährige dankbar an. Es tat ihm gut, sie um sich zu haben. »Ich habe in der Tat ein Problem«, gestand er ihr. »Ich bin auf die Hilfe eines Mädchens angewiesen«, weihte er das Kind ein und schob ihm einen Teller mit Keksen zu, der an seinem Schreibtisch stand. Fleur griff zu und schnappte sich vier Gebäckstücke, ehe sie damit zu dem weichgepolsterten Ohrensessel ging, der vor der Wand mit Bücherregalen stand. Sie setzte sich, zog die Füße unter ihre Schürze und biss herzhaft in den ersten Keks.

»Auf *meine* Hilfe?«, fragte sie kauend.

»Nein. Auf die eines anderen Mädchens. Ihr Name ist Sophie Dubois. Sie ist kein Kind mehr, aber dieser Stadt sicher nicht halb so gewachsen wie du. Außerdem vertraue ich ihr nicht.«

Fleur kicherte verlegen. »Was soll sie denn für Euch tun, Herr?«

Der Hund kam dazu, als hätten ihn die Kekse gelockt, denn er schlappte zielstrebig zu Fleur und stupste ihre Hand mit der Schnauze an, in der sie die Süßigkeit hielt.

»Ihre Familie schuldet mir etwas«, wich er aus.

»Erlassen wollt Ihr ihr diese Schuld nicht?«

Er musste lächeln. Fleur war spitzfindig. »Nein. Das kann und werde ich nicht.«

Sie nickte und teilte ihren Keks mit dem Hund. Dann schleckte sie die Krümel aus ihrer Handfläche, ehe sie sich ihm wieder zuwandte. »Und wenn ihr jemand helfen würde? Bei der Sache, die sie für Euch tun soll?«

Es gefiel ihm, dass Fleur in den gleichen Bahnen dachte wie er selbst. »Du bist so klug wie schön, kleine Fleur«, lobte er sie und griff nach dem Federkiel, der angespitzt neben dem Tintenfass bereitlag. »Wir bringen keine Mädchen in Gefahr, *oui?*« Entschlossen tunkte er die Federspitze in die dunkle Tinte. »Wir werden ihr Schutz bieten.« Er lächelte, denn obwohl ihn dieses Problem unvorbereitet getroffen hatte, bot es ihm nun die Gelegenheit, zugleich ein ganz anderes Problem zu lösen. »Das wird in jedem Fall interessant.«

Der Auftrag muss erfüllt werden!

Maison de Dubois, 1688
– Weniger als drei Tage verbleibend –

»Ich hasse diese Warterei!«, schimpfte ich und ging unruhig im Salon auf und ab. Seit Albert im Morgengrauen mit der Kutsche davongefahren war, stand ich unter Strom. Und seit die Kutsche dann vor einer Stunde ohne meinen Onkel zurückgekommen war, hielt ich es kaum noch aus. Was war mit ihm? Wo steckte er? Was war geschehen?

Rémi, der Kutscher, hatte mit gesenktem Kopf und seine braune Lederkappe nervös zwischen den Fingern knetend berichtet, dass der Comte Dubois nach mehreren Versuchen an verschiedenen Türen in Paris darauf bestanden hatte, am Hauptmarkt auszusteigen. Er habe ihn angewiesen, nach Hause zu fahren, wenn er nicht innerhalb von zwei Stunden zurück wäre. Rémi hatte sogar drei Stunden abgewartet, ehe er sich schließlich wieder auf den Weg gemacht hatte.

»Du musst darauf vertrauen, dass Albert weiß, was er tut«, meinte Estelle und legte den Stickrahmen beiseite. Sie beugte sich im Sessel nach vorne und reichte ihrem dreijährigen Sohn, dem kleinen Bray, die Bauklötzchen, die ihm gerade umgekippt waren. »Hier, *mon petit*«, säuselte sie und strich dem Jungen über die blonden Locken. Dann sah sie mich wieder an. »Bray wäre heute nicht hier, wenn Albert nicht …« Sie schüttelte den Kopf. »Vertrau ihm einfach, er weiß, was er tut.«

Ich seufzte, setzte mich neben den Jungen auf den Boden, auch wenn ich in diesem Kleid vermutlich ohne Hilfe nicht mehr hochkäme. Bray strahlte und reichte mir einen Baustein. »Bauen wir eine Burg!«, bat er und fing eifrig an, die Steine im Kreis aneinanderzureihen.

»Erzähl mir noch mal von der Nacht, als …« Ich schielte zu Bray, der vertieft in seinen Burgbau war. »… als das Pergament der Schuld unterzeichnet wurde«, bat ich.

»Schhht.« Estelle warf einen ängstlichen Blick zur Tür. »Wir reden nicht darüber!«, erklärte sie, aber mir war das zu wenig.

»Ich hab genug davon, dass niemand je über die Dinge spricht, die mit uns allen geschehen!«, murrte ich leise, um Bray nicht zu verwirren. »*Mädchen können das nicht, Mädchen verstehen davon nichts!* Das höre ich schon mein ganzes Leben und um ehrlich zu sein, hängt mir dieser ganze Mist zum Hals raus!«

Estelle wich das Blut aus den Wangen. »Kindchen!«, keuchte sie aufgebracht und zupfte sich ihre kunstvoll gedrehten Locken zurecht. »Ich …« Sie schluckte. »Ich bin ja einiges gewohnt. Von Elian, aber auch von deinem Vater, als er hier noch ein und aus ging.« Sie hob tadelnd den Finger. »Ich weiß, dass jegliche Manieren im Laufe der kommenden Jahrhunderte … verloren gehen werden und sich auch die … Konventionen verändern. Dass du dich gerade in einer Ausnahmesituation befindest, verstehe ich ebenfalls, aber du *musst* dich zusammenreißen, Sophie!« Sie stand auf und reichte Bray die Hand. Dann klingelte sie nach dem Kindermädchen.

»Ich kann mich nicht zusammenreißen«, gab ich zurück, bevor die Tür geöffnet und der Junge abgeholt wurde.

»Kann ich nicht noch bleiben?«, bettelte Bray mit flehender Miene. »Sophie möchte mit mir eine Burg bauen.«

Estelle lächelte ihren Sohn bedauernd an. »Ein andermal, *mon petit.* Ein andermal.«

Erst als sich die Tür hinter den beiden schloss, wandte Estelle sich mir wieder zu. Das Lächeln, das sie Bray eben noch geschenkt hatte, war verschwunden und Strenge war an seine Stelle getreten. »Du verstehst den Ernst der Lage nicht, Sophie!«, mahnte Estelle und kam auf mich zu. »Wenn irgendjemand aus diesem Haushalt erfährt, wo du herkommst – oder wo Elian herkommt, dann werden sie nicht nur *dich* in die Bastille werfen und dich wie eine Hexe auf den Scheiterhaufen stellen, dann werden sie das auch mit mir tun – und mit Albert!« Sie bekreuzigte sich. »Und bei Gott, sie werden nicht einmal Bray verschonen!« Estelle stieß mir ihren Zeigefinger gegen das eng geschnürte Korsett. »Der Comte hat alles riskiert, um mich und Bray zu retten – also vertrau darauf, dass er uns erneut retten wird. Er wird den Teufel finden, so wie schon einmal.«

Ich rieb mir die Stelle, an die Estelle ihren Finger gestoßen hatte. Es fiel mir schwer, einfach nichts zu tun. Ich war es so leid, dass ich mich immer fügen sollte. Nie selbst mein Schicksal in die Hand nehmen konnte. Abwarten – das tat ich doch schon mein ganzes Leben lang.

»Wie hat er euch gerettet?«, fragte ich, um die Zeit zu überbrücken. »Was ist in dieser Nacht eigentlich geschehen? Ich weiß von Papa nur, dass Bray in dieser Nacht geboren wurde, als Albert das Pergament der Schuld unterschrieben hat.«

Wieder warf Estelle einen ängstlichen Blick zur Tür. Dann nickte sie und reichte mir die Hand, um mir vom Boden aufzuhelfen. Sie senkte die Stimme. »Na schön. Ich erzähle dir, was ich weiß.«

Sie führte mich zum Fenster und schaute hinaus. Fast, als sähe sie die Geschehnisse von damals vor sich. »Du musst wissen, dass ich Bray unter meinem Herzen trug«, setzte sie an und ein dunkler Schleier legte sich über ihre Augen. »Zuerst verlief alles gut. Dann war ich bei …« Estelle kniff die Lippen zusammen. Sie sah mich an. »Ich weiß noch, dass ich bei Madame Noirot zur Soiree geladen war. Ich bin hingegangen, denn der König von Frankreich hatte seine Anwesenheit angekündigt, das weiß ich noch. Es war viel los und ich …« Sie schüttelte den Kopf und griff meine Hand. »Sophie, was dann passiert ist – weiß ich nur, weil Albert es mir gesagt hat. Ich selbst erinnere mich an etwas anderes. Ich erinnere mich nur an die Version nach der Einmischung durch den Teufel«, gestand sie und eine Gänsehaut breitete sich über ihre Arme aus. »Albert sagt, ich wäre im Gedränge der Soiree mit dem König höchstpersönlich zusammengestoßen und hätte das Gleichgewicht verloren. Ich wäre die Treppe hinuntergefallen.« Sie war blass und ihre Hände zitterten. »Bray muss dabei verletzt worden sein, denn von da an verlief wohl nichts mehr normal. Und als er geboren wurde, da …« Sie schauderte und in ihren Augen schwammen Tränen. »Wie gesagt, ich weiß das nur, weil Albert es mir erzählt hat. Die Geburt stockte, ich verlor viel Blut. Etwas schien mit Bray nicht zu stimmen. Und da erinnerte sich dein Onkel an etwas, das er in einer Schenke gehört hatte. Er brach mitten in der Nacht, im größten Unwetter auf, um einen Mann zu suchen und um Hilfe zu bitten, den alle Welt nur als den Teufel von Paris kannte.«

»Was ist dann passiert?«

Estelle biss sich auf die Lippe, ehe sie antwortete. Sie rang nach Worten.

»Er hat ihn gefunden. Und hat getan, was getan werden musste, um Bray und mich zu retten.« Eine Träne rann ihr die Wange hinab. »Wenn *ich* an die Nacht der Soiree denke, dann … bin ich nicht gestürzt. Ich stand in der Nähe seiner

Majestät, das weiß ich noch. Es war eng und der König kam in meine Richtung, rempelte schon gegen meinen Arm, als würde er mich nicht wirklich sehen, dabei hatten sich unsere Blicke gerade noch getroffen. Es war surreal – denn dann kam dieser junge Mann – ein Fremder, dem ich nie zuvor begegnet war. Er trat dem König in den Weg und verhinderte, dass wir zusammenstießen. Ich strauchelte an der Treppe, doch der Fremde fasste nach meiner Hand. Er bewahrte mich davor, die Treppe hinabzustürzen. In meiner Erinnerung war das eine schöne Nacht.« Sie rieb sich die Schläfen. »Ich wünschte mir manchmal, ich wüsste, wer dieser Mann gewesen war, doch ich habe sein Gesicht nicht richtig erkennen können. Ich würde ihm danken wollen. Ich hatte eine glückliche Schwangerschaft. Bray wurde in einer sturmumtosten Nacht geboren, in der sein Vater nicht zu Hause war. Ich ahnte nicht, was vorging. Doch als er am nächsten Morgen klitschnass und verwirrt vor der Tür stand, ein Pergament samt Tinte und Feder in der Hand, und dem Chronographen der Zeit in der Tasche, da … ging es uns gut.«

»Madame!«, die Tür zum Salon wurde aufgestoßen und Lucille platzte aufgeregt herein. »Madame, kommt schnell, der Comte … er …« Sie schlug sich die Hand vor den Mund und deutete mit der anderen zur Eingangshalle.

Estelle raffte die Röcke und hastete zur Tür. Ich rannte hinterher, an der zittrigen Lucille und den anderen Hausmädchen vorbei, bis in die Halle. Dort standen Rémi und der Torwärter Claudel. Zwischen sich hielten sie Albert gestützt, der schlaff wie ein Sack die Beine hängen ließ.

»Der Comte wurde von einer unbekannten Kutsche abgesetzt«, erklärte der stämmige Torwärter und sah fragend zu Rémi. »Ich erkannte weder Wagen noch Pferde.«

»Eine einfache Mietkutsche«, meinte Rémi an Estelle gewandt. »Madame, wo sollen wir den Comte hinbringen?«

»In den Salon«, wies sie die beiden an, presste sich die Hand aufs Herz und machte den Männern Platz. »Und Lucille soll sogleich einen Cognac einschenken. Den wird er brauchen, wenn er zu sich kommt.«

Mir schwirrte der Kopf, als ich hinter der ganzen Truppe her in den Salon ging. Albert war zurück – wenigstens etwas. Ob er den Teufel von Paris getroffen hatte? Ob er etwas über Elian herausgefunden hatte?

Ich sah zu, wie sie ihn auf das samtbezogene Sofa legten und Estelle ihm ein Kissen unter den Kopf schob, während Lucille an der Anrichte ein Glas mit goldenem Cognac füllte.

»Danke Claudel«, meinte Estelle und sah dem Torwärter direkt in die Augen. »Danke, du kannst wieder auf deinen Posten gehen.« Dann nickte sie Rémi und Lucille zu. »Auch ihr – hinaus mit euch. Der Comte braucht Ruhe.«

Schweigend warteten wir, bis wir allein waren. Dann kniete ich mich neben das Sofa und musterte Albert. Er atmete gleichmäßig, aber seine Lider zuckten unruhig.

»Ich dachte, du denkst dir eine Lüge aus«, gab ich zu und sah Estelle fragend an. »Werden die Angestellten sich nicht wundern und … tratschen?«

Estelle nickte. »Das werden sie bestimmt. Aber wir schulden Bediensteten keine Rechenschaft. Eine Regel hier: Erkläre nie, was nicht erklärt werden muss.«

Ich horchte auf. Eine neue Regel für die Kunst der Lüge?

»Hörst du, Sophie? Wir erklären uns nicht. Wir haben Geld. Wir haben jedes Recht … auf wunderliche Dinge.«

Noch ehe ich darauf etwas erwidern konnte, forderte Albert stöhnend Aufmerksamkeit. Er hob die Hand an seinen Kopf, wobei er sich matt die Perücke vom Kopf schob. Estelle nahm ihm das Haarteil ab und strich ihm über den Kopf. »Albert, wach auf«, bat sie und schüttelte leicht seine Schulter. »Was ist geschehen?«

Ich wartete so gespannt wie sie auf eine Antwort. Er schlug die Lider auf und hustete. Estelle schob ihm zwei weitere Kissen unter den Nacken und hielt ihm das Glas an die Lippen. »Trink, mein Lieber, dann geht es dir besser.«

Albert nippte und tatsächlich klärte sich sein Blick etwas. Er setzte sich aufrechter hin und rieb sich die Schläfen. »Wo …?«

»Du bist zu Hause«, erklärte Estelle geduldig.

Ich selbst brachte nicht so viel Geduld auf. Ich wollte wissen, was geschehen war, aber offenbar brauchte mein Onkel noch einen Moment, um sich zu orientieren. Trotzdem griff ich nach seiner Hand und drückte seine Finger. »Was hast du herausgefunden?«, fragte ich. »Ich habe dich mit der Kutsche wegfahren sehen. Wo warst du? Weißt du, wo mein Bruder ist?«

Albert kniff die Augen zusammen. Dann blinzelte er mehrmals, ehe er mich betrachtete. Er setzte sich weiter auf und tastete schon nach seinem Gehstock. »Wir müssen nach oben«, stöhnte er. »Der Teufel von Paris schickt dir eine Mitteilung.«

»Eine Mitteilung? Dann hast du ihn tatsächlich gefunden?«

Albert hustete und nahm einen weiteren Schluck vom Cognac, woraufhin er sich mit schmerzverzerrtem Gesicht auf den Stock stützte und aufstand. »Es war nicht leicht. Der Mann ist wie ein Schatten, man kann ihn einfach nicht greifen. Aber ich habe das Mädchen, das für ihn arbeitet, gefunden. Sie verkauft Kerzen auf dem Hauptmarkt. Sie brachte mich zu ihm, auch wenn ich nicht weiß, wohin sie mich genau geführt hat. In der Kutsche war es stockdunkel, aber die Fahrt dauerte nicht lange.« Albert kratzte sich mit dem Stock am Schienbein. »Der Teufel von Paris sitzt unerkannt mitten in Paris – das stelle man sich vor!«

»Und was sagt er?«, drängelte ich.

»Er sagt, er würde dir eine Nachricht verfassen. Auf dem Pergament der Schuld. Soweit ich mich erinnern kann …« Albert rieb sich die glasigen Augen. »… er hat, wie beim ersten Mal auch, meine Sinne mit irgendetwas getrübt, das er in den Wein mischt, darum schwirrt mir nun der Kopf. Aber wenn ich es richtig verstanden habe, überträgt er Elians Auftrag an dich.«

»Was?« So langsam verlor ich den Mut. Ich hatte natürlich nicht erwartet, dass ein Mann, der sich der Teufel von Paris nannte, mir helfen würde. Nicht um meinetwillen, sondern weil er, sollte Elian etwas zustoßen – einen Mann verlieren würde, der in seinem Dienst und seiner Schuld stand. Und tatsächlich – nach all den Jahren, in denen ich immer nur zu hören bekommen hatte, dass Mädchen nicht mutig, stark oder sonst wie geeignet wären, die Schuld der Familie zu begleichen, hatte ich nicht angenommen, dass man mir Elians Auftrag einfach übertrug. Vielmehr hatte ich gedacht, dass, wenn wir um Gnade bitten würden, wir vielleicht einmal einen Auftrag nicht zu Ende bringen müssten.

Albert schien damit auch nicht glücklich zu sein. Er war blass um die Lippen. »Komm mit hinauf und sieh es dir selbst an«, schlug er vor und deutete zur Tür. »Ich habe wirklich alles versucht, Sophie, um zu erreichen, dass er uns Aufschub gewährt, bis wir Elian gefunden haben, da du meiner Meinung nach keinesfalls den Auftrag erfüllen kannst, und ich … nun, ich bin ein Krüppel und werde dir keine Hilfe sein.« Er verzog gequält das Gesicht, als er die Stufen bis unters Dach hinaufstieg. Das verbotene Zimmer – hier war ich gestern angekommen. Und hier stand nun mein Schicksal festgeschrieben.

Estelle hielt eine Kerze hoch und durchquerte den Raum, um eine Öllampe anzuzünden, die über dem Schreibtisch hing.

»Wo ist der Tote?«, fragte ich leise und rieb mir über die Gänsehaut auf meinen Armen.

Albert winkte ab. »Auf einem Karren, der die Verstorbenen von der Bastille und dem Hospital abholt. Niemand wird je nach ihm fragen.«

Ich nickte schwach und verbot mir die Vorstellung, dass Elian womöglich auch auf so einem Leichenkarren enden würde. Das würde er nicht! Dafür würde ich sorgen!

Ich atmete tief durch und trat dann ans Pergament der Schuld. Es sah in dieser Zeit noch etwas weniger zerschlissen aus, aber als ich meine Fingerspitze darübergleiten ließ, erfasste mich stets dieselbe Spannung. Dunkle Worte traten an die Oberfläche und wie schon zuvor bewunderte ich die feinen und eleganten Bögen dieser geheimnisvollen Schrift.

Wer mochte der Verfasser sein? Wessen Worte hatten die Kraft oder Macht, einfach über meine Familie zu bestimmen? Ich zog die Unterlippe zwischen meine Zähne und strich über das Pergament.

Um die Blutschuld zu begleichen, erfülle den bestehenden Auftrag, stand dort wie immer als erster Satz. *Finde ein Artefakt, das als die Goldene Libelle von Lyon bekannt ist. Bringe die Libelle in deinen Besitz.*

»Was, wenn Elian das Artefakt schon gefunden hat? Wenn er es bei sich trägt? Wie sollen wir den Auftrag dann erledigen?«

»Das habe ich ihn auch gefragt«, gab Albert zu. »Ich habe ihm gesagt, dass ein Mädchen wie du nicht einfach durch Paris spazieren kann, um nach der Libelle zu suchen, darum …« Albert kniff die Lippen kritisch zusammen und bedeutete mir weiterzulesen. Tatsächlich waren noch mehr Buchstaben zu erkennen, als ich meine Finger darüberwandern ließ.

Als Zeichen des Entgegenkommens werde ich Unterstützung schicken. stand dort weiter. *Heute Abend am Brunnen des Apollo in Versailles erwartet dich ein Helfer.*

»Ein Helfer?« Ich sah Albert fragend an und er zuckte mit den Schultern.

»Er stimmte mir zu, dass du allein unmöglich erfolgreich sein kannst. Der Auftrag ist ihm wichtig, also wird er … jemanden schicken, der dir hilft, dich in der Gesellschaft zurechtzufinden, und dich beschützt – sollte das nötig werden.«

»Wen?«

»Das weiß ich nicht. Einen Mann.«

»Soll das Kind etwa mit einem Fremden … verkehren?«, empörte sich Estelle. »Wie solle man sich das vorstellen? Das ist schockierend!«

Ich wusste nicht, was es war. Vielleicht dieses permanente Gefühl, dass mir keiner etwas zutraute. Vielleicht dieses Ständige *Ein Mädchen kann das nicht*-Gerede. Vielleicht auch einfach nur dieses verlockende, wenn auch erschreckende Rauschen des Adrenalins in meinen Adern, wenn ich mir ein geheimes Treffen in den Gärten von Versailles vorstellte. Mir war klar, dass das unpassend war, aber der Gedanke war beängstigend, aufregend, unheimlich und berauschend zugleich. Vor mir lag die größte Herausforderung meines Lebens. Das größte Abenteuer. Das weckte meinen Kampfgeist und ich griff nach der Feder, die ordentlich in dem Tintenfass steckte.

»Als wäre ein Mann die Lösung für alle meine Probleme!«, murrte ich und setzte die Spitze der Feder dort aufs Pergament, wo geschrieben stand: *Mit meinem Namen gelobe ich den Auftrag zu Ende zu bringen und die Blutschuld zu begleichen, auf dass der Vertrag erfüllt werden möge.*

Ich kritzelte meinen Namen aufs Pergament und sah zu, wie die Tinte beim Trocknen verblasste.

»Na schön, dann habe ich jetzt wohl einen Beschützer – das sollte die Sache leichter machen, richtig?«

Albert schnappte nach Luft. »Sophie!«, mahnte er besorgt. »Das macht die Sache ganz sicher nicht leichter, mein Kind! Du musst vorsichtig sein. Du kannst niemandem vertrauen.« Er senkte die Stimme. »Wir wissen nicht, wen dir der Teufel von Paris schickt. Gib daher acht, dass du niemandem, wirklich niemandem offenbarst, aus welcher Zeit du kommst, oder was dein Auftrag ist. Die Wahrheit wäre –«

»Keine Sorge, Onkel«, unterbrach ich ihn. »Ich lüge schon mein ganzes Leben lang. Ich bin gut darin, die Wahrheit zu verbergen.«

»Aber du fällst allein wegen deines Verhaltens auf, Kindchen«, meinte Estelle und runzelte die Stirn.

Ich schluckte. Damit konnte sie recht haben. So wie Albert oder Estelle redeten – das würde ich mir auf die Schnelle nicht angewöhnen können. Aber vielleicht war das gar nicht nötig.

»Du hast doch selbst gesagt, wir haben Geld – und wer Geld hat, muss sich nicht rechtfertigen. Wir haben das Recht, wundersam zu sein.« Ich zuckte mit den Schultern. »Dann bin ich eben die wundersame Nichte des Comte Dubois. Bestimmt hat es in Versailles schon Verrückteres als das gegeben.«

Versailles

Schloss Versailles, 1688
– Zwei Tage verbleibend –

Vielleicht war ich im Vorfeld doch etwas übermütig gewesen. Ich saß Estelle gegenüber in der vornehmen Kutsche der Familie Dubois und befand mich auf dem Weg ins Schloss von Versailles. Und ich machte mir vor Angst fast in die Hosen. Anders als in den sicheren Wänden der Villa wurde mir jetzt erst richtig klar, wo – oder besser gesagt, *wann* ich mich befand. Das hatte ich bisher kaum richtig realisiert. Vom Gefühl her war es eher so gewesen, als würde in meinem Zuhause eine Art Kostümparty veranstaltet werden. Als wären Albert und Estelle Gäste und die Einrichtung nichts weiter als Partydeko. Doch jetzt, vierundzwanzig Stunden nach meiner Ankunft hier, wo ich ein Kleid trug, das sogar noch pompöser war als das, das ich den Tag über angehabt hatte, und wo mir zwei Zofen die Haare mit Brenneisen in Locken gelegt und mir mit einer Hasenpfote Karmesin auf die Wangen getupft hatten, wurde mein Ausflug in die Vergangenheit so langsam zur Realität.

Das Gefühl, alles nur zu träumen, verblasste, als die Kutsche in ein Schlagloch rumpelte und es mich beinahe von der Sitzbank hob. Ich rückte an die Kutschenwand und schob die Vorhänge auseinander. Das Waldstück, durch das wir kamen, war dicht, und ich fragte mich ernsthaft, ob der Kutscher Rémi womöglich falsch abgebogen war. Dies konnte doch unmöglich die Zufahrt zum berühmten Schloss von Versailles ein.

»Sind wir hier richtig?«, fragte ich Estelle, die zustimmend nickte.

»Wir sind gleich da«, meinte sie und strich sich über ihr taubenblaues Kleid.

Zu meiner Zeit führte eine gut ausgebaute, breite Straße zum Palast. Doch da sich sowohl vor als auch hinter uns weitere Kutschen befanden, lagen Rémi und Estelle vielleicht doch nicht so falsch.

Ein weiteres Schlagloch drückte mich in die Polster und ich schnappte nach Luft. Dabei bekam ich kaum welche, denn das Korsett war derart eng geschnürt, dass ich fast nicht atmen konnte. Außerdem fühlte ich mich ziemlich nackt. Der V-förmige Ausschnitt des üppigen Kleides war zwar mit Spitze unterfüttert, doch meine Brüste wölbten sich trotzdem ungewohnt weit hervor. In der Schule würden den Jungs die Augen aus dem Kopf fallen. Dazu der Unterrock mit Volants aus blutroter Seide, der an der gerafften Vorderseite unter dem goldenen *Manteau* genannten Überrock hervorschaute. Das war echt etwas viel. Ich klammerte mich an den Fächer, den Estelle mir der Vollständigkeit halber in die behandschuhten Finger gedrückt hatte, und rang meine Nervosität nieder.

Wenn Elian sich in dieser Zeit zurechtfand, dann würde ich das auch schaffen! Oder? Ich schielte zu Estelle, die sich zwar Mühe gab, gelassen zu wirken, deren gefaltete Hände auf dem Schoß jedoch leicht zitterten.

Die Kutsche bog um eine Kurve und mir klappte der Mund auf. Der Palast erstrahlte im Licht unzähliger Leuchter. Allein die Zufahrt war taghell beleuchtet, sodass jeder Gast, der aus einer Kutsche stieg, bewundert werden konnte. Feuer speiende Artisten bliesen Flammensäulen in die Luft und begeisterten die Gäste, die eben erst ankamen.

Vor uns bildete sich eine Schlange aus Kutschen, was mir einen Moment Zeit gab, mich zusammenzureißen. Ich schlug mir leicht auf die Wangen, um mich davon zu überzeugen, dass ich wirklich wach war. Mein Herz hämmerte wie wild gegen das eng geschnürte Korsett und ich tastete durch den bauschigen Seidenstoff nach dem kleinen Messer an meinem Oberschenkel. Ich hatte zu Estelles Entsetzen darauf bestanden, dass sie es mir mit einem Gurt am Bein befestigte. Es dort zu spüren, gab mir Kraft, und ich fühlte mich Elian näher. Es war seine Waffe, und indem ich sie bei mir trug, hatte ich das Gefühl, er würde über mich wachen. Ich benetzte meine Lippen, dann öffnete Rémi den Kutschenverschlag. Er schenkte mir ein Lächeln und reichte mir hilfsbereit die Hand.

»Mademoiselle«, meinte er und half mir aus der Kutsche. Er wartete, bis ich meine Röcke glatt gestrichen hatte. Dann verneigte er sich, ging Estelle beim Aussteigen zur Hand und schloss leise die Kutschtür hinter uns. »Dort entlang, Mesdames.« Er zeigte den fackelbeleuchteten Weg zum Palast hinauf, als hätten wir ihn trotz der vielen Menschen, die ihn entlangströmten, übersehen können.

»Merci, Rémi.« Estelle streckte den Rücken durch und straffte die Schultern. Dann berührte sie sanft meinen Ellbogen. »Ich hoffe, du weißt, was du tust, Kindchen«, flüsterte sie und schritt mir voraus auf das im Feuerschein golden strahlende Schloss von Versailles zu.

Wusste ich, was ich tat? Absolut nicht! Andererseits erwachte gerade in diesem Moment etwas vollkommen Neues in mir. Die Luft, die ich atmete, war fast dreihundertfünfzig Jahre alt. Aber sie belebte mich wie nie etwas zuvor. Die Flammen der Feuerspucker strahlten eine magische Hitze aus und entzündeten damit eine innere Energie, die mir vollkommen neu war. Mein Herz pochte, mein Puls raste, meine Hände zitterten und mein Mund war furchtbar trocken, sodass ich kaum eine Antwort an Estelle herausbrachte. All das vermengte sich zu einem Prickeln auf meiner Haut, zu einem Kribbeln in meinem Magen und einem Sehnen in meinem Innersten, von dem ich unbedingt mehr wollte.

Ich schwebte wie auf Wolken, als ich durch die weit geöffneten Türen in den hell erleuchteten Palast trat, den ich ansonsten nur als Touristenattraktion kannte. Versailles. Epochales Monument des Sonnenkönigs. Strahlender Beweis des Größenwahns des französischen Herrschers. Und wie alle, die wohl zum ersten Mal hierherkamen, war ich regelrecht geblendet von der Schönheit und Eleganz des Schlosses. Gold, Licht, Spiegel, Marmor, so weit das Auge reichte. Dazwischen die Schar von Höflingen und Bediensteten, Edelleuten und schillernden Damen. Ich war überwältigt. Ich schluckte, meine Kehle war allerdings ausgetrocknet. Staunend folgte ich Estelle, die als meine Anstandsdame fungierte, durch Räume und Flure.

»Mach den Mund zu«, meinte Estelle und stieß mich leicht mit ihrem Fächer an.

»Was?«

»Du starrst mit offenem Mund!«, mahnte sie streng.

»Oh.« Ich senkte den Blick und benetzte meine Lippen. »Das ist einfach unfassbar«, wisperte ich ihr zu und schüttelte dabei ungläubig den Kopf. Wir hatten den Spiegelsaal im ersten Stock erreicht und ich war überwältigt von all dem Prunk. »Sieh dich doch mal um! Wir sind in Versailles! Nicht einfach nur in Versailles! Sondern … in …«

Estelle packte meinen Ellbogen und schlug mit dem Fächer nach mir. »Mach einen Knicks!«, raunte sie und das bunte Stimmengewirr um mich herum verstummte schlagartig. Ich reckte den Kopf, aber Estelle zog mich nach unten. »Knicks!«, fauchte sie durch zusammengebissene Zähne.

Ich tat, was sie verlangte, allerdings nicht, um ihr zu gehorchen, sondern weil alle es machten. Jede Frau in meiner Nähe sank in einen tiefen Knicks, jeder Mann verneigte sich, und keiner sah auf.

Es war, als hielte der gesamte Ballsaal den Atem an. Schritte erklangen, doch ich wagte es nicht aufzuschauen. Sie kamen näher und Estelle entwich ein winziges Wimmern.

»Comtesse Dubois. Was für eine Überraschung.« Direkt vor uns hielten die Schritte an und glänzende mit Pfauenfedern geschmückte Schuhe kamen in mein Sichtfeld. Estelle sank noch tiefer. »Ihr und Euer Gemahl habt uns lange nicht mit Eurer Anwesenheit beehrt.«

»Vergebt uns, Majestät!«, erwiderte sie und ich schnappte hörbar nach Luft.

Ungläubig riss ich den Kopf hoch und starrte den Mann vor mir an. Das war verrückt! Ludwig der XIV. – der Sonnenkönig höchstpersönlich – stand vor mir. In all seiner Pracht. Er trug sein Haar dunkel gelockt, bis tief in den Rücken, war glatt rasiert, und sein knielanger Rock tailliert, mit goldenen Borten verziert und mit Edelsteinen besetzt, betonte seine große, schlanke Gestalt. Der Sonnenkönig war so beeindruckend wie auf all den Gemälden, die man von ihm kannte. Sogar noch beeindruckender. Und vor allem – lebendig.

Und er musterte mich irritiert, weil ich gegen die Etikette verstieß.

Estelle neben mir wurde weiß wie die Wand.

Der König sah von ihr zu mir und wieder zurück. »Ein neues Gesicht bei Hofe?«, fragte er und bedeutete mir mit einem gelangweilten Wink, mich zu erheben.

Meine Knie zitterten und das Mieder kam mir von Atemzug zu Atemzug enger vor.

»Majestät«, presste ich fast tonlos hervor und fragte mich, was ich tun sollte? Den Blick gesenkt lassen? Des Königs Blick erwidern? Wurde von mir erwartet, dass ich etwas sagte? Etwas tat?

Der König musterte mich, ohne eine Regung in seinem Gesicht erkennen zu lassen. Dann hielt er mir die Hand hin und ich schüttelte sie.

Estelle keuchte, schlug sich die Hand vor den Mund und machte den Eindruck, als würde sie gleich in Ohnmacht fallen.

Schnell ließ ich die Finger des Königs los.

»Vergebt meiner Nichte, Majestät«, flehte Estelle dramatisch. »Sie war noch nie bei Hofe, sie …«

Ludwig hob die Hand und unterbrach Estelle. »Still«, verlangte er und ein leichtes Lächeln zeigte sich auf seinen Lippen. »Den Namen Eurer Nichte. Nennt ihn Uns.«

Estelle wurde immer kleiner in ihrem Knicks. »Ihr Name ist Sophie Dubois«, wisperte sie beinahe tonlos.

Ludwig nickte. Erneut streckte er mir die Hand entgegen, doch diesmal nahm er meine behandschuhten Finger in seine. Er lächelte. Dann hob er meinen Handrücken an seine Lippen und hauchte einen Kuss darauf. »Sophie Dubois.« Auch seine Stimme war leise. »Willkommen in Versailles.« Er hielt nach wie vor meine Hand und sein Blick bohrte sich geradewegs in meinen. Seine Augen waren blau und von einer Klarheit, die keinen Zweifel daran ließen, dass alle Welt seinem Befehl folgte. »Und wenn wir Euch das nächste Mal unsere Hand anbieten, dann küsst Ihr sie, *oui?*«

»Klar!«, stieß ich hervor und wollte mir am liebsten die

Zunge abbeißen. *Klar?* Zum König von Frankreich sagte man vermutlich einiges – aber keinesfalls *klar!*

»*Oui,* Majestät«, schob ich entschuldigend hinterher. »Es … tut mir leid. Ich …«

Er winkte ab, drehte sich um und ging weiter, als hätte er mich schon in dem Moment vergessen, in dem er sich der nächsten Person zuwandte, die seine Aufmerksamkeit erregte.

Estelle schlug sich die Hand aufs Herz. Sie packte mich grob am Arm und zog mich mit sich in den Nebenraum.

»Meiner Treu! Was für eine Katastrophe! Du hast den König verärgert!«

»Hab ich das?« Ich starrte den Rücken des Monarchen noch immer durch die offene Tür an. Es war unglaublich, dass dies wirklich und wahrhaftig der Sonnenkönig war. Und doch war seine Aura so königlich und herrschaftlich gewesen, dass ich keinen Zweifel daran hatte.

»Warum hast du nicht seine Hand geküsst? Weißt du nicht, was für eine Ehre es ist, die Hand des Königs zu küssen?« Estelle klappte ihren Fächer auf und wedelte sich hektisch Luft zu.

»Woher sollte ich das wissen?«, fragte ich spitz. »Mich hat nie jemand auf diesen Tag vorbereitet«, erinnerte ich sie verärgert. »Und so schlimm war das jetzt auch nicht. Er hat gelächelt, ich habe es genau gesehen!«

Estelle fasste sich erneut ans Herz, doch diesmal, um ihr Riechsalzfläschchen aus dem Ausschnitt ihres Kleides zu ziehen. »Ich werde ohnmächtig, wenn ich mir das vorstelle«, keuchte sie und lehnte sich an eine der vielen marmornen Säulen. »Und dabei sind wir eben erst angekommen! Dein Onkel hatte recht. Ein Mädchen … kann das nicht! Wir sollten gehen. Unverzüglich.«

Der König war weitergegangen und ich konnte ihn nicht

mehr entdecken. Vermutlich befand er sich in der Traube von Menschen, die sich um ein Piano versammelt hatten.

»Wir gehen nicht! Ich muss diesen Mann finden, den ich hier treffen soll«, erinnerte ich sie und reckte den Hals, um aus einer der offenen Bogentüren in den Palastgarten spähen zu können. Ich musste mich zwingen, mich von all dem Glanz und Fantastischem nicht ablenken zu lassen. Ich war nicht hier, um dem König die Hand zu küssen. Ich war hier, weil der Teufel von Paris es so wollte. »Sag mal, Estelle … weißt du eigentlich, wie er aussieht?«, fragte ich, denn mir kam der Gedanke, dass der Teufel von Paris irgendwo um uns war. War er womöglich hier, um zu sehen, ob seine Anweisungen befolgt wurden?

Unauffällig ließ ich meinen Blick über die Gäste schweifen. Wer von denen wirkte so, als wäre er ein Mann, der sich Teufel von Paris nannte? Wen umgab eine Aura des Bösen? Oder des Übernatürlichen? Mir rann ein Schauer den Rücken hinab, denn im Grunde konnte jeder hier der Teufel sein.

»Wie wer aussieht?« Estelle fächerte noch immer recht hektisch. »Der Mann, der dir helfen soll?«

»Nein. Der Teufel von Paris«, teilte ich meine Überlegungen mit ihr. »Weißt du, wie er aussieht?«

»*Mais, non!* Natürlich nicht.« Sie hielt den Fächer so, dass sie mir dahinter zuflüstern konnte. »Niemand weiß, wer er ist.«

»Hat denn Albert nie etwas von ihm erzählt? Er muss ihn doch gesehen haben.«

Estelle zuckte mit den Schultern. »Albert spricht nicht gerne darüber. Er sagt, er musste etwas trinken, das ihn benommen gemacht hat. Du hast ja erlebt, wie er zurückkam. Am besten fragst du ihn da selbst noch einmal, denn ich will gar nicht mehr wissen, als unbedingt nötig ist.«

Das würde ich auf jeden Fall tun. Allein die Vorstellung, dieser beängstigende Mann könnte irgendwo ganz in der Nähe sein, ließ meine Hände in den Handschuhen schwitzen.

Überhaupt war mir wahnsinnig heiß. Die Aufregung, den Sonnenkönig getroffen zu haben, und all die prachtvollen Eindrücke – das war etwas viel auf einmal. Ich legte mir die Hand auf den Magen und atmete so tief durch, wie mein Kleid es eben zuließ. »Ich fühle mich beobachtet«, gab ich zu, denn der Eindruck, als würden uns hundert Augenpaare folgen, wurde von Minute zu Minute drängender.

»Wir *werden* beobachtet«, stimmte Estelle mir zu. »Unsere Familie war seit Jahren nicht mehr bei Hofe, und du bist ein neues Gesicht. Der Hofstaat verzehrt sich nach Neuem. Alles, was älter als einen Tag ist, verursacht bei Hof Langeweile. Wir werden morgen das Gesprächsthema sein, fürchte ich.«

»Dann … sollten wir nicht länger als nötig hier sein, oder?«

Estelle nickte. »Du solltest unverzüglich zum Brunnen gehen, während ich hier …«, sie schluckte und klappte entschieden ihren Fächer zu, »versuche, die Neugier, die wir wecken, zu dämpfen.« Sie schaute mir geradewegs in die Augen und zwinkerte. Ich wusste, was sie meinte. Sie würde lügen.

Noch ehe ich etwas erwidern konnte, rauschte eine Dame mit hochgestecktem Haar herbei und grüßte Estelle so laut, dass sich die Umstehenden zu uns umdrehten.

»Comtesse Dubois! Was für eine Freude, Euch wiederzusehen! Wie lange ist das her? Zwei Jahre?«

Estelle knickste und auf ihren auffordernden Blick hin, machte ich es ihr nach. »Drei«, verbesserte sie die Dame. »Vivienne de la Roche, darf ich vorstellen – eine Nichte meines Mannes, Sophie Dubois. Sophie, das hier ist meine liebe Freundin Madame de la Roche.«

»Madame.« Ich knickste höflich und beobachtete Estelle. Sie war gut. Sie sah ihrer Freundin lächelnd ins Gesicht. Direkt in die Augen. »Sophie ist erst kürzlich bei uns angekommen. Sie hat eine lange Reise hinter sich«, blieb sie nahe bei der Wahrheit, auch wenn sie und Vivienne vermutlich in verschiedene Richtungen dachten. Es war eine Kunst, die Wahrheit zu sagen und dabei dennoch zu lügen. Eine Kunst, die Estelle gut beherrschte, wie ich fand.

»Wie reizend.« Madame de la Roche hob ihre Hand an meine Locken und tätschelte mir die Wange. »Eine hübsche junge Dame.« Sie nickte wohlwollend. »Ist sie hier, um sich zu vermählen?«

Estelle schüttelte den Kopf. »Sie ist auf der Durchreise, um ihren Bruder nach Hause zu bringen.«

Nun, das war schon eine etwas weitere Auslegung, wenngleich immer noch die Wahrheit. Schließlich musste ich ihn nicht nur nach Hause bringen. Ich musste ihn erst mal finden. Und das in wenigen Tagen. Dabei lief mir so langsam die Zeit davon.

»Die ganzen Eindrücke sind doch etwas viel auf einmal«, mischte ich mich unschuldig in das Gespräch ein und deutete mit dem zugeklappten Fächer in Richtung der Gärten. »Ich werde ein bisschen frische Luft schnappen, Tante Estelle. Bitte mach dir keine Umstände. Ich bin gleich zurück.«

»Mais, non!« Madame de la Roche hob empört die Augenbrauen. »Wir begleiten dich natürlich. Alles andere wäre unschicklich.«

Ich verkniff es mir, mit den Augen zu rollen, als sich Vivienne bei mir einhakte und mich durch die weit geöffneten Türen nach draußen führte.

»Oh!«, entfuhr es mir, als sich die Pracht des Palastgartens vor mir erstreckte. Er war mit Flammen erhellt und die Fontänen der Wasserbecken wirkten wie flüssiges Silber.

»Beeindruckend, wenn man das erste Mal hier ist«, meinte Estelle und zog Vivienne ein Stück von mir weg. »Warum gehst du dich nicht etwas umsehen, während mich Madame de la Roche auf den neuesten Stand bringt, was den Klatsch und Tratsch bei Hofe anbetrifft.«

Vivienne klatschte begeistert. »Oh, Estelle – du hast einiges verpasst. Wusstest du, dass sich Madame Noirot zuletzt in Begleitung eines jungen Mannes gezeigt hat, der …«

Estelle hob den Zeigefinger an ihre Lippen. »Vivienne!«, rief sie empört. »Das sind sicher keine Geschichten, die Sophie hören sollte!« Sie scheuchte mich mit einem Wink die Stufen in den Garten hinunter. »Geh dich umsehen, Kindchen. Wir warten hier auf dich.«

»*Oui,* Comtesse«, folgte ich gehorsam und rollte nun doch mit den Augen. Dieses folgsam Unterwürfige lag mir gar nicht. Aber da Estelle mir damit die Möglichkeit gab, ungestört zum Brunnen zu gelangen, wollte ich nicht meckern.

Ich überquerte die breite Terrasse und schaute mich um. Das Mondlicht spiegelte sich in den symmetrisch angelegten riesigen Wasserbecken. Eine halbhohe Hecke rahmte den Gartenbereich ein, ehe sich dahinter eine schillernde Wasserfontäne in den Himmel erhob. Mein Blick wanderte über das eckige Bassin mit Apollo in seinem Streitwagen, der aus den Fluten des Brunnens auftauchte. Der Nachthimmel war sternenklar und das goldene Licht der Sterne spiegelte sich im Wasser, als wären sie vom Himmel herabgestiegen, um ein Bad zu nehmen.

Ehrfürchtig hob ich den Saum meines Kleides und stieg die Stufen hinab. Ich, in diesem Kleid, an diesem Ort – es war magisch und trotz meiner Sorge um Elian fühlte es sich an wie ein Traum. Die Kühle der Nacht auf meiner Haut war wohltuend und die Musik, die durch die geöffneten Fenster ins Freie drang, trieb mich beschwingt voran. Irgendwie war es cool, hier zu sein. Auch wenn der Grund dafür alles andere als schön war.

Aber wer würde so etwas schon erleben? Wer aus meiner Schule würde je empfinden, was ich gerade empfand. Dieses Kribbeln im Magen, dieses Prickeln auf der Haut. Den Hauch der Geschichte, der mich umwehte.

Ich hatte den Brunnen des Apollo erreicht. Als ich mich umdrehte, war es mir unmöglich, Estelle und Vivienne unter den Gästen vor dem Palast auszumachen. Ich schlenderte weiter und die Lichter des rauschenden Festes schafften es nicht, die Rückseite des Brunnens zu erreichen. Selbst die Musik war über das Rauschen des Wassers kaum mehr zu hören. Ich ließ meinen Rocksaum los, klemmte mir den Stoff zwischen die Beine, um das Kleid zu schützen, streifte mir den Handschuh von den Fingern und tauchte die Hand ins Wasser. Die Tropfen benetzten meine Haut und ich breitete die Finger unter der Oberfläche aus.

Es gefiel ihm nicht, hier zu sein. Nicht heute. Nicht aus diesem Anlass. Valentin Delacroix stand im Schutz der Nacht, verborgen hinter kunstvoll getrimmtem Buchs. Er war nicht wegen des rauschenden Fests hier. Nicht wegen des Königs. Oder weil die milde Nacht regelrecht zum Feiern einlud. Er war hier, weil er gar nicht anders konnte. Und obwohl er nicht erpicht darauf gewesen war herzukommen – unter diesen speziellen Umständen, wallte nun Neugier in ihm auf, als er die schlanke Silhouette einer jungen Frau auf den Brunnen des Apollo zukommen sah.

Er regte sich nicht, um seine Anwesenheit noch nicht zu verraten. Erst wollte er sich ein Bild von der Frau machen, die er hier treffen würde.

Ihr Gesicht lag im Dunkeln, aber das Mondlicht ließ erkennen, dass sie zierlich war. Die hellen Locken fielen ihr sanft auf die Schultern, als sie sich über das Wasserbecken beugte. Sie wirkte verletzlich. Vielleicht weil ihre Taille so eng geschnürt war, dass er glaubte, sie mit seinen Händen umfassen zu können.

Es war offensichtlich, dass diese junge Frau Schutz brauchte. Und sei es nur vor Verehrern. Schon dass sie allein hier im Dunkeln herumspazierte, war leichtfertig.

Er trat einen Schritt aus dem Schutz der Dunkelheit und der Wind trug leise Musik an sein Ohr. Er näherte sich ihr, doch sie schien ihn nicht zu bemerken. Sie streifte sich die Handschuhe ab und tauchte ihre Hand in Apollos Fluten. Er war ihr nun so nah, dass er das Zittern bemerkte, das ihren Körper überlief.

»Ist es kalt?« Eine Stimme wie Samt umfing mich, und eine dunkle Gestalt spiegelte sich im Wasser des Brunnens. Erschrocken hielt ich den Atem an, zog meine Hand zurück und drehte mich langsam um. Graublaue Augen fingen meinen Blick.

»Es ist … erfrischend«, antwortete ich, während ich versuchte, mich aus diesem intensiven Blick zu lösen. Ich benetzte meine Lippen, war aber nicht in der Lage, auch nur einen Millimeter zurückzuweichen. Als wäre ich gefangen von der Aura dieses Fremden.

Er war jung. Zumindest jünger als viele der Gäste hier. Dabei sicher älter als ich. Vielleicht neunzehn. Und doch wirkte er durch seine selbstsichere Erscheinung ernst und erwachsen. Als hätte er schon viel erlebt. Sein kurzes dunkles Haar schillerte im Mondlicht geheimnisvoll und der sanfte Schwung seiner Augenbrauen lenkte meine Aufmerksamkeit sogleich wieder zurück zu diesen eindrucksvollen Augen. Ich spürte, dass auch er mich musterte. Seine markanten Lippen verzogen sich amüsiert, als er das zwischen meine Knie geklemmte Kleid wahrnahm. Schnell gab ich den Stoff frei und strich die Seide glatt.

»Erfrischend«, wiederholte er meine Worte mit einer seltsamen Betonung und hob erneut den Blick, um mir ins Gesicht zu sehen.

Ich wusste nicht, was ich erwartet hatte, als ich mir einen Beschützer vorgestellt hatte. Einen Mann wie einen Türsteher in der Disco vielleicht. Bullig, mit dicken Muckis und geballten Fäusten. Aber niemals hätte ich damit gerechnet, dass der Mann, der mir zur Seite gestellt wurde, so attraktiv aussehen könnte. So perfekt. Selbst die kleine Narbe an seiner Augenbraue tat der Perfektion keinen Abbruch. Er trug einen Mantel aus dunkelblauem Samt, mit einer ganzen Reihe von silbernen Knöpfen, die unter seinem weißen Halstuch begannen und über seine Brust bis hinunter zu den Knien reichten. Dunkle Kniebundhosen, die man *Culotte* nannte, schauten unter dem Gehrock hervor, und die Spitze des Halstuchs fand sich außerdem in den gebauschten Rüschen an den Ärmeln wieder. Seine Haltung war selbstsicher und ich war überzeugt davon, dass, wäre ich ihm an diesem Abend bereits begegnet, er mir aufgefallen wäre. Obwohl er vom Stil seiner Kleidung her genau die gängige Mode traf, unterschied ihn etwas von all den anderen Herren hier.

»Was tut Ihr ganz allein in der Dunkelheit?« Seine Stimme war tief und sanft. Ich senkte den Blick und streifte mir den Handschuh über, um etwas Zeit zu gewinnen, denn mein Herz raste wie wild und ich war zu keinem klaren Gedanken fähig. Dann sah ich ihn an. »Ich bin nicht allein. Du … Ihr seid ebenfalls hier.« Ich musste mich echt auf diese übertriebene Art zu sprechen konzentrieren.

Wieder zuckten seine Lippen. »Dann wäre es nur höflich, mich vorzustellen«, meinte er und legte seine Hand vor seinen Bauch, ehe er eine Verbeugung andeutete. »Valentin Delacroix, stets zu Diensten, Mademoiselle.«

Ich wusste, nun war es an mir, mich vorzustellen, doch was, wenn dieser Mann nicht der war, mit dem ich mich treffen sollte? Ich schaute mich um, doch weit und breit war niemand sonst zu entdecken.

»Was führt Euch hier heraus, Monsieur Delacroix?«, fragte ich stattdessen und deutete in die uns umgebende Dunkelheit. »Das Fest findet drinnen statt.«

Nun schmunzelte er wirklich und seine Augen funkelten schelmisch. »Auch Ihr feiert hier draußen.« Er hob unschuldig die Arme. »Was, wenn es uns … bestimmt ist, uns hier zu treffen?«

Ich verkniff mir ein Seufzen, denn diese Stimme, sie war markant und regelrecht geheimnisvoll. Sie jagte mir einen kribbelnden Schauer über den Rücken.

»Glaubt mir, Monsieur. Ich sollte ganz sicher nicht hier sein.« Das war die Wahrheit und sie fühlte sich dennoch an wie eine Lüge, denn verdammt – ich wollte gerade nirgendwo sonst sein. Jede Zelle meines Körpers war gespannt. Alle meine Sinne auf mein Gegenüber ausgerichtet.

»Den Geboten des Anstands folgend – sollte keiner von uns

hier sein«, stimmte er mir zu. »Erlaubt mir also, Euch zurück zum Schloss zu begleiten?«

»Ich weiß nicht«, zögerte ich und biss mir auf die Lippe. »Ich …« Was, wenn er nicht der Richtige war? Er sah viel zu gut aus für einen Gehilfen des Teufels von Paris. Ich konnte nicht mit ihm gehen, nur weil er schöne Augen hatte. Das war die Untertreibung des Jahrhunderts. Er hatte unfassbare Augen! »Ich … komme allein zurecht. Danke. Ich bleibe lieber noch etwas hier, Monsieur.«

»Ich bin Euch in den Garten gefolgt, weil ein gemeinsamer … *Bekannter* meint, Ihr bräuchtet in den nächsten Tagen eine Begleitung. Einen Beschützer womöglich. Also bitte, nennt mich Valentin.« Er bot mir seinen Arm.

»Ich bin Sophie«, gab ich nach, und weil ich nicht wusste, was ich sonst tun sollte, legte ich meine Hand auf seine. »Unser gemeinsamer Bekannter?«, hakte ich nach, und nun schlug mein Herz nicht nur wegen des Mannes vor mir schneller. Ich gehörte nicht in diese Zeit. Ich hatte hier keine Bekannten. Außer … »Meint Ihr den …«

»Schhht.« Er legte den Finger an seine Lippen. »Die Nacht ist schon dunkel genug.« Er blickte hinter mich, bevor er weitersprach. »Reden wir nicht von ihm. Erzählt mir lieber von Euch, Sophie. Ich weiß gerne, was mich erwartet.«

Das hätte ich auch gerne gewusst, denn nun war ja wohl klar, dass Valentin Delacroix der Mann sein musste, den ich hier hatte treffen sollen. Er war der Mann, der mir helfen sollte. Doch was genau wusste er über mich? Was durfte ich ihm offenbaren? *Vertraue niemandem*, hatte Albert mich gewarnt. Ich ließ zu, dass er mich an den Brunnen vorbei in Richtung Palast führte.

»Wenn es stimmt, was Ihr sagt, dann verratet mir, was

unser gemeinsamer Bekannter Euch erzählt hat«, forderte ich, während ich mir seiner Nähe viel zu bewusst war. Je näher wir dem Schloss kamen, umso mehr Aufmerksamkeit erregten wir. Die Leute sahen uns nach. Kein Wunder, denn Valentin Delacroix war der attraktivste junge Mann des gesamten Hofstaats.

Und sein Lächeln ließ selbst den goldenen Prunk des Schlosses glanzlos wirken. »Nichts«, gab er zurück. »Ich weiß nichts über Euch. Ihr seid eine wahre Überraschung.«

»Warum lasst Ihr Euch dann darauf ein? Warum solltet Ihr mir helfen, wenn Ihr gar nichts über mich wisst?«

Valentin blieb stehen und blickte mir in die Augen. »Niemand in Versailles tut etwas ohne guten Grund. Auch ich habe meine Gründe – aber würdet Ihr darauf bestehen, sie Euch zu nennen – müsste ich lügen.«

»Und das gebt Ihr so offen zu?«

»Warum nicht? In Versailles lügen alle, Mademoiselle Dubois.«

Ich erstarrte. »Ich dachte, Ihr wisst nichts über mich. Meinen Familiennamen habe ich Euch nämlich nicht genannt«, erinnerte ich ihn erschrocken.

Valentin Delacroix zuckte mit den Schultern und bedeckte meine Hand mit seiner, damit ich nicht vor ihm zurückweichen konnte. Er beugte sich näher zu mir und flüsterte. »Dann weiß ich vielleicht doch mehr, als ich zugebe.«

Valentin

Schloss Versailles, 1688

»Findet Ihr das fair?«, fragte ich, ließ mich aber weiter von ihm in Richtung Palast führen. »Dass Ihr mehr über mich wisst als ich über Euch?«

Sein Lachen war warm und kam überraschend. »Wann ist denn im Leben jemals etwas gerecht?«, fragte er und sah mich interessiert an. »Aber na schön. Um der Gerechtigkeit willen: Was wollt Ihr denn über mich wissen, Mademoiselle Dubois? Fragt ruhig.«

»Damit Ihr mich anlügt, wie Ihr gerade gesagt habt?«

Ich sah ihn von der Seite an und seine Wimpern waren dunkel und dicht, wie gemacht, um Geheimnisse in seinem Blick zu bewahren. Er schmunzelte und aus seinen Augen sprühte Humor. »Das Ausmaß der Lüge hängt von der Indiskretion der Frage ab«, gab er zu und ging langsamer, da wir die Stufen zur Terrasse erreicht hatten. Ich hob mit der einen Hand meinen Rocksaum an und war froh, dass mein Begleiter mir mit der anderen Hand Halt bot.

»Also?« Sein Blick suchte meinen. »Was wollt Ihr wissen?«

Was wollte ich wissen? Alles! Wer er war, warum er dem Teufel von Paris half? Oder mir? Warum er so gut aussah, dass ich mich kaum auf meine Aufgabe konzentrieren konnte, und zu guter Letzt quälte mich die Frage, ob ich ihm trauen konnte. Ich schluckte. Das Graublau seiner Iriden war wie ein Nebelschleier über einem See. Einem See voller Geheimnisse. Ich konnte nicht erkennen, ob Gefahren darin lauerten.

»Seid Ihr dem Teu… ich meine … *unserem Bekannten* schon einmal begegnet?«, fragte ich und senkte meine Stimme. »Ist er heute hier?«

Valentin zuckte mit den Schultern. »Es sind viele Leute hier.«

»Aber wisst Ihr, wie er aussieht? Wer er ist?« Ich blieb mitten auf der Treppe stehen und suchte in Valentins Augen nach den Anzeichen einer Lüge, aber es war, als würde der Nebel darin sich noch verdichten.

»Unser Bekannter bleibt gerne unerkannt«, meinte er ausweichend und beugte sich näher zu mir. »Aber es würde mich wundern, wenn er unser Aufeinandertreffen dem Zufall überließe.«

Ich hielt den Atem an. »Dann glaubt Ihr, dass er hier ist?«

Valentin musterte mich. Sein Blick glitt über mein Gesicht und meine kunstvoll gedrehten Locken. »Ich denke, die Neugier hat ihn hierhergeführt.« Er berührte sacht meinen Ellbogen, damit ich weiterging. Auf der Terrasse winkte uns Estelle bereits mit ihrem Fächer. »Wenn ich ehrlich bin, hat auch mich die Neugier hergeführt«, gab Valentin leise zu. »Eine unbekannte junge Mademoiselle, die einen Begleiter und Beschützer braucht – das hat mein Interesse geweckt«, meinte er und brachte mich zu Estelle und ihrer Freundin Vivienne.

Er verneigte sich vor beiden Damen und küsste zuerst Madame de la Roche die Hand, ehe er das Gleiche bei Estelle tat. »Mesdames, was für ein wundervoller Abend.«

Vivienne sank in einen Knicks und warf mir einen anerkennenden Blick zu. »Ist es denn zu fassen? An ihrem ersten Tag bei Hofe macht die reizende Mademoiselle Dubois gleich die Bekanntschaft eines der begehrtesten Junggesellen von ganz Versailles.«

Valentin lachte. Anders als zuvor klang sein Lachen diesmal rauer. Echt für jeden, der leichtgläubig genug war, seinem Gegenüber zu vertrauen. Doch nicht echt genug für mich. »Ihr schmeichelt mir, Teuerste.«

Estelle wurde rot und auch mir war die Situation etwas unangenehm. Offenbar war Valentin Delacroix kein Unbekannter.

»Sophie, Liebes«, meinte Estelle verwirrt. »Warst du nicht hier, um dir die Brunnen anzusehen?«

»Ja, war ich. Genau dort bin ich Monsieur Delacroix begegnet. Wir haben festgestellt, dass wir einen gemeinsamen Bekannten haben. Ist das nicht wunderbar?«

Vivienne lächelte. »Ein wunderbarer Zufall«, meinte sie und stieß Estelle vielsagend den Ellbogen in die Seite. »Vielleicht wird man die beiden ja von nun an öfter zusammen sehen.«

»Ich bleibe nicht lange in Versailles. Ich bin nur hier, um meinen Bruder Elian zu treffen und ihn nach Hause zu holen«, wehrte ich ab, denn ich wollte verhindern, dass Madame de la Roche sich darüber wundern würde, mich schon in ein paar Tagen nie wieder zu sehen. Schließlich lief mir schon jetzt die Zeit davon. Mir blieben nur noch wenige Stunden, und ich hatte keine Ahnung, was ich tun sollte. Ich sah unauffällig zu Valentin hinüber. Er sollte mir helfen – doch wobei? Wusste er überhaupt, dass das Leben meines Bruders auf dem Spiel stand?

Valentin machte ein trauriges Gesicht. »Meine Damen, wenn dem wirklich so sein sollte, dass mir nur wenige Gelegenheiten mit der liebreizenden Mademoiselle Dubois vergönnt sein werden, bitte ich darum, uns zu entschuldigen. Ohne einen Tanz darf diese Begegnung nicht enden.«

Vivienne lachte schallend. »Euer Charme, Monsieur Delacroix, sucht seinesgleichen!«

Er verneigte sich mit einem schelmischen Lächeln und bat mich sogleich mit einer Verbeugung, mich ihm anzuschließen. »Mademoiselle Dubois – darf ich bitten.«

Tanzen? Jetzt? Mein Bruder war in Not und der Mann, den der Teufel mir als Helfer schickte, wollte tanzen?

»Ich weiß nicht recht«, versuchte ich dem zu entgehen, aber Vivienne scheuchte mich mit ihrem Fächer regelrecht in Valentins Richtung. »Nun geh schon, Kindchen«, rief sie. »Du kannst dem jungen Mann doch nicht das Herz brechen.«

Überrumpelt davon, dass Estelle nicht einmal Einspruch erhob, sondern mich lediglich fragend ansah, ließ ich es zu, dass Valentin mich von den beiden wegführte.

»Ich kann nicht tanzen«, klärte ich ihn auf und entwand ihm möglichst unauffällig meinen Arm. »Und ich habe keine Zeit dafür.« Ich schnaubte. »Ich weiß nicht, was Ihr Euch denkt, wie Ihr mir helfen könntet, aber ich bin mir sicher, dass ich hier meine Zeit vergeude!«

Valentin schien nicht beeindruckt. Zwar hielt er an, doch sein Blick glitt weiter zur Tanzfläche, bevor er mich wieder anschaute. Aufgrund der Vielzahl an Gästen stand er so nah bei mir, dass ich den Kopf in den Nacken legen musste, um ihm ins Gesicht sehen zu können. »Ein Tanz in Versailles kann nie eine Zeitverschwendung sein. Ich wäre ein schlechter Begleiter, würde ich Euch nicht zum Tanz bitten.«

»Ihr versteht da etwas falsch«, protestierte ich. »Ich brauche keinen Begleiter auf der Tanzfläche! Ich … brauche …«

»Ja?« Seine Stimme klang samtig und er wirkte leicht amüsiert. »Was braucht Ihr, Mademoiselle? Sagt es, und ich werde sehen, ob ich es Euch beschaffen kann.« Er zwinkerte. »Euer Wunsch … ist mir Befehl.«

Das glaubte ich nicht eine Sekunde! Die Männer in dieser Zeit nahmen ganz sicher keine Befehle von Frauen an. Und selbst wenn … er würde mir Elian nicht bringen können. Oder diese bescheuerte goldene Libelle!

»Vergiss es einfach«, murrte ich, während Valentin mich fragend beäugte. »Ich meine … vergesst, was ich gesagt habe. Ich … bin etwas überfordert mit … der Situation«, sagte ich und straffte die Schultern.

»Darum bin ich hier«, flüsterte Valentin und führte mich weiter. »Vertraut mir – und entspannt Euch.«

Ich ließ zu, dass er mich auf die Tanzfläche zog, aber meine Gedanken rasten. Wenn ich hier nicht meine Zeit verschwenden wollte, dann musste ich mich auf die Suche nach der Libelle begeben. Dann musste ich anfangen, Elian aufzuspüren. Dann musste ich …

Ich warf Valentin einen unauffälligen Blick zu und musterte ihn. Er wirkte, als wäre er jeder Situation gewachsen. Bewegte sich selbstbewusst durch die Menge, als könne ihm nichts etwas anhaben. Ich musste anfangen, die Hilfe anzunehmen, die mir zur Verfügung stand, um an mein Ziel zu gelangen.

Meine Hand lag auf Valentins Arm, und er bettete sanft seine Finger auf meinen Handrücken, während er mich auf die Tanzfläche führte. Es war kein schlechtes Gefühl, seine Nähe zu spüren. Er bot mir Halt – und ich brauchte Halt, ob ich wollte oder nicht.

»Ihr seid hier am Hof recht beliebt«, stellte ich fest und Valentin schmunzelte nickend.

»Ich bin ein gern gesehener Gast«, stimmte er mir zu.

»Dann …« Ich zögerte, weiterzusprechen, aber im Grunde

hatte ich keine Wahl. Ich versuchte mich an alles zu erinnern, was ich über meinen Auftrag wusste. »Dann könnt Ihr mir vielleicht sagen, ob Adrien Arnault heute Abend auch hier ist?«, fragte ich und ließ dabei meinen Blick durch die Menge schweifen.

»Adrien Arnault?« Valentin legte den Kopf schief und musterte mich. »Was wollt Ihr von ihm?«

Ich schluckte, denn die Warnung von Albert hämmerte mir im Kopf. *Vertraue niemandem.*

»Ich habe gehört, er ist ein Sammler historischer Artefakte«, gab ich zu und löste mich von Valentin, denn die Tänzer nahmen bereits Aufstellung. »Ich interessiere mich für seine Sammlung«, erklärte ich entschlossen, denn er würde nicht wissen, wie nah dies der Wahrheit kam. »Ihr könnt mich nicht … zufällig mit ihm bekannt machen?«

Valentins Augen wurden schmal und ich fragte mich, was ihm durch den Kopf ging. »Adrien Arnault?«, hakte er noch einmal nach. Dann nickte er und verbeugte sich leicht vor mir. »Natürlich. Der Herr hat dort drüben ebenfalls Aufstellung zum Tanz genommen«, erklärte er und neigte den Kopf in die angedeutete Richtung. »Wenn Ihr Euch für seine Sammlung interessiert, sollten wir versuchen, eine Einladung zur morgigen Soiree in seinem Stadthaus zu erlangen. Oder was meint Ihr?«

Mein Puls beschleunigte sich. Adrien Arnault gab eine Soiree? Das wäre die Gelegenheit, mehr über die Libelle von Lyon herauszufinden.

»Klingt gut.« Ich schenkte Valentin ein Lächeln. Vielleicht war seine Hilfe doch nicht so schlecht.

»Ich habe ja gesagt, ein Tanz ist nie eine Zeitverschwendung«, meinte er selbstsicher und erwiderte mein Lächeln. Dann setzte die Musik ein und die Tänzer nahmen einander gegenüber Aufstellung. Ich ließ Valentin stehen und reihte mich bei den Tänzerinnen ein. Die Damen hoben ihre linke Hand und machten einen Schritt auf die Herren zu, die sich formvollendet verneigten. Ich straffte die Schultern. Es war ewig her, dass ich diesen Tanz mit Elian eingeübt hatte. Nicht weil ich es hatte lernen sollen, sondern um ihm dabei behilflich zu sein, sich hier in dieser Zeit zurechtzufinden. Ich erinnerte mich kaum mehr an die Schrittfolge und so stolperte ich wenig elegant zwischen den anderen Damen herum. Valentins Lippen kräuselten sich. Ich glaubte, ihn lachen zu hören. Dann tanzte er auf mich zu und wir legten die Hände aneinander.

»Ihr habt recht – Ihr könnt nicht tanzen.« Er sah amüsiert aus und wir drehten uns einmal um uns selbst. »Nicht besonders gut zumindest.«

»Wo ich herkomme, wird nicht oft getanzt«, hielt ich mich dicht an der Wahrheit und wechselte den Arm, als wir uns in die andere Richtung drehten. Kurz berührte Valentin meine Taille. Sein Blick bohrte sich in meinen.

»Wo ich herkomme, auch nicht.« Er ließ mich los und die Tanzabfolge trennte uns. Jeder tanzte auf seiner Position, bis uns die nächsten Takte wieder zusammenkommen ließen. »Der Herr neben mir ist Adrien Arnault«, flüsterte Valentin mir zu, als er diesmal seinen erhobenen Unterarm gegen meinen legte und wir uns im Kreis drehten. »Und ich muss gestehen, dass es mir noch nicht oft passiert ist, dass jemand mit mir tanzen wollte, um eigentlich die Bekanntschaft eines anderen Herren zu machen.«

Sein Atem strich mir über den Hals und mein Herz schlug schneller. Obwohl ich hier war, um Elian zu suchen und die Schuld meiner Familie zu erfüllen, war ich mir der anderen Dinge sehr wohl bewusst, die gerade geschahen. Ich war in

Versailles, mit dem offenbar begehrtesten Junggesellen der Stadt. Dutzende Augenpaare waren auf uns gerichtet und ich spürte die missgünstigen Blicke einiger anwesender Damen. Und ich war mir auch bewusst, dass ich auf Valentins Berührungen reagierte – so unschuldig sie auch waren. Aber als er seine Hand an meine Taille legte, da spürte ich ein Kribbeln durch den Stoff hindurch.

Vermutlich war das nicht außergewöhnlich. Schließlich befand ich mich in einer Extremsituation. Da spielten die Gefühle schon mal verrückt. Das hatte nichts zu bedeuten. So würde es jedem gehen. Auch in meiner Zeit. Ein attraktiver Kerl, der einem nahe kam, verursachte nun mal zwangsläufig Herzklopfen. Ich musste das nur richtig einordnen und keinesfalls überbewerten.

»So beliebt, wie du … Ihr bei den Frauen hier seid, werdet Ihr das schon verkraften. Sagt mir lieber, wie wir an so eine Einladung herankommen.«

Valentin lächelte. »Ihr seid wohl sehr an altertümlicher Kunst interessiert«, stellte er fest und sein Blick wurde bohrend. Ob er ahnte, dass mehr dahintersteckte?

»Ich habe gehört, dass sich einige sehr besondere Stücke in der Sammlung von Adrien Arnault befinden. Ich würde sie einfach gerne sehen«, erklärte ich und zuckte mit den Schultern, während der Tanz uns zusammenführte.

Valentin schmunzelte. »Wenn es nicht mehr bedarf, um Euch glücklich zu machen, … dann«, flüsterte er und zwinkerte mir zu, »… ist meine Aufgabe wirklich ein Kinderspiel. Ihr seid die Nichte des Comte Dubois, neu am Hofe und zudem wunderschön. Arnault hat Euch nun gesehen. Damit habt Ihr getan, was nötig ist, um Euch eine Einladung für den morgigen Abend zu verschaffen. Ganz ohne meine Hilfe.«

Wunderschön? Hatte er das wirklich gesagt? Ich spürte, wie mir Hitze in die Wangen stieg, darum redete ich schnell weiter.

»Warum brauche ich überhaupt eine eigene Einladung? Ich dachte, Ihr wärt überall eingeladen. Habt Ihr denn keine bekommen?«

Valentin lachte. »*Mais oui,* aber Euer Ruf wäre kompromittiert, würdet Ihr als meine Begleitung dort erscheinen.« Er zwinkerte mir zu. »Man würde erwarten, dass wir uns verloben.«

»Verloben? Weil wir zusammen wo hingehen? Das ist ein schlechter Scherz, oder? Ich bin siebzehn!«

Sein Lachen vibrierte in meinem Bauch. »Das perfekte Alter, um sich zu vermählen, und es trifft mich hart, dass eine Verbindung mit mir für Euch offenbar eine Strafe wäre.« Er nickte in Richtung der Damen, die um die Tanzfläche herumstanden und zu uns herübersahen. Es war klar, dass jede von ihnen gerne mit Valentin verlobt wäre. Sie schmolzen förmlich dahin, wenn sein Blick sie nur streifte.

»Ich bleibe nicht lange in Paris«, erinnerte ich ihn.

Er neigte zweifelnd den Kopf. »Vielleicht gefällt es Euch hier. Dann wollt Ihr vielleicht länger bleiben.« Der Tanz trennte uns, ehe er uns erneut dicht zusammenführte.

»Das geht nicht!«

Valentin umfasste meine Taille und hob mich zu einer kleinen hopsenden Drehung an. Dann ließ er mich an seinem Körper hinabgleiten und schaute mir tief in die Augen. »Ich hielt Euch für ein Mädchen, das diese Worte gar nicht kennt, Sophie.« Er führte mich in den nächsten Tanzschritt und ich stolperte mit. »Warum wollt Ihr die Zeit über Euch bestimmen lassen?«, fragte er und verursachte mir eine Gänsehaut. »Nur weil sie messbar ist, sollten wir uns von ihr nicht beherrschen lassen«, flüsterte er. »Nehmen wir uns die Zeit, die wir brauchen, um zu bekommen … was wir wollen.«

Um zu bekommen, was wir wollen, gingen mir Valentis Worte noch durch den Kopf, als er mich mit wackeligen Knien von der Tanzfläche führte. Was wollten wir? Was ich wollte, war klar, aber was wollte Valentin? Sein Blick war geheimnisvoll und ich hätte noch einen Moment Zeit gebraucht, um das Kribbeln in meinem Magen und das Zittern in meinen Beinen unter Kontrolle zu bringen, das die Nähe dieser letzten Drehung verursacht hatte. Ich zwang mich zur Ruhe, doch mein fliegender Puls wollte einfach nicht gehorchen. Mir war beinahe schwindelig, als Adrien Arnault uns entgegenkam.

»Valentin Delacroix«, grüßte er meinen Begleiter und schenkte mir dann ein Lächeln. »Ihr habt meine Einladung für den morgigen Abend erhalten?«

Valentin deutete ein Nicken an. »Ich danke dafür. Es ist mir eine Ehre, die Einladung anzunehmen.«

Der ältere Arnault wischte sich mit einem Taschentuch den Schweiß aus dem Nacken. »Wie erfreulich. Und vielleicht erweist mir Eure Tanzpartnerin ebenfalls die Ehre und nimmt meine Einladung an?« Er sah mich erwartungsvoll an. »Adrien Arnault«, stellte er sich vor und verneigte sich tief.

Ich knickste, so wie es wohl erwartet wurde. »Sophie Dubois. Und es wäre mir ein Vergnügen, Eure Einladung anzunehmen.«

Als sich Arnault wenig später nach kurzem Plausch über das Wetter verabschiedete, sah Valentin mich zufrieden an. »Gut gemacht«, lobte er mich und führte mich durch den Saal. »Dann treffen wir uns morgen im Stadthaus von Arnault.« Er steuerte auf Estelle zu und senkte beim Näherkommen die Stimme. »Ich werde Euch nun verlassen, Sophie. Es würde Gerede geben, wenn ich Euch zu viel Aufmerksamkeit schenke.«

»Gerede?« Ich wusste nicht, was er meinte.

Er räusperte sich. »Ich begleite Euch, weil ich von unserem Bekannten darum gebeten wurde, wie Ihr wisst. Wir sollten vermeiden, den Eindruck zu erwecken, ich hätte darüber hinaus ein Interesse an Euch, richtig?«

»Richtig«, stammelte ich überrascht. Irgendwie kränkten mich seine Worte und das aufgeregte Flattern in meinem Magen erhielt einen Dämpfer. Ich schluckte, dabei fühlte sich meine Kehle eng an. Was hatte ich denn gedacht? Dass dieser attraktive Kerl froh war, mich aufs Auge gedrückt zu bekommen, wie ein Kindergartenkind? Vermutlich störte ihn eine Begleiterin bei seinen Flirts mit den anderen Damen. Dass die hinter ihm her waren, war schließlich nicht zu übersehen.

Ich schluckte erneut. »Richtig«, wiederholte ich und versuchte mich auf den Grund meiner Anwesenheit in dieser Zeit zu konzentrieren. »Aber … da wäre noch eine Sache«, setzte ich unsicher an. Was, wenn Valentin mir dabei nicht helfen wollte?

Er runzelte die Stirn. »Noch eine Sache?«

»Ja, ich … wie Ihr wisst, bin ich hier, um meinen Bruder zu treffen.«

»Euer Bruder Elian – ja, ich habe es im Gespräch mit Madame de la Roche mitbekommen.«

Ich nickte. »Die Sache ist die …«

Seine Augenbrauen hoben sich fragend und ich redete lieber schnell weiter. »… Elian ist verschwunden. Ich muss ihn schnellstens finden.«

»Verschwunden? Euer Bruder ist verschwunden?«

»Wusstet Ihr das nicht?«, tastete ich mich vorsichtig heran. Es war zum Schreien, dass ich keine Ahnung hatte, was der Teufel von Paris mit Valentin besprochen hatte. Wusste er von der Libelle? Oder von Elian? Offenbar nicht. Und ich hatte nicht den blassesten Schimmer, wie viel ich ihm anvertrauen konnte.

Valentin runzelte die Stirn, was mich nötigte, mehr zu erklären.

»Mein Bruder wurde vermutlich überfallen und ist seitdem verschwunden. Ich muss ihn finden. Ich dachte, unser Bekannter hätte Euch deswegen gebeten, mir zu helfen.«

Valentin musterte mich nachdenklich. Dann tippte er sich mit der Hand gegen den Oberschenkel, bevor er sich zu mir herüberbeugte. »Warum glaubt ihr, dass Euer Bruder überfallen wurde, wenn er verschwunden ist?«, wollte Valentin wissen.

»Das kann ich Euch nicht sagen.«

Valentins Züge wurden härter. »Dann denke ich, dass es nicht meine Aufgabe ist, Euren Bruder zu finden. Ich bin nur hier, um Euch einige Türen zu öffnen.«

»Na, das ist ja mal super!«, fauchte ich leise und packte ihn am Arm. »Mir wurde gesagt, Ihr wärt hier, um mich zu beschützen und mir Gesellschaft zu leisten! Also leistet mir gefälligst Gesellschaft bei der Suche nach meinem Bruder!«

Valentin lachte und fuhr sich arrogant durchs Haar. »Bedaure, Sophie. Meine Aufgabe besteht darin …«

»Mich auf dumme Tanzflächen zu schleppen?«, beendete ich den Satz ironisch für ihn.

Er grinste. »Dafür zu sorgen, dass Euch nichts geschieht«, verbesserte er mich geduldig.

»Und ich bin hier, um Elian zu finden. Egal, ob mir dabei etwas passiert!«

Valentin kniff die Lippen verärgert zusammen. »Seid Ihr immer so stur?«

»Ach, wusstet Ihr das etwa nicht? Wo du … Ihr doch denkt, alles über mich zu wissen?«

Er lachte leise. Schließlich wurde sein Blick milder. »Nun gut. Ich werde Euch helfen und mich nach Eurem Bruder umhören. Vielleicht kann ich Euch morgen Abend schon mehr darüber sagen.«

»Morgen Abend? Das ist zu spät. Was, wenn er verwundet ist? Mir läuft die Zeit davon. Mein Vater … erwartet uns in wenigen Tagen zurück.« Wie sollte ich Valentin erklären, dass ich nur ein Zeitfenster von insgesamt drei Tagen hatte, um den Auftrag des Teufels zu erfüllen, ohne von dem Chronographen, dem Pergament der Schuld und meinem Leben in einer anderen Zeit zu sprechen? Und ein Tag war bereits verstrichen! Was, wenn meine Zeit abgelaufen war? Was dann? Ich konnte nicht einfach so tun, als wäre die Zeit nicht das entscheidende Element in dieser ganzen Sache. Auch wenn Valentin meinte, wir dürften nicht die Zeit über uns bestimmen lassen. Er irrte sich!

Valentin sah sich um, ob uns jemand zuhörte. »Ich sagte doch, ich werde mich erkundigen. Mehr kann ich nicht tun.«

»Könnt oder wollt Ihr nicht mehr tun?«, forderte ich ihn heraus, doch er ließ sich nicht aus der Ruhe bringen.

»Ich werde tun, was ich kann – seid Ihr damit nun endlich zufrieden?«

Ich war kein bisschen zufrieden, aber da ich vermutlich nicht mehr bekommen würde, nickte ich widerstrebend. »Wo? Wo wollt Ihr Euch nach ihm umhören?«

Valentin zuckte mit den Schultern. »Sollte er überfallen worden sein, dann gibt es Leute, die davon wissen. Leute, die gerne mit ihren Taten prahlen. Ich werde einige Wirtshäuser abklappern müssen, um etwas in Erfahrung zu bringen.«

»Ich könnte mitkommen, dann ...«

Valentin lachte. »Das ist absurd.«

Wütend, weil er mich nicht ernst nahm, versetzte ich ihm einen leichten Schlag mit dem Fächer. »Ist es nicht! Ihr kennt Elian doch nicht einmal. Wisst nicht, wie er aussieht oder wie er sich gibt. Er könnte Euch gegenübersitzen und Ihr wüsstet nicht, wen Ihr vor Euch habt. Ihr braucht mich!«

»Sicher nicht.« Valentins Blick war streng. »Und das ist mein letztes Wort!«

Ich kochte vor Wut. »Es ist bescheuert, meine Hilfe abzulehnen!«, fauchte ich ihn durch zusammengebissene Zähne an. »Ich wäre Euch nicht im Weg, das verspreche ich.«

»Nein.« Valentin verschränkte die Arme vor der Brust. »Schlagt Euch das gleich wieder aus dem Kopf. Es bleibt dabei. Wir sehen uns morgen Abend bei Arnault. Und jetzt geht mit Eurer Tante nach Hause, damit ich mich sogleich nach Paris aufmachen kann.« Er wartete nicht, ob ich damit einverstanden war, sondern führte mich mit sanftem Druck weiter zu Estelle.

»Mesdames«, verabschiedete er sich direkt. »Es war mir ein ...«, seine Augen funkelten, als er mich anlächelte, »... ein Vergnügen.«

Und nach all den Jahren als Profi im Lügengeschäft hätte ich geschworen, dass dies keineswegs die Wahrheit war.

Jeder ist verwundbar

Maison de Dubois, 1688

Dann war es eben kein Vergnügen für ihn, mich kennenzulernen. Das machte mir nichts aus. Für mich hielt sich das Vergnügen schließlich ebenfalls in Grenzen. Valentin Delacroix hatte mich behandelt wie ein Kleinkind. Ich war furchtbar wütend, weil er tatsächlich zu glauben schien, meinen Bruder ohne mich leichter finden zu können.

Meine Laune war so auf dem Tiefpunkt, dass sogar Lucille bei jedem meiner genervten Seufzer erschrocken zusammenzuckte. Sie hatte mir aus dem Kleid geholfen und war nun dabei, mir die kunstvollen Locken auszukämmen.

Ihre Fragen nach meinem Abend hatte ich einsilbig abgewürgt und sie hatte es inzwischen aufgegeben, ein Gespräch anfangen zu wollen. Ich wollte meine Laune nicht an ihr auslassen, doch meine Sorge um Elian ließ mich meine Höflichkeit vergessen. Meine Nerven waren zum Zerreißen gespannt, und wann immer mein Blick auf den Chronographen fiel, der nun vor mir auf dem Waschtisch lag, wurde mir klar, dass mir die Zeit davonlief. Und da war nun mal keine Zeit für Höflichkeiten.

»Danke, Lucille. Den Rest schaffe ich allein«, sagte ich und wartete, bis sie sich zurückgezogen hatte. Dann stützte ich den Kopf in die Hände und atmete tief durch. Ich konnte mich nicht darauf verlassen, dass Valentin Delacroix wusste, wie wenig Zeit mir blieb. Albert hatte gemeint, dass ich niemals und mit niemandem über den Chronographen sprechen durfte.

Und darüber, wozu er diente. Also war anzunehmen, dass Valentin keine Vorstellung davon hatte, wo ich wirklich herkam. Es war wichtig, ihn davon zu überzeugen, dass ich tatsächlich bloß auf der Durchreise war. Doch das bedeutete, ich musste mehr tun, als abzuwarten.

Ich stand auf und trat ans Fenster. Rémi war gerade dabei, die Pferde von der Kutsche abzuspannen. Einem Impuls nachgebend öffnete ich das Fenster. »Rémi!«, rief ich gepresst, um niemanden sonst im Haus zu wecken. Der junge Kutscher hielt in der Bewegung inne und lauschte. »Hier oben, Rémi!« Er wandte sich um und schaute zu mir hoch.

»Mademoiselle, Sophie?«

»Ja.« Ich beugte mich etwas weiter hinaus. »Rémi, ich bräuchte ein Pferd. Kannst du mir eines satteln?«

»Mademoiselle?«, hakte er irritiert nach. »Ein Pferd? Jetzt?«

»Ja. Ich muss nach Paris. Darum brauche ich ein Pferd.«

»Mais, non!« Rémi machte ein geschocktes Gesicht. »Das halte ich für keine gute Idee, Mademoiselle!«

Ich straffte die Schultern und rief mir etwas in Erinnerung, das Estelle mir gesagt hatte: *Wir rechtfertigen uns nicht. Wir haben Geld.*

»Und ich halte es für keine gute Idee, mit mir darüber zu diskutieren«, gab ich zurück und legte mehr Entschlossenheit in meine Stimme, als ich in Wahrheit empfand. »Sattle mir ein Pferd. Jetzt.« Damit wandte ich mich ab, hastete zur Kleidertruhe und wühlte darin nach den Klamotten, die ich mir aus Elians Schrank geborgt hatte. Nachdem ich diese angezogen hatte, steckte ich mir die blonden Haare notdürftig mit Haarnadeln unter die Kappe und befestigte den Beutel mit Gold an meinem Gürtel unter dem Mantel. Dann schlich ich mich aus meinem Zimmer, die Treppe hinunter und in den Hof.

Rémi war meiner Aufforderung gefolgt, doch wie er mich ansah, gefiel mir nicht. Wie Jacques, der Junge aus meinem Wissenschaftskurs an der Schule, der immer alles besser zu wissen glaubte.

»Mademoiselle, ich muss wirklich darauf bestehen, dass ein Ritt nach Paris um diese Uhrzeit –«

Ich hob die Hand und unterbrach ihn so. »Glaub mir, Rémi, ich war schon oft allein in Paris.« Die Wahrheit war manchmal die größte Lüge. Natürlich war ich schon oft allein in Paris gewesen. Ich ging dort zur Schule. Fuhr täglich dorthin. Mit dem Bus, mit Freunden oder Elian. Aber natürlich nie allein nachts mit einem Pferd, das ich vermutlich nicht einmal besonders gut würde reiten können. Ich hatte im Alter von zwölf Jahren mal zwei Jahre Unterricht genommen, aber so richtig hatte ich mich an Pferde nie gewöhnt. Sie waren … groß. Doch das durfte ich mir vor Rémi nicht anmerken lassen.

»… aber …« Rémi musterte mich besorgt. »Wie Ihr angezogen seid, Mademoiselle, das …« Er schüttelte den Kopf, denn anscheinend fehlten ihm die Worte.

Doch ich würde bloß mehr Zeit verlieren, wenn ich mir von seinen Bedenken noch mehr Angst machen lassen würde. Die hatte ich ohnehin. Also griff ich mir die Zügel und kämpfte mich in den Sattel. Das war in den Stiefeln, die mir zu groß waren, und mit dem schweren Ledermantel gar nicht so einfach, doch ich schaffte es. Mit einem Ruck an den Zügeln trieb ich das Pferd an und trabte zum Torhaus. Der Torwärter rieb sich verschlafen übers Gesicht, öffnete allerdings auf meinen Ruf hin das Tor.

Kaum lag die Straße vor mir, ließ ich das Pferd schneller werden. Der Wind fuhr mir unter den Mantel und ich fröstelte, während mich die Hufschläge ordentlich durchschüttelten. Wenigstens konnte ich mich halten. Selbst ein kleiner Sieg war es wert, gefeiert zu werden, und so stieß ich ein erleichtertes Seufzen aus, als ich mich nach den ersten Minuten an das Tempo und den Sitz im Sattel gewöhnt hatte. Ich hatte keine Ahnung, wie lange ich brauchen würde, um Paris zu erreichen. Mit dem Auto benötigte man keine halbe Stunde in die Stadt, aber mit dem Pferd? Die Straßen waren in schlechtem Zustand, ausgefahren von den Kutschen, die stetig von Paris nach Versailles und zurück fuhren. Und die Nacht war dunkler, als ich es erwartet hatte, nicht nur, weil die Hälfte des Weges durch dichten Wald führte, sondern auch, weil man Straßenlaternen hier vergeblich suchte. Das Pferd, das immer wieder nervös mit den Ohren zuckte, war definitiv nicht allein mit seiner Angst. Je weiter ich kam, umso dümmer kam mir diese Idee vor. Aber jetzt umzukehren, wäre auch nicht besser.

Beinahe hätte ich vor Erleichterung geweint, als sich nach einer gefühlten Ewigkeit die Umrisse der Stadt im silbernen Licht des nahenden Morgens abzeichneten. Der Himmel glomm in dunklem Blau und bis zum Sonnenaufgang würde es noch etwas dauern, doch die Dunkelheit der Nacht verblasste allmählich, als ich das Pferd langsam auf die ehemalige Stadtmauer zulenkte. Die Trümmer aus Gestein lagen aufgetürmt an den Seiten des Weges, aber die Mauer war fort. Ich erinnerte mich, im Geschichtsunterricht gehört zu haben, dass Ludwig der XIV. die Stadtmauern hatte schleifen lassen, um Paris weltoffener wirken zu lassen. Anstelle der alten Mauern, die noch vor wenigen Jahren die Stadt geschützt hatten, wurden nun Plätze und Promenaden errichtet, um die Schönheit der Stadt von Weitem erkennen zu können.

Mir jedenfalls kam das gelegen und ich ritt ungehindert in die Stadt. Mein Rücken war schmerzhaft steif, als ich das

Pferd über die Brücke der Seine lenkte. Morgennebel waberte über die Ufer und die Geräusche ließen erahnen, dass die Stadt so langsam erwachte. Ein Hahn krähte sich die Seele aus dem Leib und am Ufer beluden Fischer einen Kahn. Ich dirigierte das Pferd über die leichte Böschung zum Wasser hinunter und mein Blick schweifte zu den beiden Türmen von Notre Dame. Die Kirche ragte in der Ferne am Seineufer auf und mir schnürte es das Herz zusammen, wenn ich daran dachte, dass dieses Wahrzeichen von Paris in meiner Zeit von Baugerüsten umrahmt war, weil es einem Brand zum Opfer gefallen war.

Ich rieb mir die Gänsehaut von den Armen und riss mich vom Anblick der Kirche los. Ein Stück dahinter befand sich der Hafen. Doch dort sollte ich mich allein besser nicht blicken lassen. Bereits hier fühlte ich mich nicht ganz wohl, denn die einzigen Menschen, die sich um diese Zeit auf den Straßen aufhielten, waren Männer. Wie die beiden Fischer vor mir. Zögernd stieg ich ab und näherte mich den beiden, die Netze auf das Boot luden.

»Bonjour«, grüßte ich mit verstellter Stimme und hoffte, man würde mich für einen jungen Mann halten. Die Fischer drehten sich zu mir um. Einer kratzte sich fragend am Kopf, der andere musterte mich lediglich flüchtig, ehe er seiner Arbeit weiter nachging.

»Ich bin auf der Suche nach einem Mann namens Elian Dubois. Kennt ihr ihn?«, rief ich übers Wasser. Die beiden Kerle sahen sich kurz an. Dann kam der, der sich gekratzt hatte, über die wackelige Planke zurück ans Ufer.

»Elian Dubois?«, hakte er nach und kam näher. Er roch nach Fisch und Schweiß. Eine echt fiese Mischung.

»Kennt Ihr ihn? Oder habt Ihr von ihm gehört?«, fragte ich

und atmete flach. Das Pferd zog am Zügel und ich strauchelte in den großen Stiefeln.

Der Fischer kratzte sich am Kopf und musterte mich skeptisch. »Ich nicht, aber mein Bruder Romain, der dort oben in der Schenke hockt, der kennt wirklich jeden. Er weiß alles, was in Paris vor sich geht.« Er sprach langsam, als wäre er müde.

Was für ein Glück! War das zu glauben? Ein Typ, der jeden kannte und alles mitbekam, würde mir garantiert helfen können! Voll neu erwachter Hoffnung, wäre ich dem Fischer am liebsten um den Hals gefallen. Da er sich allerdings schon wieder kratzte, ließ ich das lieber sein. Vielleicht war der Kerl nicht einfach nachdenklich, sondern hatte Kopfläuse – oder Schlimmeres …

Unauffällig wich ich ein paar Schritte zurück.

»Ich kann auf das Pferd aufpassen, wenn du mit Romain reden willst«, bot er mit schleppender Stimme an und streckte mir die Hand nach den Zügeln entgegen. »Für 'ne kleine Bezahlung, versteht sich.«

Na klar, so wurden die Dinge hier geregelt. Ich nickte, drehte mich zur Seite, damit der Kerl nicht sehen konnte, wie prall gefüllt mein Beutel mit Münzen war. Dann fischte ich mir eine Hand voll *Sous* heraus und knöpfte meinen Mantel wieder zu. Ich reichte dem Typ die Münzen und die Zügel. Irgendwann – so dachte ich – würde der Kerl von einer Parkuhr ersetzt werden. Er ließ die Münzen in seiner Hemdtasche verschwinden und tätschelte dem Pferd den Hals. »Aber nicht trödeln. Ich hab noch zu tun«, ermahnte er mich und deutete auf das Boot.

»Ich beeile mich«, versprach ich und war in Gedanken schon bei Romain. Was, wenn mir der Kerl in dem Wirtshaus wirklich sagen konnte, was mit Elian geschehen war? Wie groß war die Wahrscheinlichkeit, dass ausgerechnet dieser Kerl das wusste? Ziemlich gering. Aber vielleicht hatte ich ja zur Abwechslung mal Glück. Es wäre jedenfalls cool, wenn ich sowohl Albert als auch Valentin beweisen würde, dass ich Elian ganz ohne ihre männlichen Superkräfte gefunden hätte.

Beschwingt stieg ich den Hügel hinauf, bei jedem Schritt darauf bedacht, die dummen Stiefel nicht zu verlieren und dabei irgendwie jungenhaft zu wirken. Auf der gegenüberliegenden Straßenseite befand sich nur ein Wirtshaus. Die Tür stand weit offen, als müsste der Mief der vergangenen Nacht hinausgelassen werden. Ein Mann, taumelte mir betrunken entgegen, als ich mich dem Eingang näherte. Er lallte etwas Unverständliches und ich wich ihm vorsichtshalber aus. Dann ging ich durch die Tür und blinzelte in das schummrige Dämmerlicht. Draußen war es inzwischen heller als dort drinnen.

Ich hielt den Atem an, denn allein die Luft war so geschwängert von Alkohol, dass ich befürchtete, allein vom Einatmen betrunken zu werden. Nur noch wenige heruntergekommene Gestalten hingen hier herum. Einer lag schnarchend auf einer Wirtshausbank und hatte den Hut ins Gesicht gezogen, ein anderer schlief, den Kopf in die Hände gestützt, am Tresen. Dahinter eine Magd, die Bierkrüge spülte. Ihr Mieder war schockierend tief ausgeschnitten und ihre Schürze wies etliche Flecken auf. Trotzdem war sie meine erste Wahl.

»Bonjour.«

Sie sah von ihren Krügen auf, sagte jedoch nichts.

»Ich bin auf der Suche nach einem Ihrer Gäste. Ein Herr namens Romain«, erklärte ich, aber in den Augen der Frau glomm keinerlei Funke auf.

»Kenn ich nicht«, murmelte sie. »Kenn hier jeden. Aber ein Romain is' hier nicht. Und war auch nicht hier.«

»Sicher?«

»So sicher wie das Amen in der Kirche.«

Mist. Ich biss mir auf die Lippe, um nicht zu fluchen.

»Sein Bruder sagt, dass er hier ist«, wollte ich nicht aufgeben, doch die Frau zuckte lediglich mit den Schultern.

»Die Leute reden viel, wenn der Tag lang ist«, meinte sie lustlos und tauchte den nächsten Krug ins Wasser.

Ich schaute mich noch einmal im Schankraum um. Tatsächlich wirkte keiner von denen so, als hätte er Ahnung davon, was in der Welt vor sich ging. Oder auch nur in Paris.

Das versetzte meiner Motivation einen gewaltigen Dämpfer. Ich war müde, erschöpft und keinen Schritt weiter. Aber es wäre auch zu schön gewesen, Elian so schnell zu finden. Das war kein Weltuntergang. Nur ein kleiner Rückschlag. Ich würde so schnell nicht aufgeben. Also straffte ich die Schultern, drehte mich um und verließ die Schenke. Als ich auf die Straße trat, ging im Osten gerade die Sonne auf und ließ den Himmel über Paris purpurn erstrahlen, und auch der Fluss strahlte in flammendem Rot, als würde er brennen. Mein Blick glitt zum Ufer, doch weder Boot noch Pferd noch der Kerl mit den Läusen waren dort auszumachen.

»Was?!«, stieß ich hervor und rannte los. »Das gibt's doch nicht!« Ein Stück den Fluss hinunter schipperte der Kahn auf dem Wasser und mein Pferd stand auf dem schmalen Bootsdeck.

Es dauerte einen Moment, bis ich begriff, was ich da beobachtete. Diese verfluchten Fischer hatten mir mein Pferd gestohlen!

»Nein!«, schrie ich ihnen hinterher und stolperte am Ufer entlang. »Stopp! Haltet an!« So schnell ich in den viel zu großen Stiefeln auch rannte, ich kam kein Stück näher an das Boot heran. Im Gegenteil. Es entfernte sich immer weiter, und vor mir war die Uferböschung mit wilden Brombeerranken überwuchert. »Verdammt, ich bin so blöd!«, schimpfte ich atemlos und hielt mir die stechende Seite. Ich hatte keine Ahnung, was ich nun tun sollte. Ohne Pferd konnte ich ja nicht einmal mehr zurück in die Villa der Dubois gelangen!

Ich ballte die Fäuste und starrte dem Fischerkahn noch einen Augenblick zornig hinterher. Dann drehte ich mich um und zuckte zusammen. Eine Gruppe ziemlich verwegen aussehender Straßenkinder beobachtete mich. Die schmutzstarrenden Gesichter der Kinder weckten mein Mitleid und machten mir zugleich Angst. Denn es waren viele – und sie kamen wie eine geschlossene Wand, Schulter an Schulter, auf mich zu.

Verdammt. Hinter mir verhinderte das Wasser eine Flucht, neben mir das Brombeerdickicht. Und von oben die Kinder, die mit jedem Schritt, den sie sich mir näherten, entschlossener wirkten.

»Was wollt ihr?«, rief ich ihnen entgegen, denn einer der Jüngeren zog einen Stock hinter seinem Rücken hervor.

»Du schaust aus, als hast du Geld!«, antwortete ein Mädchen, dessen Gesicht rußig Schwarz verschmutzt war.

»Ich hab kein Geld!«, log ich, auch wenn ich unter anderen Umständen gerne etwas für diese hungrigen Kinder abgegeben hätte. Doch ich brauchte mein Geld vielleicht noch für Elian.

»Du schaust aus wie ein verwöhnter Popel mit Geld im Kittel!«, rief ein Junge, der keine Schuhe trug.

Ich hob unschuldig die Hände und versuchte, möglichst allen einmal in die Gesichter zu sehen, um überzeugend zu wirken. »Stimmt!«, gab ich zu und wich einen Schritt zurück. Meine Stiefel versanken im Uferschlamm. »Ich hatte Geld bei mir.«

Das gierige Funkeln in den Augen der Meute nahm zu. »Aber ihr kommt zu spät! Mein ganzes Gold befindet sich in den Satteltaschen meines Pferdes. Und das wurde mir eben von diesen Fischern gestohlen!«

»Er lügt!«, rief ein Mädchen, das ich höchstens für fünf Jahre alt hielt. Sie trug einen zerschlissenen Kittel und ihre Haare waren verfilzt. In ihrer Hand blitzte eine Klinge.

»Ich lüge nicht!« Ich atmete tief durch. Dann suchte ich mir den heraus, den ich für den Anführer hielt, und blickte ihm direkt in die Augen. »Mein Pferd ist weg – und mit ihm mein Geld.« Ich unterdrückte mein Zittern und deutete den Abhang hinauf. »Sucht euch einen, der nicht so dumm ist wie ich und der sein Geld noch bei sich hat!«

Der Anführer runzelte die Stirn, hob aber die Hand, um die anderen aufzuhalten.

»Wenn du kein Silber hast, dann nehmen wir deinen Mantel!«, forderte ein Junge weiter hinten aus der Gruppe.

»Und die Stiefel!«, rief ein anderer, und im nächsten Moment erhob sich Gebrüll und sie rannten auf mich zu.

Ich war so perplex, dass ich mich nicht einmal verteidigte, als mir ein Kind die Faust in den Magen rammte und der nächste mir die Kappe vom Kopf riss. Ich hörte mich um Hilfe schreien, war mir allerdings gar nicht bewusst, dass ich das tat. Sie stießen mich ins nasse Gras und mir wurde ein Stiefel vom Fuß gezerrt. Unzählige Kinderhände rissen an meinen Klamotten. Noch ehe ich mich auch nur daran erinnerte, dass ich mir zur Verteidigung das Messer in den Stiefel gesteckt hatte, war es auch schon gestohlen.

Panisch presste ich mir die Hände aufs Gesicht, aus Angst, sie könnten mich verletzen. Am Ende mit meinem eigenen Messer! Ich wusste, ich musste mich wehren, aber ich brachte es nicht fertig, zurückzuschlagen. Das waren kleine Kinder. Auch wenn sie sich eher wie eine Horde Raubtiere verhielten. »Nein!«, kreischte ich, als ich Hände unter meinem Mantel spürte. »Hilfe!« Ich rollte mich auf den Bauch, um meinen Beutel und den Chronographen an meinem Gürtel zu schützen. Ich durfte keines von beidem verlieren.

»Verschwindet! Lasst mich!«, kreischte ich. Mein zweiter Stiefel wurde mir vom Fuß gerissen und ich rappelte mich unter den Faustschlägen der Meute auf. Ich stieß einen Jungen um, der nicht mehr ganz so klein war, als dass er mein Mitleid verdient hätte, und kämpfte mich weiter. Nasser Uferschlamm klebte mir zwischen den Zehen, als ich die Böschung hinauffloh, während ich verzweifelt die gierigen Finger von meinem Mantel stieß. Fast oben angekommen, packte mich einer und wirbelte mich herum, sodass ich rückwärts auf die Straße taumelte.

»Hilfe!«, kreischte ich wieder, denn anders als unten am Ufer hielten sich hier Bürger auf. »Hilfe!« Ich schrie wie eine Irre und tatsächlich hielten die Kinder nun etwas Abstand. Meine Knie zitterten und ich machte einen wackeligen Schritt zurück. Die Kinder verharrten auf der anderen Straßenseite. Einige starrten mich noch immer an. Die Blicke der anderen waren auf etwas gerichtet, das hinter mir war.

Valentin Delacroix folgte einer zwielichtigen Gestalt die Straße hinab. Einem Mann mit dem Namen Thibault. Seinen Informationen nach befehligte dieser Thibault eine Truppe Arbeiter am Hafen. Und durch seine Hände wanderten nicht nur die legalen Waren, die per Schiff nach Paris gelangten. Seinem Ruf nach, waren Thibaults Dienste käuflich, und so manch wertvolle Fracht ging wohl unter seiner Obhut auch mal verloren. Zumindest, wenn seine Informationen richtig waren.

Außerdem hatte er gehört, dass Elian Dubois zuletzt nach einem Mann namens Thibault gefragt hatte. Ein Zufall? Valentin glaubte nicht an Zufälle. Er hatte keine Ahnung, was Sophies Bruder von einem zwielichtigen Hafenarbeiter gewollt haben könnte, doch das würde er schon noch herausfinden.

Mit großem Abstand folgte Valentin Thibault, um nicht dessen Misstrauen zu wecken. Vielleicht würde der ihn geradewegs zu Elian Dubois führen. Er wollte diese Sache so schnell wie möglich erledigen. Thibault bog in eine Seitengasse ab und Valentin beschleunigte seine Schritte, als ein Tumult am anderen Ende der Straße seine Aufmerksamkeit forderte. Eine Horde Straßenkinder ging auf einen einzelnen Bürger los. Valentin kniff die Lippen zusammen. Die Zustände in Paris waren erbärmlich. Zu viele Kinder hatten weder ein Dach über dem Kopf noch etwas zu essen. Sie rotteten sich dann zu räuberischen Banden, wie der vor ihm, zusammen, um überhaupt über die Runden zu kommen. Sie taten ihm beinahe mehr leid, als der arme Tropf, der dumm genug gewesen war, ihnen in die Arme zu laufen. Kurz blieb er stehen und überlegte einzuschreiten. Doch auch wenn es ihm widerstrebte, wegzusehen, während ein Mitbürger auf offener Straße ausgeraubt wurde, so war dies ein recht ungünstiger Zeitpunkt, sich einzumischen.

Er wandte sich ab und erreichte die Gasse, in die Thibault abgebogen war, doch der war verschwunden.

Valentin ballte die Fäuste. Ein Fluch entfuhr ihm und er machte einige schnelle Schritte in die Gasse hinein. Er lauschte. Abgesehen von den Rufen der Straßenkinder war nichts zu hören. Keine Schritte auf dem Pflaster, die sich irgendwo entfernten, keine Tür, die geschlossen wurde. Thibault war fort.

Valentin schlug sich auf den Oberschenkel. Wütend, weil er sich für einen Moment durch den Überfall hatte ablenken lassen, stieß er einen Fluch aus. Dann straffte er die Schultern und ging auf die Raufbolde zu, die seinen nächtlichen Einsatz ruiniert hatten.

»Hilfe!«, hörte er das Opfer noch immer kreischen, aber die Prügelei hatte sich inzwischen vom Ufer den Hügel hinauf bis fast zur Straße verlagert, und der arme Wicht, den die Kinder sich vorgeknöpft hatten, taumelte rückwärts auf die Fahrbahn. Blonde Haare hingen der mageren Gestalt wirr ins Gesicht und der nächste Hilferuf ließ ihn erstarren.

Ungläubig und nicht gerade wenig verärgert straffte er die Schultern und stellte sich den Kindern entgegen. Ein Blick auf das zerrupfte Opfer dieses Überfalls bestätigte seinen Verdacht. Das konnte doch nicht wahr sein!

Er fasste in die Innentasche seines dunklen Lederumhangs und zückte das Einzige, was es vermochte, diese Meute aufzuhalten.

Ich zitterte. Die Angst schnürte mir die Luft ab. Die Gier in ihren Augen war echt zu viel für mich und ich taumelte panisch rückwärts, auch wenn dir Kinder mir gerade nicht mehr folgten. Ihre Blicke richteten sich auf etwas hinter mir. Etwas, das sie daran hinderte, erneut auf mich loszugehen.

Doch noch ehe ich mich umdrehen konnte, um zu sehen, was das war, regnete es Münzen auf die Straße, und die Kinder stürzten sich wie hungrige Wölfe darauf.

»Kauft euch was zu essen!«, mahnte eine tiefe Stimme und eine Hand legte sich auf meine Schulter. Dann an meinen Unterarm. »Und du, komm!« Es war keine Bitte. Sondern ein Befehl. Heißer Atem strich über meinen Nacken und ich setzte mich automatisch in Bewegung. Fort von den Kindern mit den gierigen Augen. Fort von meinen Stiefeln. Jeder Kiesel stach mir in der Fußsohle. Trotzdem merkte ich kaum, wohin ich ging. Ich spürte nur die Erleichterung, die mich so heftig traf, dass sich mein Zittern sogar noch verstärkte. Meine Lunge krampfte, als ich erleichtert einatmete. Ich war sicher. Sicher, denn ich wusste, zu wem diese unverwechselbare Stimme gehörte.

»Was zum Teufel tust du hier?«, herrschte mich mein Retter so grob an, dass ich mich einen Moment fragte, ob ich vielleicht doch nicht sicher war. Ob ich mich vielleicht doch täuschte, was die Stimme anging. Ich wollte ihn anschauen, doch er drängte mich in eine Seitengasse und drehte mich erst dort verärgert zu sich herum.

Valentin Delacroixs Blick strotzte vor Missbilligung und kaum unterdrückter Wut. Ich blinzelte. Er war es wirklich. Aber er sah anders aus als am Abend im Palast. Dunkler. Statt des blauen Rocks mit den Goldknöpfen trug er nun ein tailliertes Wams aus schwarzem Leder und über der rechten Schulter einen dunkelbraunen Umhang, der fast bis zu den Knien reichte. Er hatte lederne Handschuhe an und an seinem Gürtel waren ein Rapier mit langer Klinge sowie eine Muskete befestigt. Und seine Beine steckten in dunklen Reithosen, die in kniehohen Stiefeln endeten. Er wirkte gefährlich und ganz sicher nicht wie der begehrteste Junggeselle in Versailles. Wäre nicht seine Stimme, hätte ich ihn vielleicht gar nicht sofort erkannt. Wobei – hätte ich diese Augen vergessen können? Vermutlich nicht.

»Ich …«

Er kniff seine markanten Lippen zusammen und schüttelte

ungläubig den Kopf. »Weißt du, wie knapp das war?« Kurz flackerte Sorge in seinen graublauen Augen auf. »Die hätten dich gerupft wie ein Huhn! Und was sie getan hätten, wenn sie erst gemerkt hätten, dass du ein Mädchen bist, das will ich lieber nicht wissen!«

»Das waren Kinder!«, brachte ich zu deren und meiner Verteidigung hervor.

Valentin schüttelte den Kopf. »Nicht alle von denen sind so jung, wie sie aussehen. Sie hungern, sind schmächtig, aber nicht alle sind Kinder. Und in ihrer Not kennen sie keine Gnade, Sophie!«

»Es tut mir ja leid.«

»Was hast du dir nur dabei gedacht?« Er streifte seinen Handschuh ab und steckte ihn in den breiten Gürtel an seiner Taille. Dann hob er mein Kinn an und wischte etwas von dem Schmutz ab, der an meiner Wange klebte. »Das war gefährlich.«

Ich schluckte. »Ich weiß. Entschuldige. Denkst du, ich wollte, dass mir mein Pferd gestohlen wird? Aber seit Elian verschwunden ist, nimmt mich niemand ernst! Mein Vater nicht, Albert nicht und du …« Sein strenger, gleichzeitig sorgenvoller Blick machte mich ganz verlegen. »Du denkst auch, dass ich der Sache nicht gewachsen bin.«

Valentins Lachen wirkte in dieser dunklen Gasse fehl am Platz, doch es beruhigte meinen Herzschlag. »Du *bist* der Sache nicht gewachsen«, meinte er schmunzelnd und deutete auf meine Füße. »Dein Pferd ist weg und du hast nicht einmal mehr Stiefel an.« Er zupfte mir eine Haarnadel vom Kopf und reichte sie mir. »Und das da oben … ist ein Desaster, wenn du mich fragst.«

»Ich frage dich nicht!«, fauchte ich und riss ihm die Nadel

aus der Hand. Dann fuhr ich mir hektisch durchs Haar und noch einige mehr Nadeln fielen klimpernd aufs Pflaster. Er hatte vermutlich recht. Ich kam wie ein gerupftes Huhn daher.

»Was hast du denn gedacht, hier allein zu erreichen?«, überging er meinen schroffen Ton und auch sein Blick wurde milder.

»Ich dachte, dass zwei Leute meinen Bruder schneller finden als einer allein! Rein rechnerisch schaffen zwei Leute in der gleichen Zeit doppelt so viele Kneipen. Das ist Logik!«

Wieder vertrieb sein leises Lachen die Dunkelheit. »In der Theorie stimmt das. In der Praxis sieht es so aus, dass ich, bis dein Hilferuf meine Aufmerksamkeit forderte, einem Mann gefolgt bin, der Thibault genannt wird – und sein Name ist mir im Zusammenhang mit deinem Bruder begegnet.«

»Echt?« Ich packte Valentins Hand. »Du hast einen Hinweis gefunden?«

Er blickte auf unsere ineinander verwobenen Finger. »Wer immer dieser Thibault ist, was immer er über deinen Bruder weiß – er ist jetzt weg.«

»Verdammt!« Ich ließ ihn los und kickte einen Kiesel, doch ohne Schuh war das keine gute Idee. »Au!«

Diesmal hallte Valentins Lachen laut durch die Gasse, was mich echt wütend machte. »Das ist nicht witzig!« Ich holte aus, um nach ihm zu schlagen, doch er wich einfach vor mir zurück.

»Theoretisch nicht –«, prustete er. »Praktisch aber durchaus.«

»Das Leben meines Bruders ist in Gefahr, und der Kerl, der möglicherweise etwas über Elians Verschwinden weiß, ist weg. Wir stehen wieder am Anfang!«, versuchte ich ihm zu verdeutlichen, warum ich das überhaupt nicht lustig fand.

»Wir stehen nicht am Anfang.« Valentin bedeutete mir, ihm

zu folgen. Der dunkle lederne Umhang schlug ihm dabei bei jedem Schritt gegen die Oberschenkel und das Wams spannte sich eng um seinen Oberkörper. Er sah aus wie ein Krieger. Wie ein Musketier aus einer Fernsehserie, dachte ich. Nur dass der Degen an seinem Gürtel nicht bloß eine Requisite war. »Zum einen wissen wir jetzt, dass dieser Thibault – sollte er denn wirklich unser Mann sein – im *Wirtshaus zur wilden Sau* Stammgast ist. Bestimmt geht er morgen Nacht wieder dorthin.«

»Und zum anderen?«, fragte ich, als wir aus den Schatten der Gasse in die wärmende Morgensonne auf den *Place Chaillot* traten. Ein paar wenige Händler boten hier ihre Waren an. Äpfel und Birnen wurden verkauft und frisch gebackenes Brot. Mein Magen knurrte lautstark, als mir der Duft von geräucherten Würsten in die Nase stieg, und zudem stachen mir bei jedem Schritt Steinchen in die Fußsohlen. Wenn ich ehrlich war, war ich ziemlich hinüber.

»Zum anderen«, setzte Valentin unser Gespräch fort, während er mich über den Platz bugsierte, »gibt es vermutlich nur zwei Möglichkeiten. Die eine ist, dein Bruder wurde unabhängig von diesem Thibault überfallen und ermordet. Dann verlieren wir nicht viel, wenn wir ihn erst einen Tag später finden.«

»Soll das irgendwie tröstlich sein?«, fragte ich ungläubig und versuchte den Gedanken, Elian könnte tot sein, erst gar nicht zuzulassen.

Ein Mauerbogen führte in einen Hinterhof. Hier pfiff Valentin durch die Finger, sodass ein Junge herbeigeeilt kam. Er drückte ihm eine Münze in die Hand und der Junge verschwand im Hof.

»Was ist das? Was macht er? Wofür hast du ihn bezahlt?«

Valentin zwinkerte mir zu. »Wenn man in der Stadt zu tun

hat – und nicht möchte, dass einem sein Pferd gestohlen wird, dann stellt man es hier ein.«

Na super! Ich hatte nicht gewusst, dass es Parkhäuser für Pferde gab. Schweigend wartete ich ab, bis der Bursche Valentin sein Pferd gebracht hatte. Er griff die Zügel und führte es zu mir. Sein Grinsen war noch so breit wie zuvor.

»Du bist schadenfroh!«, stellte ich fest und verschränkte die Arme vor der Brust. Ich kam mir so dumm vor, doch das wollte ich keinesfalls zugeben.

Valentin stritt das nicht einmal ab. Stattdessen drehte er das Pferd vor mir und nickte in Richtung Sattel. »Ich bringe dich mal besser nach Hause.«

Er verschränkte die Hände ineinander, um mir in den Sattel zu helfen, doch ich zögerte. »Was ist die zweite Möglichkeit?«

»Die zweite?« Er sah mich irritiert an.

»Du hast gesagt, die erste Möglichkeit ist, Elian ist tot.« Ich suchte seinen Blick. »Was ist die zweite?«

Es war, als würden Schatten über seine Züge gleiten. Sein Kiefer zuckte leicht, ehe er antwortete. »Edelmänner wie dein Bruder werden für Lösegeld gefangen genommen. Sollte jemand – zum Beispiel dieser Thibault – mit deinem Bruder Geld machen wollen, wird er ihm kein Haar krümmen. Auch dann kommt es auf einen Tag hin oder her nicht an, Sophie«, versicherte er mir und nickte noch einmal in Richtung Sattel. »Und jetzt lass uns hier verschwinden, bevor ich dir am Ende auch noch eine Wurst kaufen muss.«

»Ich kann mir selbst eine Wurst kaufen!«, stellte ich klar, hob trotzdem meinen Fuß in seine Hände, um mir aufs Pferd helfen zu lassen. Es war ein ungewohntes Gefühl, mein nackter Fuß in seinen Händen, und dann, als ich das eine Bein übers Pferd hob, seine Hand stützend an meinem Schenkel. Ich sank in den Sattel und benetzte meine plötzlich trockenen Lippen. Einen Augenblick später zog sich Valentin hinter mir aufs Pferd. Er rückte eng an mich heran und griff um mich herum nach den Zügeln. Sein Atem strich mir über den Nacken und seine Brust stützte mich. Es war ungewohnt, einem Mann so nahe zu sein. Ungewohnt und aufregend.

Valentin schnalzte mit der Zunge und das Pferd setzte sich in Bewegung. Die ersten Minuten aus der Stadt hinaus verliefen schweigend. Ich war müde und erschöpft, versuchte aber, mich aufrecht im Sattel zu halten, um Valentin nicht mehr als nötig zu berühren. Ich ärgerte mich über mich selbst. Dort, wo mich die Fäuste dieser verwahrlosten Kinder getroffen hatten, schmerzten meine Rippen. Ich hatte nichts erreicht, außer mir Verletzungen zuzuziehen und Valentin von der Verfolgung Thibaults abzuhalten. Niedergeschlagen seufzte ich, als wir an den Resten der Stadtmauer vorbeikamen und Paris schließlich hinter uns ließen. Das Adrenalin, das mich seit Stunden auf den Beinen hielt, ebbte langsam ab und ich sank – entgegen meiner Absicht – immer weiter gegen Valentins Brust.

»Es gibt noch eine dritte Möglichkeit«, flüsterte ich erschöpft und drehte mich leicht, um meinen Begleiter über meine Schulter hinweg ansehen zu können.

»Welche?« Seine Lippen waren nah, was mich kurz verwirrte. Sein Blick wanderte über mein Gesicht, und es fühlte sich an, als würde er mich streicheln.

»Welche was?«

»Was ist die dritte Möglichkeit?«, erinnerte er mich, wobei seine Lippe leicht zuckte. Schmunzelte er schon wieder? Ich war zu nah, um das wirklich sagen zu können.

»Elian könnte verletzt sein. Dann würde doch jeder Tag zählen. Oder nicht?« Ich drehte mich wieder um und schaute über den Hals des Pferdes in die Ferne. Meine Kehle wurde eng und ich fühlte mich, als würde ich gegen etwas ankämpfen, das so unendlich viel größer war als ich selbst. Ich hatte Angst. Was, wenn ich zu spät käme? Wenn doch jeder Tag zählte?

Valentins Arme schlossen sich fester um mich. Tröstend? Oder eher einschüchternd? Ich war mir nicht sicher. »Wir finden deinen Bruder. Aber das läuft jetzt nach meinen Regeln. Du triffst keine eigenmächtigen Entscheidungen mehr.« Er strich mir eine Locke hinters Ohr, die ihm ins Gesicht wehte. »Für dich den Begleiter zu spielen und zudem noch deinen Bruder zu finden, ist eine Sache. Aber wenn ich auch noch dir den Hals retten muss – dann wird das selbst für mich etwas viel.«

»Selbst für dich, ja?« Hatte er eine Ahnung, wie arrogant das klang?

Vielleicht, denn sein leichtes Lachen vibrierte in meinem Rücken.

»Mich wirft so leicht nichts aus der Bahn«, raunte er und trieb das Pferd mit den Fersen an. Er fasste mich fester und ich wurde dichter an ihn herangeschoben.

»Hat dich … unser Bekannter deshalb gebeten, mir zu helfen? Weil du dich für unbesiegbar hältst?«

»Ich halte mich nicht für unbesiegbar«, stellte er klar und seine Stimme war dicht an meinem Ohr. Ich mochte, wie mir der raue Klang eine Gänsehaut bereitete.

»Du bist es?«, fragte ich skeptisch.

»Nein. Niemand ist unbesiegbar.« Er hielt die Zügel fester, wobei mir der Chronograph gegen die Rippen gedrückt wurde. Ich fühlte das Ticken und hoffte, dass Valentin es nicht ebenfalls spürte. »Jeder … ist verwundbar. Selbst ich. Wir leben in gefährlichen Zeiten, Sophie.«

Lösegeld

Maison de Dubois, 1688
– 35 Stunden verbleibend –

Ich kam mir dumm vor, als wir das Torhäuschen erreichten. Zwar öffnete Claudel, der Wärter, augenblicklich, sobald er mich erkannte, doch ich spürte an seinem Blick, dass er sich fragte, wo mein eigenes Pferd abgeblieben sein mochte. Was Albert dazu sagen würde, dass ich eines seiner kostbaren Pferde verloren hatte, wollte ich mir lieber nicht ausmalen.

Musste ich auch nicht – ich würde es schon bald erleben, denn kaum hatten wir das Tor durchquert, wurde die Haustür der Villa aufgestoßen und Albert hastete uns auf seinen Stock gestützt entgegen.

»Gott sei Dank, Kindchen, du lebst!«, rief er, aber seine Freude zeigte sich nicht wirklich in seinem Gesicht. Im Gegenteil. Ärger wallte über den Moment der Erleichterung und er hob schimpfend seinen Stock. »Was in Gottes Namen hast du dir nur gedacht?!«, rief er, noch ehe Valentin das Pferd zum Stehen gebracht hatte. »Dich mitten in der Nacht davonzuschleichen, und …« Seine Augen wurden groß. »Was trägst du da überhaupt am Leib?«

Ich kam noch nicht mal dazu, Luft zu holen, da schimpfte er bereits weiter. »Und wer ist das? Weißt du, wie das aussieht, wenn du bei einem Fremden auf dem Pferd sitzt? Dein Ruf ist ruiniert, wenn dich jemand gesehen hat!«

Vielleicht bildete ich es mir nur ein, aber ich glaubte, ein leichtes Lachen in Valentins Brust vibrieren zu spüren. Er lachte ziemlich oft. Nahm er nie etwas ernst? Offenbar nicht, denn anstatt sich von Alberts Verärgerung beeindruckt zu geben, unterbrach er Alberts Schimpftirade gelassen und stemmte sich aus dem Sattel, um absteigen zu können.

»Ihr müsst der Comte Dubois sein«, meinte er und verneigte sich höflich vor meinem Vorfahren. »Mein Name ist Valentin Delacroix. Es freut mich, Euch persönlich kennenzulernen. Unser gemeinsamer Bekannter bat mich, Mademoiselle Dubois in den nächsten Tagen zur Seite zu stehen. Zwar gelang mir das heute Morgen nur durch Zufall, aber ich schwöre, den Ruf Eurer Nichte nicht in Gefahr gebracht zu haben.« Er streckte mir beide Arme entgegen, um mich vom Pferd zu heben. »Unter all dem Dreck würde niemand eine junge Dame von Stand vermuten«, beschwichtigte er Albert und deutete auf mein Gesicht. »Oder überhaupt nur ein Mädchen.«

War der noch ganz dicht? Mir schoss das Blut in die Wangen und anstatt abzusteigen, wischte ich mir hastig über die Backen und die Stirn, um den Schmutz zu beseitigen.

»Niemand hat mich gesehen!«, verteidigte ich mich und ließ mich etwas unelegant aus dem Sattel gleiten, ohne die Hilfe anzunehmen, die Valentin mir bot. Als ich sicheren Boden unter den Füßen hatte, verschränkte ich die Arme vor der Brust und warf ihm einen bösen Blick zu. »Und der Schmutz war Teil meiner Tarnung!«, log ich.

Albert tupfte sich mit einem Taschentuch die Schläfen. »Guter Gott, Kindchen, ein Glück, dass dieser Herr zur Stelle war! Ich will mir gar nicht ausmalen, was hätte passieren können! Du bist ein Mädchen und den Gefahren nicht gewachsen, die –«

»Verdammt noch mal!«, platzte mir der Kragen. »Was immer mir *hätte* passieren *können, ist* meinem Bruder passiert!

Und zwar obwohl er ein Junge ist – und kein Mädchen. Obwohl ihn vermutlich keiner hier je *Kindchen* genannt hat oder ihm einen Babysitter hinterhergeschickt hat!«, rief ich aufgebracht. »Erzählt mir also nicht, dass Mädchen in größerer Gefahr schweben als Jungs.«

Albert fasste sich ans Herz. Ihm stand sprachlos der Mund offen, und auch Valentin hob überrascht die Augenbrauen.

»Wir sind vor Sorge fast umgekommen«, wisperte Estelle aus Richtung des Hauses. Erst jetzt bemerkte ich, dass sie dort verharrte. Sie war blass wie die Wand hinter ihr und sie presste ein Stück Papier an ihr Mieder. »Wir dachten schon, die Männer, die Elian in ihrer Gewalt haben, hätten auch dich überwältigt.«

Noch ehe ich ihren Worten einen Sinn zuordnen konnte, erklärte Albert: »Dein Bruder wurde entführt. Es wurde eine Lösegeldforderung gestellt. Heute Morgen lag ein Brief vor dem Tor.«

»Was?« Ich wirbelte herum und starrte Estelle entgeistert an. Mein Herz hämmerte wie wild, denn wenn eine Forderung eingegangen war, dann hatte Valentin vermutlich recht. Elian musste am Leben sein. Ich rannte zu Estelle an die Haustür und nahm ihr den Brief ab. »Was steht da drin?«, fragte ich, weil ich viel zu aufgeregt war, als dass ich auch nur ein Wort hätte entziffern können. Die Handschrift war krakelig und kaum als solche zu erkennen.

»Was fordern sie? Geld? Wie viel? Ich kann ihn freikaufen! Wo soll ich es hinbringen? Und wann?«

»Das sollten wir drinnen besprechen«, entschied Albert und scheuchte Estelle mit einer Handbewegung ins Haus. »Ziehen wir uns in mein Arbeitszimmer zurück. Dort sind wir ungestört.« Er verneigte sich vor Valentin, um zu verdeutlichen, dass er nun gehen konnte. »Wir danken Euch für –«

»Monsieur Delacroix hilft mir bei der Suche nach Elian«, klärte ich Albert auf. »Ich denke, er sollte sich das ebenfalls ansehen«, stieß ich hervor. Zu meiner eigenen Verwunderung. Denn ich nahm Alberts Warnung, niemandem zu vertrauen, bisher ziemlich ernst. Aber dass er mich vor den Straßenkindern gerettet hatte, verschaffte Valentin in meinen Augen einen Vertrauensvorschuss.

Albert kniff die Lippen zusammen. »Kindchen, das ist eine Familienangelegenheit«, erinnerte er mich mahnend, woraufhin ich abwinkte.

»Wir haben keine Zeit, wählerisch zu sein«, setzte ich mich durch und Albert nickte ergeben. Doch etwas an der Art, wie mein Onkel Valentin musterte, gefiel mir nicht. Wann immer Valentin ihm den Rücken zukehrte, runzelte Albert die Stirn. Traute er ihm nicht? Kannte er ihn? Ich musste ihn fragen, doch das ging ja wohl schlecht, solange Valentin hier war.

Ich sah den beiden Männern nach, als sie durch die Halle in Richtung Arbeitszimmer gingen. Valentin wirkte neben meinem Vorfahren noch größer und eleganter, weil Albert so gekrümmt an seinem Stock ging. Der Gegensatz zwischen den beiden war riesig. Die Perücke meines Onkels verlieh ihm üblicherweise Erhabenheit, doch neben Valentin wirkte er damit lächerlich. Albert trug rote Kniestrümpfe zu einem taubenblauen geknöpften und taillierten Mantel. Das krasse Gegenteil zu der dunklen Lederkleidung von Valentin, die jeden Muskel an seinem Körper betonte. Dazu noch dessen verstrubbeltes Haar nach einer Nacht in unzähligen Wirtshäusern, auf der Suche nach Informationen über meinen Bruder … Er machte tatsächlich den Eindruck, als konnte er es mit allem aufnehmen.

Estelle folgte den Männern und ich sputete mich, zu ihr aufzuschließen. »Was weißt du über Valentin Delacroix?«, fragte ich sie flüsternd. »Du musst doch mehr wissen, als das, was du nach dem Empfang in Versailles erzählt hast.« Denn während der Heimfahrt in der Kutsche hatte Estelle lediglich berichtet, dass Valentin offenbar sehr beliebt bei Hofe war. Ein gern gesehener Gast, da er attraktiv, wohlhabend und unverheiratet war.

»Ich weiß nichts über ihn, wirklich, Sophie. Ich habe Albert alles erzählt, was gestern Abend geschehen ist, aber da wir wegen Alberts Rücken wirklich lange nicht bei Hofe waren, wissen wir nichts über ihn. Nur das, was meine Freundin Vivienne mir erzählt hat. Nämlich, dass niemand weiß, woher Valentin eigentlich kommt. Er hat ein vornehmes Stadthaus in Paris. Beste Lage. Seine Familie allerdings ist niemandem bekannt, und er empfängt keine Gäste, was ihn für die Klatschbasen bei Hofe noch interessanter macht.«

Wir erreichten das Arbeitszimmer und Estelle verstummte. Dabei wurde es doch gerade spannend.

Estelle schloss die Tür hinter uns, während Albert an seinem Schreibtisch Platz nahm.

»Was war der Inhalt der Lösegeldforderung?«, kam Valentin direkt zur Sache.

Albert kratzte sich an der Stirn. Ihm lief der Schweiß unter der Perücke hervor. Er winkte mich zu sich und nahm mir den Brief ab. Dann las er vor: *»Das Leben von Elian Dubois gegen tausend Livre. Abzulegen unter den vier Linden im* Parc de Boulogne. *Bei Sonnenuntergang in fünf Tagen.«*

»In fünf Tagen?!« Ich hatte keine fünf Tage. Der Chronograph unter meinem Mantel zeigte schon jetzt nur noch etwas mehr als einen Tag an.

Albert nickte besorgt. »Ich weiß, Kindchen. Das … ist lange.«

Viel zu lange!, hätte ich gerne geantwortet, doch vielleicht gab es eine Möglichkeit, erneut Aufschub zu beantragen. Vielleicht würde der Teufel von Paris mir mehr Zeit einräumen. Schließlich hatte er mir auch Hilfe geschickt. Er sah also die Notwendigkeit, mich zu unterstützen.

»Wie auch immer!«, winkte ich erstmal ab, denn das Problem mit dem Übergabetermin konnte ich jetzt nicht direkt lösen. Ich musste pragmatisch denken und logisch. Und durfte mich nicht von den Rückschlägen entmutigen lassen.

»Es bedeutet allerdings auch, dass es Eurem Bruder vermutlich gut geht«, versuchte Valentin das positiv zu sehen. Mir fiel dabei auf, dass er von dem vertrauten Du, das wir den ganzen Morgen über verwendet hatten, vor meinem Onkel zum höflichen Euch zurückgewechselt war.

»Ja, aber wenn er verletzt sein sollte und vielleicht medizinische Hilfe braucht, dann sind fünf Tage eine Ewigkeit!«, gab ich zu bedenken.

»Bestimmt ist er wohlauf«, meinte Estelle, um mich zu beruhigen, aber ich kannte meinen Bruder. Elian war ein hervorragender Fechtkämpfer. Er hätte sich den Chronographen nie abnehmen lassen, wenn er in der Lage gewesen wäre, das zu verhindern. Was war also geschehen? Und wie ging es ihm jetzt? Mir war – im Gegensatz zu Estelle und Albert – absolut klar, dass eine Fleischwunde durch einen Kampf sich ohne Antibiotika und vernünftige Wundreinigung schnell zu einer Blutvergiftung entwickeln konnte. Damit war nicht zu spaßen.

»Monsieur Delacroix hat heute Morgen in Paris einen Mann gefunden, der Thibault heißt«, erklärte ich meinem Onkel und schielte dabei zu Valentin.

Der übernahm. »Sein Name tauchte in Zusammenhang mit meiner heutigen Recherche nach Sophies Bruder vermehrt auf.«

»Möglicherweise müssen wir nicht fünf Tage warten, um Elian zu befreien. Vielleicht kommt Thibault morgen wieder in dieses Wirtshaus. Wir könnten ihm folgen und –«, überlegte ich laut.

Estelle schnappte empört nach Luft. »Wir? Wen meinst du denn mit *wir?* Dich? Dich und Monsieur Delacroix? Das ist unmöglich! Du kannst unmöglich –«

Ich ballte die Fäuste. »Das entscheide ich selbst!«, unterbrach ich sie zornig. »Ich bin kein empfindliches Vögelchen, das hier in diesem goldenen Käfig hockt und abwartet, was draußen in der Welt geschieht! Ich werde heute Abend nach Thibault suchen, egal was ihr alle sagt!«

Ich sah, wie Alberts Wangen sich röteten und er seinen Stock fester umklammerte, aber das war mir egal. Ich würde mich hier nicht einsperren lassen, während Elian in Not sein konnte.

»Heute Abend geht das nicht«, mischte sich Valentin ins Gespräch ein, noch ehe Albert mich wütend in die Grenzen weisen konnte. »Sowohl Mademoiselle Sophie als auch meine Wenigkeit haben eine Einladung zur Soiree bei Adrien Arnault für den heutigen Abend. Allein die Höflichkeit erfordert es, dass wir uns dort einfinden. Die Suche nach Mademoiselle Sophies Bruder muss so lange ruhen.«

Shit! Die Soiree hatte ich in meiner Sorge um Elian ganz vergessen. Dabei bot die Soiree die beste Gelegenheit, nach der Goldenen Libelle zu suchen. Und ich musste sie nicht nur suchen, sondern auch finden. Ich hatte ja selbst den Auftrag angenommen, dieses Artefakt zu beschaffen. Ich raufte mir die ohnehin zerzausten Haare und erntete dafür von Estelle einen missbilligenden Blick. Mir war klar, ich verhielt mich nicht gerade damenhaft. Schnell setzte ich mich aufrechter hin und zwang mich zur Ruhe.

»Zieht Euch Euer schönstes Kleid an, Mademoiselle, und dann treffen wir uns dort heute Abend.«

»Und dann?«, fragte ich zusammen mit Albert wie aus einem Mund.

Valentins Lippen kräuselten sich leicht. »Dann sehen wir weiter«, antwortete er achselzuckend. »Mir fällt schon etwas ein. Und wenn Ihr, Mademoiselle Sophie, tut, was ich Euch sage, dann ...«, jetzt grinste er wirklich, »... dann wird schon nicht gleich wieder etwas schiefgehen.«

Ich biss die Zähne zusammen, um mir eine bissige Erwiderung zu verkneifen. Wenn ich tat, was er sagte! Na klar, was hatte ich denn auch anderes erwartet? Ich zwang mich zu einem Lächeln und blickte Valentin Delacroix direkt in die Augen. Dann atmete ich durch, um mein verärgertes Zittern zu verbergen, denn bei einer Lüge zitterte man nicht! »Natürlich – ich werde tun, was Ihr sagt.«

Meine Finger waren schrumpelig und das Wasser wurde langsam kalt. Ich lag in einem Badezuber aus Kupfer und hatte die Augen geschlossen. Trotzdem ließ sich nicht ausblenden, wo ich war. Oder vielmehr ... wann. Die Wanne war eng und ich musste die Beine anziehen, um überhaupt darin Platz zu finden.

Lucille hatte über eine halbe Stunde gebraucht, das Wasser für mein Bad anzuwärmen und eimerweise in mein Zimmer zu schaffen. Sie hatte einige Späne duftender Lavendelseife ins Wasser gegeben und mir damit auch das Haar eingeschäumt, um den Uferschlamm auszuwaschen, den mir der Überfall der Kinder eingebracht hatte. Nun saß Lucille hinter mir und kämmte mir vorsichtig mit einem Hornkamm die Strähnen durch, während ich den Komfort einer modernen Dusche vermisste.

»Monsieur Elian ist also Euer Bruder?«, fragte sie scheu, ohne die Pflege meiner Haarspitzen zu unterbrechen.

»Ja«, gab ich zu, schließlich musste mein Bruder hier regelmäßig ein und aus gehen, wenn er für den Teufel von Paris unterwegs war. »Er ist mein älterer Bruder.«

Ich spürte, dass Lucille nickte. »Er hat noch nie von Euch gesprochen.«

Das glaubte ich ihr sofort. Elian war gut darin zu lügen, indem er Dinge verschwieg. »Ich kann Vater nicht allein lassen«, gab ich zu. »Ich komme nicht viel herum.« Schon gar nicht in andere Zeiten, fügte ich im Geiste hinzu.

Lucille kämmte ein letztes Mal durch meine Haare. Dabei war sie sehr behutsam. »Monsieur Elian ist immer sehr freundlich zu mir«, murmelte sie scheu. »Ich hoffe, ihm ist nichts passiert.«

Ich streckte die Beine durch und glitt etwas aus dem Wasser. »Was meinst du?«, fragte ich sie und sah sie über die Schulter an. Sie zupfte einige Haare aus dem Kamm und hielt den Blick gesenkt.

»Verzeiht, ich wollte mich nicht einmischen.« Sie schluckte. »Aber ich bekomme einiges mit. Ich … weiß, dass Monsieur Elian verschwunden ist und … und der Comte ihn sucht.« Sie hob den Kopf ein wenig und schaute mich unter gesenkten Lidern hervor an. »Ich weiß, dass Ihr ihn sucht, Mademoiselle.«

Ich nickte. Das zu leugnen, wäre unsinnig. »Ich bin hier, um Elian zu unserem Vater nach Hause zu bringen«, hielt ich mich an die Wahrheit. »Elian wurde überfallen und jetzt sollen wir dafür zahlen, ihn lebend zurückzubekommen.«

Lucille riss die Augen auf und wurde blass. *»Non!«,* keuchte sie und fasste sich ans Herz. »*Non, mon Dieu!* Das ist ja *horrible!*« Aufgewühlt stand sie auf und stieß dabei den dreibeinigen Schemel um, auf dem sie gesessen hatte. »*Pardon!*«, presste sie heraus und beeilte sich zitternd, den Hocker wieder aufzustellen. Dann knetete sie unruhig ihre Hände und starrte mich verzweifelt an.

»Komm mal runter!«, versuchte ich sie zu beruhigen und griff mir das Handtuch, das neben der Wanne bereitlag. Ich stand auf und wickelte mich ein, wobei ein ordentlicher Schwall Wasser über den Rand schwappte.

»Runter? Wohin?« Lucille war verwirrt und ich rollte innerlich mit den Augen. *Runterzukommen* hatte hier eine andere Bedeutung. Ich musste mich echt besser anpassen.

»Beruhige dich!«, verbesserte ich mich und stieg aus der Wanne. »Elian geht es bestimmt gut.« Ich hinterließ nasse Fußspuren auf dem Boden, als ich zu ihr ging und sie leicht am Ellbogen berührte. »Ich wusste ja gar nicht, dass du dir um ihn solche Sorgen machst.«

Lucille versteifte sich. »*Non!* Ich ... sorge mich um alle. Nicht nur um Monsieur Elian. Ganz bestimmt nicht nur um ihn. Ich ...« Sie entdeckte das Wasser auf dem Boden. Fast hatte ich den Eindruck, als wäre sie froh darüber, denn sie schnappte sich einen Lappen, warf sich auf die Knie und fing an aufzuwischen. »Es ist nur, weil ... Monsieur Elian doch immer so nett ist, und ... ich ...« Sie sah auf und Tränen schwammen in ihren Augen. »Es wäre einfach furchtbar, wenn ihm etwas zustoßen sollte, *non?*«

Ich nickte langsam. Ihre Reaktion war merkwürdig. »Ihm wird nichts passieren«, versicherte ich ihr erneut und hoffte, dass das der Wahrheit entsprach.

»Sophie!« Estelle stieß die Tür auf und rauschte ins Zimmer. »Beeilung, Beeilung! Die Schneiderin ist hier, um dir eines meiner Kleider anzupassen.« Sie scheuchte Lucille vom Boden auf und war so aufgeregt, dass sie nicht einmal zu bemerken schien, dass ihr Hausmädchen sich verstohlen die Tränen von der Wange wischte. »Hilf Sophie mit der Unterwäsche und dann los!«

Estelle packte meine Hand und schob mich hinter einen Paravent. Dahinter stand der Nachttopf und an einem Haken hingen weiße, knielange gebauschte Unterhosen und ein dünnes Leibchen.

»Ich brauche keine Hilfe bei der Unterwäsche!«, rief ich, denn das Letzte, was ich wollte, war, dass jemand mir half, eine Unterhose über meinen Hintern zu ziehen. Das schaffte ich gerade noch selbst! Echt, in dieser Zeit waren manche Frauen wohl zu gar nichts allein in der Lage!

Ich schlüpfte hastig in die Sachen und folgte dann Estelle in den kleinen Salon. Ich war müde, aber Zeit für eine Pause blieb mir nicht. Die Schneiderin zog mir ein Kleid nach dem anderen über den Kopf und an jedem wären unzählige Änderungen nötig, die sie in der Kürze der Zeit nicht würde umsetzen können. Estelle verzweifelte langsam.

»Was tun wir nur, Kindchen?«, fragte sie und griff schon nach ihrem Riechsalz. Ich raffte den viel zu großen Rock und trat an ihre Kleidertruhe, um mir selbst ein Bild zu machen.

»Was ist mit dem?«, fragte ich und deutete auf einen blassblauen Stoff. Ich zog das Kleid heraus und bereits auf den ersten Blick war zu erkennen, dass es viel enger geschnitten war als die übrigen Kleider.

»Das würde mir doch viel besser passen«, meinte ich und hielt es mir vor die Brust.

»Dieses Kleid ist über vier Jahre alt und überhaupt nicht

mehr in Mode!«, verwarf Estelle den Vorschlag. »Allein die Farbe – Blassblau! Das trägt man nicht mehr.«

Die Schneiderin neigte abwägend den Kopf. »Aber mit den blauen Augen der Mademoiselle harmoniert es hervorragend«, gab sie zu bedenken. »Und wir müssten oben herum viel weniger ändern.«

»Ich habe das Kleid vor meiner Schwangerschaft getragen. Damals war ich etwas schlanker«, gab Estelle mit leicht geröteten Wangen zu.

»Es hat in etwa meine Größe«, meinte ich und versuchte, mir nicht anmerken zu lassen, dass ich das dezente Blau viel schöner fand als das schreiende Rot und das aufdringliche Violett der beiden anderen Kleider, die ich noch zur Auswahl hatte.

»Bekommen Sie es bis heute Abend fertig?«, gab sich Estelle geschlagen, da sowohl ich als auch die Schneiderin dem Kleid nicht gerade abgeneigt waren.

Die nickte. »*Mais, oui!* Es muss nur am Saum etwas gekürzt werden. Die drei Unterröcke müssten nicht geändert werden.«

»Dann los!«, entschied ich die Sache und löste umgehend die Schnüre des üppigen Kleides, in dem ich gerade steckte. Ich wollte endlich fertig werden, denn ich war so müde, dass ich kaum noch die Augen offen halten konnte. Ich musste mich etwas ausruhen, ehe ich zu dieser Abendveranstaltung bei Monsieur Arnault aufbrechen würde.

Und ehe ich Valentin wiedersehen würde …

Gähnend wartete ich, bis die Schneiderin das Kleid abgesteckt und alle nötigen Maße genommen hatte, während ich meine Gedanken schweifen ließ. Was Valentin heute Abend wohl tragen würde? Wieder so einen zu dieser Zeit vornehmen Gehrock mit Spitzenbesatz und eng anliegenden Kniestrümpfen? Ich persönlich fand das lächerlich, auch wenn er darin sehr gut ausgesehen hatte. Aber es war nicht zu leugnen, dass ihm die dunkle Lederkluft von heute Morgen viel besser gestanden hatte. Mein dunkler Retter …

Ich zuckte zusammen, als die Schneiderin ihr Maßband um meine Taille festzog und dabei den Bluterguss berührte, den mir der Stiefeltritt eines Straßenkindes eingebracht hatte. Was wohl geschehen wäre, wenn Valentin nicht zufällig zur Stelle gewesen wäre? Ich berührte meine geprellten Rippen und wieder fühlte ich die Erleichterung, die ich beim Klang seiner Stimme empfunden hatte. Eine schöne, befehlsgewohnte, aber zugleich sanfte Stimme.

Ich seufzte. Befehlsgewohnt. Ja. Aber auch wenn er damit bei anderen Gehorsam erreichte, ich würde mich nicht einfach herumkommandieren lassen. Die Männer hier mussten mal kapieren, dass Mädchen auch etwas konnten.

»Ausatmen!«, forderte die Schneiderin und ich tat es. Dann zog sie die Schnüre des Mieders fest und presste mir dabei den letzten Rest Luft aus der Lunge. Ich keuchte, so eng schnürte sie die Bänder über meine geprellten Rippen.

Vielleicht konnten die Mädchen in dieser Zeit so wenig, weil man ihnen die Luft zum Atmen nahm!

»Ich bekomme keine Luft!«, protestierte ich und schob meine Finger unter das Fischbeinkorsett.

»Oui, oui«, freute sich die Schneiderin. »Aber den Herren wird bei Eurem Anblick ebenfalls die Luft wegbleiben, Mademoiselle!«

Sie band mir drei Lagen Unterröcke um die Taille, ehe sie den blauen Satin darüber zurechtzupfte. Dann drehte sie mich zum Spiegel und was ich sah, konnte unmöglich ich sein. Ich kam wie eine Disney-Prinzessin daher. Das blasse Blau ließ mich eleganter wirken, als ich mich fühlte, und es unterstrich tatsächlich hervorragend meine Augenfarbe. Selbst mein Haar bekam durch den kühlen Kontrast zum Kleid einen goldenen Glanz.

»C'est magnifique!«, freute sich die Schneiderin und auch Estelle nickte wohlwollend.

»Für heute wird es reichen«, meinte sie weniger euphorisch, aber dennoch zufrieden. »Selbst wenn die Farbe durchaus kräftiger hätte sein dürfen.« Sie hob die Augenbrauen und sah mich an. »Ich fürchte, du wirst auffallen.«

Soiree

Stadthaus von Adrien Arnault, 1688
– 24 Stunden verbleibend –

Valentin Delacroix stand am Piano und lauschte der musikalischen Darbietung einer Debütantin. Dabei ließ er den Eingang nicht aus den Augen.

»Habt Ihr das Stück schon gesehen?«, hakte die junge Dame neben ihm nach, mit der er sich zuvor bereits über eine Theateraufführung unterhalten hatte. »Die Darstellung war von eindrucksvoller Intensität!«, schwärmte sie und berührte dabei leicht seinen Arm. »Findet Ihr nicht, Monsieur?«

»Ihr habt völlig recht, Mademoiselle Flamant. Das Schauspiel war in der Tat eindrucksvoll.«

Was sie darauf erwiderte, entging ihm, denn in diesem Moment betrat Sophie Dubois das Stadthaus. Und wie sie es betrat! Sie hatte ihre Röcke der Stufen am Eingang wegen gerafft, zugegebenermaßen sehr viel höher als angemessen war, und sie pustete sich die kunstvoll gedrehte Stirnlocke aus dem Gesicht. Dann – als würde sie erst jetzt die übrigen Anwesenden bemerken, straffte sie ruckartig die Schultern, ließ den Saum des Kleides fallen und strich die glänzende blassblaue Seide glatt. Die Farbe war zurückhaltend, als wollte das Kleid gar nicht erst den Versuch wagen, sich mit dem Leuchten der Frau zu messen, die es trug.

Sie sah hinreißend aus. Valentin ließ seinen Blick über ihre Erscheinung wandern. Sophie wirkte scheu, aber entschlossen. Ängstlich, aber bereit. Eine Mischung, die nicht nur ihm reizvoll erschien, wie das bewundernde Gemurmel der Herren neben ihm erkennen ließ.

Ihre weißen Handschuhe reichten bis zu den Ellbogen, wohingegen der Ausschnitt ihres Kleides die Schultern frei ließ. Kurz blieb seine Aufmerksamkeit an den sanften Hügeln ihrer Brüste hängen, die durch das eng geschnürte Mieder betont wurden. Eine Perlenhalskette und die goldenen Locken, die über ihr Schlüsselbein fielen, lenkten die Aufmerksamkeit regelrecht dorthin, und Valentin musste sich zwingen, seine Augen von ihrem Ausschnitt zu lösen. Dann trafen sich ihre Blicke und für einen Moment glaubte er, sie würde sich freuen, ihn anzutreffen. Dann veränderte sich ihre Miene und sie nickte höflich, als Estelle sie einem Herren vorstellte, der sich zu ihnen gesellte.

»Monsieur Delacroix?« Valentins Gegenüber klang ungeduldig, als hätte sie ihre Frage an ihn schon mehrfach wiederholt.

»Bitte?« Er riss sich von Sophies Erscheinung los und wandte sich wieder der jungen Dame neben sich zu.

Die hob ihr spitzes Näschen und blinzelte verärgert. »Ich sagte, dass ich seit einigen Tagen dabei bin, Euch ein Einstecktuch zu besticken«, erklärte sie und wartete ungeduldig auf Lob. »Bis jetzt habe ich mit gelben und roten Fäden gearbeitet, da dies die Farben der Familie Flamant sind, doch ich würde sie natürlich gerne mit Euren Farben verweben.« Sie blinzelte kokett. »Eine Verbindung unserer Familien wäre sicher nicht nur auf einem Einstecktuch schön, meint Ihr nicht auch.« Sie holte Luft, als würde sie ihren Mut zusammennehmen. Dann legte sie ihre Hand auf seinen Arm.

Valentins Interesse wanderte von der Frau an seiner Seite zu Sophie. Sie lachte über etwas, das Adrien Arnault zu ihr sagte, und ließ zu, dass er ihre behandschuhten Finger an seine Lippen führte. Estelle, die als Anstandsdame an diesem Abend fungierte, stand hinter ihr wie ein Schatten.

»Monsieur?«

Valentin fluchte innerlich. Warum war er so abgelenkt? Sophie war nicht das einzige hübsche Mädchen hier. Und sie stand am anderen Ende des Raumes. Also, warum konnte er sich nicht auf die reizende Mademoiselle Flamant und ihre Stickerei konzentrieren? Vielleicht, weil er überhaupt nicht hier war, um Frauen zu treffen. Valentin streckte seinen Rücken durch. Er wusste, er war ein begehrter Junggeselle. Aber nur, weil niemand sein wahres Ich kannte. Er war nicht wie all die anderen Herren hier, die auf der Suche nach einer passenden Partie um junge Damen warben. Ganz im Gegenteil. Er hatte nicht vor, sich zu verlieben. Nicht hier. Nicht in eine dieser Ballschönheiten. Und auch in keine andere. Sein Besuch bei Arnault hatte schließlich einen Grund. Und der hatte nichts mit Stickereien, hübschen Kleidern oder Handküssen zu tun.

Er schob das Kinn nach vorne und löste höflich die Finger der jungen Dame von seinem Arm. »Ich bin sicher, das Einstecktuch wird wunderschön, Teuerste. Ich vertraue auf Euren guten Geschmack«, schmeichelte er ihr, trat einen Schritt zurück und verabschiedete sich mit einer angedeuteten Verbeugung.

Ihr verlegenes Kichern hörte er kaum noch, als er zielstrebig in Sophie Dubois' Richtung ging. Er war hier. Sophie war hier. Es war unnötig, Zeit zu vergeuden. Sie wusste nichts von seinen Absichten und Zielen, aber je schneller er sie erreichte, umso schneller würde er bekommen, was er wollte. Und dies war ganz sicher auch der einzige Grund, warum er es so eilig hatte, sie aus der Traube junger Männer zu befreien, die sich um sie versammelt hatten.

Ich hatte Valentin in dem Moment bemerkt, in dem ich das Stadthaus betreten hatte. Es war merkwürdig mit ihm. Er stach regelrecht unter all den anderen Gästen hervor. Als würde er sich von ihnen abheben. Als wäre er … keiner von ihnen. Woran das lag, konnte ich gar nicht sagen. Vielleicht an der leicht spöttischen Art, mit der er alle anderen bedachte. An der Arroganz, die so manchen der Herren, die neben ihm standen, lächerlich wirken ließ. Ich hatte den Eindruck, dass Valentin Delacroix genau wusste, was er konnte. Als würde er nichts und niemanden fürchten. Als wäre er stärker und mächtiger als alle anderen hier im Raum. Und vielleicht war es auch diese Stärke, die mir eine Gänsehaut zauberte, während er seine Augen quer durch den ganzen Raum über mich wandern ließ. Es hatte meine Knie in Butter verwandelt, sodass ich nun, wo er mit eleganten Schritten auf mich zukam, beinahe zitternd neben Estelle stand.

»Da ist er«, machte sie mich unnötigerweise auf Valentin aufmerksam und versetzte mir einen sachten Stoß in seine Richtung.

»Ich weiß!«, murrte ich durch zusammengebissene Zähne und funkelte sie böse an, weil sie mich beinahe zum Stolpern gebracht hatte.

»Guten Abend, Mademoiselle Dubois«, grüßte Valentin mit einer formvollendeten Verbeugung und griff nach meiner Hand. Wie Arnault zuvor, hauchte er einen Kuss auf meinen Handrücken, doch anders als beim Gastgeber des heutigen Abends, brannten sich Valentins Lippen regelrecht durch die Seide. Mir wurde warm, als er mir unter gesenkten Lidern einen verschwörerischen Blick zuwarf.

»Monsieur Delacroix«, zwang ich mich zu einer atemlosen Antwort und knickste halbherzig, denn meine Knie waren noch immer wackelig. »Was für ein Zufall, Euch hier zu treffen.«

Valentin schmunzelte. »In der Tat.« Er richtete sich neben mir auf und bot mir seinen Arm. »Erlaubt mir, Euch zu sagen, dass Ihr atemberaubend ausseht.«

Ich wurde rot, dabei war sein Kompliment vermutlich reine Höflichkeit.

»Danke. Ihr … seht auch … gut aus, aber das hat Euch die Frau bestimmt schon gesagt, bei der Ihr gerade gestanden seid«, presste ich verlegen hervor und blickte mich Hilfe suchend nach Estelle um, doch die war in ein Gespräch mit einer älteren Dame vertieft. Warum hatte ich das Mädchen erwähnt, das gerade noch mit Valentin gesprochen hatte? Was ging mich das an, ob sie ihm Komplimente gemacht hatte? Gott, war das peinlich! Mir wurde heiß und ich klappte meinen Fächer auf, doch das half nur wenig. Ich spürte Valentins Blick regelrecht auf meinen Lippen, und als er mich ansah, lag ein selbstsicheres Funkeln in seinen Augen.

»Mademoiselle Flamant ist tatsächlich sehr leicht zu beeindrucken«, gab er zu und grinste verführerisch.

»Ihr könnt gerne wieder zu ihr zurückgehen«, murrte ich und fühlte mich bescheuert. Dieses Kleid nahm mir den Atem und in Valentins Gegenwart hatte ich ständig das Gefühl, den Kürzeren zu ziehen. »Ich brauche hier weder eine Begleitung noch einen Beschützer.«

Valentins Lippen kräuselten sich. »Ich habe unserem gemeinsamen Bekannten mein Wort gegeben, Euch beides zu sein. Also erlaubt, dass ich Euch ein wenig herumführe. Ihr hattet ja großes Interesse an Arnaults ausgeprägter Sammlung altertümlicher Kunstgegenstände. Einige seiner Schätze hat er dort hinten in Vitrinen ausgestellt«, meinte Valentin und nickte Estelle höflich zu. »Madame Dubois, Ihr gestattet sicherlich, dass ich Eurer Nichte einige dieser Stücke zeige?«

»Oui, oui«, flüsterte sie und wedelte sich mit ihrem Fächer Luft zu. »Tut, was … nötig ist. Ich … warte hier. Mir verursacht die Aufregung Kopfschmerzen.«

Ich rollte im Geiste mit den Augen. Estelle war echt nicht belastbar. Keine Ahnung, welche Aufregung sie meinte, immerhin brauchte sie nicht mehr zu tun, als hier zu warten, bis ich meinen Auftrag für den Teufel von Paris erfüllt hätte. Sie war bloß dabei, um den Anstand zu wahren. Weil in dieser Zeit ein Mädchen allein echt gar nichts machen durfte. Das war so lächerlich. Jedes zweite dieser Mädchen in meinem Alter war entweder verlobt oder auf der Suche nach einem Ehemann. Mit gerade mal siebzehn war das natürlich vollkommen normal. Aber allein auf einer Party – oder einer Soiree, wie sie das hier nannten – ohne Anstandsdame herumzulaufen, das war total abwegig.

Aber gut. Daran würde ich jetzt wohl kaum etwas ändern können. Ich winkte Estelle knapp zu, was sie sogleich nach ihrem Riechsalzfläschchen greifen ließ. Okay … winken war also auch uncool. Das würde ich mir merken.

»Was tut Ihr da?«, fragte Valentin amüsiert.

»Ich … ach nichts, vergiss es.«

Er runzelte die Stirn, also räusperte ich mich und schob schnell etwas hinterher. »Ich meine … vergesst es, also …« Seine Lippen kräuselten sich. »Ich meine … *nichts!* Ich tue *nichts*, okay?« Verdammt, ich klang echt kein bisschen wie ein Mädchen dieser Zeit! »Und wolltet Ihr mir nicht die Sammlung zeigen?«, wechselte ich schnellstens das Thema und drängte Valentin weiter. Es verwirrte mich, dass er mich erneut in dieser komischen Höflichkeitsform anredete, wo wir uns doch geduzt hatten, als wir in Paris … Ich verdrängte die Erinnerung daran, wie vertraut und sicher sich seine Arme angefühlt hatten, als ich vor ihm auf dem Pferd gesessen hatte. Ich saß schließlich nicht mehr auf dem Pferd, sondern war auf der Jagd nach der Goldenen Libelle von Lyon! Und obwohl mir der Ernst der Lage nach dem Übergriff der Kinder durchaus bewusst war, genoss ich doch ein klein wenig dieses unerwartete Abenteuer. Und die Gesellschaft meines attraktiven Beschützers.

Valentin verneigte sich leicht und führte mich einen hell erleuchteten Korridor entlang, dessen Wand mit Vitrinen und Regalen gesäumt war. Winzige Staubpartikel flirrten in der Luft unter den Leuchtern und wir waren nicht die Einzigen, die sich für die ausgestellten Stücke interessierten. Vor dem ersten Schaukasten stand eine Menschentraube, sodass Valentin mich direkt ein Stück weiterdirigierte.

»Ihr interessiert Euch also für altertümliche Stücke?«, fragte er und betrachtete stirnrunzelnd ein aus tonähnlichem Material gefertigtes Schälchen, das mit roter Farbe bemalt war. Die Schale hatte einen Sprung und am Rand war eine Scherbe abgeschlagen. Sie überzeugte mich genauso wenig wie Valentin, falls ich seine Miene richtig deutete.

»Nicht im Allgemeinen«, antwortete ich ehrlich und wandte mich von der Schale ab und dem nächsten Ausstellungsstück zu. »Aber ich habe gehört, dass Adrien Arnault seit Kurzem im Besitz eines bestimmten Artefakts ist, das ich gerne gesehen hätte.«

Da sich mehrere historische Waffen im nächsten Schaukasten befanden, hielt ich mich damit nicht lange auf, sondern bugsierte Valentin durch leichten Druck auf seinen Arm weiter.

Es war ohnehin merkwürdig, dass mein Arm die ganze Zeit auf seinem liegen musste. Ich wäre viel schneller vorwärtsgekommen, wenn ich einfach …

»Und für welches Stück aus Arnaults Sammlung interessiert Ihr Euch?«, hakte Valentin nach und schlug vor, uns die nächste Vitrine anzuschauen.

»Für die Goldene Libelle von Lyon«, gab ich zu und mein Herzschlag beschleunigte sich. War es okay, Valentin von der Libelle zu erzählen? Warum nicht? Ich musste ihm ja nicht auf die Nase binden, dass ich vorhatte, das Ding zu stehlen, sollte sich mir die Gelegenheit bieten.

»Klingt beeindruckend«, gab Valentin zu, runzelte allerdings die Stirn, was seine Augen betonte. »Um was handelt es sich dabei? Ein Schmuckstück?«

»Das weiß ich ehrlich gesagt gar nicht.« Ich zuckte mit den Schultern. »Aber ich habe von der Libelle gehört und jetzt bin ich neugierig.« Ich fand, das klang als Erklärung recht einleuchtend. Und eine Lüge war es im Grunde auch nicht. Ich musste schmunzeln. In Valentins Gegenwart wurde ich fast noch zum Wahrheitsfanatiker. Es fiel mir schwerer als gedacht, ihn anzulügen.

»Seiner Neugier zu folgen, ist manchmal … gefährlich«, meinte Valentin ernst und sah mir direkt in die Augen. Das Graublau seiner Iris war geheimnisvoll und nachdenklich. »Und manchmal ist es das einzig Richtige.«

Ich verstand nicht, was er meinte. Trotzdem nickte ich höflich. »Da ich ja einen Beschützer habe, sollte es nicht allzu gefährlich sein, meiner Neugier zu folgen, oder?«, neckte ich ihn und zog ihn zum letzten Schaukasten an dieser Wandseite. Auch hier war nichts zu entdecken, das auch nur im Geringsten Ähnlichkeit mit einer Libelle gehabt hätte.

»Dann akzeptiert Ihr meine Gegenwart inzwischen?«

Ich rollte mit den Augen. »Hab ich denn eine Wahl?«

Valentins Lachen war mal wieder wie ein Erdbeben. Es kam plötzlich und unerwartet und erschütterte mich bis in mein Innerstes. Es erweckte jeden meiner Sinne zum Leben. »Nein«, gab er zu und führte mich an der gegenüberliegenden Wand weiter zum nächsten Regal. »Habt Ihr nicht.«

»Dabei habe ich gedacht, du willst mir nicht zu viel Aufmerksamkeit schenken. Nicht dass du mich heiraten musst«, scherzte ich und vergaß die höfliche Anrede.

Valentin schmunzelte. »Habt Ihr es noch nicht bemerkt, Sophie?«, flüsterte er und beugte sich, in die Betrachtung der Stücke im Kasten vertieft, über mich, während er seine Hand in meinen Rücken gleiten ließ. »Ich bin ein Mann, der … Risiken eingeht.«

Ein Mann, der Risiken eingeht

Stadthaus von Adrien Arnault, 1688
– 22 Stunden verbleibend –

Valentin fragte sich, welches Risiko er gerade einging. Mit jeder Minute, die er mit Sophie Dubois verbrachte, wurde ihm bewusster, dass sie etwas vor ihm verbarg. Zu viele Jahre schon hielt er sein wahres Ich geheim, als dass es ihm entgangen wäre, wenn er angelogen wurde. Oder ihm etwas vorgemacht wurde. Und an Sophie Dubois stimmte nichts. Und sie war noch nicht einmal besonders geschickt darin, das zu überspielen.

Gerade tat sie so, als betrachtete sie interessiert die ausgestellten Stücke in einer von Arnaults Vitrinen, dabei schienen ihre Sinne auf etwas ganz anderes ausgerichtet zu sein. Sie folgte ihm heimlich mit den Augen, wenn sie glaubte, er würde es nicht bemerken. Sie fächelte sich Luft zu, als würde sie etwas aus der Ruhe bringen. Und sie sah sich verstohlen zu allen Seiten um, wie wenn sie nach einem Fluchtweg Ausschau halten würde. Wovor wollte sie fliehen? Vor ihm? Das konnte sie gerne versuchen. Er würde sie im Auge behalten. Nur deshalb war er hier. Es war wichtig, dass diesmal alles nach Plan lief. Fehler konnte er sich nicht mehr erlauben.

Sein Blick glitt unauffällig über Sophie und er neigte bewundernd den Kopf. Das Kleid umfing ihre Taille wie eine Liebkosung und es ließ kaum Raum für Fantasie, so hob es ihre Brüste an den Rand des Mieders. Er ertappte sich dabei, wie ihn ihre Schönheit ablenkte. Dabei war Versagen in seiner Situation etwas, das er sich nicht leisten konnte. Bei allem

Risiko, das er einzugehen bereit war, war Scheitern dennoch keine Option.

Sophie erreichte die letzte Vitrine und er begab sich wieder an ihre Seite. »Habt Ihr die Libelle von Lyon gefunden?«, hakte er nach, dabei war ihm ihr mutloser Ausdruck genug.

»Nein. Verdammt!« Sie schien selbst über ihre Äußerung zu erschrecken, denn sie schlug sich die Hand vor den Mund. »Huch, nein, ich meine …«

Da war es wieder. Dieses merkwürdige Gefühl. Das Gefühl, dass mit Sophie Dubois etwas nicht stimmte. Auf diese so … vertraute Weise …

»Es hätte Euch viel bedeutet?«, hakte er nach und beobachtete sie genau.

»Ja. Das kann man so sagen.« Sie ignorierte seinen misstrauischen Unterton und straffte die Schultern, um ein Lächeln bemüht, das ihre Augen nicht erreichte. »Ich hatte einfach gehofft, die Libelle hier zu finden.«

Ihr Blick war klar und direkt. Sie *hatte* gehofft, die Libelle zu sehen. Er glaubte ihr. Und doch … etwas passte nicht.

»Wir könnten unseren Gastgeber nach dem Stück fragen«, schlug Valentin vor und überlegte, warum das für Sophie wohl so wichtig war. Immerhin schien ihr Interesse an Arnaults sonstigen Stücken seiner altertümlichen Sammlung eher gering zu sein.

Sie nickte und der mutlose Ausdruck wurde schwächer. »Das sollten wir machen«, stimmte sie ihm zu und stellte sich auf die Zehenspitzen. »Seht Ihr ihn irgendwo?« Sie strich sich die blonden Locken aus dem Gesicht und reckte den Hals.

Valentin zog sie zurück auf die Füße. Sich derart neugierig umzusehen, war wirklich unhöflich. »Er steht dort drüben bei den Erfrischungen«, machte er sie auf Adrien aufmerksam und führte sie zurück in den Salon. Ihre Finger auf seinem Arm zitterten leicht und er fragte sich, warum sie so aufgewühlt war.

»Gibt es Neuigkeiten von Eurem Bruder?« Immerhin würde das ihre Unruhe erklären.

Sophie versteifte sich und verfing sich mit dem Fuß in ihrem Reifrock. Stolpernd fiel sie gegen ihn, woraufhin Valentin sie hilfsbereit in seine Arme schloss. »Vorsicht, Mademoiselle. Ihr ruiniert Euer zauberhaftes Kleid.«

»Es ist ein absolut unpraktisches Kleid!«, fauchte sie genervt, was ihn zum Lachen brachte »Und nein! Es gibt nichts Neues von meinem Bruder«, setzte sie energisch hinterher. »Er ist und bleibt verschwunden!« Sie wandte sich ihm zu, und als sie seine Hand ergriff, drückte sie fest zu. »Aber wir könnten nachher in dieses Wirtshaus gehen und nach Thibault Ausschau halten.«

»Nachher?« Valentin war überrascht. Solche Soireen dauerten oftmals bis in die Morgenstunden. Nicht dass er je so lange blieb, doch er hatte nicht damit gerechnet, Sophie die ganze Nacht begleiten zu müssen. Er hatte andere Dinge zu tun. Wichtigere Dinge.

Sophie nickte. »Ihr habt doch gestern selbst gesagt, dass Thibault dort Stammkunde ist. Das ist unsere beste Chance!«

Valentin seufzte. Wie sollte er dieser sturen kleinen Person nur klarmachen, dass es viel zu gefährlich für sie war, sich auch nur in die Nähe eines Wirtshauses zu begeben. Ehe er ihr ihre verrückte Idee ausreden konnte, hatten sie Adrien Arnault erreicht. Der Gastgeber wischte sich gerade mit einem spitzenbesetzten Taschentuch den Schweiß von der Stirn. Die Luft im Salon war drückend und schwül. Auch Valentin schwitzte. Der Gedanke war beinahe verlockend, diese vornehmen Kleider abzulegen und sich im Wirtshaus neben der Seine ein kühles Bier zu genehmigen.

Er betrachtete Sophie und wie von selbst erschien das Bild von ihr vor seinem geistigen Auge, wie sie am Boden lag, umringt von diesen Kindern, in Hosen und Hemd. Er klopfte sich gegen den Oberschenkel und schmunzelte. In Paris sah man nicht oft Mädchen in Hosen. Das blassblaue Kleid verbarg ihre schlanken Beine und den verführerischen Po, den er beim Ritt zum Haus ihres Onkels vor sich im Sattel gespürt hatte. Vielleicht hatte sie recht. Das Kleid war unpraktisch. Immerhin verbarg es viel zu viel von dem, das Valentin gerade durch den Kopf ging.

»Oben?«, riss ihn Sophies Stimme aus seinen Gedanken und er zwang sich, den Blick von ihrer schlanken Taille zu nehmen.

Arnault nickte. »In der Tat, Teuerste. Die Goldene Libelle von Lyon kam erst heute Nachmittag vom Restaurator zurück. Ich hatte selbst noch keine Gelegenheit, das gute Stück in Augenschein zu nehmen.«

Sophies Finger krallten sich fester in Valentins Arm, dabei schien sie fast vergessen zu haben, dass er überhaupt neben ihr stand. Sie benetzte aufgeregt ihre Lippen mit der Zungenspitze und beugte sich näher zu ihrem Gastgeber hinüber. Valentin runzelte die Stirn. Irgendwas führte sie doch im Schilde …

»Dann hoffe ich, dass sich schon bald eine Gelegenheit bietet, mir das Artefakt anzusehen«, säuselte Sophie und klimperte etwas unnatürlich mit den Wimpern. »Eure restliche Sammlung ist auf jeden Fall beeindruckend, Monsieur Arnault!«

∽

Ich biss die Zähne zusammen und wünschte mir einen Moment der Ruhe, um nachdenken zu können. Arnault widmete sich gerade wieder anderen Gästen, aber Valentin würde ich wohl nicht so einfach loswerden. Er schaute mich bereits den ganzen Abend so merkwürdig an. Höflich, jedoch fragend.

»Es tut mir leid, dass Ihr die Libelle nicht sehen konntet«, setzte er an und ich winkte gedankenverloren ab.

»Nicht so schlimm«, log ich und blickte mich um. Am Fuß der Treppe zum Obergeschoss standen zwei livrierte Bedienstete mit je einem Tablett mit Weingläsern. Da würde keiner unbemerkt vorbeischleichen können. Erst recht niemand in einem blassblauen Kleiderungetüm. Es musste einen anderen Weg hinauf geben. Die Libelle war hier. Sie war so nah – und doch so fern.

»Ist alles in Ordnung?«, hakte Valentin nach, da ich ihn offenbar seit einigen Minuten wortlos ignorierte.

»Was?« Ich sah in sein Gesicht, aber seine Augen verrieten nichts über seine Gedanken. »Oh ja, alles bestens«, behauptete ich und befolgte dabei die erste Regel einer überzeugenden Lüge, indem ich seinem Blick standhielt. Immer wieder überraschte mich das strahlende Graublau seiner Iriden. Ich klappte den Fächer auf und wedelte mir Luft zu. Ich musste Valentin loswerden. Bloß wie? Ich suchte den Raum ab und atmete erleichtert aus, als ich Estelle nah der Tür, die in den Garten führte, entdeckte. Estelle, im Gespräch mit einer jungen Frau, die mir zuvor schon aufgefallen war. »Ich sollte nur meiner Tante sagen, dass die Libelle heute nicht besichtigt werden kann. Sie hatte sich ebenfalls sehr darauf gefreut.«

Ohne auf Valentins Erwiderung zu warten, drängelte ich mich durch die Gäste in Estelles Richtung.

Wie ich erwartet hatte, erblühte die Gesprächspartnerin meiner Tante regelrecht, als sie bemerkte, dass Valentin mir folgte und auf sie zukam.

»Monsieur Delacroix«, freute sie sich und versank in einem

so tiefen Knicks, bei dem ich mir vermutlich die Knie gebrochen hätte.

»Mademoiselle Flamant.« Valentin küsste ihr höflich die behandschuhten Finger.

»Gerade habe ich Madame Dubois von meiner Begeisterung für Handarbeiten erzählt.« Die blonde Schönheit legte Valentin wenig zurückhaltend die Hand auf den Arm und schmachtete ihn an. »Euer Einstecktuch wird mein nächstes Meisterwerk, Ihr werdet sehen.«

Ich rollte mit den Augen und erntete dafür von Estelle einen mahnenden Blick.

»Handarbeit ist eine Tugend, die jeder Ehemann an seiner Gemahlin schätzen wird, nicht wahr?«, unterstützte sie Mademoiselle Flamant, und ich hatte den Eindruck, als wollte sie mich damit aufziehen.

Und tatsächlich gefiel mir nicht, dass Valentin das nickend und mit einem charmanten Lächeln auf den Lippen bejahte. »Bitte entschuldigt mich«, nutzte ich die Gelegenheit und schob mich etwas weiter Richtung Tür. »Ich werde einen Moment Luft schnappen.« Ich lächelte die junge Französin neben Valentin aufmunternd an. »Bestimmt möchte Monsieur Delacroix noch viel mehr darüber erfahren.«

Es war lediglich eine Mikroregung in Valentins Gesicht, aber ich war mir sicher, dass er – wären wir nicht hier auf dieser Soiree, umgeben von unzähligen Menschen – einen Fluch ausgestoßen hätte. So kniff er nur kurz die Lippen zu einer schmalen Linie und schenkte Mademoiselle Flamant ebenfalls ein höfliches Lächeln. Ein verlogenes Lächeln, wie mir nicht entging.

Und während ich mein Kleid raffte und mich in den Schutz der Dunkelheit des Gartens zurückzog, fühlte ich eine merkwürdige Freude darüber, dass Valentin Delacroix nichts auf die Stickereien von Mademoiselle Flamant zu geben schien.

Ich atmete ein paar Mal tief durch, als die Kälte der Nacht mich umfing, und schlang mir die Arme um den Oberkörper. Hier draußen war es wie in einer anderen Welt. Die Musik drang nur noch gedämpft an mein Ohr und ohne das Gedränge und das Gelächter kam ich mir plötzlich etwas verloren vor. Ich schluckte und sah mich verstohlen um. Ich war nicht allein hier im Garten, doch die wenigen weiteren Gäste, die sich hier herausverirrt hatten, hatten ganz eindeutig vor, gegen die guten Sitten zu verstoßen. Eine Frau mit tief ausgeschnittenem Dekolleté lag seufzend in den Armen eines Mannes und es war unschwer zu erkennen, dass sie sich küssten. Sie waren sehr vertieft und niemand beachtete mich, als ich dem geschotterten Fußweg folgte und mich entfernte. Mein Herz hämmerte mir wie wild in der Brust und ich fragte mich, ob Elian auch so eine Angst verspürte, wenn er seine Aufträge erfüllte. Mir jedenfalls war nicht ganz geheuer, als ich um die Ecke bog und nach einem Dienstboteneingang Ausschau hielt. Ich musste irgendwie unbemerkt ins obere Stockwerk gelangen. Die Haupttreppe im Inneren schied aus, doch wie auch bei uns zu Hause, gab es in nahezu jedem Stadthaus in Paris Dienstbotentreppen ins Obergeschoss. Und darauf hoffte ich zu stoßen.

Der Weg führte vom Haus weg zu einem Pavillon, der die Gartenmitte betonte. Doch da wollte ich nicht hin. Ich raffte die Röcke, schaute mich noch einmal um und verließ dann den Weg. Meine Seidenpantoffeln versanken in der Erde, als ich mich durch ein Blumenbeet drängte und im Schatten der Büsche an der Hauswand entlanghuschte. Irgendetwas raschelte in den Zweigen neben mir und ich wollte besser nicht wissen, welches Ungeziefer sich direkt an meinen Füßen befand. Ein Zittern der Angst überfiel mich, und ich versuchte, nicht daran zu denken. Einfach einen Fuß vor den anderen, ermahnte ich mich im Geiste und zwang mich, weiterzugehen. Wieder raschelte es neben mir und ich erstarrte.

»Verdammt, Elian!«, wisperte ich und ballte so fest die Fäuste, dass ich mir die Fingernägel in die Handflächen bohrte. »Warum hast *du* diesen Scheiß nicht erledigt?!« Ich wischte mir nervös einen Zweig von der Schulter und duckte mich unter den nächsten Busch. Das Dickicht endete, und so weit ab von der Terrassentür war von der Musik nichts mehr zu hören. Nur noch die unheimlichen Geräusche der Nacht waren zu vernehmen. Der Ruf eines Uhus, das Klappern der Fensterläden über mir und dieses Rascheln …

Ich befreite den Saum meines Kleides von einem Ast und trat aus dem Beet. Vor mir befand sich eine schmale Tür. Der Hintereingang fürs Personal.

Ich hatte es gewusst! Kurz wallte Freude auf, denn ich hatte recht gehabt. Es gab einen Dienstboteneingang. Und der würde mich nach oben und zur Goldenen Libelle von Lyon führen!

Mit neuem Mut duckte ich mich an die Wand und schlich zur Tür. Die Klinke ließ sich hinunterdrücken, und obwohl ich kaum damit gerechnet hatte, ging die Tür einfach auf.

Ich hielt den Atem an und spähte durch den schmalen Schlitz. Ein schwacher Lichtschein zeigte, wo sich die Küche befand. Und in der entgegengesetzten Richtung schmiegte sich eine schmale, dunkle Treppe nach oben.

Hier, im Inneren des Hauses, war nun wieder der Klang der Musik zu hören und aus der Küche duftete es nach Pasteten. Eine Köchin schrie Befehle durch ihr Reich, während Töpfe klapperten. Das war gut, denn die Stufen unter meinen Füßen knarzten, als ich mich daranmachte, der Treppe zu folgen. Ich streckte die Hände an der Wand aus, um mich voranzutasten, denn die Treppe machte einen Bogen und dahinter lag tiefste Dunkelheit.

»Shit!«, fluchte ich und es war beruhigend, meine Stimme zu hören. Jeder Schritt war ein Schritt ins Ungewisse und doch konnte ich nicht stehen bleiben oder gar umkehren. Dabei wäre umzukehren so verlockend gewesen. Einfach bei Valentin zu bleiben, mit ihm zu tanzen, ihn aus der Gesellschaft von Mademoiselle Flamant zu befreien und …

Ich zwang mich, diesen unsinnigen Gedanken zu beenden. Mit Valentin zu tanzen, würde Elian nicht helfen und mich der Libelle kein bisschen näher bringen! Es würde mich nur Valentin näherbringen. Der Gedanke trieb mir das Blut in die Wangen. So ein Unsinn! Ich wollte Valentin überhaupt nicht näherkommen! Das würde alles nur verkomplizieren. Er war ein Bekannter des Teufels von Paris – und ich wusste nichts über ihn. Nichts, außer dass er verdammt gut aussah. Und das war ja wohl die unbedeutendste Sache der Welt! Viel bedeutender war, dass ich ihm nicht trauen durfte. Ihm nicht, und auch sonst niemandem. Ich war auf mich allein gestellt – und deshalb sollte ich nun auch schauen, dass ich die Libelle fand!

Ich zwang mich, die nächste Stufe zu nehmen, auch wenn mir die Dunkelheit mit jeder Sekunde drückender erschien. Mit weit aufgerissenen Augen, um ja jedes bisschen Licht einzufangen, tappte ich unbeholfen weiter. Eine Windung der Treppe später ließ mich ein Lichtstrahl von oben erleichtert ausatmen. Jetzt musste ich bloß noch das Päckchen des Restaurators finden.

Valentins Unruhe wuchs. Es waren etliche Minuten vergangen, seit Sophie unter dem Vorwand, frische Luft schnappen zu wollen, den Saal verlassen hatte. Minuten, in denen es ihm nicht gelungen war, die redselige Mademoiselle Flamant abzuschütteln. Sie klebte regelrecht an seinem Arm und die Höflichkeit verbot es, sie einfach stehen zu lassen. Sie redete ohne Unterlass von ihrer Stickerei, was Valentin innerlich stöhnen ließ. Wie angenehm war das Schweigen von Sophie gewesen, als sie vor ihm im Sattel gesessen hatte. Ein Schweigen, das so viel mehr gesagt hatte als all die Worte der schmachtenden Mademoiselle Flamant.

Er wandte den Kopf zur Gartentür, doch der Blick nach draußen war ihm verwehrt. In den Scheiben spiegelte sich das Licht, und alles, was er sah, waren die Gäste, die hier drinnen beisammenstanden. Nervös tippte er sich an den Oberschenkel. Dass Sophie so lange weg war, störte ihn. Nicht nur weil sie ihn offensichtlich bei Mademoiselle Flamant abgestellt hatte, sondern weil er bereits den ganzen Abend – vielleicht sogar schon die ganze Zeit über – das Gefühl gehabt hatte, dass sie etwas vor ihm verbarg.

Das an sich war nichts Ungewöhnliches. Jeder hier verbarg etwas. Jeder hatte seine Geheimnisse. Doch gerade jetzt konnte er es sich nicht leisten, etwas zu übersehen. Es ging um viel. Um alles, um genau zu sein. Und genau deshalb bekam er so allmählich Kopfschmerzen von all den Gesprächen über Garn und Stickrahmen, wo es ihn doch drängte, Sophie in den Garten zu folgen. Denn je länger sie weg war, umso überzeugter war Valentin, dass Luft zu schnappen, nicht alles war, was Sophie dort draußen tat.

»Mademoiselle«, unterbrach er gerade einen Redefluss über die gestiegenen Preise für azurblaues Garn und lächelte bedauernd. »So gerne ich Ihren Ausführungen weiter lauschen würde – gerade entdecke ich dort hinten einen Bekannten, mit dem ich Geschäftliches klären müsste.« Er machte ein zerknirschtes Gesicht und küsste seiner Begleiterin hastig die Hand, ehe sie sich nach dem erfundenen Bekannten umschauen konnte. »Habt noch einen schönen Abend.«

Mademoiselle Flamant knickste höflich, auch wenn die Enttäuschung in ihren Zügen nicht zu übersehen war. »Natürlich, Monsieur. Geschäfte gehen vor. Ich hoffe aber dennoch, wir setzen dieses Gespräch bald fort.«

Valentin blickte ihr in die Augen und schenkte ihr ein Lächeln. »Natürlich, Teuerste. Ich kann es kaum erwarten.«

Und tatsächlich konnte er etwas kaum erwarten. Doch das hatte mit Mademoiselle Flamant nicht das Geringste zu tun. Er konnte es kaum erwarten, herauszufinden, wohin Sophie Dubois verschwunden war. Denn selbst jetzt, als er den Raum nach ihr absuchte, fehlte von ihr jede Spur. Was trieb sie nur so lange im Garten? Hatte sie keine Ahnung, dass es einen den guten Ruf kosten konnte, wenn man ohne Anstandsdame allein derart lange –

Er trat hinaus und entdeckte bereits das erste Paar, das genau das tat, was einem den Ruf ruinierte. Jeder, der sich hier draußen herumtrieb, führte etwas im Schilde. Das war kein Geheimnis. Also, was tat Sophie hier? Traf sie sich mit jemandem? Kurz versetzte ihm dieser Gedanke einen unbehaglichen Stich. Sie war von einer Schar von Verehrern umringt gewesen, als er sie früher am Abend angesprochen hatte. War sie mit einem von diesen Kerlen verabredet? Hatte sie sich deshalb seiner Begleitung entledigt?

Im Grunde konnte es ihm egal sein, doch das war es nicht. Er musste sie im Auge behalten. Er konnte es sich nicht leisten, dass etwas schiefging. Nicht diesmal.

Mit schnellen Schritten durchquerte er den Garten. Sein Gespür sagte ihm, dass sie nicht den mit Rosen umrankten Pavillon aufgesucht hatte, um – wie sie meinte – Luft zu schnappen. Valentin fuhr sich durchs Haar. Er hatte gleich gespürt, dass sie etwas anderes im Sinn gehabt hatte. An ihren Augen hatte er es abgelesen. Und doch hatte sie ihn mit ihrem Rückzug so überrascht, dass es ihr tatsächlich gelungen war, ihn abzuschütteln.

Verärgert über sich selbst blieb er stehen und sah sich im Garten um. Die sternklare Nacht war wie gemacht für Romantiker. Für heimliche Küsse hinter den Büschen. Doch glaubte er nicht wirklich, dass Sophie zu den Frauen gehörte, die sich derart leicht verführen ließen. Allein, wenn er bedachte, wie schnell ihr das Blut in die Wangen gestiegen war, als er mit ihr getanzt hatte. Er hatte das aufgeregte Schlagen ihres Herzens noch sehr deutlich in Erinnerung. Der Ausschnitt war tief gewesen und das schnelle Heben und Senken ihrer Brüste hatte ihre Nervosität gezeigt. Nein, Sophie war nicht hier, um sich heimlich mit einem Mann zu treffen, darauf würde er wetten.

Doch was hatte sie dann hier mitten in der Nacht zu suchen? Sein Blick blieb an einer halb geöffneten Tür seitlich des Hauses hängen und er runzelte die Stirn. Es war nicht ungewöhnlich, dass der Dienstboteneingang offen stand, wenn in der Küche viel gebraten und gekocht wurde. Und auch jetzt hing der herzhafte Duft von mit Zwiebeln gefüllten Pasteten in der Luft. Er ging vom Weg ab und näherte sich dem Hintereingang. Ihm kribbelte der Nacken und wie von selbst glitt seine Hand an den Dolch unter seinem vornehmen Rock. Mit dem Fuß schob er die Tür weiter auf. Rechts die Küche, links eine dunkle Treppe. Von oben hörte er das leise Knarzen einer Tür.

Er biss die Zähne zusammen, zückte die Waffe und stieg die Stufen hinauf. Er war ein Mann, der Risiken einging. Doch offenbar war er da nicht der Einzige.

Mit zitternden Fingern

Stadthaus von Adrien Arnault, 1688
– 21 Stunden verbleibend –

Der Raum, den ich gerade auf Zehenspitzen betreten hatte, war definitiv das Zimmer eines Mannes. Im Kamin brannte ein Feuer, was es mir erleichterte, mich zurechtzufinden. Ein breites Bett mit dunklen Bettvorhängen bildete das Zentrum des Raums. Ein dicker Teppich nahm dem Boden die Kühle und dämpfte meine Schritte. Im flackernden Schein des Feuers sah ich mich um. Würde Adrien Arnault das Paket des Restaurators in seinem Schlafzimmer aufbewahren?

Vermutlich nicht. Bestimmt würde ein Mann wie er es in seinem Arbeitszimmer deponieren. Ich war frustriert darüber, der Libelle von Lyon so nah zu sein und doch keine Ahnung zu haben, wo ich nach ihr suchen sollte. Ich drehte mich genervt um, als ich Schritte hörte.

»Shit!«, entfuhr es mir und ich sah mich panisch nach einem Versteck um. Die Schritte kamen näher und ich presste mich kurzerhand hinter die Schlafzimmertür. Für mehr war keine Zeit. Die Schritte verstummten im Flur, nur wenige Meter vor mir, und ich hielt den Atem an. Das Herz hämmerte mir so laut in der Brust, dass ich Mühe hatte zu hören, was passierte.

Metall kratzte und ich lauschte angestrengter. War das ein Schlüssel, der im Schloss gedreht wurde?

»Es ist mir neu, dass Ihr ein leidenschaftlicher Sammler seid«, ließ mich Arnaults Stimme zusammenzucken. Mit wem redete er? Ich drückte mir den Satin des Kleides flach gegen die Oberschenkel und schob mich neugierig näher. Im Rascheln des Stoffs ging die Antwort der zweiten Person unter, aber ich war mir sicher, die Stimme eines Mannes vernommen zu haben. Eine Gänsehaut überzog meinen Körper und mein Puls beschleunigte sich. Was, wenn sie mich hier oben finden würden?

Eine Tür gegenüber wurde geöffnet und anhand der sich entfernenden Schritte wusste ich, dass die beiden den Raum betraten. Zitternd atmete ich aus.

»Wenn ich geahnt hätte, dass der Restaurator so lange mit der Arbeit an dem Stück benötigt, hätte ich die Soiree an diesem Abend abgesagt«, belauschte ich Arnault. Er klang gedämpft, als wäre er tief in den Nebenraum vorgedrungen. Deshalb riskierte ich es, mein Versteck hinter der Tür zu verlassen und an die Wand neben dem Eingang zu huschen. So konnte ich wenigstens einen kurzen Blick über den Flur hinweg ins andere Zimmer erhaschen. Im Nebenraum wurden Leuchter entzündet und ich erkannte deckenhohe Bücherregale und die Tischkante eines massiven Schreibtischs.

»Wenn es nach mir ginge, würde ich alle Gäste nach Hause schicken und mich die restliche Nacht nur noch diesem Schmuckstück hier widmen.«

»Verständlich«, antwortete die zweite Person und ich schnappte nach Luft.

Das war doch nicht möglich! Ich war derart überrascht, dass ich meine Vorsicht vollkommen vergaß und auf Zehenspitzen über den Flur schlich. Ich duckte mich gegen die Wand und spähte durch die halb geöffnete Tür.

Valentin war angespannt. Das hier lief nicht nach Plan. Er hatte gerade noch am Ende des Flurs Sophies blaues Kleid erblickt, als Arnault über die Haupttreppe nach oben gekommen war. Er hatte seinen Dolch zurück in die Scheide gesteckt, die Schultern gestrafft und dann so getan, als wäre er dem Gastgeber ebenfalls auf diesem Weg gefolgt, weil er ein interessierter Sammler wäre.

»Trotz der Gäste komme ich schon zum vierten Mal an diesem Abend hier herauf, nur um einen Blick auf die Kiste zu werfen, in der sich mein Schatz befindet«, gab Arnault mit amüsiertem Unterton in der Stimme zu, ohne misstrauisch zu klingen.

»Es ist Euer Haus«, antwortete Valentin und trat näher zu seinem Gastgeber. Auf dem Schreibtisch vor ihm stand eine Holzkiste, die mit Lederbändern verschnürt war. »Es ist auch Euer Artefakt. Warum die Zurückhaltung? Ihr seid frei zu tun, was immer Euch beliebt.«

Adrien Arnault lachte und legte ehrfürchtig die Hand auf die Kiste. Seine Finger spielten mit den Lederbändern. »Sagt Ihr das, weil Ihr gerne zugegen sein wollt, wenn ich die Kiste öffne?«, hakte Arnault nach und sah Valentin an.

Der nickte. »Ihr habt mich ertappt, Monsieur. Ich schätze, mein Vorgehen war nicht sehr … subtil.«

Arnault lachte. »Nein, nicht sehr.« Er griff nach dem Brieföffner und durchtrennte das Lederband. »Doch man trifft nicht sehr oft auf Sammler, die so direkt sind, einem in die Privaträume zu folgen. Von daher … lade ich Euch gern ein, mit mir zusammen einen ersten Blick auf die Goldene Libelle von Lyon zu werfen.«

»Ihr seid zu großzügig«, gab sich Valentin dankbar und verneigte sich leicht vor dem älteren Herrn.

»Nennt mich Adrien«, bot der an und legte den Brieföffner beiseite. Dann schob er mit beiden Händen ehrfürchtig die Lederbänder von der Kiste und hob vorsichtig den Holzdeckel an.

»Es ist mir eine Ehre«, bedankte sich Valentin. Sein Gastgeber nahm gespannt den Deckel ab und auch Valentin hielt den Atem an. Aber nicht wegen dem, was sich in der Kiste befand. Sondern weil er ein verräterisches Rascheln ganz in der Nähe vernahm. Unauffällig spähte er über seine Schulter, und tatsächlich, ein blassblauer Reifrock lugte am Fuß der Tür hervor. Er ballte die Fäuste und machte einen Schritt zur Seite, um Adriens Sicht auf die Tür zu verstellen. Dabei wäre das wohl gar nicht nötig gewesen, denn das Interesse des Sammlers war gebannt auf den auf rotem Satin gebetteten Neuzugang seiner Sammlung geheftet.

»Seht sie Euch an«, staunte er bewundernd und griff in die Kiste. »Ist sie nicht wunderschön?« Adrien Arnault hob das kostbare Artefakt mit zitternden Fingern aus der Holzkiste.

Hinter Valentin raschelte es erneut und er räusperte sich, um das Geräusch zu übertönen. »Erstaunlich«, stimmte er Arnault zu und musterte die Libelle. »Das ist sie also: die Goldene Libelle von Lyon!«

Arnault straffte stolz die Schultern. »Das ist sie. Ich habe Jahre nach ihr gesucht und …« Adrien erstarrte.

Valentin ebenfalls. Hatte der Sammler das verräterische Rascheln vor der Tür gehört?

»Unmöglich!«, stieß Arnault hervor und wurde blass. »Das … ist unmöglich!« Er ließ die Libelle zurück in die Kiste fallen, als hätte er sich daran verbrannt.

»Stimmt etwas nicht, Adrien?« Valentins Nackenhärchen kribbelten und im Geiste griff er bereits nach seiner Waffe.

»Nichts stimmt!«, keuchte der Sammler und rieb sich übers Gesicht. »Nichts!«

»Ich verstehe nicht«, hakte Valentin nach, inzwischen sicher, dass, was immer mit Arnault nicht stimmte, nichts mit der Person vor der Tür zu tun hatte.

»Die Libelle – sie …« Adrien Arnault riss das goldene Artefakt grob aus der Kiste. »Das …«, keuchte er, »… ist nicht die Goldene Libelle von Lyon!« Er schüttelte den Kopf und hielt die Libelle ins Licht des Leuchters. »Das … ist … eine Fälschung!« Die Worte kamen ihm kaum über die blutleeren Lippen. »Eine Fälschung!«

Valentin verkrampfte sich. »Eine Fälschung?«, hakte er überrascht nach. »Seid Ihr sicher?«

Arnault taumelte benommen und der Schweiß brach ihm aus. Die Libelle entglitt seinen zitternden Fingern und landete klirrend auf der Tischplatte. »Natürlich bin ich sicher«, presste er hervor und stützte sich schwer auf den Tisch. Die Schultern gebeugt, der Kopf gesenkt. »Eine Fälschung!«, stöhnte er. »Wie ist das möglich?«

Seine Worte waren kaum mehr als ein Flüstern und Valentin klopfte ihm beruhigend auf die Schulter. »Woran erkennt Ihr das?«, wollte er wissen und nahm die Libelle auf. Sie war kleiner als sein Handteller und der schlanke Körper der Libelle bestand aus reinstem Gold. Das filigrane Insekt war mit kostbaren Edelsteinen besetzt. Es war ohne Frage hübsch, doch warum man solch ein Stück sammeln sollte, verstand Valentin nicht.

Arnault wischte sich den Schweiß von der Oberlippe und tupfte sich dann mit dem Taschentuch den Nacken ab. Er sah aus, als stünde er kurz davor, in Ohnmacht zu fallen. Er packte Valentins Hand mit der Libelle und drehte das Artefakt auf den Rücken. »Seht – das Gewinde fehlt.«

»Welches Gewinde?«

»Die Libelle – sie ist ein Teil eines größeren Gebildes. Teil eines Mechanismus«, erklärte Arnault schwach und strich mit den Fingern über den Rumpf des Insekts. »An dieser Stelle ... müsste ein Gewinde sein.« Er sah Valentin ins Gesicht. »Die Libelle, die ich zum Restaurator gegeben habe ... sie hatte das Gewinde.« Er ließ die Hand sinken und schüttelte verständnislos den Kopf. »Und nun ist es fort – wie das?«

Valentin hatte keine Ahnung. Mit alldem hatte er nicht gerechnet. Zum Glück erwartete Arnault keine Antwort.

»Der Restaurator!«, rief er und hob drohend die Fäuste. »Den werde ich mir vornehmen!« Er donnerte die Fäuste auf den Tisch und riss Valentin anschließend die Fälschung aus der Hand. »Raus hier!«, schrie er und feuerte das goldene Insekt zornig auf den Boden! Dann stürmte er zur Tür und Valentin sah aus dem Augenwinkel den blauen Satin schwingen.

Teufel noch mal, dieses Weib war zu stur. Warum war sie nicht längst verschwunden? Wollte sie etwa entdeckt werden?

»Adrien!«, rief er, um Sophie Zeit für einen Rückzug zu ermöglichen, und tatsächlich wandte Arnault sich noch einmal zu ihm um. »Wer hat die Goldene Libelle von Lyon für Euch restauriert?«

Arnault schnaubte. »Restauriert? *Gestohlen* meint Ihr wohl!«

Der Satin verschwand und für einen Moment glaubte Valentin, leise Schritte zu hören.

»Wem habt Ihr das Stück anvertraut?«, formulierte er seine Frage um.

»Sinclair – der Restaurator des Königs«, stieß er verächtlich aus. »Als hätte man je einem Engländer trauen können!«

Damit stürmte Arnault aus seinem Arbeitszimmer und brüllte im Haus herum, dass die Soiree beendet sei.

Valentin zögerte, dem aufgebrachten Gastgeber zu folgen. Sein Blick glitt zur Tür, hinter der er zuvor das verräterische Kleid von Sophie Dubois gesehen hatte. Jetzt waren da nur noch Schatten zu erkennen, und auch wenn er angestrengt lauschte, vernahm er lediglich die überraschten Ausrufe der Gäste aus dem Salon, die von dem Gastgeber regelrecht aus dem Haus geworfen wurden. Das Fest war vorbei.

Er trat in den Flur und sah sich um. Er hätte schwören können, dass die Tür zum Zimmer gegenüber zuvor weiter geöffnet gewesen war. Nun war sie beinahe ganz geschlossen. Nachdenklich tippte Valentin gegen seinen Oberschenkel. Es kam ihm vor, als spürte er den Herzschlag hinter dem Türblatt. Als könnte er durch das Holz hindurchschauen und den zarten Atem über seine Haut streichen fühlen. Sekunden vergingen, in denen er darauf wartete, dass sie sich zeigte. Dass sie aus ihrem Versteck trat und ihm erklärte, was sie hier zu suchen hatte.

Warum ging er nicht? Mir war schon ganz schwindelig, weil ich kaum wagte zu atmen. Ich sah sein Gesicht im Profil durch den Türspalt. Er wirkte angespannt. Nachdenklich. Und misstrauisch. Seine Augen waren zu schmalen Schlitzen verengt und ein Muskel an seiner Wange zuckte. Er stand da, als würde er ahnen, dass er nicht allein war. Dabei konnte er das gar nicht wissen. Ich hatte mich flach hinter die Tür gedrückt und nicht einmal einen Blick gewagt. Dabei hatte alles in mir danach geschrien, mir die Goldene Libelle anzusehen. Dass sie nur eine Fälschung sein sollte, wie Arnault meinte, konnte ich nicht glauben. Ich wollte es nicht glauben, weil mich das wieder ganz an den Anfang zurückwerfen würde. Ich würde es nie schaffen, den Auftrag zu erfüllen, wenn ich nicht einmal die geringste Ahnung hatte, wo zum Teufel das Original der Libelle von Lyon steckte.

Ein Zittern der Verzweiflung durchlief mich und meine Röcke raschelten. Ich hielt die Luft an und versuchte, ganz still zu stehen. Durch den Türspalt beobachtete ich, wie Valentin sich in meine Richtung umwandte. Er starrte auf die Tür.

Mein Herz stolperte. Seine Augen hefteten sich auf das Türblatt, als wäre es gar nicht da. Als könnte er mir direkt ins Gesicht sehen. Seine Lippen waren streng zusammengepresst und ich spürte eine unterschwellige Wut. Seine Schultern waren gestrafft und er strich sich langsam über das goldbesetzte Revers seines Gehrocks. Dann wandte er sich um und ging mit großen Schritten den Flur entlang in Richtung Haupttreppe.

Zitternd entwich mir der Atem und ich sank erleichtert gegen die Wand. Das war knapp gewesen. Und es war immer noch knapp, ermahnte ich mich und raffte noch einmal meine Röcke. Arnault konnte jederzeit zurückkommen. Ich schluckte meine Angst hinunter, spähte ein letztes Mal durch den Türspalt in den Flur. Niemand zu sehen. Dann huschte ich aus dem Schlafzimmer und eilte den Flur entlang. Auf halber Strecke blieb ich atemlos stehen. Die Libelle – selbst wenn es die falsche war – sollte ich sie nicht …

»Verdammt!«, fluchte ich, wirbelte herum und rannte zurück. Ich beeilte mich so sehr, dass ich mich am Türrahmen des Arbeitszimmers festhalten musste, um die Kurve zu kriegen, denn diese dummen Samtpantoffeln waren auf dem Parkett irre rutschig.

Ich schlitterte in den Raum und hastete an den Schreibtisch. »Wo zum Teufel ist sie?«, murmelte ich gestresst und kramte in der Kiste. Hektisch schaute ich mich um. »Da!« Auf dem Boden unter dem Fenster glänzte es golden. So schnell ich konnte, durchquerte ich das Zimmer, bückte mich nach dem funkelnden Gegenstand, und als ich die Form einer Libelle erkannte, zögerte ich keine Sekunde, sondern griff zu und rannte aus dem Raum. Ich raffte mein Kleid bis weit über meine Knie und hastete den Flur entlang. Vor mir befand sich die Haupttreppe, die direkt in den Salon hinuntergeführt hätte, doch die konnte ich nicht nehmen. Etliche Leute drängten sich an ihrem Fuß in Richtung Ausgang und auf den Stufen stand Adrien Arnault, der verärgert seine Gäste zum Gehen aufforderte. Also nahm ich erneut den Weg über die dunkle Bedienstetentreppe und hoffte, niemandem in die Arme zu laufen. Viel schneller, als ich gekommen war, schaffte ich es die Stufen hinunter und zur Hintertür hinaus. Mir hämmerte das Herz wie Trommelschläge und mein rasender Puls trieb mich durch den Garten. Ich riskierte einen weiteren Riss in meinem Kleid, als ich über das Rosenbeet sprang. Erst kurz vor der Terrassentür zum Salon wurde ich langsamer. Ich strich mir das Kleid glatt, zupfte mir notdürftig die Locken zurecht und versteckte die Goldene Libelle in meinem Mieder. Dann atmete ich mehrfach tief durch und kehrte in den Raum zurück, in dem nun wahlloses Durcheinander herrschte. Ich stellte mich auf Zehenspitzen und hielt nach Estelle Ausschau. War sie schon gegangen? Hatte Arnault sie bereits aus der Tür gejagt?

»Da seid Ihr ja.« Valentins Stimme so nah an meinem Ohr ließ mich zusammenzucken. »Ich hatte Euch schon vermisst.«

Das glaubte ich keine Sekunde. Immerhin wusste ich genau, wo er eben gewesen war. Doch das konnte ich natürlich nicht ansprechen, ohne zuzugeben, dass ich mich heimlich nach oben geschlichen hatte. Also lächelte ich und sah Valentin direkt in die geheimnisvollen Augen. »Dabei habe ich gedacht,

Mademoiselle Flamant würde Euch gut unterhalten«, tat ich unschuldig und klappte meinen Fächer auf, um mir Luft zuzufächeln. Vom Rennen war mir ordentlich heiß und mir rann der Schweiß den Rücken hinab. »Ist sie schon gegangen? Wie es aussieht, hat Arnault genug von der Party. Ich frage mich, was der Grund sein könnte.«

Valentin presste die Lippen zusammen und griff meine Hand. Nicht ganz so höflich wie sonst. Sein Blick blieb an meinem Kleid hängen und er führte mich, den anderen Gästen folgend, in Richtung Ausgang. »Etwas scheint ihm die Laune zu verderben«, meinte er und verneigte sich zum Abschied vor einem Bekannten.

Ich versuchte, mir meinen Ärger nicht anmerken zu lassen. Er tat so, als wüsste er nicht, was los war! Dabei hatte ich ihn doch genau gesehen, als er bei Arnault im Arbeitszimmer gestanden hatte. Er wusste ganz genau, was unserem Gastgeber die Laune verdarb. Er wusste es – und verschwieg es vor mir! Warum? Unter meinen Fingern gab mir die Seide der gebauschten Ärmel seines Hemdes, die unter dem Gehrock herausschauten, das Gefühl, seinen Puls zu spüren. Ich war mir sicher, dass er schnell schlug. Schnell, weil er mich anlog! Er log – indem er mir die Wahrheit verschwieg. Eine elegante Form der Lüge, aber dennoch eine Lüge!

»Den Eindruck habe ich auch«, stimmte ich zu. Vor uns hatte sich eine Schlange gebildet. Arnaults Bedienstete gaben die Mäntel heraus, die den Gästen bei der Ankunft abgenommen worden waren. »Ihr wisst nicht zufällig, was der Grund sein könnte?«, wurde ich direkter und suchte in seinen Zügen nach einer Lüge.

Er lächelte. »Ich bin so ahnungslos wie Ihr, Sophie.«

Verdammt! Ich konnte mich nicht konzentrieren, wenn

er mich so anlächelte. So unschuldig, wo er doch nicht die Wahrheit sagte. Ich biss die Zähne zusammen und ließ zu, dass er mir den Umhang um die Schultern legte. Der dunkelblaue Samt war abgesehen von der mit Pelz eingefassten Kapuze sehr schlicht gehalten. Valentin band mir die Schleife am Hals und zupfte mir den Umhang zurecht. Er drehte mich, sodass ich direkt vor ihm stand. Ich musste den Kopf in den Nacken legen, um in sein Gesicht sehen zu können, und mein Blick blieb wie von selbst an seinen Lippen hängen. Wie so oft waren sie zu einem Lächeln geschwungen. Er griff nach der Kapuze und zog sie mir behutsam über den Kopf. Der weiße Pelz umrahmte mein Gesicht, und kurz berührte Valentin meine Wange. Ein Kribbeln breitete sich in meinem Magen aus. Ich zog die Lippe zwischen meine Zähne, um ein Seufzen zu verhindern. Valentins Lächeln wurde weicher, sein Blick nahm mich gefangen. »Es war ein interessanter Abend«, flüsterte er und seine Fingerspitzen verharrten leicht an meiner Halsbeuge. Ein Funkeln lag in seinen Augen, und es war, als wären wir allein.

Valentins Fingerspitzen kribbelten. Die Hitze von Sophies Haut war verführerisch und er brachte es nicht fertig, sich von ihr zu lösen. Es war eine merkwürdige Mischung an Gefühlen, die sie in ihm auslöste. Ihr sittsamer Blick stand in hartem Kontrast zu ihrem fliegenden Puls unter seinen Händen. Der Pelz verlieh ihr eine zerbrechliche Unschuld, die nicht zu dem Mädchen passte, das sich heimlich in jemandes private Gemächer schlich. Und das kaum erkennbare Zittern ihrer Lippen fesselte ihn derart, dass er sie nicht gehen lassen wollte. Sie log ihn an. Und ein Teil von ihm wollte ihr die Lügen von den be-

benden Lippen küssen. Er war hier, um ihr zu helfen, also warum log sie ihn an? Hatte sie Gründe – so wie er?

Er musste es herausfinden. Ansonsten riskierte er zu versagen. Und das durfte nicht geschehen. Er zog seine Hände zurück und strich noch einmal über den Pelz, der ihr Gesicht wie ein weiches Kissen umrahmte. Dann beugte er sich über sie und flüsterte: »Wenn Ihr nicht wollt, dass der Abend schon endet, dann …« Er sah sich um, ob ihnen jemand zuhörte, ehe er weitersprach. »Dann steigt zu Eurer Tante in die Kutsche und fahrt zur *Rue de la Finesse*. Wartet dort auf mich.«

Sie hob so ruckartig den Kopf, dass sie ihm ihre Stirn gegen das Kinn schlug. »Was meinst du damit?«, fragte sie ein wenig zu laut, woraufhin sich die umstehenden Gäste nach ihnen umdrehten. Valentin knirschte mit den Zähnen, griff ihren Arm und führte sie aus dem Haus.

»Schhht!«, meinte er und geleitete sie zur Kutsche der Dubois. Rémi winkte ihnen zu und durch die geöffnete Kutschtür konnte Valentin Estelle erkennen, die bereits ungeduldig auf ihre Nichte wartete.

»Was meint Ihr mit *dass der Abend nicht endet?*«, hakte Sophie nach und schien sich wieder an die gesellschaftlichen Regeln zu erinnern, denn sie verwendete wieder die höfliche Anrede.

Valentin musste schmunzeln. Sie war so ungehobelt, als würde sie …

Er tat den Gedanken ab, denn sie rüttelte an seinem Arm. »Valentin!«, murrte sie und blieb stehen, ehe sie die Kutsche erreichten.

Valentin stöhnte innerlich. Er sollte Sophie einfach nach Hause schicken. Warum tat er es nicht? Warum ging ihm dieses Mädchen so unter die Haut? Sie war eine lästige Verpflichtung, und ganz offensichtlich konnte er ihr nicht vertrauen, also warum schickte er sie nicht einfach mit Estelle zurück? »Ihr wolltet doch Euren Bruder suchen, oder nicht?«, fragte er schroffer, als beabsichtigt, denn sein eigenes Verhalten gab ihm Rätsel auf.

»Oh ja! Auf jeden Fall! Ich hab nur nicht gedacht, dass du … dass Ihr das überhaupt in Betracht zieht!« Ihre Augen leuchteten euphorisch.

»Ich würde das auch nicht in Betracht ziehen, wenn ich nicht fürchten müsste, dass Ihr ansonsten wieder auf eigene Faust handelt.«

Sophie strahlte übers ganze Gesicht. »Wie weitsichtig von Euch«, meinte sie lachend und hopste die nächsten Schritte.

Valentin folgte ihr zerknirscht. Er sah ihr nach, als sie in die Kutsche stieg und dem Kutscher auftrug, in die *Rue de la Finesse* zu fahren. Niemandem außer ihm schien aufzufallen, dass Erde am Saum ihres Kleides klebte und die Seide etliche Risse aufwies.

Er strich sich durchs Haar und wartete, bis die Kutsche um die Ecke bog. Sie fuhr in Richtung *Rue de la Finesse.* Mit einem Seufzen fragte er sich, was er da eigentlich tat. Was immer es war, es hatte mit Weitsicht nicht das Geringste zu tun. Im Gegenteil. Es war eine spontane Idee gewesen, die er sicher noch bereuen würde.

Vermutlich früher als gedacht …

Unterröcke

Rue de la Finesse, 1688
– 19 Stunden verbleibend –

Die *Rue de la Finesse* war eine der besseren Straßen in Paris. Straßenlaternen erhellten das Kopfsteinpflaster und in den Rinnsteinen türmte sich nicht der Unrat. Noble Stadthäuser waren hier aneinandergereiht und eine Allee aus Birken trennte den Gehweg von der Fahrbahn ab. Die Bäume waren mit Lupinen unterpflanzt, und die bunten Blütenlanzen verliehen selbst der Nacht etwas Freundliches. Trotzdem überlief mich eine Gänsehaut, als Rémi die Kutschentür öffnete und mich zweifelnd ansah.

»Seid Ihr sicher, Mademoiselle, dass Ihr die Comtesse nicht nach Hause begleiten wollt?«, fragte er und wandte sich dabei Hilfe suchend zu Estelle. Die nickte, um die Befürchtungen des Kutschers zu bekräftigen.

»Rémi hat recht, Kindchen. Du kannst doch nicht …« Estelle fasste sich theatralisch ans Herz. »Man sagt, Monsieur Delacroix empfängt nie Gäste. Und nun lädt er dich zu dieser unchristlichen Zeit zu sich ein – das ist skandalös! Du kannst diese Einladung keinesfalls annehmen, Sophie!«

Ich verkniff mir, Estelle zu sagen, was ich von ihren Zweifeln hielt. Ich wollte nicht hören, was ich alles nicht konnte! Wenn ich eine Wahl gehabt hätte, dann würde ich jetzt lieber …

Ich schüttelte den Kopf. Lügen war mir zur Gewohnheit geworden, doch ich würde nicht anfangen, mich selbst anzulügen. Ich würde nicht lieber zu Hause sitzen und mit Papa einen Film im Fernseher anschauen. Auch nicht, wenn ich die Wahl gehabt hätte. Natürlich wünschte ich mir nichts mehr, als schnellstmöglich Elian zu finden, aber irgendwo in meinem tiefsten Innersten, da genoss ich dieses unfassbare Abenteuer. Ich hatte mich noch nie so lebendig gefühlt!

Das Klappern von Hufgetrappel vertrieb die letzten Zweifel und ich zwängte mich an Estelles bauschigen Unterröcken vorbei zur Kutschtür. Ein nachtschwarzer Einspänner ohne jede Verzierung, ohne goldene Leisten und glänzende Borten, mit denen zu dieser Zeit jeder seinen Reichtum zur Schau trug, kam neben uns zum Stehen. Rémi tastete unter seinem Umhang nach seiner Waffe. Dann wurde die Tür geöffnet und Valentin streckte seinen Kopf aus der Kutsche heraus. Er wirkte zerknirscht, aber vielleicht lag das nur am schwachen Licht der Straßenlaternen, oder an der einen Strähne, die sich in seine Stirn verirrt hatte.

Er sprang leichtfüßig aus der Kutsche und reichte mir die Hand, um mir beim Aussteigen behilflich zu sein. Estelle krallte ihre Finger in meinen Arm. »Kindchen!«, stöhnte sie und tupfte sich mit einem Spitzentaschentuch die Stirn. »Ich halte das für keine gute Idee!«

»Ich auch nicht«, gab ich zu, löste mich allerdings aus ihrem Griff. »Aber eine schlechte Idee ist mir immer noch lieber, als gar keine Idee zu haben, um Elian zu retten.«

Estelle schob sich aus dem Polster und streckte sich zu mir herüber. Sie blickte durch die Tür hinaus in die Nacht und in Valentins Richtung. »Sei vorsichtig, Sophie. Du darfst niemandem vertrauen«, flüsterte sie mir eindringlich zu. »Niemandem, hörst du?«

Ich folgte ihrem mahnenden Blick mit den Augen. Valentin Delacroix hatte seinen Gehrock geöffnet und die bauschige

Spitze an seinem Hemdkragen quoll unter dem Mantel hervor. Die Bänder an seinem Hals waren gelöst, was ihm einen viel lässigeren Look als auf der Soiree verlieh. Er sah umwerfend aus, und ich wusste, warum Estelle mich warnte. Valentin war die Art von Mann, der einen jede Vorsicht vergessen ließ. Und wenn ich an diesen tiefsten Punkt meines Innersten dachte, so wie eben, dann fragte ich mich, ob Valentin Delacroix nicht einen guten Teil dazu beitrug, dieses Abenteuer für mich so reizvoll zu machen.

»Denk an die Zeit«, wisperte Estelle. »Du musst zu Hause sein, ehe …«

Ich winkte ab. »Meine Zeit läuft erst morgen Abend ab. Bis dahin bin ich längst zurück«, versicherte ich ihr. »Und mit etwas Glück Elian ebenfalls.«

»Mademoiselle Dubois«, verneigte Valentin sich vor mir und reichte mir mit leichter Ungeduld die Hand. »Wollen wir?«

Ich schluckte. Mein Herz hämmerte so fest, dass ich zitterte, als ich aus der Kutsche stieg. »Suchen wir meinen Bruder«, gab ich mich mutiger, als ich war, wobei mir nicht die Dunkelheit der Nacht Angst machte, sondern das Kribbeln in meinem Magen, als ich nach Valentins Hand griff.

»*Bonne nuit,* Madame«, wandte er sich an Estelle und bedeutete Rémi, wieder auf seinen Kutschbock zu steigen. »Ich werde Mademoiselle Dubois unversehrt nach Hause bringen, sobald es möglich ist.«

Noch ehe Estelle den Gruß erwidern konnte, hatte Valentin die Tür geschlossen und mich von der Kutsche fortgezogen, damit wir nicht unter die Räder kamen.

Die Peitsche knallte und mit einem Ruck setzte sich das Gefährt meines Onkels in Bewegung. Doch ich bekam das kaum mit. Valentins Nähe brachte mich voll aus dem Konzept.

Er hatte schützend den Arm um meine Taille gelegt und seinem geöffneten Hemdkragen entstieg ein sinnlicher Duft nach Seife. Und als ich in seine im Dunkel der Nacht nebelgrauen Augen sah, verlor ich fast den Boden unter den Füßen. Ich hatte schon viele Blicke gedeutet, viele Blicke gelesen, doch Valentins Augen waren wie ein Buch mit sieben Siegeln. Ich schaffte es nicht, ihnen ihre Geheimnisse zu entlocken.

»Wie geht es jetzt weiter?«, fragte ich, denn als die Kutsche um die nächste Ecke bog, wurde mir klar, dass wir nun allein waren. Ich war allein, im nächtlichen Paris, mit einem Mann, der mich irgendwie atemlos machte. Wie er gerade den Blick über mich wandern ließ … Ich war froh, dass der weiche Pelzkragen meiner Kapuze die Röte in meinen Wangen verbarg.

»Zuerst solltest du das ausziehen«, meinte er und nahm langsam seine Hand von meiner Taille. Dabei hinterließen seine Finger eine brennende Spur durch den Stoff hindurch.

»Ausziehen?« Vielleicht hatte ich mich verhört? Dass er zum vertrauten Du gewechselt hatte, machte die Sache nicht besser und meine Knie zitterten.

Er strich mir die Kapuze zurück auf den Rücken und sah mir in die Augen. Seine Lippen kräuselten sich. »Ein blaues Kleid fällt auf, egal ob man versucht, damit ungesehen zu bleiben«, wisperte er leise und ich hatte das Gefühl, er wollte damit irgendetwas andeuten. »Darum solltest du es … unbedingt ausziehen.«

Der Klang seiner Stimme beschleunigte meinen Puls. »Und was ziehe ich stattdessen an?«

Valentin grinste. Dann zeigte er auf eines der vornehmen Stadthäuser und bot mir galant seinen Arm. »Wir werden etwas für dich finden.«

»Wohnst du hier?«, fragte ich, denn er ignorierte die Kutsche, mit der er hergekommen war, und führte mich den Gehweg entlang.

»Wer sonst?«, antwortete er und bedachte mich mit einem Grinsen. »Oder denkst du, ich würde mich durch Hintertüren in fremde Häuser schleichen?«

Wieder hatte ich das Gefühl, er würde das nicht zufällig so formulieren, doch weil er mich so aus dem Konzept brachte, blendete ich das aus. Wir erreichten das Stadthaus und stiegen die Eingangsstufen hinauf. Ich erwartete eigentlich, dass uns ein Portier oder ein Bediensteter öffnen würde, doch das passierte nicht. Valentin nahm einen Schlüssel aus seiner Rocktasche und öffnete selbst die Tür. Das kam mir komisch vor, aber vielleicht verlangte er einfach nicht, dass sein Personal die ganze Nacht auf seine Rückkehr warten musste.

»Komm rein«, bat er und ließ mir den Vortritt. Kein Licht brannte in der Dunkelheit, kein Leuchter erhellte das Haus. Es wirkte verlassen.

»Hast du kein Personal, das auf dich wartet?«, fragte ich nun doch, denn der Klang meiner Schritte auf dem kalten Marmor war unheimlich.

Valentin schloss die Tür und selbst das Licht der Straßenlaternen wurde ausgesperrt. Er lachte leise. Seine Schritte entfernten sich. Dann zischte ein Streichholz und es roch nach Schwefel, während eine winzige Flamme zuckend eine Lampe entzündete. Der flackernde Schein tauchte Valentins Züge in ein warmes Licht.

»Meistens finde ich es schöner, allein zu sein«, antwortete er und drehte die Lampe heller. Anschließend kam er damit zu mir herüber. »Man muss weniger erklären. Und weniger Fragen beantworten.«

»Welche Fragen willst du denn nicht beantworten?«

Valentin lachte. »Siehst du, kaum ist jemand hier, fängt das mit den Fragen schon an.«

»Das war keine Antwort«, stellte ich fest und wartete, bis er seinen Umhang abgelegt hatte. Dann kam er zu mir und löste auch das Band am Kragen meines Umhangs.

»Darf ich?«, fragte er und ich ließ zu, dass er mir den Umhang abnahm und ihn zu seinem an einen Ständer hängte. Was ich dagegen nicht zuließ, war, dass er mir ständig auswich, wenn ich etwas wissen wollte. Also hakte ich nach.

»Du lebst hier also allein?«

Er musterte mich. »Hast du Angst – mit mir allein?«

Hatte ich Angst? Mein Herz hämmerte irre schnell, also ja, vielleicht hatte ich Angst. »Sollte ich Angst haben?«, fragte ich leise und sah in sein vom Kerzenlicht vergoldetes Gesicht. Die Flamme spiegelte sich in seinen Augen und mir wurde warm. Dabei war es im Haus recht kühl.

»Wir leben in einer gefährlichen Zeit, Sophie«, raunte er und kam näher. »Man sollte sich nie zu sicher fühlen.«

Ich schluckte. Seinem geöffneten Hemdkragen entstieg ein warmer Duft und der Klang seiner Worte verursachte mir ein Kribbeln im Magen. »Ich dachte, du bist hier, um mich zu beschützen«, erinnerte ich ihn. »War das nicht der Grund, weshalb uns unser *Bekannter* … zusammengebracht hat?« In dem leeren Eingangsbereich des Hauses hallten meine Worte gespenstisch durch die Stille. Ich hörte meinen Herzschlag und jeden Atemzug. Und Valentins leises Lachen, das nur in seiner Brust bebte, vernahm ich ebenfalls. Er zuckte mit den Schultern und deutete die Treppe hinauf. Dann ging er mir voran nach oben. »Ich denke nicht, dass wir es uns anmaßen sollten, die Gründe unseres Bekannten zu hinterfragen.«

Ich hob meine mehrlagigen Röcke an und blickte auf die

Stufen, während wir nach oben gingen. Dort angekommen wartete Valentin höflich auf mich. »Der Teufel von Paris erklärt sich nicht«, meinte er leise. »Stell also besser keine Fragen.«

»Dann habt ihr das wohl gemeinsam.«

Im Obergeschoss bedeckten Teppiche den Boden und unsere Schritte klangen gedämpft, als wir den Flur entlangschritten. Valentin öffnete die erste Tür und ein tiefes Bellen ließ mich zusammenfahren. Ich schrie auf und ein zweites Bellen folgte.

»Entschuldige, ich hätte dich vorwarnen sollen.« Valentin trat schützend vor mich und stellte sich zwischen mich und einen beinahe hüfthohen Hund. Er kraulte dem Monstrum den Kopf und schob es dann beiseite. »Bruno ist groß, aber er tut nichts.«

Ich presste mir die Hand aufs Herz und keuchte. »Gott! Hab ich mich erschreckt!«

»Tut mir wirklich leid. Normalerweise bellt er nicht.« Valentin neigte etwas schuldbewusst den Kopf. »Normalerweise bringe ich auch keine Gäste mit.«

Der Hund sah mich aus großen und treuen Augen an und wedelte freudig mit dem Schwanz.

»Er ist harmlos«, versicherte mir Valentin erneut, und tatsächlich trottete das Riesenvieh gemächlich zurück in die Ecke, aus der es gekommen war.

»Schon gut«, presste ich heraus und betrat zögernd das Zimmer. »Ich hab keine Angst vor Hunden. Ich war nur nicht darauf vorbereitet.« Bruno drehte sich einmal um sich selbst und legte sich dann auf ein durchgelegenes Kissen. Mit etwas Abstand wirkte er sogar recht ungefährlich. »Wie ich sehe, bist du doch nicht so allein in diesem Haus.«

Valentin lachte. »Nein. Aber der da … der stellt keine Fragen.«

»Ah ja, klar, das hatte ich schon fast vergessen. Der Herr hüllt sich gerne in Schweigen und macht auf geheimnisvoll.« Ich rollte mit den Augen, während Valentin einige dicke Stumpenkerzen entfachte. Der Raum wurde heller und der Schreck, der mir in die Glieder gefahren war, verblasste im Licht allmählich. Neugierig schaute ich mich um.

»Dein Schlafzimmer?«, fragte ich, und obwohl ich nicht aus dieser Zeit stammte, war mir doch klar, dass es ganz schön kompromittierend, ja, beinahe schockierend war, dass ich mich hier aufhielt.

»Meine Garderobe befindet sich dort«, erklärte Valentin und deutete auf einen dunkeln Schrank an der Wand hinter der Tür. »Und wir müssen beide aus diesen Klamotten raus, wenn wir vermeiden wollen, dass uns die Halunken in den Wirtshäusern für reiche Schnösel halten, denen man die Kehle aufschlitzen kann.«

»Okay, ja, das … das klingt sinnvoll«, stimmte ich zu und verkniff mir ein hysterisches Lachen. Denn auch wenn Valentin das etwas überspitzt sagte, war mir klar, dass so etwas im Paris dieser Zeit durchaus an der Tagesordnung war. Valentin verlor keine Zeit und schlüpfte aus seinem Gehrock. Anschließend weitete er die Bänder am Hals seines Hemdes und zog es sich über den Kopf, als hätte er vergessen, dass ich da war. Verlegen senkte ich den Blick, nicht ohne zuvor zu bemerken, dass Valentin einen sportlichen Oberkörper hatte. Seine Schultern waren breiter als seine Taille und sein Bauch war straff, seine Brust gut definiert. Verdammt, dieser Kerl war heiß! So heiß, dass meine Wangen glühten. Er trat an den Schrank und kramte darin herum.

»Du hast gestern in Männerkleidung gesteckt, als ich dich vor den Straßenkindern gerettet habe. Daher dachte ich, du könntest das noch einmal tun. Nur diesmal … suchen wir etwas, das dir passt und nicht so auffällig ist.« Er nahm ein grobes graues Hemd heraus und eine beinahe schwarze Kniebundhose. Damit kam er zu mir. »Die sollten dir eigentlich passen«, meinte er und sein Blick glitt über meine Figur. Meine ohnehin schon glühenden Wangen wurden noch heißer.

Aus der Nähe erkannte ich eine Narbe an Valentins Bizeps und einen verheilten Schnitt, der sich als blasse Linie von seinem Schlüsselbein zu den oberen Rippen erstreckte. Ich fragte mich, woher er sie hatte. »Du hast gesagt, sie halten uns für reiche Schnösel«, setzte ich an und hob den Kopf. Ein Fehler, denn das dunkle Graublau seiner Augen fesselte mich. »Woher hat ein reicher Schnösel wie du solche Narben?«, fragte ich.

Valentins Lippen zuckten. »Hat nicht jeder von uns seine Geheimnisse?«

»Bestimmt. Aber nicht jeder trägt Narben.«

Valentin neigte den Kopf. »Nicht jeder Kampf geht gut aus.«

»Und ich hatte gedacht, der Teufel von Paris schickt mir jemanden, der seine Kämpfe für gewöhnlich gewinnt«, scherzte ich und nahm ihm die beiden Kleidungsstücke ab. Dabei berührten sich unsere Finger und ein Stromschlag durchfuhr mich.

Valentin grinste. »Wie konntest du das denken?«, fragte er amüsiert. »Du bist hier. Dabei solltest du das ganz sicher nicht sein. Wenn ich unbesiegbar wäre, hätte ich wohl kaum diesen ersten Kampf gegen dich verloren, oder?«

Unbesiegbar oder nicht, er sah definitiv so aus! Er sah aus wie ein junger Gott! Gemeißelt aus Stärke und Kraft. Mit Augen, die jeden Gegner entwaffnen würden.

»Stimmt, aber keine Angst, ich werde dich nicht angreifen«, gab ich schwach zurück.

Valentin schob mich in Richtung eines mit Stoffbahnen bespannten Paravents. »Vielleicht, weil du mich nicht kennst«, scherzte er und kehrte zum Schrank zurück. »Probier die Sachen an. Damit wir loskommen. Thibault ist sicher irgendwo dort draußen.«

Zögernd trat ich hinter den Paravent. Die vier fächerartig aufgestellten Trennwände bildeten einen Sichtschutz, doch sie schützen nicht vor dem, was meine Fantasie sich ausmalte. Ich hörte, wie Valentins Kleidung raschelte. Da er kein Hemd mehr trug, musste er wohl aus seiner Hose schlüpfen. Ich hörte, wie er seinen Gürtel mit dem Degen über die Stuhllehne hängte. Das Metall glitt schabend über den Boden.

»Passen die Sachen?«, fragte er und riss mich damit aus meiner Starre. Ich schlüpfte aus den untauglichen Schuhen und zog die Satinhandschuhe aus, die mir bis zu den Ellbogen reichten. Dann nahm ich die Goldene Libelle von Lyon aus meinem Mieder und hob mein Kleid an. Ich hatte den Chronographen der Zeit an meinem Strumpfband befestigt. Jetzt löste ich das Band und verbarg sowohl den Chronographen als auch die Libelle unter dem Stoff meiner Handschuhe. Ich öffnete die vorderen Häkchen an der oberen Lage meines voluminösen Rocks. Er glitt raschelnd zu Boden und ich drapierte auch ihn über die Gegenstände, die Valentin besser nicht zu Gesicht bekommen sollte. Ich schielte durch die Spalten im Paravent, um zu sehen, ob meine Heimlichkeiten auch unbemerkt bleiben würden. Der Spalt zwischen den Wandteilen war schmal. Aber breit genug, um mich dennoch etwas erkennen zu lassen. Valentin hatte mir den Rücken zugewandt. Seine Haut schimmerte im Licht der Kerzen und ich zählte weitere

Narben. Unter seiner Schulter, und nahe der Wirbelsäule. Er stieg in eine schwarze Hose aus Leder und mein Blick wanderte von seinem Rücken aus tiefer. Das Leder schmiegte sich an Valentins Hintern und ich musste zugeben, dass ich den ziemlich knackig fand.

Als würde er meine Blicke spüren, wandte er sich leicht um und blickte über die Schulter in meine Richtung.

»Sophie? Passen die Sachen?«

Es fühlte sich an, als hätte er mich ertappt. Ich räusperte mich, schaute an mir hinab und stöhnte innerlich. »Ich … weiß nicht«, presste ich heraus. »Ich … kann … die übrigen Röcke nicht ohne Hilfe lösen.«

Valentin hielt in der Bewegung inne. Er war es nicht gewohnt, jemanden in seinem Haus zu haben. Geschweige denn ein Mädchen in seinem Schlafzimmer. Er hatte versucht, das als normal abzutun, sich zu verhalten wie immer, doch ihm waren Sophies Blicke nicht entgangen, als er aus dem Hemd geschlüpft war. Sie hatte ihn gemustert. Scheu und zugleich fasziniert. Und das hatte seine Wirkung bei ihm nicht verfehlt. Es war ihm vorgekommen, als würde sie ihn berühren. Neugierig und doch entschlossen. Sie hatte ihre Lippe benetzt und er fragte sich, ob ihr gefiel, was sie sah. Dabei war dieser Gedanke absurd. Es war vollkommen egal, was sie über ihn dachte. Oder was er über sie dachte. Dass er sie hübsch fand, war genauso unwichtig wie die Frage, was er empfinden würde, wenn er jetzt hinter diesen Paravent treten würde, um die Schnürung ihres Kleides zu lösen.

Doch wenn es nicht wichtig war, warum ballte er dann die Fäuste, um das Zittern seiner Hände zu verhindern?

»Hast du keine Haushälterin, die mir helfen könnte?«, drang Sophies Stimme hinter dem Sichtschutz hervor.

Valentin schluckte.

»Es ist niemand hier.« Er hörte selbst, dass seine Stimme unsicher klang.

»Hast du überhaupt kein Personal?« Sophie streckte den Kopf hinter dem Paravent hervor und Valentin beeilte sich, seine Hose zu schließen.

»Ich sagte doch, ich bin gerne allein. Du wirst deshalb mit mir vorliebnehmen müssen.«

Er sah, dass Sophie stutzte. Ihre Augenbrauen zogen sich zusammen. »Ist das dein Ernst?«

Valentin zuckte mit den Schultern. »Ich kann auch eine Droschke rufen, die dich nach Hause fährt, wenn dir das lieber ist. Dann sparen wir uns diese Umstände.«

»Wir sparen uns diese Umstände nicht!«, fauchte Sophie entschlossen und trat zurück, um Platz für ihn hinter dem Paravent zu machen. »Aber wehe du glotzt mich an!« Drohte sie und ihre Augen sprühten Funken.

Valentin verkniff sich ein Schmunzeln. Es war süß, wie sie ihre Verlegenheit mit Wut überspielte.

»Ich kann die Augen schließen«, bot er an und trat an den Paravent. Sein Blick fiel auf den säuberlichen Haufen von Stoff, der sich neben ihren Schuhen auf dem Boden türmte. Sie hatte die oberste Lage ihres Kleides abgelegt. Den Teil der hellblauen Seide, die wie eine Bluse das helle Mieder darunter verborgen hatte und über dem bauschigen Unterrock hinter ihr bis zum Boden reichte. Nun stand sie vor ihm im reinweißen Spitzenmieder und mit blassblauen Unterröcken, die an schweren Reifen um ihre schlanke Taille gebunden waren. Die Röte ihrer Wangen verlieh ihr etwas Verletzliches und Valentin spürte ein merkwürdiges Gefühl in der Brust. »Dann musst du mich nur führen und mir sagen, wie ich helfen kann.«

Mir war nicht mehr zu helfen! Valentins samtige Stimme stahl sich bis tief unter meine Haut und ich hatte das Gefühl, als würde die Welt stillstehen. Er machte noch einen Schritt auf mich zu und schloss dann die Augen. Abwartend hob er leicht die Hände, doch ich war wie versteinert. Er trug nach wie vor kein Hemd und ich konnte den Herzschlag an seiner Brust erkennen.

»Sophie?« Er blinzelte und öffnete ein Auge. »Was ist denn nun?«

Ich schluckte. Im Grunde hatten mich schon etliche Jungs im Badeanzug gesehen. Doch für die war ein nackter Rücken auch nichts Ungewöhnliches. Darum fühlte es sich anders an, so leichtbekleidet vor Valentin zu stehen. »Ja, ja. Ich bin so weit!« Ich straffte die Schultern. »Du kannst ruhig hinschauen«, bot ich verlegen an, drehte ihm den Rücken zu und trat zurück, bis seine Fingerspitzen meine Wirbelsäule berührten.

»Es wäre ungehörig, die Augen nicht zu schließen«, raunte Valentin, während seine Fingerspitzen meinen Rücken hinaufwanderten.

»Ungehörig?« Ich hätte gelacht, wenn seine Berührung nicht so eine Spannung in meinem Magen erzeugt hätte. »Dass ich hier bin, ist schon ungehörig«, erinnerte ich ihn, aber irgendwie verstärkte dieses Gefühl, etwas Skandalöses zu tun, das Kribbeln auf meiner Haut. Ich fühlte seine Hände und atmete zitternd ein. »Ein Stück weiter oben beginnt die Schnürung. Kannst du den Knoten aufmachen?«, fragte ich atemlos.

»Ich gebe mein Bestes«, flüsterte er und seine Finger strichen zaghaft über meinen Rücken nach oben. Ich hielt den Atem an. Seine Berührung war durch den Stoff hindurch nur leicht spürbar und doch so intensiv, dass mein Herz beinahe stehen blieb. Er hob mein Haar an, als er den Knoten fand, und sein Atem kitzelte in meinem Nacken. Er löste den Knoten und weitete dann Stück für Stück die enge Schnürung des Mieders, bis hinunter zu meiner Taille. Seine Finger entfachten ein Feuer in meinem Rücken, das sich durch meinen ganzen Körper ausbreitete. Ich biss mir auf die Lippe, um ein Seufzen zu unterdrücken. Das Mieder stand nun offen und Valentin nahm es mir vorsichtig ab. Ich trug bloß noch das weiße Hemdchen, das oberhalb meines Bauchnabels endete.

»Weiter?« Valentins Stimme drang wie durch einen Nebel aus zarter, sinnlicher Berührung.

»Die drei lagen Unterrock«, presste ich angespannt heraus. »Spürst du die kleinen Häkchen?« Ich drängte mich ein Stück gegen seine Hände, um ihm den Weg zu weisen.

Valentin schwitzte. Obwohl er kein Hemd trug, war ihm heiß. Er hatte die Augen geschlossen, trotzdem sah er das Bild von Sophies Rücken regelrecht vor sich. Das dünne Spitzenhemd, das sie unter dem Mieder trug, verbarg nicht den sanften Schwung ihres Körpers. Er spürte die Wärme ihrer Haut unter seinen Fingern, und als sie sich nun sanft gegen seine Hände schob, berührte er ihre Taille. Er schluckte und spreizte die Finger. Sophie war schlank. Schlanker, als es der Mode entsprach.

»Da sind so kleine Haken«, erklärte Sophie und ihre Stimme klang so atemlos, wie er selbst sich fühlte. »Findest du sie?«

Er würde sie finden. Wenn er seine Hände über ihren unteren Rücken hinab bis zum Ansatz ihrer Kehrseite wandern lassen würde …

»Etwas tiefer«, dirigierte Sophie seine Finger weiter und er folgte ihr. Die Spitze des Leibchens endete und er berührte ihre Haut. Sophie zuckte zusammen, woraufhin er hastig die Hände wegnahm.

»Entschuldige, ich …« Er öffnete die Augen und ihre Blicke trafen sich. Sophie schaute ihn über die Schulter an. Das Haar fiel ihr in leichten Locken bis auf die nackte Schulter und der durchscheinende Stoff des Hemds verbarg kaum etwas vom seidigen Glanz ihrer Haut. Die Schnürung des Mieders hatte Abdrücke auf ihrem Körper hinterlassen und es drängte ihn, diese brutalen Male so lange zu streicheln, bis sie verblassen würden. Dort, wo das Hemd endete, waren die Unterröcke mit breiten Bändern befestigt, und auch da schnitt ihr die Last der schweren Röcke in die Haut.

»Du hast ja doch die Augen offen.«

Schnell schloss er sie wieder, doch das Bild, das sich ihm geboten hatte, hatte sich in seine Netzhaut eingebrannt. Sophie sah so zart aus unter diesen ganzen Bahnen von Stoff. Sie war so verletzlich, dass er sich fragte, wie er sie je beschützen sollte?

»Entschuldige«, murmelte er und fuhr sich durchs Haar. »Ich wollte nicht …«

»Vergiss es«, meinte Sophie und drehte ihm wieder den Rücken zu. »Mach jetzt einfach die Scheißröcke ab. Das dauert ja alles ewig.«

Auch Valentin kam es vor, als wäre der Moment endlos. Der Duft von Sophies Haut hüllte ihn ein und mit jedem Unterrock, den er löste und der mit einem leisen Rascheln zu Boden sank, wurde er sich des Mädchens vor sich bewusster. Sie war schön. Und sie verbarg etwas vor ihm. Zum Beispiel ihren Ausflug in die privaten Gemächer von Adrien Arnaults Stadthaus. Sie hatte ihn ganz sicher dort gesehen und spielte dennoch die Ahnungslose. Warum? Er wusste, dass sie nicht war, was sie zu sein vorgab. Und obwohl er das wusste, fühlte er sich zu ihr hingezogen.

Als er die letzten Haken des letzten Unterrocks löste, öffnete er die Augen. Er wusste, er sollte es nicht, doch die Versuchung war zu mächtig. Er ließ den Rock auseinandergleiten und zu Boden rutschen. Die langen gerüschten Unterhosen, die bis zu Sophies Knien reichten, waren nicht, was er zu sehen gehofft hatte. Er musste schmunzeln und schloss brav wieder die Augen.

»Den Rest schaffe ich allein!«, murrte sie und Valentin trat gehorsam einige Schritte zurück. Er spürte noch ihre Haut unter seinen Händen und auch ihr Duft verfolgte ihn.

Darum versuchte er an etwas anderes zu denken. Er musste an etwas anderes denken, wenn er nicht wollte, dass die ganze Sache in einem Desaster endete. Er hätte sich nie darauf einlassen sollen …

Sonnenaufgang in Paris

Paris, 1688
– 15 Stunden verbleibend –

Als wir eine ganze Weile später auf Pferden das Haus verließen, kam ich mir vor wie ein Musketier. Valentins Hemd passte mir gut, die Hose war etwas zu weit und etwas zu lang, doch mit einem Gürtel und den Stiefeln fiel das überhaupt nicht auf. Dazu hatte er mir einen Hut mit breiter Krempe geliehen und ein ledernes Wams, das meine Figur verbergen sollte. Es versteckte außerdem hervorragend den Chronographen und die Libelle, die ich heimlich wieder eingesteckt hatte. Der Lederumhang, den man einseitig über der Schulter trug, hing über den Sattel bis zu meinen Stiefeln hinunter, und Valentin hatte darauf bestanden, dass ich am Gürtel einen Degen trug. Nicht dass ich etwas dagegen hatte, mich verteidigen zu können, doch ich war nicht wirklich geübt im Umgang mit so einer Waffe.

»Wenn du sie hast, wirst du sie meistens nicht brauchen«, hatte Valentin erklärt und mir den Gürtel fest um die Taille geschnallt. »Aber wer sich unbewaffnet in diese Gegend wagt, der … bereut das meistens.«

Und als ich mich nun in dieser heruntergekommenen Gegend so umsah, glaubte ich ihm aufs Wort. Dunkle Gestalten lösten sich aus den Schatten, ich hatte den Eindruck, als würden uns Blicke folgen. Die Hufe klapperten gespenstisch auf dem Kopfsteinpflaster und ich umklammerte krampfhaft die Zügel. Ich fühlte mich angreifbar. Aber ich wollte darauf vertrauen, dass Valentin mich schützen würde. Doch der war ziemlich wortkarg, seit wir uns umgezogen hatten. Er wirkte verschlossen und ich fragte mich, was er dachte. Ging ihm auch der Moment hinter dem Paravent nicht mehr aus dem Kopf?

Ich zwang meine Gedanken in eine andere Richtung und lenkte das Pferd nah an seines. Schließlich waren wir hier, um Elian zu finden.

»Denkst du, Thibault wird heute wieder in dieses Gasthaus kommen?«

Valentin ließ sein Pferd langsamer gehen. Er griff nach meinen Zügeln und führte unsere Pferde etwas näher an die Hauswand. Dort berührte fast kein Licht den Boden. »Ich weiß es nicht. Aber soweit ich erfahren habe, ist er ein Gewohnheitstier. Die Chancen stehen also nicht schlecht.« Er stieg ab und band beide Zügel an eine Zaunlatte. Dann streckte er mir die Hände entgegen, um mir aus dem Sattel zu helfen.

»Und was tun wir dann?«, fragte ich, während ich mich unsicher in seine Arme gleiten ließ.

»Wir folgen ihm – und finden deinen Bruder.«

»So einfach?«

Er grinste und hielt mich, bis ich den Boden berührte. »So einfach.«

»Hat der Teufel von Paris dich ausgewählt, mich zu beschützen, weil du ein solches Selbstbewusstsein hast?«

Valentin schaute mich amüsiert an, während er sich an der Hauswand entlang zur nächsten Ecke bewegte. »Du machst dir viel Gedanken über unseren Bekannten«, stellte er fest.

Ich schlich zu ihm und reckte wie er den Kopf einmal um die Ecke. Die Gasse war verlassen, so konnte ich am anderen Ende die offen stehende Tür einer Wirtsstube erkennen.

Valentin zog mich mit sich zurück, immer darauf bedacht, dass wir die Schatten nicht verließen.

»Ich kenne ihn nicht«, gab ich zu. »Habe ihn nie persönlich getroffen. Und du?«

»Ich kenne ihn gut genug, um zu wissen, dass es ihm nicht gefallen würde, dass wir über ihn reden.«

Ich runzelte die Stirn. »Aber er müsste es doch nicht erfahren.«

Valentin wandte sich zu mir um und sah mir in die Augen. Sein Blick war dunkler als gewöhnlich. »Ich bekomme so langsam den Eindruck, dass das eine Gewohnheit von dir ist: Dinge zu tun, von denen keiner etwas wissen soll. Ist es nicht so?«

»Was meinst du?«, fragte ich unschuldig, doch der Klang seiner Stimme gefiel mir nicht.

Er kam näher und ich wich bis an die Wand zurück. »Ich weiß nicht, Sophie – gibt es da nicht etwas, das ... du mir vielleicht sagen möchtest? Etwas, das ich wissen sollte?«

»Keine Ahnung!« Mein Herz hämmerte und ich versuchte, mir die Regeln einer guten Lüge in Erinnerung zu rufen. Dabei beherrschte ich die doch sonst im Schlaf. Nur jetzt hatte ich den Eindruck, mein ganzes Können in diesem Bereich wäre wie weggewischt. *Sieh ihm in die Augen!*, ermahnte ich mich und tat es. Das Graublau seiner Iris war von der Nacht verschluckt.

»Du lügst!«, stellte Valentin mit gefährlich leiser Stimme klar. Uns trennten lediglich wenige Zentimeter. Die Mauer in meinem Rücken verursachte mir eine Gänsehaut und nahm mir jede Möglichkeit zur Flucht.

»Als wärst du ehrlich zu mir!«, ging ich zum Gegenangriff über, denn allein mein Zittern würde jede meiner Antworten als Lüge enttarnen. Ich war gerade nicht in Höchstform, was das anging.

»Ach ja?« Valentin kniff die Augen zu Schlitzen. »Wann war ich denn nicht ehrlich?«

»Heute!«, platzte es aus mir heraus und ich hätte mir am liebsten die Zunge abgebissen.

Ich las Triumph in Valentins Miene. »Wann heute?« Er stemmte die Hände links und rechts von mir gegen die Wand, ohne mich zu berühren. »Was habe ich getan, das dir unehrlich erscheint?«, hakte er düster nach. »Etwa mein Plausch mit Mademoiselle Flamant über ihre Stickerei? Klang ich nicht ehrlich interessiert?«

Sein Spott tat weh. Aber wenn ich darauf beharren würde, dass es nicht das war, was ich meinte, dann würde er wissen wollen, woher ich das wusste. Und das würde mich selbst belasten. Ich biss die Zähne zusammen und ballte die Fäuste. Warum fiel mir nur keine Erwiderung ein?

Unsere Blicke hielten sich fest und ich spürte seinen Atem auf meinen Lippen. Sein Puls vermischte sich mit meinem und das Schweigen dehnte sich aus.

»Ihre Stickerei hat dich nicht interessiert«, flüsterte ich schwach und mir entging nicht das leichte Zucken von Valentins Mundwinkel.

»Nein. Hat sie nicht«, gab er zu. Dann presste er sich plötzlich an mich und hielt mir den Mund zu. »Schht«, raunte er und neigte bloß leicht den Kopf in Richtung des Wirtshauses am Ende der Gasse. »Da tut sich was.«

Ich drehte mein Gesicht zur Seite, um den ledernen Handschuh von meinem Mund zu bekommen. »Lass das!«, fauchte ich leise und wollte ihn wegschieben, doch er war so massiv und unnachgiebig wie eine Wand. Seine Brust drückte sich gegen meine und ich spürte den Druck seiner Schenkel an meiner Hüfte.

»Das ist der Kerl.« Ich folgte Valentins Blick mit den Augen.

»Thibault?«, hakte ich nach, denn der Typ, der eben aus dem Wirtshaus kam, sah anders aus, als ich erwartet hatte. Er war sogar recht gut gekleidet. Zumindest, soweit ich das bei dem Licht hätte sagen können. Seine Hose saß gut, er trug einen Gürtel mit Degen und einen Umhang über der Schulter, dem meinen nicht ganz unähnlich. Sein schwarzes Haar war gut schulterlang und im Nacken zusammengebunden. »Sieht gar nicht aus wie ein Gauner«, gab ich zu bedenken und Valentin nickte.

»Stimmt. Ich habe gehört, dass dieser Thibault nicht auf den Kopf gefallen sein soll. Sonst würde er wohl kaum am Hafen das Sagen haben. Und doch dreht er wohl ständig krumme Dinger.«

Ich biss mir auf die Lippe. »Was ich nicht verstehe – was hat Elian mit diesem Thibault zu schaffen, das ihre Namen in Zusammenhang bringt?«

»Das werden wir herausfinden«, meinte Valentin und griff nach meiner Hand. Thibault verschwand aus unserem Blickfeld und wir beeilten uns, das Ende der Gasse zu erreichen.

»Warten wir ab, wohin er uns führt.« Valentin ging mit großen Schritten vor mir her, als würde er die Unebenheiten im Kopfsteinpflaster gar nicht spüren. Als wäre die Dunkelheit kein Hindernis für ihn. Ich war froh, dass er mich an der Hand hielt, denn ich selbst tat mich schwer. Die wenigen Stunden Schlaf, die ich in den letzten zweieinhalb Tagen abbekommen hatte, reichten nicht aus, um meine Sinne richtig zu beleben. Und die Verfolgung von diesem Thibault war anstrengender als gedacht und endete am Hafen, als die ersten Sonnenstrahlen bereits den neuen Tag ankündigten.

»Das hätten wir uns ja denken können!«, stöhnte ich. »Dass der Hafenarbeiter am Morgen zum Hafen marschiert, ist jetzt keine echte Überraschung, oder?«

Valentin lachte leise und neigte zustimmend den Kopf. »Zu naheliegend, als dass man darauf kommen würde.«

Wir duckten uns hinter eine Hausecke und beobachteten, wie Thibault in eine Lagerhalle verschwand. Er schaute sich mehrfach um, als würde er spüren, dass er verfolgt wurde, ehe er schließlich das hölzerne Tor der Halle hinter sich zuzog.

»Und jetzt?« Ich war müde und konnte kaum mehr stehen. »Wie geht es jetzt weiter?«

Valentin sah mich besorgt an. »Wir warten.« Er deutete auf einen der Kähne, die an der Kaimauer angebunden waren. »Von dort haben wir die Lagerhalle gut im Blick.«

Der Kahn, den er meinte, erschien nicht sehr vertrauenerweckend. Die Farbe war abgeblättert und das Holz des Bugs wirkte morsch. Eine ebenso mitgenommene Planke führte vom Kai auf Deck und ich fragte mich, ob sie nicht brechen würde, sobald man nur den Fuß daraufsetzen würde.

Aber da sie Valentin hielt, der einfach darüberbalancierte, als würde ihm der desolate Zustand nicht einmal auffallen, würde es sicherlich auch bei mir nicht schiefgehen.

Valentin reichte mir die Hand zur Hilfe und ich nahm sie an. Mittlerweile hatte sich meine Nervosität in seiner Nähe etwas gelegt. Nicht jedes Mal, wenn er mich berührte, stolperte mein Herz. Stattdessen gab er mir Sicherheit. Ein gutes Gefühl, das ich dringend brauchte, denn ich war am Ende meiner Kräfte.

»Setz dich hier an die Bordwand, dann kann dich vom Kai aus keiner sehen«, schlug er mir vor und riss einige leere Jutesäcke aus einer Kiste, die er auf dem feuchten Deck ausbreitete.

»Ich will mich nicht setzen, ich muss Elian finden«, wehrte ich mich, obwohl meine Beine längst nachgegeben und mich zu der improvisierten Sackmatratze geführt hatten.

Valentin kam zu mir und legte mir die Hände auf die Schultern. »Du findest deinen Bruder nicht, wenn du zusammenbrichst, Sophie. Du brauchst eine Pause.« Mit sanftem Druck zwang er mich, mich zu setzen. »Ich behalte die Lagerhalle im Auge. Wenn sich etwas tut, wecke ich dich.« Er nahm mir den Degen ab, damit ich mich damit nicht versehentlich aufspießte.

Eine Pause – das klang wirklich verlockend. Ich lehnte den Kopf gegen die Bordwand und schob die Säcke unter meine Beine, bis es beinahe gemütlich war.

»Geht doch«, meinte Valentin, knöpfte seinen Umhang von der Schulter und breitete ihn wie eine Decke über mir aus. Dann schenkte er mir ein Lächeln, ehe er sich selbst auf eine der Holzkisten hockte, die an Deck herumstanden.

Das sanfte Wanken des Kahns und die Wärme, die sich langsam in meinen müden Knochen ausbreitete, machten mich schläfrig. Ich gähnte, versuchte allerdings mit ganzer Kraft, die Augen offen zu halten.

Hier vom Kahn aus hatte man echt eine gute Sicht auf die Stadt. Paris erwachte so langsam zum Leben. Aus den Schornsteinen stieg der erste Rauch auf und hinter den Häusern ließ die aufgehende Sonne die Türme der Kathedrale von Notre Dame in ihrem goldenen Licht erstrahlen. Das Wasser schwappte in leisen Wellen gegen den Bootsrumpf und ein Hahn krähte irgendwo in der Ferne. Ich blinzelte. Meine Lider waren schwer wie Blei. Ich legte mich tiefer und sah hinüber zu

Valentin. Das Morgenlicht machte seine markanten Gesichtszüge weicher. Er wirkte noch immer unbesiegbar, aber auf eine angenehme Weise. Nicht wie ein Gegner, sondern zum ersten Mal wirklich wie ein Beschützer. Als würde er meine Blicke spüren, wandte er sich mir zu. Er lächelte.

»Ich dachte, du schläfst längst«, meinte er und schüttelte leicht den Kopf über mich. Die Sonnenstrahlen vertrieben das Grau aus seinen Augen und verwandelten es in strahlendes Blau. So schön wie die Kornblumen, die bei uns zu Hause im Garten wuchsen.

»Ich kann nicht schlafen. Ich kann nur an Elian denken. Und dass ihm etwas zugestoßen sein muss.«

Valentins Ausdruck wurde mild. »Wir finden ihn. Das verspreche ich dir.«

Ein erleichtertes Seufzen entstieg meiner Kehle, denn ich spürte, dass er das ernst meinte.

»Aber sag mal, Sophie, was hat dein Bruder denn getan, als er verschwunden ist? Du musst doch irgendetwas wissen.« Valentin rieb sich den Nacken. »Was hatte er vor? Warum die Verbindung zu Thibault?«

»Das habe ich mich auch schon gefragt. Aber ich weiß es nicht. Ich weiß nichts!«

»Nichts?« Valentin wirkte ungläubig. »Rein gar nichts?«

»Was meinst du denn, was ich wissen müsste? Mein Vater und Elian sagen mir nie etwas. Ich bin ein Mädchen!« Mein Ärger über dieses Verhalten meiner Familie war kaum zu überhören. Dabei war das in dieser Zeit vermutlich an der Tagesordnung. Valentin schien sich zumindest nicht darüber zu wundern.

Er blickte zur Halle hinüber und fuhr sich durchs Haar. Ich mochte diese simple Bewegung an ihm. Es war irgendwie cool und lässig. »Irgendjemandem hat sich dein Bruder bestimmt anvertraut«, überlegte er. »Vielleicht deinem Onkel, oder deiner Tante, seinem Stiefelknecht, oder …«

»Oder Lucille!«, brachte ich seine Überlegung zu Ende. »Da ist eine Zofe im Haus meines Onkels. Vielleicht …« Ich war so müde, dass ich kaum einen klaren Gedanken fassen konnte. Ich sah nur Lucilles versteinertes Gesicht vor mir, als sie von Elians Verschwinden erfahren hatte. »Ich glaube, sie mag ihn. Aber Elian ist an sich nicht der Typ, der über seine Pläne viel preisgibt.«

Valentin lächelte mich an. »Er wäre nicht der Einzige, den ein hübsches Mädchen unvorsichtig werden lässt.«

Die Sorge um ihren Bruder stand Sophie ins Gesicht geschrieben. Sie kaute nachdenklich auf ihrer Unterlippe herum und kämpfte gegen die Müdigkeit an, die sie dennoch zunehmend mehr überwältigte. Die Sonne stieg langsam höher, sodass sie schließlich geblendet die Augen schloss. Keine fünf Minuten später zeigte ihr gleichmäßiger Atem, dass sie den Kampf gegen ihre Erschöpfung verloren hatte.

Valentin schmunzelte. Sie war so stur, dass sie selbst gegen ihren eigenen Körper rebellierte. Gegen die eigene Erschöpfung. Dabei war es kein Wunder, dass sie hinüber war. Sie hatte in der letzten Nacht kein Auge zugetan und in der Nacht zuvor ebenfalls nicht. Sophie rutschte noch etwas tiefer auf ihr improvisiertes Lager und faltete die Hände wie ein Kissen unter ihre Wange. Eine ihrer goldenen Locken fiel ihr übers Gesicht und sie zuckte, als würde sie sie kitzeln. Kurz verspürte Valentin den Impuls aufzustehen und ihr die Strähne aus dem Gesicht zu streichen, die ihren Schlaf störte. Doch er tat es nicht. Es reichte, dass allein bei der Vorstellung seine Fingerspitze kribbelte, als würde er ihr Haar berühren. So, wie in seinem Schlafzimmer, während er ihr die Bänder des Kleides gelöst hatte.

Valentin atmete tief durch. Sophie war hübsch. Sehr hübsch. Es fühlte sich aufregend an, ihr nahe zu sein. Das Kribbeln, das er empfand, wenn er sie berührte, war schön. Es weckte etwas in ihm, wonach er sich sehnte. Und unter anderen Umständen …

Ein weiterer tiefer Atemzug sollte seine Gefühle dämpfen. Dann löste er seinen Blick von Sophie und zwang sich, stattdessen die Lagerhalle zu beobachten. Er streckte die Beine, um bequemer zu sitzen, darauf bedacht, Sophie nicht versehentlich mit dem Stiefel zu treten. Er wollte sie nicht wecken. Nicht nur, weil sie Schlaf offenbar wirklich nötig hatte. Sondern auch, weil er – so ungern er sie hier schutzlos zurücklassen wollte – etwas erledigen musste.

Eine ganze Weile später, als er sicher war, dass sich bei der Halle nichts tat und Sophie tief und fest schlief, schob er sich langsam von seinem Platz auf der Kiste. Die Gelegenheit war günstig und er konnte es nicht riskieren, noch länger zu warten. Es ging um viel für ihn. Um seine Zukunft. Mit einem letzten Blick in Sophies vom Schlaf entspanntes Gesicht stand er auf. Der schmale Kahn wankte, als er sich bewegte, und so setzte er bedächtig einen Fuß vor den anderen.

Es war ein Risiko, Sophie hier zurückzulassen. Doch eines, das er eingehen musste. Er erreichte die Planke und ging von Bord. Mit schnellen Schritten entfernte er sich von dem unscheinbaren Fischerkahn, nicht ohne ein letztes Mal prüfend über die Schulter zu blicken. Er hatte schon weit mehr riskiert als das, versuchte er sich sein schlechtes Gefühl gutzureden.

Sophie schlief. In der Halle tat sich nichts. Was sollte schon passieren?

Dass er manches Mal zu viel riskiert hatte, verdrängte er. Ebenso dass er sich nur in dieser Lage befand, weil er zu viel riskiert hatte. Er bog in eine der dunklen Gassen der Stadt ab und beschleunigte seine Schritte.

Er hatte keine Wahl – Risiko hin oder her!

Die Zeit verrinnt

Paris, 1688
– 2 Stunden verbleibend –

Der Boden unter mir wankte und ich öffnete verschlafen die Augen. Mein Arm war taub, weil ich auf ihm gelegen hatte, und das Kribbeln in meinen Fingern fühlte sich an wie tausend Ameisenbisse. Der Himmel über mir glühte purpurn und erst, als ich mich aufsetzte, konnte ich das Wanken zuordnen. Ich war auf einem Boot.

Ruckartig fuhr ich auf. War ich immer noch auf diesem Kahn? Wie spät war es? Was …?

Das Schaukeln wurde stärker, als Valentin von der Planke aufs Deck hüpfte. Er warf mir einen Blick zu und lächelte. »Na? Ausgeschlafen?«, fragte er und schlenderte zu mir herüber. Vor mir ging er in die Knie und reichte mir einen von zwei warmen Teigklumpen. »Du hast den ganzen Tag verschlafen«, sagte er und biss in sein Teigstück.

Verwirrt rieb ich mir übers Gesicht. »Was ist denn passiert? Wo … warst du? Und …?«

»Immer mit der Ruhe«, meinte Valentin mit vollem Mund. »Hier tut sich nicht viel. Du hast also nichts verpasst.«

Ich strampelte mich aus dem Umhanggewirr und stand auf. Alle meine Glieder waren steif. Ich kreiste mit den Schultern. Das tat weh. Und auch die Prellungen vom Vortag verursachten mir nach wie vor Schmerzen. Ich kam mir vor, als hätte mich ein Bus überfahren. Vorsichtig – aus Angst, dass selbst das Kauen wehtun würde – biss ich von dem Teigstück ab.

»Was ist das?«, fragte ich, denn es schmeckte herzhaft nach Pfeffer und der Geruch von Zwiebeln stieg mir in die Nase.

»Gänseleberpastete«, klärte Valentin mich auf und schleckte seine Finger ab, nachdem er sich das letzte Stück in den Mund gesteckt hatte. »Ich dachte, du kannst sicher was vertragen.«

Das konnte ich wirklich. Nach dem ersten Bissen erwachte mein Hunger zum Leben. Ich schlang das Essen regelrecht hinunter. »Danke«, brachte ich gerade so zwischen zwei Bissen heraus.

»Ich habe mich, während du geschlafen hast, dort drüben einmal umgesehen. Thibault hat den ganzen Tag die Lagerhalle nicht verlassen. Um die Mittagszeit herum sind zwei Männer aufgetaucht, haben einen Karren ausgeladen und einige Kisten mitgenommen. Mehr konnte ich nicht erkennen.«

»Zwei Männer?« Ich schluckte schnell den letzten Bissen hinunter. »Meinst du, einer von ihnen könnte Elian gewesen sein?«

Valentin schüttelte den Kopf. »Wenn dein Bruder einen Buckel hat und keine Zähne im Mund, oder ihm ein Arm fehlt, dann ja, dann könnte er einer der beiden gewesen sein. Ansonsten halte ich es für unwahrscheinlich.«

»Warum hast du mich nicht geweckt?«

»Du hast so tief geschlafen, Sophie, da erschien es mir klüger, dich nicht zu wecken. Es war auch nicht nötig, dass wir beide wach sind und hier herumhocken, während absolut gar nichts geschieht.«

Natürlich hatte er recht. Ich war am Ende gewesen. Trotzdem fühlte es sich falsch an, ein Nickerchen zu machen, während der eigene Bruder vermisst wurde.

»Heute Mittag …« Ich überlegte und ein ungutes Kribbeln stellte mir die Nackenhaare auf. Ich betrachtete den Himmel.

Das leuchtende Purpur war verblasst und einem dunkleren Lila gewichen. Die Sonne war hinter der Stadt versunken. »Wie … spät ist es denn eigentlich?«

Panik überkam mich und mit einem Mal hatte ich das Gefühl, das Ticken des Chronographen würde sich glühend heiß durch das Leder des Wams brennen, in dessen Brusttasche ich ihn verstaut hatte. Es war Abend! Ganz offensichtlich, denn der Himmel wurde mit jeder Minute dunkler. Mir lief die Zeit davon!

»Sophie!« Valentin packte mich am Arm und wirbelte mich herum. Mit ausgestrecktem Arm deutete er zur Lagerhalle. »Sieh mal – da tut sich was.«

Eine Kutsche kam vor der Lagerhalle zum Stehen und die Tore wurden geöffnet. Thibault trat ins Freie.

»Ich …«, stotterte ich und presste die Hand auf die Tasche mit dem Chronographen. Es tat sich was – und mir blieb nicht mehr viel Zeit. Was sollte ich nur tun?

»Komm!« Valentin nahm mir die Entscheidung ab, denn er drückte mir den Degen in die Hand und zerrte mich mit sich über die schmale Planke vom Boot. »Wir gehen etwas näher heran.«

Ich stolperte hinter ihm her und duckte mich neben ihn in den Sichtschutz eines Stapels mit Fässern, die seitlich der Lagerhalle aufgetürmt waren. Ich bekam Angst. Was, wenn uns jemand entdeckte? Was, wenn meine Zeit ablief, während ich hier neben Valentin stand? Wie sollte ich das erklären? Was würde er denken, wenn ich mich einfach in Luft auflösen würde? Und würde ich das überhaupt? Ich hatte noch keine Zeit gehabt, über meine Rückreise nachzudenken. Ich hatte angenommen, Albert würde mir sagen können, wie ich sicher wieder zurückkehren würde. Immerhin … war ich kein

Mann und zum ersten Mal war diese Tatsache beängstigend. Denn diesmal hatte ich keinen verstorbenen Wegelagerer, der als meine Fahrkarte durch die Zeit fungieren konnte. Das alles war so nicht geplant gewesen. Ich musste hier weg – und zwar schnell.

»Valentin, ich …« Mir fiel keine Ausrede ein. Keine Lüge, kein einziges Wort.

Valentin drückte meine Hand und bedeutete mir, leise zu sein.

Immer mehr Männer kamen an der Lagerhalle an. Sie alle nickten Thibault zu, der sie begrüßte.

»Worauf warten die?«, fragte ich und schob mich näher an Valentin, um besser zu sehen. Er roch gut. Entschieden verbot ich mir diesen Gedanken. Es war vollkommen unwichtig, wie Valentin Delacroix roch!

»Ich nehme an, sie heuern für Arbeit an«, schlug Valentin vor und zuckte mit den Schultern. »Wenn ein Schiff anlegt, muss schließlich die Ladung gelöscht werden. Ich denke, Thibault teilt die Arbeiter ein.«

Was ich beobachtete, konnte mit Valentins Vermutung übereinstimmen. Es kamen immer noch Männer dazu. Sie drangen aus den Gassen zwischen den Häusern, wie dieser junge Mann …

Mein Herz machte einen Satz und ich schnappte nach Luft. »Elian!«

Ich wusste nicht, ob ich es laut gesagt oder nur gedacht hatte. Der junge Mann, mit der schlichten braunen Lederkappe auf dem Kopf, war Elian. Er trug sein leicht gewelltes dunkelblondes Haar offen bis auf die Schultern und ein Bartschatten überzog seine für gewöhnlich glatt rasierten Wangen. Er sah gut aus – und gesund. Vor Erleichterung brach ein lautes Keuchen aus mir heraus. »Elian!«, wollte ich rufen, doch mir versagte die Stimme.

Dann brach der Tumult los. Ein dunkler Schatten versetzte mir einen Tritt in die Kniekehle und ich sackte zu Boden wie ein gefällter Baum. Der Degen entglitt meinen Fingern und auch Valentin neben mir ächzte. Dann klirrten Klingen. Ich schaute auf, sah Valentin seinen Degen nach oben reißen. Er parierte einen Angriff und riss die Fässer um. Gleich mehrere Männer setzten ihm zu. Er wich zurück und der Abstand zwischen uns wurde größer.

Dennoch ließ er mich nicht aus den Augen. »Vorsicht!«, rief er mir zu und machte einen Satz in meine Richtung, da ein bewaffneter Typ schreiend auf mich zukam. »Geh in Deckung!«, warnte er mich und stellte sich dem Angreifer in den Weg. Selbst durch die Kleidung konnte ich erkennen, dass jeder Muskel an seinem Körper gespannt war. Er führte seine Waffe mit ganzer Kraft und doch tänzerischer Eleganz. Kurz, für den Bruchteil einer Sekunde, trafen sich unsere Blicke. Es war, als wollte er mir Mut machen. Als würde er sagen: *Hab keine Angst.* Doch die hatte ich. Ich wich zurück, immer weiter zurück, denn die Kämpfer mit ihren tödlichen Klingen kamen stetig näher. Ich erreichte das Ende des Kais. Das Wasser schnitt mir jeden weiteren Fluchtweg ab und ich holte Luft, um nach Elian zu rufen. Doch noch ehe ein Laut meine Kehle verließ, rückte der schlangenförmige Zeiger des Chronographen ein letztes Mal vor. Ich fühlte die Bewegungen der Zahnräder, die den Mechanismus zurücksetzten, durch mein Hemd.

Ein Ruck durchfuhr mich, wie ein Hieb, oder ein Reißen in meinen Muskeln. Dann verschluckte mich die Dunkelheit.

Schwarze Tinte

Maison de Dubois, heute

Stöhnend öffnete ich die Augen. Dunkelheit umgab mich. Mein Puls raste. Es kam mir vor, als würde mir das Herz aus der Brust springen, und ich presste keuchend die Hand auf meine Brust. So musste sich ein Herzinfarkt anfühlen. Zitternd setzte ich mich auf und versuchte, mich zurechtzufinden.

»Kann denn nie irgendwer das Licht anlassen?!« Ich war es wirklich leid, ständig im Dunklen herumzutasten. Doch auch wenn ich nichts sah, wusste ich sofort, wo – oder vielmehr – wann ich war. Das verbotene Zimmer roch anders als zur Zeit von Albert Dubois. Es roch weniger feucht, was bestimmt an den neuen Fenstern lag, die mein Vater vor einigen Jahren hatte einbauen lassen. Ich war zu Hause, das spürte ich auch an den Bodendielen. Die waren weniger sandig und dafür glatt mit Politur versiegelt. Nicht unbehandelt wie früher.

Ich kämpfte mich auf die Knie und dann weiter zum Stehen. Mein Kopf pochte schmerzhaft und ich taumelte gegen die riesige Sanduhr. Erleichterung durchfuhr mich mit einer Kraft, die meine Knie weich werden ließ, und als ich endlich den Lichtschalter fand, liefen mir Tränen übers Gesicht. Mein Vater hatte sich getäuscht. Zeitreisen waren nicht nur etwas für Männer. Der Chronograph transportierte nicht nur männliche Zeitreisende. Ich war der beste Beweis, denn ich war hier! Ganz ohne den männlichen Genpool des Toten, wie bei meiner ersten Reise durch die Zeit. Und abgesehen von einem langsam abklingenden Beinahe-Herzinfarkt, ging es mit gut. Wobei *gut* kaum beschrieb, was in meinem Inneren vor sich ging.

Das alles war Wahnsinn! Was für ein Abenteuer hinter mir lag! Ich schlug mir die Hand vor den Mund und unterdrückte ein Schluchzen. So ganz verstand ich nicht, warum ich heulte, doch aufhalten konnte ich es trotzdem nicht. Ich war zu Hause. Und am Leben. Und doch war ich gescheitert.

»Elian«, flüsterte ich, der Name meines Bruders kam mir wie ein verblassender Traum über die Lippen. Eben noch war ich ihm begegnet. Er war es doch gewesen, der da aus der Gasse gekommen war, oder nicht? Ich erkannte doch meinen eigenen Bruder, wenn ich ihn sah. Aber wenn er es war, was hatte er dort gemacht? Was hatte er am Hafen zu suchen? Warum die Lösegeldforderung an Albert, wenn es Elian doch gut ging und er sich frei – und soweit ich das hatte erkennen können – ohne Zwang am Hafen herumtrieb? Das alles ergab doch keinen Sinn.

Ich rieb mir die Schläfe und der lederne Umhang blieb an der Halterung der Sanduhr hängen. Ich befreite das Leder und knöpfte den Umhang ab. Dann holte ich den Chronographen aus der Tasche und betrachtete die goldenen Zahnräder und den fein geschwungenen Kopf der Schlange, der anzeigte, dass meine Zeit abgelaufen war. Darum war ich wieder hier. Wegen dieses schlangenförmigen Zeigers. Wegen des letzten Sandkorns, das durch die Uhr gerieselt war. Und nun?

Wie von selbst glitt mein Blick zum Schreibtisch, auf dem das Pergament der Schuld seit Jahrhunderten lag, um meiner Familie zu zeigen, was von uns erwartet wurde.

Meinen Auftrag hatte ich nicht erfüllt. Ich hatte weder die Goldene Libelle von Lyon gefunden noch Elian gerettet. Warum nur hielt mir das Pergament mein Versagen nicht vor?

Als Elian gescheitert war und der Tote an seiner Stelle hier auftauchte, da reagierte der Teufel von Paris sofort. Bloß Augenblicke später wurden uns Konsequenzen angedroht.

Ich wischte mir die plötzlich feuchten Hände an der Lederhose ab und dachte an Valentin. Was ging ihm gerade durch den Kopf, nun, wo ich mich regelrecht in Luft aufgelöst hatte? Und würde er gegen die Kerle ankommen, die auf uns losgegangen waren? Es waren mehr als drei gewesen, wenn ich das richtig mitgekriegt hatte.

»Verdammt«, flüsterte ich erneut. Dann berührte ich das Pergament, doch es gab keine neuen Nachrichten des Teufels. Bloß meine eigene Unterschrift unter dem Auftrag zeigte sich, sobald ich mit dem Finger darüberfuhr.

Was trieb der Teufel von Paris wohl, dass es ihm egal war, ob seine geforderte Schuld beglichen wurde?

Ich griff nach der Feder und tunkte sie in die schwarze Tinte. Ich war bereit, Aufschub zu erbitten und in die Vergangenheit zurückzukehren. Ich musste zurück, ehe Valentin sich fragen würde, was mit mir geschehen sein mochte.

Die Sekunden verstrichen, und die Tinte tropfte von der Feder zurück ins Tintenfass.

»Komm schon!«, trieb ich den Teufel an, obwohl mir klar war, dass das Unsinn war. Doch meine Gedanken kreisten nur um Valentin. Ob es ihm gut ging? Was er wohl gerade tat? Hatte er registriert, dass der Mann am Hafen Elian gewesen war? Würde er ihm folgen, oder stattdessen nach mir suchen?

Ich raufte mir die Haare und stieß die Feder verzweifelt zurück ins Tintenfass.

Wer täuscht wen?

Irgendwo in Paris, 1688

Sein Verdacht war nun zur Gewissheit geworden. Elian Dubois führte etwas im Schilde.

Der Mann, den manche nur als den Teufel von Paris kannten, ballte die Fäuste. Damit hatte er heute Morgen nicht gerechnet. Er hatte es befürchtet, es irgendwie gespürt, doch nun, da er sich sicher sein konnte, war er zugegebenermaßen etwas ratlos. Nie zuvor hatte es jemand gewagt, ihn zu täuschen. Ihn für dumm zu verkaufen. Oder ihn zu hintergehen. Nicht immer hatten alle getan, was er verlangte, doch sie alle hatten die Konsequenzen gespürt. Niemand war ihm je ungeschoren eine Schuld schuldig geblieben. Bei ihm beglich man seine Schulden – oder trug die Konsequenzen! Immer!

Er donnerte die Faust auf den Fenstersims und der Hund hob den Kopf.

»Stimmt etwas nicht, Herr?«, fragte Fleur und räumte einige Zahnräder zurück in die entsprechenden Schubladen am Arbeitstisch.

»Ich habe eben erfahren, dass man uns tatsächlich hintergeht«, sagte er und wandte dem Fenster den Rücken. Er trat an den mit winzigen Zahnrädern und Gewinden, Schraubenziehern und kleinen Zangen bedeckten Tisch.

»Das ist aber nicht schön«, meinte Fleur und räumte die Zange in eine Kiste, in der noch andere Zangen verstaut waren. »Was gedenkt Ihr dagegen zu tun?«

Er zuckte mit den Schultern und fuhr sich durch sein dunkles Haar. »Das Mädchen – diese Sophie – sie geht mir nicht aus dem Kopf.«

»Ist sie es, die Euch hintergeht?«

»Das weiß ich noch nicht«, gab er zu und nahm eines der kleinen Zahnräder auf. Mit der Lupe untersuchte er es auf Mängel. »Sie lügt, das weiß ich bereits. Ob sie allerdings damit ihren Bruder deckt, das kann ich nicht sagen.«

Fleur runzelte die Stirn. Sie legte die Werkzeuge weg und trat an den langen Tisch, auf dem mehrere Pergamentbögen nebeneinander ausgebreitet waren. Hinter jedem befand sich eine Sanduhr. Und fast alle Uhren rieselten. Fleur ließ ihre Finger über den bauchigen Glaskörper der Uhr der Familie Dubois wandern. Der Teufel von Paris sah ihr zu. Dabei ahnte er regelrecht, was das Mädchen dachte.

»Sie ist jetzt fort«, stellte Fleur fest und klopfte mit dem Fingernagel gegen die leere obere Hälfte der Sanduhr. »Soll sie doch fortbleiben, wenn Ihr ihr nicht traut.«

Er schmunzelte. »Du vergisst, dass sie mir etwas schuldet. Die Goldene Libelle von Lyon.«

Fleur schlug sich mit der flachen Hand gegen die Stirn. »Das hatte ich vergessen«, gab sie zu und nahm ihm das Zahnrad ab, das er eben betrachtet hatte. Sie hielt es sich vor die Augen und rümpfte dabei skeptisch die Nase. »Ohne die Libelle wird es nicht gehen, oder?«

Er schüttelte den Kopf. »Nein. Ohne die Libelle kommen wir nicht weiter.«

»Dann braucht Ihr das Mädchen trotz ihrer Lügen, Herr?«

Der Teufel von Paris trat an den Tisch mit den Pergamentbögen. Er griff zur Feder und tunkte sie in die Tinte. »Darüber denke ich ja so lange nach.«

Fleur nickte ernst und sah dabei viel älter aus, als sie mit ihren neun Jahren tatsächlich war. »Wenn Ihr wisst, dass sie Euch täuscht, dann kann sie Euch doch gar nicht mehr täuschen, oder?«, grübelte sie und tippte sich nachdenklich an die Nase und grinste frech. »Dann täuscht Ihr die Täuscherin!«

Das leise Lachen des Teufels von Paris hallte durch seine Werkstatt. »Wie gut, dass ich uns ein Pfand besorgt habe«, überlegte er, trat an ein anderes Pergament und kniff die Augen zu Schlitzen. Zufrieden betrachtete er den dazu erteilten Auftrag. Dann griff er nach der Feder, zog sie erneut durch die Tinte und setzte die Spitze auf das Pergament der Familie Dubois, während in etlichen Sanduhren vor ihm die Zeit verrann.

»Du hast recht. Spielen wir das Spiel noch eine Weile mit.« Mit schwungvollen Lettern beschrieb er das vor sich liegende Pergament.

Aufschub

Maison de Dubois, heute

Aufschub wurde gewährt, las ich erleichtert die letzten Worte, die auf dem Pergament erschienen.

Mir fiel ein richtiger Stein vom Herzen und meine Finger zitterten, als ich über die verblassenden Buchstaben strich. Zeitgleich fingen die Rädchen im Chronographen an, sich neu zu stellen. Ich hatte das bei Elian unzählige Male beobachtet. Die Zeit wurde gedehnt, und sobald ich das Zahnrad der Schlange in Position schieben würde, würde ich zurückkehren können. Behutsam, um den Mechanismus nicht versehentlich zu aktivieren, steckte ich den Chronographen wieder ein. Ich würde zurückkehren. Zurück zu Elian, dachte ich, doch in meinem Kopf erschien das Bild eines anderen jungen Mannes.

Valentin Delacroix. Ich benetzte meine Lippe und seufzte leise. Es war merkwürdig, wie sehr ich mich darauf freute, ihn wiederzusehen, und mich zugleich davor fürchtete. Es gab keine logische Erklärung für mein Verschwinden. Er durfte nie erfahren, was los war, also würde ich ihn anlügen. Wie ich jeden andauernd anlog. Doch aus einem unerfindlichen Grund fiel mir das bei Valentin schwer. Nicht dass er ehrlich zu mir war. Er verschwieg mir zum Beispiel, dass er bei Arnault im Arbeitszimmer gewesen war. Warum?

Ich rieb mir die Stirn, doch ich kam nicht darauf.

Wieder glitt mein Blick zum Pergament der Schuld. Aufschub wurde mir gewährt, doch sobald ich zurückkehrte, würden mir wieder nur drei Tage bleiben, um Antworten auf all die Fragen zu finden, die sich mir stellten.

Fragen, auch hinsichtlich Elian. Ich fühlte mich schlecht, dass ich ihm misstraute, doch sein Auftauchen am Hafen verunsicherte mich. Was ging da vor? Ich hasste meine Ahnungslosigkeit.

Ich straffte die Schultern und trat einen Schritt nach hinten. Dann noch einen. Anschließend drehte ich mich um und öffnete die Tür zum Flur.

Es wunderte mich, dass mein Vater nicht längst ins Zimmer gestürmt kam, um mir Vorwürfe zu machen. Er hatte doch bestimmt die Minuten gezählt. Andererseits war ich sehr froh darüber, denn nach allem, was ich in den letzten Tagen erlebt hatte, wollte ich mir eine Rede darüber, was Mädchen alles nicht konnten, wirklich nicht anhören. Und genau darauf würde es hinauslaufen.

Ich lauschte in den Flur, aber ich hörte nichts. Also schlich ich weiter, die Treppe hinunter. Vielleicht schlief mein Vater? Irgendwie konnte ich mir das nicht vorstellen. Er würde doch nicht meine Rückkehr verschlafen. Nicht, nachdem ich ihn betäubt und mich ohne seine Zustimmung auf die Reise zu Elian gemacht hatte. Mich erwartete garantiert ein Riesenanschiss. Bloß warum war der bisher ausgeblieben? Erst jetzt ging mir auf, wie merkwürdig das war.

»Papa?«, rief ich, auch wenn ich ihn wecken würde. »Papa! Wo bist du?«

Als keine Antwort kam, wurde ich unruhig. Ich suchte in seinem Schlafzimmer, warf auch in alle anderen Zimmer im Obergeschoss einen Blick. Alles sah aus wie immer, von Vater fehlte allerdings jede Spur. »Papa!«, rief ich erneut. Diesmal mit aller Kraft, die meine Stimme hergab, während ich nach unten ging. Ich hatte die Küche noch nicht betreten, da überlief es mich eiskalt. Ein zerbrochener Teller lag auf dem Boden. Scherben waren bis zur Tür verteilt. Ohne an meine eigene Sicherheit zu denken, rannte ich los. Schreiend stürmte ich in die Küche. Die Stühle waren umgestoßen, Teller und Gläser lagen auf dem Boden. Der Messerblock war umgerissen und die Messer über der Arbeitsfläche verteilt. »Papa!«, kreischte ich, auch wenn ich ahnte, dass mir keiner antworten würde. Das Haus war verlassen. Die Terrassentüren standen offen und ich hastete ins Freie. »Papa!«, schrie ich wieder, doch auch hier – keine Antwort.

Was sollte ich nur tun? Was ging hier vor? Was hatte das alles zu bedeuten?

»Papa!«

Mein Ruf verklang ungehört und ich stand ratlos in der Terrassentür. Im Garten war nichts zu entdecken. Die Rosen blühten nach wie vor, doch wenn ich zurück in die Küche blickte, dann wusste ich, dass nichts mehr war wie zuvor. Vater war etwas zugestoßen. So, wie vielleicht Elian.

Jemand war hier in unser Haus gekommen und hatte meinen Vater angegriffen. Alles in der Küche deutete auf einen Kampf hin. Ich rieb mir die Arme, um die Gänsehaut loszuwerden, die meinen gesamten Körper überzog. Die Angst ließ mir das Blut in den Adern gefrieren und ich merkte, wie ich zitterte.

Vater war fort, Elian verschwunden. Und ich hatte keine Ahnung, was ich tun sollte.

Mit schweren und mutlosen Schritten kehrte ich an den Küchentisch zurück. Erst jetzt bemerkte ich ein Stück Pergament, und die Gänsehaut, die ich eben erst wieder losgeworden war, kehrte mit aller Kraft zurück. Selbst die Härchen in meinem Nacken stellten sich auf.

Erfülle den Auftrag, stand dort mit blauer Tinte geschrieben. Es war nicht dieselbe Handschrift wie die des Teufels, doch die geschwungenen Bögen und großen Schleifen im Schriftbild wiesen trotzdem Ähnlichkeiten auf. Ich hatte das Gefühl, diese Schrift schon einmal gesehen zu haben.

»*Erfülle den Auftrag*«, wiederholte ich leise und hob das Pergament mit den Fingerspitzen auf. Selbst das Papier machte mir Angst.

Was immer hier geschehen war, es hatte etwas mit meinem Auftrag zu tun. Mit Elians Verschwinden. Mit dem Teufel von Paris. War das eine Warnung? Eine Drohung? Und wenn ja, wo konnte Vater dann stecken?

Ich schluckte meine Ängste hinunter und stieg entschieden die Stufen hinauf. Ich würde keine Zeit verlieren, sondern mich daranmachen, das herauszufinden. Ich stemmte mich gegen die Sanduhr, und als die ersten Körnchen hindurchrieselten und ich das Zahnrad mit der goldenen Schlange am Chronographen aktivierte, dachte ich an Valentin. An die Sicherheit, die ich empfunden hatte, als ich vor ihm auf dem Pferd gesessen hatte.

Ich brauchte seine Hilfe. Mehr denn je! Dann riss mich die Zeit mit sich, und während die Dunkelheit mich verschluckte, sah ich graublaue Augen und ein zynisches Lächeln vor mir.

Zurück

Maison de Dubois, 1688
– Drei Tage verbleibend –

»Da bist du ja!« Der erleichterte Aufschrei drang an mein Ohr, noch ehe ich die Augen öffnete. Estelle griff mir unter die Arme und half mir auf die Beine. »Wir sind umgekommen vor Sorge!«

»Entschuldigt«, presste ich heraus, denn die Reise durch die Zeit nahm mir nach wie vor den Atem. »Ich …«

»Du bist nicht zurückgekehrt!«, warf Albert tadelnd ein.

»Ich konnte nicht«, verteidigte ich mich. »Ich war mit Valentin am Hafen und … dann bin ich eingeschlafen, und als ich aufgewacht bin …«

Estelle fächelte sich Luft zu und wich aus dem verbotenen Zimmer in den Flur zurück. »Sie nennt den Herrn beim Vornamen!«, keuchte sie schockiert. »Und sieh nur, was sie anhat!«

»*Das* ist wichtig?«, stutzte ich ungläubig. »Ernsthaft?«

Albert legte Estelle beruhigend die Hand auf den Rücken, aber auch aus seinem Blick sprach Sorge. »Wir hatten erwartet, dass du hierherkommst, ehe der Chronograph dich zurückholt.«

»Das hatte ich vor!«, versicherte ich ihnen und deutete auf den Chronographen. »Aber wir haben Elian gefunden. Am Hafen. Er wirkte, als würde es ihm gut gehen. Und als wäre er freiwillig dort gewesen!«, berichtete ich.

»Freiwillig?« Albert runzelte die Stirn und kratzte sich an

der Perücke. »Bist du sicher, dass du dich nicht täuschst? Wie passt das zu der Lösegeldforderung?«

»Nichts passt hier zusammen!«, stimmte ich zu. »Und jetzt ist auch noch Papa verschwunden. Es muss einen Kampf gegeben haben – und auf dem Tisch lag eine Nachricht auf Pergament, dass ich den Auftrag abschließen soll!«

»Clément ist verschwunden?« Estelle wurde blass und griff schon nach ihrem Riechsalz.

»Das ist kein Zufall!«, meinte Albert und winkte mir, ihm zu folgen, als er sich auf seinen Stock gestützt ins Erdgeschoss begab. »Hier geht irgendetwas vor sich.«

»Aber was?«, fragte ich. Der schwere Ledermantel an meiner Schulter behinderte mich auf den Stufen. Lucille, die in der Halle gerade mit dem Staubwedel die Gemälde von Spinnenweben befreite, sah mich irritiert an. Es kam vermutlich nicht oft vor, dass Mädchen in so einer Aufmachung durch das Haus spazierten.

»Elian hat mir gesagt, dass Pergament in eurer Zeit keine Verwendung mehr findet«, meinte Albert und bog ins Arbeitszimmer ab. »Er meinte, ihr verwendet etwas namens Papier.«

Ich nickte. »Und weiter?«

»Die Nachricht stand aber auf Pergament?«

»Ja.«

Albert ließ sich schwer an seinem Schreibtisch nieder und rieb sich den schmerzenden Rücken. »Dann kam die Nachricht nicht aus eurer Zeit, *oui?*«

»Du meinst … irgendjemand ist durch die Zeit gereist, um … mich zu bedrohen oder … Vater etwas anzutun?« Der Gedanke war erschreckend.

»Nicht einfach irgendwer. Jemand, der mit dem Teufel von

Paris paktiert, denn sonst wüsste er nichts von deinem Auftrag. Jemand, der einen Chronographen besitzt, um überhaupt durch die Zeit zu reisen«, gab Albert zu bedenken und Estelle bekreuzigte sich keuchend. Das Fläschchen mit dem Riechsalz hielt sie sich seit Minuten unter die Nase und zur Abwechslung verstand ich das sogar. Mir war ebenfalls bereits ganz flau vor lauter Sorge.

»Was, bitte, soll das alles?«, fragte ich überfordert und stellte mich nah an den Kamin. Obwohl mich Valentins Hose gut wärmte, war mir mit einem Mal kalt. Die Standuhr neben dem Schreibtisch schlug Mitternacht und das Läuten der Glocke war irgendwie unheilvoll.

Albert seufzte. »Ich frage mich, ob dieser Monsieur Delacroix etwas damit zu tun hat«, warf er grübelnd ein. Sein misstrauischer Blick streifte mich.

»Valentin? Was sollte er damit zu tun haben?«, hakte ich skeptisch nach.

Dass ich Valentin beim Vornamen nannte, entlockte Albert ein missbilligendes Schnauben, doch er ging nicht weiter darauf ein. »Ich habe in den letzten Tagen viel darüber nachgedacht, warum uns der Teufel von Paris diesen Herrn an die Seite stellt. Bis jetzt war es ihm stets egal, wie wir es schafften, unsere Schuld zu begleichen. Weder der gefährliche Auftrag, bei dem dein Vater verletzt wurde, noch je etwas zuvor hätte diesen Teufel erweicht, uns zu helfen. Also, warum ausgerechnet jetzt dieses Entgegenkommen?« Alberts Augenbrauen waren zu einer einzigen haarigen Braue über seiner Nasenwurzel zusammengezogen.

»Weil in dieser Zeit keiner einem Mädchen etwas zutraut?«

Albert zuckte mit den Schultern. »Möglich. Allerdings …«

»Allerdings?«

Er machte eine wegwerfende Handbewegung. »Vielleicht ist es nichts. Vielleicht bilde ich es mir lediglich ein, aber dieser Valentin, er … kommt mir so bekannt vor.« Er sah mir in die Augen. »Ich weiß, das hört sich möglicherweise verrückt an, aber … was, wenn *er* …?«

»Wenn er *was?* Ich drehe noch durch, wenn nie ein Satz beendet wird!«, fauchte ich und fuhr mir durchs Haar. Es war verfilzt und ich riss mir versehentlich ein paar Haare aus. »Au! Verdammt!«

»Ich frage mich, ob es nicht sein kann, dass Valentin Delacroix der Teufel von Paris höchstpersönlich ist«, platzte Albert heraus und krallte sich an der Tischkante fest. »Ich halte das für möglich!«

»Was?! Soll das ein Witz sein?« Jetzt wurde mir wirklich schwindelig. Vielleicht sollte ich mir ein Riechsalzfläschchen zulegen. Ich starrte Albert entgeistert an. »Wie soll das gehen?«

Albert zuckte erneut mit den Schultern und stützte die Stirn in seine Handfläche. »Es ist nur dieses Gefühl«, verteidigte er seine Idee. »Ich habe den Teufel von Paris nie wirklich zu Gesicht bekommen. Ich wurde stets gezwungen, einen mit irgendeinem Mittel versetzten Wein zu trinken, der meine Sinne schwinden ließ, ehe ich ihn traf. Ich erinnere mich an das Mädchen, an den Hund und die vielen Kerzen. Alles andere ist in meiner Erinnerung verschwommen, sein Umriss jedoch, das dunkle kurze Haar, die Statur – das alles passt zu Valentin Delacroix«, erklärte er.

Eine Gänsehaut überzog meinen Körper und ich sah an mir hinab. Alles, was ich am Körper trug, war von ihm. Von Valentin – oder vom Teufel? Meine Kehle fühlte sich plötzlich eng an und ich weitete mit dem Finger den Kragen des Hemdes.

»Ein Hund?«, wisperte ich und schlang die Arme um mich. Auch Valentin hatte einen Hund.

Albert nickte. »Ein riesiger Köter. Aber das tut jetzt nichts zur Sache. Bestimmt irre ich mich, denn dieser Monsieur Delacroix kann nicht derjenige sein, der für Cléments Verschwinden verantwortlich ist. Du hast gesagt, du warst bei ihm, bis dich der Chronograph zurückgebracht hat«, überlegte er. »Und ist er nicht etwas zu jung, um … um der Teufel von Paris zu sein?«

Ich hörte Albert überhaupt nicht richtig zu. Meine Gedanken rasten. Konnte Valentin der Teufel sein? Der Mann, in dessen Schuld meine Familie seit Jahrhunderten stand? Oder – wenn man bedachte, in welcher Zeit ich mich befand – in dessen Schuld meine Familie noch viele Jahrhunderte stehen würde?

Die Kälte, die sich in mir ausbreitete, drang mir tief in die Knochen. »Er war nicht ständig bei mir«, wisperte ich tonlos. »Ich bin eingeschlafen und er ist weggegangen. Ich weiß nicht sicher, wohin. Er kam zurück, als ich aufgewacht bin.«

Der Chronograph auf dem Schminktisch tickte leise vor sich hin, doch ich achtete kaum darauf. Ich starrte mein Spiegelbild an und strich mir missbilligend über die dunklen Schatten unter meinen Augen. Die Nacht war kurz gewesen. Bis weit nach Mitternacht war ich wach gelegen und hatte über das gegrübelt, was ich erfahren hatte. Diese Dinge fügten sich in meinem Kopf zu einem Bild. Zu einem Bild, das mir nicht gefiel und mir Angst machte. Und es hatte mir den Schlaf geraubt.

Valentin, als der Teufel von Paris!

Das war verrückt. Ich hätte das doch gespürt. Ich hätte es

doch fühlen müssen, wenn das wahr wäre. Wie hätte er mich beim Tanz sonst so im Arm halten können? Wie hätte er mir in die Augen sehen und mich derart anlügen können?

Mein Spiegelbild blickte mir ratlos entgegen.

Dann öffnete sich die Tür und Lucille kam herein. Sie knickste artig hinter mir, bevor sie mir eine mit feinen Intarsien verzierte Schatulle auf den Schminktisch stellte.

»Madame Dubois erwähnte, dass Ihr heute in den Palast gehen würdet«, sagte sie und deutete auf die Schatulle. Weil ich sie aber nicht öffnete, tat Lucille es. Sie klappte den Deckel zaghaft nach hinten und offenbarte den Blick auf ein funkelndes Diadem. »Sie meint, es wäre passend, wenn Ihr es tragt.«

Obwohl ich ganz andere Sorgen hatte, beeindruckte mich der mit glitzernden Edelsteinen besetzte Silberkranz. Vorsichtig strich ich über das Diadem und realisierte so langsam, dass es weit mehr war als eine Kostümierung. Dieses Stück war wirklich wertvoll.

»Ihr werdet wunderschön damit aussehen«, schwärmte sie und legte sich die Hand aufs Herz. »Es gibt ganz sicher keine Frau auf dieser Welt, die nicht so ein wunderschönes Stück tragen würde.«

Ich zog die Hand zurück und seufzte. Dass Lucille von sich selbst sprach, war kaum zu überhören. Es musste schwer sein, Reichtum zu sehen und doch zu wissen, dass man selbst so etwas nie erreichen würde.

Auch Lucille schien das klar zu werden, denn ihr Lächeln verblasste und sie griff nach der Bürste. Mit gesenktem Haupt kämmte sie mein Haar.

Ich beobachtete sie im Spiegel. Sie wirkte traurig. Trotzdem fiel mir auf, dass sie hübsch war. Nur wenige ihrer rotbraunen Haare spitzten unter dem weißen Kopftuch hervor, und ein helles Schultertuch verdeckte ihren Ausschnitt, doch ihre leicht gebräunte Haut und die weichen Gesichtszüge ergaben mit der zierlichen Stupsnase ein freundliches und ansprechendes Gesamtbild. Lucille würde mit diesem Diadem ebenfalls umwerfend aussehen. In anderer Kleidung würde sie etlichen der jungen Debütantinnen den Rang ablaufen, das stand fest. Ich seufzte, und Lucille entschuldigte sich, weil sie annahm, sie hätte mich an den Haaren gezogen. Dabei war die Ungerechtigkeit dieser Standesunterschiede der Grund für mein Seufzen. Die arme Zofe würde nie dieselben Chancen haben wie die Töchter der Adeligen. Sie würde nie mit einem Diadem auf dem Kopf einer Einladung des Königs nach Versailles folgen können.

»Das ist so ungerecht«, murmelte ich und Lucille hob fragend die Augenbrauen.

»*Pardon?*«, hakte sie scheu nach.

»Nichts, nichts. Alles bestens«, versicherte ich ihr und lächelte sie im Spiegel an. »Aber sag mal, Lucille, hat Elian dir gegenüber je den Namen Thibault erwähnt?«

»Mir gegenüber?« Lucille schaute erschrocken weg. »*Mais non,* warum sollte Monsieur Elian mit mir sprechen?«

Ihre Hände zitterten und sie ziepte mich nun wirklich am Haar. Sie beherrschte das Lügen nicht besonders gut.

»Du hast gesagt, Elian war immer freundlich zu dir. Darum dachte ich …«

Flammende Röte überzog Lucilles Wangen. »Er ist gewiss sehr freundlich!«, versicherte sie hektisch und kämmte mein Haar so energisch, als wollte sie einen Teppich ausklopfen. Schnell drehte ich mich zu ihr um und nahm ihr die Bürste aus der Hand.

»Lucille!«, mahnte ich und sah sie streng an. »Wenn du etwas über Elians Verschwinden weißt, dann musst du es mir sagen!«

»*Oui,* Mademoiselle. Das würde ich. Ich würde Euch alles sagen, aber ich weiß nichts. Elian hat mir nie etwas erzählt, und …«

»Beruhige dich«, unterbrach ich sie, denn mir war etwas aufgefallen, das sie selbst nicht bemerkt zu haben schien. Elian – sie hatte von meinem Bruder als Elian gesprochen. Das war höchst ungewöhnlich, und endlich war diese versnobte Art zu sprechen, mal für etwas gut. Aber einer Magd, die behauptete, keinerlei engere Beziehung zu meinem Bruder zu haben, der würde wohl kaum sein Vorname über die Lippen kommen. Außerdem hatte sie mir an meinem ersten Tag hier versichert, Elian hätte nie erwähnt, dass er eine Schwester habe. Das bedeutete also, dass die beiden sehr wohl miteinander gesprochen haben mussten. Andernfalls wäre es nicht verwunderlich gewesen, wenn er Lucille gerade diese Information vorenthalten hätte. Wie so vieles andere.

Wieder musterte ich das Hausmädchen. Sie war nervös. Ihre Finger zitterten und sie betrachtete mich aus großen rehbraunen Augen an. Ihre ganze Haltung zeigte Schuldbewusstsein. Vermutlich, weil sie log. Ich packte die Bürste fester. Am liebsten hätte ich Lucille angeschrien. Sie irgendwie gezwungen, mir zu sagen, was sie vor mir verbarg. Aber vielleicht war es klüger, ihr nicht gleich die Pistole auf die Brust zu setzen. Vielleicht konnte sie mir helfen, ohne es zu wissen.

»Du hast natürlich recht«, wiegte ich sie in Sicherheit. »Warum sollte er auch mit dir reden?« Ich lachte leicht. »Ich kenne schließlich meinen Bruder. Er ist manchmal etwas oberflächlich. Wer für ihn das Feuer im Kamin anzündet oder seine Stiefel putzt, ist ihm vermutlich egal.« Ich reichte ihr die Bürste zurück und wandte mich erneut dem Spiegel zu. Zögernd nahm Lucille die Arbeit an meiner Frisur wieder auf. Sie biss sich auf die Lippe, während sie meinen Scheitel zog und einzelne Strähnen abteilte.

»So ist Monsieur Elian eigentlich nicht«, presste sie heraus, auch wenn sie mit sich zu hadern schien. Sie wollte nicht mehr sagen, aber sie konnte meine Aussage auch nicht einfach so stehen lassen.

»Nicht?«

Sie schüttelte kaum wahrnehmbar den Kopf. Mit flinken Fingern zauberte sie meine Frisur und steckte mir das glänzende Diadem mit Haarnadeln auf dem Oberkopf fest. Es war klar, dass sie nicht vorhatte, etwas hinzuzufügen.

»Eine Frage noch, Lucille«, hielt ich sie auf, als sie schon dabei war, die übrigen Haarnadeln wieder wegzuräumen.

»*Oui,* Mademoiselle?« Sie knickste und senkte den Blick.

»Weißt du, wo Elian in den Tagen vor seinem Verschwinden gewesen ist?«

Lucille wich fast bis an die Tür zurück. »Ich weiß es nicht, Mademoiselle.«

»Was hat er zuletzt getan?«, setzte ich nach und ließ sie nicht aus den Augen. Oft sagten Gesten mehr als Worte – besonders bei Lügnern. Ich hatte mir verräterische Handbewegungen über die Jahre abgewöhnen müssen, um überzeugend zu lügen.

Aber Lucille war keine geübte Lügnerin. Sie strich beinahe unbewusst mit dem Zeigefinger über ihre Unterlippe. Dann ließ sie schnell die Hand sinken, als hätte sie bereits zu viel verraten. »Am Abend seines Verschwindens war er bei Hofe, Mademoiselle. Mehr weiß ich nicht.«

Obwohl sie nicht geübt war, war diese Antwort gut. Sie musste wissen, dass ich diese Information längst von Albert bekommen hatte. Von daher warf sie mir einen Brocken Wahrheit hin, in der Hoffnung, ich würde die vielen fehlenden Teile zur ganzen Wahrheit nicht vermissen.

Ob Elian ihr das gezeigt hatte? Ich war mir nicht sicher. Wobei ich mir aber inzwischen sicher war: Lucille wusste mehr, als sie zugab!

Hinweise

Versailles, 1688
– Zwei Tage verbleibend –

Seit meiner Rückkehr hatte ich von Valentin nichts gehört. Albert hatte Rémi zum Hafen geschickt, um herauszufinden, ob dort jemand etwas über Elian zu berichten wusste. Doch das hatte nichts ergeben. Auch in der *Rue de la Finesse* hatte dem Kutscher niemand geöffnet, was die Frage, ob Valentin und der Teufel von Paris eine Person waren, weiterhin nicht beantwortete. Verdächtig war jedenfalls, dass Valentin kein Personal beschäftigte. Und dass niemand etwas über seine Familie wusste. Und all diese anderen Dinge …

Nun stand ich da, meine Finger in den Samthandschuhen schwitzten, während ich mich fragte, ob Valentin heute Abend hierherkommen würde. Valentin – oder der Teufel von Paris. Was, wenn er verletzt war? Oder, falls er nicht der Teufel in Person war – konnte ihm das Gleiche zugestoßen sein wie Elian? Ich war nervös. Nicht nur, weil ich noch immer nicht so recht wusste, wie ich ihm mein plötzliches Verschwinden erklären sollte, sondern auch, weil ich aufgeregt war, ihn wiederzusehen. Was sollte ich dann sagen? Sollte ich ihn mit meinem Verdacht konfrontieren? Oder besser nicht?

»Siehst du ihn?«, flüsterte Estelle mir hinter ihrem Fächer zu und suchte dabei die Menge ab.

»Nein. Du?«

Sie schüttelte den Kopf. »Vielleicht kommt er der Einladung nicht nach, weil der König ebenfalls nicht anwesend ist?«

»Wo ist denn der König?«, fragte ich vielmehr aus Neugier als wirklichem Interesse. Ich persönlich war eher froh über seine Abwesenheit, so konnte ich mich nicht noch einmal vor ihm blamieren.

Estelle neigte sich verschwörerisch in meine Richtung. »In letzter Zeit zieht er sich oft tagelang komplett zurück«, wisperte sie. »Er lässt dann seine Regierungsgeschäfte schleifen, und selbst seine Kinder werden nicht zu ihm vorgelassen«, erklärte sie vielsagend.

»Warum? Was macht er denn?«

»Das weiß niemand so genau. Sein Kammerdiener meint, er brauche Ruhe. Es kommen bereits Fragen nach der Gesundheit seiner Majestät auf.«

»Aha.« So wirklich spannend fand ich das nicht, denn aus den Geschichtsbüchern in der Schule wusste ich, dass Ludwig der XIV. erst 1715 sterben würde. Mit seiner Gesundheit war daher wohl alles in Ordnung.

»Wenn Monsieur Delacroix also den heutigen Abend verpasst, dann werden wir ohne weitere Informationen nach Hause zurückkehren«, meinte Estelle bedauernd. »Ein verlorener Tag.«

Ich rümpfte die Nase. »Ich kann es mir nicht leisten, einen Tag zu verlieren«, stellte ich klar und straffte die Schultern. »Wenn Valentin nicht erscheint, dann ist das eben so.« Ich versuchte, den Gedanken, dass ihm etwas zugestoßen war, zu verdrängen. *Falls dem Teufel von Paris überhaupt etwas zustoßen kann,* fügte ich im Geiste hinzu. »Ich bin jedenfalls nicht hier, um unverrichteter Dinge wieder zu gehen.« Gott, ich klang ja schon wie Estelle.

»Was willst du denn damit sagen, Kindchen? Du kannst doch nicht …«

Schon allein diese Worte beschleunigten meinen Puls.

»Sinclair, der Restaurator des Königs war der Letzte, der die Goldene Libelle von Lyon gesehen hat. Wenn er Adrien Arnault die Fälschung untergejubelt hat, dann muss er wissen, wo das Original ist. Und auch wenn ich lieber Elian suchen würde, kann ich trotzdem nicht aufhören, nach diesem doofen Insekt Ausschau zu halten.«

Estelle wurde blass und ich konnte ihren Griff zum Riechsalzfläschchen schon erahnen, noch ehe sie sich bewegte. »Wo willst du denn diesen Sinclair finden?«

Ich zuckte mit den Schultern. So ganz sicher war ich mir da nämlich auch nicht. Allein die Größe des Palastes war entmutigend. Die langen marmornen Korridore waren gut besucht von Höflingen und Adeligen in ihren pompösen Kleidern, mit ihren aufgetürmten Haaren und den üppigen Perücken. Die Musik spielte so laut, dass mir der Klang der Geige regelrecht unter die Haut drang, und hier im Spiegelsaal überkam mich das Gefühl, in einem schillernden, farbenprächtigen Kaleidoskop gefangen zu sein. Mich schwindelte, als ich mich umsah und jedes Bild sich in den Spiegeln an den Wänden in einer Explosion der Farben wieder und wieder fand. Der glänzende Stuck an der Decke schien nur darauf zu warten, sich wie warmer goldener Regen über uns zu legen. Wie ein Sternenhimmel, der so nah war, dass man ihn fast berühren konnte.

Ich griff nach Estelles Arm, um zu verhindern, dass ich strauchelte. Gold und Seide, Marmor und Glas, Musik und Gelächter. Eine regelrechte Reizüberflutung und doch das Spannendste, was ich je erlebt hatte. Es war, als würde der Spiegelsaal einen mitreißen. Einen einladen, in eine Welt der Wunder. Als wäre hier nichts unmöglich.

Ein aufgeregtes Kribbeln überlief meinen Körper und ich

nahm den kristallenen Kelch mit Champagner entgegen, den ein Diener mir auf einem Silbertablett anbot. Das eisgekühlte Getränk perlte angenehm auf meiner Zunge. Nach nur einem Schluck reichte ich den Kelch allerdings schon wieder an Estelle weiter. Ich durfte mich hier nicht in Wundern verlieren. Ich musste die Zeit nutzen, die mir blieb. Aber vielleicht brauchte ich genau das, um Sinclair zu finden. Ein königliches Wunder, überzogen mit goldenem Glanz.

Ich rollte die Augen über meine eigenen überreizten Gedanken, aber Versailles riss einen regelrecht mit. Oder womöglich stieg mir der Champagner auch bereits zu Kopf. »Ich werde nach Sinclairs Werkstatt suchen. Arnault meinte, die befände sich hier am Hof.«

Estelle fächelte sich hektisch Luft zu. »Meiner Treu!«, seufzte sie. »Ich will lieber kein Wort mehr hören! Meine Bedenken kümmern dich ohnehin nicht!«

Ihre Verzweiflung brachte mich zum Lachen. »Mach dir keine Sorgen um mich«, bat ich sie und versuchte die Unsicherheit, die ich empfand, nicht in meiner Stimme mitschwingen zu lassen. »Was soll schon passieren?«

Es war reiner Zufall, dass Valentin, der in ein Gespräch mit dem Vater von Mademoiselle Flamant verwickelt war, die Bewegung einer Göttin in Rot am anderen Ende des Spiegelsaals auffiel. Unter all den anderen Gästen hätte sie ihm eigentlich nicht auffallen dürfen – und doch tat sie es. Es lag an der Art, wie sie sich bewegte. Etwas unbeholfen in den weiten Röcken und dabei leicht verstohlen, als wollte sie ganz bewusst nicht auffallen. Und das war vermutlich der größte Unterschied zu all den anderen Menschen am Hof des Sonnenkönigs. Sie alle wollten auffallen. Wollten um jeden Preis gesehen werden. Nur nicht das Mädchen in Rot, das soeben den Saal verließ.

»Comte Flamant«, unterbrach Valentin sein Gegenüber und verneigte sich leicht. »Bitte entschuldigt, dass ich unsere Unterhaltung so abrupt beenden muss, aber mir fällt da gerade etwas Wichtiges ein. Wir setzen das Gespräch ein andermal fort.« Damit wandte er sich ab. »Grüßt Eure Tochter, Monsieur«, rief Valentin bereits im Gehen, um nicht komplett unhöflich zu wirken.

Dann durchquerte er mit großen Schritten den Saal und folgte der Frau in Rot. Jeder Schritt sandte einen Feuerball aus Schmerz durch sein Bein, doch das würde ihn nicht aufhalten. Es ärgerte ihn lediglich, dass er sich bei dem Kampf am Hafen eine Schnittwunde im Oberschenkel eingefangen hatte. Gerade jetzt konnte er das nicht gebrauchen.

Er konnte Sophie nirgends entdecken, als er die Galerie entlangging, doch da der Weg nur in eine Richtung führte, hegte er keinen Zweifel, sie einzuholen. Wo sich am Anfang noch einige Gäste aufhielten, wurden es immer weniger, je weiter er sich vom eigentlichen Ball entfernte. Die Musik wurde leiser, das Lachen und Stimmengewirr ebenfalls. Selbst das Licht wurde spärlicher, hier, wo sich eigentlich keine Gäste aufhalten sollten. Kurz fragte Valentin sich, ob er sich die blonde Erscheinung bloß eingebildet hatte. Wo er sich doch nicht einmal sicher gewesen war, dass Sophie überhaupt hierherkommen würde.

Der Palast kam mir größer vor als bei der Führung, die ich mit meiner Klasse einmal hier mitgemacht hatte. Denn diesmal gab es keine Absperrbänder zu Bereichen des Palastes, die für Besucher tabu waren. Stattdessen standen Wachen an den Durchgängen, die zu den Räumen des Königs führten. Doch dorthin wollte ich ja gar nicht.

Ich hatte mich bereits ein ganzes Stück vom eigentlichen Ball entfernt, als ich eine Treppe hinunter in den Trakt des Palastes fand, in dem die Menschen und Dinge untergebracht waren, die der König um sich haben wollte. Zimmer für Gäste, neben einem Raum, in dem Porträts angefertigt wurden, eine große Bibliothek, einen Perückenmacher, einen Uhrmacher, daneben die Werkstatt eines Schuhmachers. Doch ich war nicht wegen neuer Schuhe hier. Ich suchte das Reich des Restaurators.

In diesem Abschnitt des Palastes war der Boden nicht mehr mit Marmor gelegt. Hier schleifte mein Rocksaum über schlichtere Sandsteinplatten und auch die Wände waren nur dezent mit Wandbehängen geschmückt. Die herrlichen Kronleuchter, Wandgemälde und den kunstvollen Stuck wie im Spiegelsaal suchte man hier vergeblich. Einfache Laternen spendeten gerade so viel Licht, dass ich mir einbilden konnte, in den Schatten würden Gefahren lauern. Ich wurde langsamer und knetete mir nervös die Hände.

Irgendwo hier musste doch Sinclairs Werkstatt sein.

Ich schlich weiter, und obwohl ich mich immer wieder umsah und niemanden entdeckte, hatte ich den Eindruck, verfolgt zu werden. Meine Nerven lagen blank und ich war heilfroh, sobald ich schließlich die Tür fand, über der das Schild mit Sinclairs Namen angebracht war. Kein Lichtstreifen war unter der Tür zu erkennen. Vielleicht hatte ich Glück. Ich atmete tief durch und klopfte zaghaft an.

Nichts geschah. Kein Geräusch war zu hören, die Tür wurde nicht geöffnet. Noch einmal hob ich die Hand und klopfte gegen das Holz. »Hallo? Monsieur Sinclair?«, rief ich gepresst. »Ist da jemand?«

Wieder war Stille die einzige Antwort. Ich drückte mehrfach die Klinke, doch es war abgeschlossen. Mit einem frustrierten Schnauben warf ich mich mit der Schulter gegen die Tür, allerdings half das auch nichts.

»Shit!«, murrte ich und zog eine der Haarnadeln aus meiner Frisur. Dann schob ich sie in das Schloss. Nicht dass ich Ahnung davon hatte, wie man ein Schloss knackte. Ich wollte bloß nichts unversucht lassen.

»Komm schon!«, flüsterte ich und stocherte im Schlüsselloch herum, als ein dunkler Schatten hinter mir aufragte.

»Kann ich helfen?«

Ich zuckte zusammen, ließ vor Schreck die Haarnadel fallen und taumelte gegen die Tür. »Spinnst du?!«, fauchte ich wütend, weil mir fast das Herz stehen geblieben wäre, auch wenn mir eigentlich sofort klar war, wer sich da hinter mir befand. »Willst du mich zu Tode erschrecken?«

»Und du?« Er kam so nah, dass ich seinen Atem auf meiner Haut spürte. »Was machst du hier?«

Ich hob die Hände gegen seine Brust, um ihn auf Abstand zu halten, denn etwas in Valentins Miene war anders als zuvor. Strenger. Selbst durch das gebauschte Hemd, das er dem Anlass entsprechend trug, spürte ich seinen trainierten Körper.

»Ich …«

»Überleg dir gut, ob du mir jetzt eine Lüge auftischst«, raunte er und umfasste meine Handgelenke.

Ich hatte das Gefühl, in der Falle zu sitzen. »Warum sollte ich dich anlügen?«, stellte ich mich dumm. Bestimmt spürte er, wie schnell mein Puls unter seinen Fingerspitzen schlug. Sein

Blick glitt über mich, und ich war froh um das spärliche Licht, denn mir wurde heiß.

»Es wundert mich, dich hier zu sehen, nachdem ich dich am Hafen vergeblich gesucht habe«, ignorierte er meine Frage. Seine Stimme klang beiläufig, aber ich wusste, dass er jede meiner Regungen genauestens studierte.

»Ich bin weggelaufen«, behauptete ich möglichst unschuldig. »Die Kerle sind wie die Irren auf uns losgegangen.«

»Was du nicht sagst.« Valentin rückte näher und mein Kleid bauschte sich gegen die Tür. Ich spürte seine Schenkel fast durch den Stoff.

»Ich hatte Angst«, wollte ich ihn überzeugen. »Also hab ich mich versteckt!«

»Ich dachte, du bist weggelaufen?«, fiel ihm meine widersprüchliche Aussage auf.

»Was soll die Fragerei? Ich bin erst weggelaufen und hab mich dann versteckt!« Ich hasste es, dass ich wie eine Anfängerin log. Selbst meine Hände zitterten, darum versuchte ich sie ihm zu entwinden, doch er hielt mich eisern fest. Nachdem er mein Gesicht betrachtet hatte, schaute er zum Schild über der Tür. Ich glaubte, seine Gedanken rattern zu hören, ehe er mich aus zusammengekniffenen Augen ansah.

»Noch mal von vorne, Sophie«, mahnte er und nickte in Richtung des Türschlosses. »Und verkauf mich besser nicht für dumm. Was hast du hier zu suchen?«

Ich biss die Zähne zusammen und versuchte erneut, mich aus seinem Griff zu befreien. »Ich wollte etwas überprüfen«, gab ich zu, denn was für eine Erklärung hätte ich ihm schon liefern sollen?

Valentin spürte ihre Lügen regelrecht. Ihr rasender Puls verriet sie, ebenso wie das leichte Zittern ihrer Lippe, das ihr selbst vielleicht gar nicht bewusst war. Ihm umso mehr. Er konnte seinen Blick kaum von diesen Lippen nehmen, über die die Lügen so leicht zu kommen schienen.

»Und was?«, verlangte er zu erfahren und rückte ein Stück näher. Es drängte ihn danach, sie zu spüren, um sie noch leichter der Lügen zu überführen, die er erwartete. »Hat es möglicherweise etwas damit zu tun, dass du dich bei Arnault im Schlafzimmer versteckt hast?«, flüsterte er und hob ihr Kinn an. »Oder im Flur hinter der Tür seines Arbeitszimmers in deinem hellblauen Kleid, das kaum zu übersehen war?«

»Das brauchst gerade du zu sagen!«, fauchte Sophie und stieß ihm die Handflächen hart gegen die Brust. »Du warst doch selbst da, du Lügner!«

»Ich habe dir deinen kleinen Arsch gerettet!«, knurrte Valentin und drückte sie gegen die Tür. Der rote Satin ihres Kleides bauschte sich um ihn, als er näher rückte. »Ohne mein Eingreifen wärest du Adrien Arnault direkt in die Arme gelaufen, also was zum Teufel hattest du dort zu schaffen?«

»Das geht dich nichts an!«

Ein hartes Lachen stieg Valentin die Kehle hinauf. »Ach nein?«

»Nein!« Das trotzige Funkeln in ihrem Blick reizte ihn. Genau wie das verführerische Heben und Senken ihrer Brüste bei jedem wütenden Atemzug.

»Ich denke doch!«, widersprach er und riss sich vom Anblick ihrer Brüste los. »Immerhin soll ich dich beschützen.«

»Ich will deinen Schutz nicht, also lass mich los! Ich bin beschäftigt!« Sie versuchte, nach ihm zu schlagen, doch er wich ihr aus, ohne sie freizugeben.

»Beschäftigt, in Sinclairs Werkstatt einzubrechen?«

»Auch das geht dich nichts an!«

»Was willst du da drinnen? Wonach suchst du?«, überging er ihren Wutanfall. »Geht es immer noch um die Goldene Libelle von Lyon?«

»Tu doch nicht so!«, fauchte sie und versetzte ihm mit dem Knie einen Tritt gegen den Oberschenkel. »Du weißt genau, dass die Spur der Libelle zu Sinclair führt!«

»Au! Merde!«, fluchte er keuchend und ließ sie los. Er packte seinen Schenkel und strich prüfend darüber. Der Verband sollte besser nicht verrutschen, denn in den weißen Strumpfhosen, die er unter dem Gehrock trug, würden Blutflecken Aufsehen erregen. »Verflucht!« Ein leichter roter Striemen drückte sich durch den Mullverband.

»Was ist?« Sophies Wut wandelte sich in. »Was hast du da?«

»Nichts!« Er biss die Zähne zusammen und wandte sich um, denn hinter ihnen erklangen Schritte.

»Bist du verletzt? Ist das Blut?«

»Sei still, Sophie!«, mahnte er und drückte die Klinke zu Sinclairs Werkstatt.

»Es ist abgeschlossen«, teilte Sophie ihm unnötigerweise mit, denn das bemerkte er selbst. Er sah sich suchend um. Die Schritte kamen näher.

»Was jetzt?« Sophie packte seinen Arm. »Da kommt jemand!«

»Schhht!« Er zupfte ihr eine Haarnadel aus der Frisur, so wie sie es vorher selbst gemacht hatte, und mit einer geschickten Drehung im Schlüsselloch knackte er das Schloss. Die Tür schwang auf und er schob Sophie vor sich her in die Werkstatt. »Sei leise«, flüsterte er und zog sie mit sich in die Nische hinter der Tür. Doch selbst im Dunkeln schimmerten das Kleid wie Blut und Sophies Haut wie heller Marmor. Der Duft ihres Parfums stieg ihm in die Nase und er atmete unauffällig tiefer ein. Sein Blick wanderte über ihre aufgesteckten Haare zu dem glänzenden Diadem.

»Du bist heute Abend zu schön, um dich in dunklen Ecken herumzutreiben«, wisperte er und ließ seine Finger durch ihr Haar gleiten. Er wickelte sich die einzelne lose Strähne um den Finger und steckte sie mit der Nadel wieder fest. Er spürte, wie Sophie die Luft anhielt, während er leicht über ihre Wange strich.

»Was kann ich dafür, dass die Ecken dunkel sind?«, erwiderte ich gepresst und schob mich schnell an ihm vorbei. »Vielleicht erweist du dich mal als nützlich und machst uns Licht?« Bei Licht würde mir seine Nähe nicht so unter die Haut gehen, hoffte ich.

Valentin lachte. »War es nicht schon nützlich, dass ich dir die Tür geöffnet habe?«

»Dann mach ich es eben selbst!«, murrte ich und tastete mich voran. Ein kalter Lufthauch wehte durch den Raum und Papier raschelte über den Boden. Das Geräusch eines Zündholzes, das angesteckt wurde, und das Aufflammen des Hölzchens durchbrachen die Dunkelheit. Die Umrisse von Werkbänken und Gerätschaften waren zu sehen. Valentin entzündete eine Lampe an der Wand, ehe er mit einem Zwinkern das Streichholz ausblies. Schwefeliger Rauch züngelte in meine Richtung.

»Stets zu Diens–«

»*Merde!* Was ist denn hier passiert?«, entfuhr es mir, als ich das Chaos bemerkte, das in der Werkstatt herrschte. Schubladen waren herausgerissen, Papiere über den Boden verstreut.

Kisten und Schachteln lagen wild durcheinander und Bücher waren aus den Regalen gerissen.

Valentins lässiges Lächeln verschwand und er griff unter seinem Gehrock nach dem Degen.

»Jemand hat hier alles durchsucht«, deutete er die Unordnung. Er nahm einige Papiere vom Boden auf und legte sie auf den Tisch. »Ich frage mich, ob etwas gestohlen wurde?«

»Wenn etwas gestohlen wurde, dann hält man ganz sicher uns für die Diebe, sobald man uns hier erwischt!«, wurde mir der Ernst der Lage bewusst. »Wir sollten schnellstens verschwinden.«

»Stimmt – aber erst sagst du mir, was du hier drinnen zu finden gehofft hast.«

Ich warf ungeduldig die Arme in die Luft. »Die Libelle!«, gab ich zu. »Diese Scheißlibelle! Das weißt du doch genau! Ich kann dir nicht sagen, warum ich sie brauche, aber so ist es nun mal!« Ich zitterte, denn im flackernden Licht der Öllampe fiel es mir leicht, mir Valentin als den Teufel von Paris vorzustellen. Er war düster und geheimnisvoll. Elegant und gefährlich zugleich. Mit der Hand am Degen und dem entschlossenen Zug um den Mund, verursachte er mir eine Gänsehaut, von der ich nicht wusste, ob sie gut oder schlecht war. Sie war kribbelnd.

»Arnault hat gesagt, Sinclair hat die Libelle restauriert. Er war der Letzte, der die echte Libelle von Lyon in der Hand hatte. Und jetzt ist hier alles durchwühlt! Das ist doch verdächtig!«

Valentin trat ans vergitterte Fenster, schob die schlichten Vorhänge beiseite und rüttelte an der Scheibe. Dann warf er mir einen Blick über die Schulter zu. »Das Fenster ist fest verschlossen. Auf diesem Weg hätte kein Dieb einbrechen können.«

»Aber die Tür war von außen verschlossen«, überlegte ich. »Es muss jemand gewesen sein, der einen Schlüssel hat.«

Valentin runzelte die Stirn. »Wir haben keinen Schlüssel – und sind dennoch hier. Es kann also jeder gewesen sein. Aber wir werden es nicht herausfinden, wenn man uns hier erwischt.« Damit löschte er das Licht kurzerhand wieder.

»Wir haben uns noch gar nicht umgesehen!«, protestierte ich und blinzelte in die Dunkelheit.

»Wir werden hier nicht mehr finden, wonach du suchst. Jemand war schneller als wir.« Valentin griff meine Hand und drängte mich neben der Tür an die Wand. Leise drückte er die Klinke und spähte in den Flur. Als nichts zu entdecken war, zog er mich mit sich. Mit schnellen Schritten kehrten wir in Richtung Spiegelsaal zurück. Nur noch die Treppe hinauf und den Gang entlang und unser Ausflug würde unbemerkt bleiben.

Wir hatten gerade die Hälfte der Treppe erklommen, als über uns Stimmen lauter wurden.

»Da kommt jemand!«, warnte ich Valentin und erstarrte.

»*Merde!*«, fluchte er, als er erkannte, dass wir weder rechtzeitig nach oben gelangen noch den Rückzug antreten konnten.

Unsere Blicke trafen sich und im nächsten Moment zog Valentin mich an sich. Er schlang die Arme um mich, drängte mich gegen das kunstvoll geschmiedete Treppengeländer und presste seine Lippen auf meine. Ich war so perplex, dass ich mich hilflos an ihn klammerte. Die Welt hörte auf, sich zu drehen, und das Herz sprang mir regelrecht aus der Brust. Gefühle, die ich nie erwartet hatte, schlugen über mir zusammen und rissen mich mit.

Überfällig

Versailles, 1688
– Zwei Tage verbleibend –

Es war ein Impuls gewesen. Ein Ausweg aus einer heiklen Lage. Und zugleich etwas, das längst überfällig war. Als er Sophies Lippen mit diesem ungeplanten Kuss versiegelte, da wurde ihm klar, dass er das seit dem Moment hatte tun wollen, an dem er ihr am Brunnen des Apollo zum ersten Mal begegnet war. Ihr überraschtes Seufzen beschleunigte seinen Puls und er vergaß, warum er das tat. Er ließ seine Hände über ihren Rücken gleiten, umfasste ihre Taille und zog sie noch dichter an seinen Körper. Er spürte die Wölbung ihrer Brüste durch sein Hemd. Das Geländer verhinderte, dass sie sich zurückziehen konnte, auch wenn er nicht sicher war, dass sie das überhaupt wollte. Sie klammerte sich an seine Schultern, als würde sie ihn brauchen, ihre Lippen weich und willig unter seinen.

Es war eine Schwäche, das gestand er sich ein, und doch folgte er diesem inneren Hunger nach mehr, indem er ihre Lippen mit seiner Zunge teilte und den Kuss vertiefte.

Ihr Atem glitt wie ein Versprechen über seine Wange, als sie seufzend den Kuss erwiderte.

Wer hätte gedacht, dass Lippen, über die so leicht Lügen kamen, so wunderbar küssten?

Ich schwebte wie auf Wolken. Jeder Gedanke löste sich auf, ich bestand nur mehr aus Gefühlen. Valentins Lippen lagen heiß auf meinen und ich zitterte, als seine Zunge sich an meine schmiegte. Es durchfuhr mich wie ein Blitz. Willenlos sank ich in seine Arme. Mein Herz raste, während er meine Taille umfasste und mich noch näher an sich zog. Der Griff seines Degens drückte gegen meine Hüfte, doch das spürte ich kaum. Allein sein Kuss beherrschte mich.

Valentin ließ eine Hand in meinen Nacken gleiten und die andere wanderte kühn von meiner Taille über meinen Rippenbogen nach oben. Atemlos wartete ich auf mehr. Noch nie hatte mich ein Junge so geküsst. Auf diese teuflisch berauschende Weise, die meine Sinne entflammte. Seine Zunge, seine Hände, sein Atem auf meiner Haut. Nichts hatte sich je besser angefühlt als dieser Kuss. Er ließ seine Hände über meinen Körper wandern, strich hinunter, über die Reifröcke bis zu meinem Oberschenkel, wobei ich mich seufzend an ihn drängte. In meinem Kopf gab es bloß einen Gedanken: Ich küsste Valentin Delacroix. Ich küsste den begehrtesten Junggesellen von ganz Versailles. Ich küsste womöglich den Teufel von Paris – und es war wunderbar! Ich wollte nicht, dass der Moment je endete. Aber natürlich tat er es. Langsam, beinahe bedauernd nahm Valentin seine Lippen von meinen. Er umfasste mein Gesicht und war mir noch immer so nahe, dass unsere Wangen sich berührten.

»Sie sind weg«, flüsterte er und neigte den Kopf leicht in Richtung Ballsaal. »Wir sollten gehen.«

Ich schluckte. Mehrfach, denn meine Kehle war wie ausgetrocknet. Natürlich sollten wir gehen. Wir standen schließlich nicht hier, weil wir uns wirklich küssen wollten. Das hier war lediglich eine Ausrede, ein Täuschungsmanöver. Eine Lüge, wenn wir ehrlich waren. Ich benetzte meine Lippen, auf denen ich nach wie vor Valentins Kuss schmeckte, und nickte leicht.

»Sicher«, presste ich heraus und räusperte mich. Dann ließ ich mich von ihm die Stufen hinauf- und zurück in den Spiegelsaal führen. Meine Hand lag dabei auf seinem Arm und die Hitze seines Körpers übertrug sich auf mich. Er nickte beiläufig einigen Bekannten zu, an denen wir vorbeikamen, verneigte sich leicht vor Estelle, die bereits blass vor Sorge ihren Fächer umklammerte, und dirigierte mich dann zielstrebig weiter auf die Tanzfläche.

»Was hast du vor?«, fragte ich verdutzt, denn nach diesem Kuss waren meine Knie so weich wie Butter.

Was er vorhatte? Valentin wusste es nicht genau. Doch der nur selten bei Hof gespielte Klang der Volta packte ihn, sodass er nicht anders konnte, als das Stück mit Sophie zu tanzen. Eigentlich mied er diesen Tanz, denn er war sinnlich. Vertraut. Und verführerisch. Wer diesen Tanz mit einem Mädchen tanzte, war in den Augen der Gesellschaft so gut wie verlobt. Aber vielleicht waren sie das ohnehin bereits, denn er hatte die neugierigen Blicke in seinem Rücken gespürt, als er Sophie auf der Treppe geküsst hatte. Selbst jetzt folgten ihnen unzählige Augen, während sie die Tanzfläche betraten. Aber nach dem, was in den letzten Minuten geschehen war, verlangte es ihn trotz allem, was die Leute danach von ihnen denken mochten, nach diesem Tanz.

»Wir müssen reden – ungestört«, erklärte er und drehte sich mit ihr in den ersten Takt der Musik. Anders, als bei den vorherrschenden Gruppentänzen wie der Courante, war die Volta ein Paartanz. Er allein würde sich mit Sophie im Takt wiegen. Er allein würde seine Hände an ihre Taille legen, um sie sogleich dem Tanz üblich zu heben. Danach ließ er sie an seinem Körper hinabgleiten, während sie sich drehten. Seine Aufmerksamkeit richtete sich auf ihre leicht geöffneten Lippen. Er konnte kaum glauben, dass er sie tatsächlich geküsst hatte.

»Worüber?«, stieß Sophie atemlos hervor, als er ihr eng geschnürtes Mieder berührte und sie abermals in die Luft hob. Ihre Taille war so schmal, dass er Angst hatte, sie zu zerbrechen, wenn er zu fest zupackte. Die Röte auf ihren Wangen konnte vom Tanz stammen, oder von dem, was zuvor geschehen war. Er wusste es nicht, doch es reizte ihn, dem auf den Grund zu gehen.

»Verzeih den Kuss«, flüsterte er ihr zu und ihre Blicke trafen sich. »Er war … unvermeidlich.«

Es gefiel ihm, dass ihre Wangen bei der Erwähnung des Kusses noch dunkler glühten.

»Sicher, kein … Problem«, stammelte sie und trat ihm auf den Fuß. »Ich denke auch, dass … das gut war.«

Valentin lachte. »Du fandest es also gut?«, neckte er sie, hob sie erneut hoch und drehte sich mit ihr, sodass ihr empörtes Schnauben keinem auffiel.

»Blödmann!«, fauchte sie und funkelte ihn warnend an. »Das habe ich so nicht gemeint!«

Er konnte nicht anders, als über ihre Entrüstung zu lachen, und war froh, dass sie auf der Tanzfläche waren, denn er spürte, dass sie am liebsten nach ihm geschlagen hätte. »Und wie geht es nun weiter mit uns, heute Nacht?«, flüsterte er und genoss ihre verführerische Nähe.

»Was meinst du?« Sie sah entzückend aus, in ihrer Verlegenheit? »Wie soll es denn weitergehen?«

Valentin schmunzelte. Ihr Puls raste und ihm entging ihr Zittern nicht. »Komm mit zu mir und wir starten einen neuen

Versuch, die Wahrheit herausfinden«, raunte er dicht an ihr Ohr.

Sophies Blick wurde hart und sie versteifte sich in seinen Armen, als die Musik verstummte. »Die Wahrheit«, wiederholte sie bedeutungsschwer und schaute ihn an. Sie zögerte. »Welche Wahrheit?«

»Gibt es mehr als eine Wahrheit?«

Ihre Miene wurde verschlossen und sie benetzte sich nervös die Lippen. »Das sollten wir herausfinden«, murmelte sie und trat von ihm zurück. Sie strich sich das blutrote Kleid glatt und rückte ihr Diadem auf dem Kopf zurecht. Sie sah aus wie eine Königin, und Valentin verspürte ein Kribbeln, wenn er sich vorstellte, wieder mit ihr allein in seiner Stadtwohnung zu sein. Ihr wieder aus dem Kleid zu helfen, um mit ihr durch die nächtlichen Straßen von Paris zu schleichen, auf der Suche nach der Wahrheit über ihren Bruder. Das Bild von ihr, in ihrer Unterwäsche in seinem Schlafzimmer brannte ihm vor Augen. Umgehend wischte er sich die Hände an seinem Gehrock ab, ehe er ihr in Estelles Richtung folgte.

Sie hatte recht. Es gab mehr als eine Wahrheit. Eine davon ließ sein Herz schneller schlagen, wann immer er ihr nahe war. Doch nicht jede sollte sie erfahren.

Wegelagerer

Auf einer Straße in Richtung Paris, 1688
– 43 Stunden verbleibend –

»Die Leute haben uns komisch angeschaut, als wir den Palast verlassen haben«, brach ich die angespannte Stille in der Kutsche. Ich war mir Valentins Nähe viel zu bewusst. Und der Tatsache, dass wir entgegen jedem Anstand in dieser Zeit schon wieder allein unterwegs waren.

Im schwachen Mondlicht, das ins Kutscheninnere fiel, sah ich, dass Valentin sich durchs Haar fuhr. Er streckte die Beine und berührte dabei meinen Knöchel.

»Ich fürchte, wir haben einen Skandal ausgelöst«, meinte er, und obwohl er von einem Skandal sprach, klang er nicht wirklich beunruhigt. »Der Comte Flamant war einer der Herren, die wohl Zeugen unseres Kusses wurden.« Er zuckte mit den Schultern. »Ich nehme an, seine Tochter wird ihre Werbung um mich nun wohl oder übel einstellen.«

Er klang so theatralisch betroffen, dass ich lachen musste. »Wie schade – dann wird das offenbar nichts mit dem gestickten Taschentuch«, spielte ich mit.

Valentin lachte laut. »Du meinst das bestickte Einstecktuch? Ja, ich fürchte, das musst du nun leider Gottes für mich für mich anfertigen.«

Ich rieb mir gespielt nachdenklich das Kinn. »Hmmm, das könnte ich machen. Oder ich lasse es. Das würde den Skandal auch nicht mehr größer machen, oder?«

»Kaum.«

Die Kutsche rumpelte durch ein Schlagloch und erneut breitete sich das Schweigen zwischen uns aus.

Ich wusste nicht, ob es ihm so ging wie mir, aber diese intime Dunkelheit in der Kutsche ließ mich unseren Kuss immer und immer wieder durchleben. Valentin hatte mich geküsst! Mein Herz raste genauso sehr wie in dem Moment, als seine Zunge meinen Mund erobert hatte. Und nur die leichte Berührung seines Beins an meiner Wade elektrisierte mich. Trotzdem war da ein Gedanke, der noch drängender war. Hatte wirklich Valentin mich geküsst? Oder der Teufel von Paris?

»Valentin?«, fragte ich unsicher und mit leichtem Zittern in der Stimme.

Ich spürte mehr, als dass ich es sah, wie er sich mir weiter zuwandte. Sein Bein berührte nun noch mehr von mir. »Sophie?« Seine Stimme klang heiser.

»Du hast vorhin gesagt … wir sollten die Wahrheit herausfinden«, nahm ich meinen Mut zusammen. »Wir haben jetzt schon einige Zeit miteinander verbracht, und darum … wollte ich dich bitten … ehrlich zu mir zu sein«, presste ich heraus. »Ich glaube, da gibt es etwas, das du mir sagen solltest, oder nicht?«

Die Sekunden verstrichen, ohne dass ich eine Antwort bekam.

»Valentin?«

»Ehrlichkeit muss man sich verdienen.« Er neigte den Kopf schief. »Und solange du mir nicht sagst, warum dir die Libelle von Lyon derart wichtig ist, dass du versuchst in eine Werkstatt des Palastes einzubrechen, oder warum dein Bruder am Hafen aufgetaucht ist, brauchen wir nicht über meine Ehrlichkeit sprechen.«

»Ich weiß nicht, was Elian dort zu suchen hatte. Und ich

brauche die Libelle! Mehr kann ich dir dazu nicht sagen«, stieß ich hervor, denn all die Geheimnisse und Lügen wurden mir zu viel. Wir hatten uns geküsst, und selbst wenn der Kuss bloß ein Vorwand war, so hatte ich ihn mir insgeheim gewünscht. Valentin war der aufregendste Junge, der mir je begegnet war, in seiner Nähe schlug mein Herz viel schneller. Ich konnte nicht leugnen, dass ich ihn toll fand, und gerade das machte mir so zu schaffen. Ich fand ihn toll – den Mann, den ich für den Teufel von Paris hielt! »Nicht, solange du mir nicht sagst, wer du wirklich bist!«

Selbst im schwachen Mondlicht war zu erkennen, dass Valentin die Stirn runzelte. »Für wen hältst du mich denn?«

Seine Frage brachte mich in Bedrängnis. Ich kam mir dumm vor, ihn mit meinem Verdacht zu konfrontieren. »Ich weiß auch nicht!«, fauchte ich und zerknitterte den Satin des Kleides zwischen meinen Fingern. »Sag du es mir doch!«

Valentin rückte näher und ich hatte das Gefühl, die Kutsche würde schrumpfen.

»Ich bin Valentin Delacroix. Und ich weiß nicht, was du meinst!«

»Vielleicht ist das dein Name«, gestand ich ihm zu. »Aber das ist nicht alles, richtig? Da ist noch viel mehr, das du mir vorenthältst, das spüre ich!«

»Weil du nicht alles wissen musst, Sophie«, sagte er und fuhr sich durchs Haar.

»Ich muss wissen, wer du bist, wenn du mich küsst, oder mit mir tanzt, oder mich mit zu dir nach Hause nimmst! Ich muss es wissen, weil ich Angst habe! Ich kann niemandem vertrauen! Ich verliere mich in Unwahrheiten! Und ich weiß nicht, was ich fühlen soll, wenn ich nicht weiß, wer da im Moment vor mir steht«, brach es aus mir heraus und Tränen bahnten sich ihren

Weg über meine Wangen. Es war so peinlich, aber ich konnte mein Schluchzen nicht unterdrücken. Dieser Junge hatte mich geküsst und damit meine Welt aus den Angeln gehoben. Ich musste wissen, wer er war!

»Schhht.« Valentin wechselte von der gegenüberliegenden Kutschbank auf meine und nahm meine Hände in seine. Die vorbeiziehenden Bäume vor dem Fenster warfen unregelmäßige Mondschatten auf sein Gesicht. Wie ein Stroboskop, ein Wechselspiel aus Dämmerlicht und Finsternis. Er betrachtete mich aus den unergründlichen Tiefen seiner Augen. »Du musst keine Angst haben, Sophie«, versicherte er mir und drückte dabei meine Finger. Wie von selbst verwoben sich unsere Hände miteinander. »Und du kannst mir vertrauen. Du bist bei mir sicher, das schwöre ich.« Sein Daumen streichelte meinen Handrücken.

»Auf jede meiner Fragen bekomme ich von dir nur eine ausweichende Antwort«, warf ich ihm vor, obwohl ich kaum noch klar denken konnte. Es war so schön, wie er meine Hände hielt, als wären wir ein Paar.

»Ich kann dir nicht sagen, was ich selbst nicht weiß.«

»Dann weißt du nicht, wer der Teufel von Paris ist? Du bist ihm nie begegnet?« Meine Stimme zitterte und ich benetzte meine Lippe. Dass Valentin kurz erstarrte, entging mir nicht.

Der Anblick ihrer Zungenspitze, die so sinnlich über ihre volle Unterlippe strich, elektrisierte Valentin. Anders als gehofft hatte der spontane Kuss sein Verlangen nach Nähe nicht befriedigt, sondern geschürt. Und die Abgeschiedenheit hier in der Kutsche ließ ihn kaum an etwas anderes denken als daran, Sophie ein weiteres Mal in die Arme zu schließen.

»Vielleicht bin ich ihm begegnet«, gab er zu und zuckte mit den Schultern. Das Diadem in ihrem Haar funkelte im Mondlicht mit ihren Augen um die Wette und er hob die Hand an ihre Wange. »Ohne zu wissen, wer er ist.« Er folgte der Linie von ihrer Schläfe zu ihrem Kinn. Ihre Haut war samtweich und sie öffnete leicht die Lippen, als wollte sie protestieren. Wieder strich ihre Zungenspitze über ihre Unterlippe. »Vielleicht bist du ihm ja selbst schon begegnet.«

Er hob ihr Kinn an, und als sie zitternd Atem holte, konnte er sich nicht länger zurückhalten. Er neigte den Kopf, bis nur wenige Zentimeter sie trennten. Alles in ihm schrie danach, sie zu küssen, und jedes Rumpeln der Kutsche brachte sie einander noch näher.

»Valentin, bitte …« Ihre Worte strichen beinahe über seine Lippen. »Ich muss wissen, ob du der …«

Ein lauter Knall zerriss die Stille. Die Pferde scheuten und die Kutsche machte einen ruckartigen Satz nach vorne. Valentin stemmte sich in den Sitz und riss Sophie an sich, die von der Wucht beinahe vom Polster geschleudert wurde. Ihr erschrockener Schrei wurde von einem weiteren Knall übertönt. Ein Schuss, wie Valentin nun erkannte.

»Was ist da los?«, kreischte Sophie und stützte sich mit den Händen an ihm ab. Die Kutsche kam rumpelnd zum Stehen, und noch ehe Valentin in der Enge auch nur seinen Degen ziehen konnte, wurde die Tür aufgerissen. Eine vermummte Gestallt reckte ihnen den Lauf einer Pistole ins Gesicht.

»Keine Bewegung!«, forderte der Vermummte und zwang sie mit einem Wink mit der Waffe auseinander. »Du!«, befahl er Valentin. »Da rüber mit dir und mach ja keine Dummheiten!«

Valentin ballte die Fäuste. Er spürte seinen Degen an seinem Schenkel und sah die Angst in Sophies vor Entsetzten und

Überraschung weit aufgerissenen Augen. Entgegen der Aufforderung schob er Sophie hinter sich und stellte sich schützend vor sie, bereit, trotz der Enge jederzeit die Waffe zu zücken.

»Hörst du schlecht?«, brüllte der Vermummte und stieß ihm den Lauf gegen die Brust. »Mach Platz und lass die Frau aussteigen!«

»Nein!« Valentin legte demonstrativ die Hand an den Griff seiner Waffe und straffte die Schultern.

»Hier muss niemand sterben«, drohte der Räuber und kniff die Augen zusammen. »Her mit der Frau – und alles ist gut.«

Valentin lachte spöttisch. Dann zog er in Zeitlupe den Degen. »Du irrst dich. In dem Moment, wo du diese Kutsche angehalten hast, hätte dir klar sein müssen, dass nie wieder etwas gut für dich sein wird«, verbesserte Valentin den Maskierten und trat einen energischen Schritt auf die Kutschtür zu.

»Was dauert da so lange?«, rief eine zweite Männerstimme vom Kutschbock, was den Maskierten eine Sekunde lang unachtsam werden ließ. Zeit genug für Valentin, sich auf den Kerl zu werfen. Mit der einen Hand drückte er dessen Arm mit der Pistole zur Seite, sodass der reflexartig abgefeuerte Schuss ins Leere ging, während er ihm mit der anderen Hand den Knauf des Degens gegen die Schläfe donnerte. Das alles, noch bevor sie auf dem Boden aufprallten.

Der benommene Angreifer schlug um sich und rammte ihm das Knie gegen die Oberschenkelwunde, woraufhin Valentin gepeinigt keuchte. Kurz gewann der Kerl die Oberhand, doch Valentin rang ihn erneut nieder. Sophies gellender Schrei trieb ihn an, denn schon machte sich der zweite Kerl auf, seinem Kumpan zu Hilfe zu eilen.

»Teufel noch mal!«, knurrte Valentin, hieb seine Faust in das Gesicht des Vermummten, und als der stöhnend zusammensackte, verlor er keine Zeit, sondern rappelte sich auf und hastete zurück zur Kutsche.

»Komm!«, rief er und reichte Sophie die Hand. »Komm schon!« Er packte ihre Finger, sobald er sie erwischte, und zog Sophie aus der Kutsche und hinter sich her. Der zweite Räuber saß auf einem Pferd, also würden sie ihm auf offener Straße nicht entkommen können. Darum riss er Sophie mit über den Straßengraben.

Das voluminöse Kleid machte es ihr schwer, voranzukommen, und die blutrote Farbe war selbst im Dunklen noch gut auszumachen. Zudem machte sein Bein ihm ordentlich Probleme. Jeder Schritt war wie ein neuerlicher Schnitt in sein Fleisch. Trotz allem mussten sie versuchen zu fliehen.

»Lauf!«, drängte er Sophie weiter durch das Dickicht in den Wald, während er selbst stehen blieb. Sie stolperte und verhedderte sich in Brombeerranken. Das Kleid rutschte ihr bis über die Knie und Valentin hastete zu ihr. Er befreite den Satin und entfernte die dornige Ranke, die sich um ihr Bein bis hinauf zu ihrem Oberschenkel gewickelt hatte. Ihre blassen Strümpfe hoben sich hell vom moosigen Boden ab, aber es war der kupferne Glanz an ihrem Strumpfband, der ihn einen Moment irritierte. Doch dies war nicht der Augenblick, sich ablenken zu lassen, also hievte er sie zurück auf die Beine und trieb sie weiter.

»Lauf, so weit du kannst, und warte nicht auf mich!« Er nahm breitbeinig Aufstellung, darauf gefasst, sich möglichen Verfolgern mit seinem Leben entgegenzustellen.

Zweige peitschten mir ins Gesicht und rissen an meinem Kleid. Ich zitterte wie Espenlaub und bekam kaum Luft. Mein Zwerchfell stach bei jedem Atemzug und ich verlor vollkommen die Orientierung. Der dunkle Wald jagte mir beinahe solche Angst ein wie der Überfall an sich. Kurz überlegte ich, den Chronographen als Ausweg zu betätigen, doch dann würde ich diese Zeit erneut ohne Elian verlassen. Das konnte ich nicht riskieren.

Estelle hatte gesagt, dass die Straßen um Versailles gefährlich waren, doch ich hätte nie für möglich gehalten, dass unsere Kutsche tatsächlich überfallen werden würde. Ich musste logisch denken. Das war doch eigentlich meine Stärke! Also, hinter was waren die Kerle her? Hinter Schmuck? Geld?

Hektisch griff ich mir ins Haar und riss das Diadem heraus. Vielleicht würden sie uns gehen lassen, wenn ich es ihnen aushändigen würde?

Ich kauerte mich hinter einen Baumstamm und lauschte, aber meine eigenen panischen Atemzüge übertönten alles andere. Irgendwo dort war Valentin zurückgeblieben, um mich zu verteidigen. Irgendwo dort hinter mir drohte ihm Gefahr. Ich presste mir das Diadem gegen die Brust und schluchzte hart. Ich hatte mich immer für klug gehalten. Für vernünftig. Es war vernünftig zu tun, was Valentin sagte, und zu laufen, so weit mich meine zitternden Beine tragen würden, aber die Vorstellung, dass Valentin etwas zustieß … Ich rappelte mich auf, und obwohl jedes Steinchen, jeder Stock sich schmerzhaft durch die dünne Sohle meiner Schuhe bohrte, kämpfte ich mich voran. Der Klang von Klingen, die aufeinandertrafen, jagte mir einen Schauer über den Rücken und peitschte Adrenalin durch mein Blut.

Vernünftig zu sein, verlor an Bedeutung. Ich raffte die Röcke und rannte los. Das Keuchen der Kämpfer und das Klirren der Klingen wiesen mir den Weg durch die Nacht. Ich duckte mich hinter einen Stamm, als ich sie schließlich schwer atmend erreichte. Es war ein beeindruckender Anblick, der sich mir bot. Beeindruckend, weil so real. Viel überzeugender als Kämpfe in Filmen. Die Wucht, mit der die Klingen aufeinandertrafen, war regelrecht zu sehen. Die zwei Männer gingen in die Knie, die Arme zitterten und die Blicke der beiden waren absolut fokussiert auf den Gegner. Sie umkreisten sich wie Raubtiere, warteten auf das Aufblitzen einer Regung in den Augen des anderen.

Valentin wischte sich mit der einen Hand die Haare nach hinten. Sein Gegner ging unbarmherzig auf ihn los. Er hatte schulterlanges Haar und war etwa genauso groß wie Valentin. Außerdem hatte er sich ein dunkles Tuch vors Gesicht gebunden, um unerkannt zu bleiben. Von der Statur her waren sich die beiden ebenbürtig, auch wenn sich auf Valentins Oberschenkel ein Blutfleck ausbreitete. Doch das schien er nicht einmal zu bemerken. Er führte den Degen mit einer Eleganz und Sicherheit, als wäre er die Verlängerung seines Arms. Auch den Angriff parierte er geschickt und ging schnell zum Gegenangriff über. Jeder der beiden verfehlte den anderen nur knapp.

Mir wurde schlecht und ich presste mir die Hand auf den Mund, um ein Schluchzen zu unterdrücken. Ich musste mich bemerkbar machen und dem Räuber das Diadem überlassen, doch wenn ich Valentin mit einer unbedachten Bewegung ablenken würde, könnte er verletzt werden. Also verharrte ich wie erstarrt hinter dem Stamm und beobachtete tatenlos, wie der Kampf immer härter wurde. Die Kräfte der Männer schwanden und ihre Hiebe wurden erbitterter. Valentin ging mit einer Abfolge von schnellen Streichen und Stößen auf den Wegelagerer los. Er trieb ihn vor sich her und sie kamen mir so nah, dass ich den Schweiß auf Valentins Stirn glänzen sah. Ich schnappte nach Luft, als die Klinge des Gegners sein Hemd quer über die Brust aufschlitzte. Valentin riss den Arm nach oben, drehte sich aus der Reichweite des Gegners und hob den Kopf. Unsere Blicke trafen sich und er stieß einen Fluch aus. Dann ließ der den Degen sinken, duckte sich unter dem nächsten Hieb des Angreifers hindurch und rammte ihm die Faust in den Magen. Die Wucht seines Schlags beförderte den Kerl nur wenige Schritte neben meinem Versteck rückwärts zu Boden. Erschrocken ließ ich das Diadem fallen. Meine Nackenhärchen richteten sich auf.

Sein Stöhnen ließ mir das Blut in den Adern gefrieren, und als er sich zur Seite drehte, um wieder auf die Beine zu kommen, verrutschte das Tuch, das die Hälfte seines Gesichts verbarg, und der Mond beleuchtete sein Gesicht.

Elian

Auf einer Straße in Richtung Paris, 1688
– 41 Stunden verbleibend –

»Elian!?« Ich traute meinen Augen nicht und stolperte hinter dem Stamm hervor, denn Valentin kam mit dem Degen in der Hand näher und richtete die Spitze auf den am Boden Liegenden. Ich fiel Valentin in den Arm und klammerte mich an seine Schulter.

»Nicht!«, keuchte ich nach wie vor geschockt von der Ähnlichkeit des Angreifers mit meinem Bruder. Und nicht nur die Ähnlichkeit, auch der Klang seines Keuchens und die Art, wie er sich gerade die Haare aus dem Gesicht wischte … Es bestand kein Zweifel. »Das ist Elian!«

»*Das* ist dein Bruder?« Valentin kniff die Augen zu Schlitzen, als verglich er den Angreifer mit der Gestalt vom Hafen. Er blickte verächtlich auf Elian hinab. »Dein Bruder ist also unter die Wegelagerer gegangen?«

»Keine Ahnung!« Ich ließ Valentin los und warf mich meinem Bruder in die Arme. Tränen der Erleichterung rannen mir übers Gesicht und ich schniefte an Elians Halsbeuge.

»Sophie«, murmelte er und hielt mich fest. »Was zum Teufel tust du hier?«

Der Vorwurf in seiner Stimme erinnerte mich an Papa und noch mehr Tränen bahnten sich ihren Weg. »Was ich hier mache?«, stieß ich schluchzend hervor. »Was machst *du* denn hier?« Die Erleichterung, Elian tatsächlich gefunden zu haben, war so groß, dass ich zu keinem klaren Gedanken fähig war. »Warum bist du nicht nach Hause gekommen? Warum hast du die Kutsche überfallen? Warum …«

Elian küsste meine Schläfe. »Immer mit der Ruhe.« Er befreite sich aus meiner Umarmung und sah dann zwischen mir und Valentin hin und her. »Ich erklär dir alles. Aber nicht hier. Und nicht vor *einem Fremden!*«

Valentins Blick wurde eisig. Er hielt die Waffe weiterhin auf Elian gerichtet, selbst wenn er inzwischen recht lässig dastand.

»Wer ist der Kerl überhaupt?«, wollte mein Bruder wissen. Da Elian sich erhob, kam ich ebenfalls auf die Beine. Ich stand etwas verloren zwischen den beiden, die sich misstrauisch musterten.

»Ich bin derjenige, der Euch durchbohrt hätte, wenn Euch Eure Schwester nicht zu Hilfe geeilt wäre«, gab Valentin zurück und fuhr sich entspannt durchs Haar.

Ich rollte mit den Augen. »Echt jetzt?«, fuhr ich ihn an und er zuckte wenig beeindruckt mit den Schultern. Darum wandte ich mich an Elian. »Das ist Valentin. Valentin Delacroix. Er ist …« Ich schluckte meinen Verdacht hinunter, dass er der Teufel von Paris sein musste. »… mein Beschützer.«

»Und ich erfülle diese Aufgabe gut«, fügte Valentin an und reckte seinen Degen vor sich, als prüfe er, ob die Klinge gerade ist. Eine echte Angeberei, das war klar. Der Blick, den er Elian zuwarf, war drohend.

»So gut auch wieder nicht!«, fauchte ich, denn dieses Machogehabe nervte gewaltig. »Du blutest!« Ich deutete auf seinen Oberschenkel und die dünne rote Linie, die unter seinem zerschlissenen Hemd über seine Brust verlief.

Valentin verzog das Gesicht. »Das am Bein ist nicht von heute – und das hier«, er rieb achtlos über das bereits getrocknete Blut, »ist nicht mehr als ein Kratzer.«

»Wie auch immer!«, fauchte ich, stemmte die Hände in die Hüften und wischte mir die Tränenreste von der Wange. »Ihr habt mir furchtbare Angst gemacht!«

Wenigstens hatten beide den Anstand, schuldbewusst dreinzublicken.

»Warum überfällt dein Bruder unsere Kutsche?«, fragte Valentin, und auch ich sah Elian fragend an.

Der zuckte mit den Schultern und deutete zurück zur Straße. »Ich habe dich am Hafen gesehen«, erklärte er mir. »Erst hab ich gedacht, ich hätte mich geirrt, also hab ich meinen Handlanger Luc losgeschickt, das Anwesen von Onkel Albert im Auge zu behalten. Und als er gesagt hat, dass du mit Estelle nach Versailles aufgebrochen bist, da musste ich dich treffen.« Er rümpfte missbilligend die Nase. »Ich wollte Alberts Kutsche abfangen, aber du hast dich ja entschieden, statt mit Estelle, mit diesem Kerl durch die Nacht zu fahren.«

»Du klingst wie Albert«, beschwerte ich mich und rückte näher an Valentin heran. »Er hat gerade sein Leben für mich riskiert!«

»Mein Leben war nicht in Gefahr«, gab der sich selbstsicher. »Ich war dabei, den Kampf zu gewinnen.«

»Ich verteidige dich hier gerade!«, schimpfte ich und schlug nach ihm, aber Valentin grinste bloß.

»Verteidige lieber ihn. Er scheint deine Hilfe nötiger zu haben. Schließlich wurde er … entführt. Ist es nicht so?«

»Ja eben!«, fiel es mir wieder ein. »Was ist denn da eigentlich los? Ich dachte, du bist in Gefahr. Ein Toter kam mit dem Chrono…« Ich biss mir auf die Zunge. »Es gab eine Lösegeldforderung«, überspielte ich meinen Beinaheversprecher.

»Ich sagte ja, ich erkläre dir alles, wenn du mit mir mitkommst.«

»Wohin? Warum gehen wir nicht nach Hause? Also, ich meine zu Albert?«

»Ich will Albert da nicht mit reinziehen«, meinte Elian.

»In was hineinziehen?«, wollte ich wissen, aber Elian schüttelte den Kopf und schielte zu Valentin hinüber.

»Nicht jetzt«, wich er aus und griff nach meiner Hand. »Bringen wir dich lieber mal von der Straße. Die Wege um Versailles herum sind für Mädchen echt gefährlich.«

»Bis Ihr Euch eingemischt habt, war Sophie keinem Risiko ausgesetzt«, meinte Valentin und folgte dicht hinter uns.

Ich warf ihm einen Blick zu, und als er mir verschwörerisch zuzwinkerte, da schlug mein Herz schneller. Valentin irrte sich. Mit ihm allein in der Kutsche, so nah, da war vielleicht nicht mein Leben in Gefahr, aber es bestand in jedem Fall ein Risiko für mein Herz.

Zurück an der Kutsche half Elian mir beim Einsteigen. Vom Kutscher fehlte jede Spur. Vermutlich hatte er panisch die Flucht ergriffen. Valentin fluchte. Ob darüber oder über etwas, das Elian zu ihm sagte, konnte ich nicht verstehen. Klar war nur, dass es zwischen den beiden Unstimmigkeiten gab. Ihre Körpersprache war deutlich. Am Ende nahm Elians Gefährte Luc dessen Pferd am Zügel, Valentin stieg auf den Kutschbock und mein Bruder kam zu mir in die Kutsche. Dann schnalzte Valentin mit den Zügeln und unsere Fahrt über die holprige Straße ging weiter. Am Horizont dämmerte bereits der Morgen, aber ich hatte so viel Adrenalin im Blut, dass ich kaum Müdigkeit verspürte.

»Gott, Elian!«, stöhnte ich und nutzte den Moment, um ihn genau zu betrachten. Obwohl ich ihn erst wenige Tage nicht gesehen hatte, kam er mir verändert vor. Erwachsener. »Was ist denn eigentlich passiert? Warum bist du nicht nach Haus gekommen? Papa und ich sind vor Sorge fast gestorben! Jetzt ist er weg, und ich weiß nicht, wo, oder was –«

»Papa ist weg? Was meinst du damit?« Elian setzte sich neben mich und legte mir den Arm um die Schultern.

»Verschwunden eben. Da lag ein Pergament, dass ich den Auftrag zu Ende bringen soll, den du nicht erfüllt hast.« Ich schaute ihm in die Augen und schüttelte verständnislos den Kopf. »Warum hast du den Auftrag nicht erledigt, Elian?«

Mein Bruder schluckte. Dann stellte er sich meinem Blick. »Es gab ein Problem und dann, kurz vor Ablauf der Zeit, wurde mir der Chronograph gestohlen«, meinte er.

»Ich weiß. Der Dieb ist auf unserem Teppich gestorben.«

Elian biss die Zähne zusammen, bis seine Kiefermuskeln zuckten. *»Merde!«*

»Genau. Wir dachten, du hast mit ihm gekämpft und wärst verletzt oder in Gefahr.« Noch immer wühlte mich die Erinnerung an den Sterbenden auf. »Warst du denn je in Gefahr?«, fragte ich, denn ich wusste nicht mehr, was ich noch glauben sollte. »Ich meine – ich habe dich am Hafen gesehen und auch das hier gerade … wie passt das zu der Lösegeldforderung?«

Elian drückte meine Schulter. »Du würdest das jetzt auf die Schnelle nicht verstehen, Sophie. Wichtig ist bloß, dass du weißt, dass ich einen Plan habe.« Er lächelte mich aufmunternd an, aber ich wurde wütend.

Was bildete er sich denn eigentlich ein? »Vielleicht versuchst du zur Abwechslung einfach mal, es mir zu erklären!«, forderte ich spitz. »Mich regt das nämlich tierisch auf, dass mir keiner etwas sagt, geschweige denn etwas zutraut!«

Elian hob unschuldig die Hände. »Reg dich ab, Sophie«, meinte er. »Du weißt doch, wie ich das meine. Ich …«

»Komm zum Punkt, Elian! Sag mir, was hier los ist!«

Elian seufzte, als würde er sich geschlagen geben. »Ich bin hier, um uns unsere Freiheit zurückzuholen, damit wir in Zukunft ein Leben führen können, das wir selbst steuern. Ich habe genug von dieser unendlichen Blutschuld.«

»Und wie stellst du dir das vor, Elian?«, fragte ich und knüllte den Stoff meines Kleides zwischen den Fingern.

»Ich zerstöre das Pergament der Schuld. Und wenn ich dafür den Teufel von Paris töten muss.«

Ein gutes Versteck

Irgendwo nahe Paris, 1688
– 40 Stunden verbleibend –

Angespannt lenkte Valentin die Kutsche über die ausgewaschene Straße hinter Elians Helfer Luc her, der zuvor ihre Kutsche überfallen hatte. Er konnte es dem Kutscher nicht verübeln, beim ersten Pistolenknall die Flucht ergriffen zu haben, auch wenn es ihm natürlich nicht gefiel, dass Sophie nun allein mit Elian in der Kutsche reiste. Was die beiden Geschwister wohl besprachen? Es wäre wichtig für ihn gewesen, das zu wissen. Sehr wichtig sogar.

Er schnalzte mit der Zunge, um die Pferde in eine schnellere Gangart zu treiben. Der Morgen dämmerte und sie entfernten sich immer weiter von Versailles, aber auch von Paris. Die Straße, der sie folgten, verlief gen Norden, und war eine von denen, die kaum noch befahren wurden. Sie waren an mehreren verlassenen Höfen vorbeigekommen, bisher allerdings keiner Menschenseele begegnet. Nur einige Vögel kreisten kreischend über den Äckern, auf der Jagd nach Mäusen und anderer Beute, die sich unter dem wabernden Morgennebel sicher fühlte. Der weiße Dunst bedeckte die Wiesen und verschluckte immer wieder den Weg. Valentin musste sich konzentrieren, die Kutsche nicht in ein Schlagloch zu lenken und damit den Bruch eines Rades zu riskieren. Hier, so weit abseits, würde ihnen auf die Schnelle niemand zu Hilfe kommen.

Darum war er froh, als Luc vor ihm an einem an der Straße liegenden Gasthof vom Pferd stieg. Er öffnete ein windschiefes Hoftor und winkte Valentin hinein. Beim Näherkommen stellte er fest, dass das Wirtshaus ebenso verlassen war wie die Gehöfte zuvor. Die Fensterläden im Untergeschoss waren teilweise geschlossen, oben waren einzelne Scheiben zerbrochen und der Wind hatte einige Ziegel vom Dach gefegt. Das Loch darunter war provisorisch mit Latten vernagelt. Es sah nicht so aus, als hätte jemand in den letzten Jahren dieses Gebäude bewohnt.

Es war ein gutes Versteck, das musste Valentin zugeben. Er lenkte die Pferde in den Innenhof, sodass die Kutsche von der Straße aus nicht mehr zu sehen sein würde. Dann band er die Zügel fest und stieg vom Kutschbock.

Er war gespannt, was er nun über Elian Dubois erfahren würde. Mit etwas Glück war er seinem Ziel näher als gedacht.

Elian half mir aus der Kutsche und ließ seinen Blick über mein üppiges blutrotes Kleid wandern. Dann kicherte er.

»Halt den Mund!«, warnte ich ihn und ballte die Fäuste, aber er dachte nicht daran zu schweigen.

»Du siehst vollkommen lächerlich in diesem Kleid aus«, meinte er und senkte dann die Stimme. »Hatte deine Puppe nicht auch mal so ein Kleid?«

Ich rammte ihm den Ellbogen in die Seite, denn Valentin kam zu uns. Misstrauen lag in seiner Miene.

»Warum ein solch abgelegenes Versteck?«, wandte er sich an Elian, und obwohl er lässig dastand, lag seine Hand am Griff seines Degens. Er wirkte gefährlich, mit dem aufgerissenen Hemd und den Blutflecken auf der Hose, und mir wurde klar, dass er wirklich für mich gekämpft hatte. Wirklich sein Leben riskiert hatte.

»Manches kann man nicht in der Öffentlichkeit tun«, gab Elian schulterzuckend zu und trat an die Hintertür des Wirtshauses.

»Seine eigene Entführung vortäuschen, zum Beispiel?«, fragte Valentin gnadenlos und sein kalter Blick folgte meinem Bruder.

Elian zuckte erneut mit den Schultern. »Was soll ich sagen …«, meinte er reuelos, eher an mich gewandt. »Ich schätze, ich bin überführt. Viel wichtiger ist, dass *du* hier bist, obwohl du das ganz sicher nicht sein solltest«, wechselte er das Thema und verschwand im Gasthaus. »Das ist ein Riesenproblem!«

Ich war also ein Riesenproblem? Hervorragend! Das hörte ich gerne, nachdem ich mein Leben bei der Reise durch die Zeit und der Suche nach ihm in den Spelunken von Paris riskiert hatte!

Die ganze Angst und Wut der letzten Tage hatte sich aufgestaut, und nun überkam mich regelrechte Verzweiflung, weil ich das Gefühl hatte, meinen Bruder – den Menschen, dem ich von allen am meisten vertraut hatte – nicht mehr zu kennen. In dieser Straßenräuberkleidung und seinem heruntergekommenen Versteck hatte er mit meinem Bruder kein bisschen mehr gemeinsam. Ich fühlte mich nicht einmal sicher in seiner Gegenwart. Vielmehr machte mir Angst, was er in der Kutsche gesagt hatte. Er wollte den Teufel von Paris töten!

Mein Magen krampfte sich zusammen bei dem Gedanken, Valentin könnte etwas zustoßen. Wie sollte ich das zulassen? Wo er sich doch für mich gegen einen vermeintlichen Wegelagerer gestellt hatte? Selbst jetzt kam er zu mir und sah mich besorgt an.

»Geht es dir gut?« Er neigte fragend den Kopf. »Ich hatte eigentlich gedacht, du würdest dich mehr freuen, deinen verschollenen Bruder zu finden.« Er hob mein Kinn mit der Fingerspitze an und schaute mir in die Augen. »Aber du siehst nicht gerade glücklich aus, wenn ich das so sagen darf.«

Ich schnaubte. »Ist das so offensichtlich? Tja, vielleicht weil ich alles andere als glücklich bin!« Ich hasste, wie es sich anfühlte, in diesem Punkt ehrlich zu sein. »Ich hatte heute Nacht furchtbare Angst, und …« Tränen stahlen sich aus meinen Augenwinkeln und ich wischte sie wütend weg. »Elian ist nicht erfreut, mich hier zu haben«, gestand ich zerknirscht.

Valentin nickte mitfühlend. Er nahm meine Hand und führte mich zu der Kutsche, wo Luc schon angefangen hatte, die Pferde auszuspannen und zu versorgen.

»Ich übernehme das«, meinte Valentin und bedeutete Luc, uns allein zu lassen. Dann bückte er sich nach einem Büschel Stroh und fing an, die Pferde trocken zu reiben. Über den Rücken des Pferdes hinweg sah Valentin mich an. »Vielleicht ist er in Sorge um deine Sicherheit«, versuchte er mich zu beruhigen, während er mit gleichmäßigen Bewegungen das Pferd striegelte. Es tat gut, dass er so unaufgeregt war. Beinahe, als hätten ihm die letzten Stunden überhaupt nicht zugesetzt. Dabei hatte er im Kampf mit Elian den einen oder anderen Treffer einstecken müssen.

»Vielleicht«, gab ich ihm recht und trat um das Pferd herum an Valentins Seite. Er wirkte entspannt, als würde die Ruhe des Pferdes sich auf ihn übertragen. Unsere Blicke trafen sich und er lächelte. »Komm her«, meinte er, und ohne abzuwarten, ob ich dem nachkam, zog er mich zu sich heran und drückte mir das Strohbüschel in die Hand. Dann stellte er sich hinter mich und zeigte mir, mit welchen Bewegungen ich das Pferd striegeln sollte. Dabei strich sein Atem über meinen Hals.

»Immer gleichmäßig und mit Ruhe. Die Pferde haben sich

bei den Schüssen ebenfalls erschrocken.« Er legte meine flache Hand an die Brust des Pferdes, bis ich den Herzschlag des Tieres unter den Fingern spürte. »Es beruhigt sich gerade.«

Auch auf mich übertrug sich eine eigenartige Ruhe. Valentins Nähe ließ zwar mein Herz schneller schlagen, aber das Gefühl von Sicherheit, das ich die ganze Nacht vermisst hatte, kehrte zurück.

Es war unfassbar, welche Wirkung er auf mich hatte. Er ließ meine Hand los und bückte sich nach einem neuen Strohbündel.

»Valentin?« Ich griff nach seiner Hand und hielt ihn davon ab, sich wieder dem Pferd zu widmen.

»Ja?«

Mein Blick blieb an dem zerschlissenen Hemd hängen. Darunter war seine Brust zu sehen und der Kratzer, den die Klinge meines Bruders auf seiner Haut hinterlassen hatte.

Ich benetzte meine Lippen und fuhr sacht die Verletzung mit dem Finger nach. »Wenn es einen Menschen gäbe … der dir wichtig ist«, setzte ich an und studierte dabei seine Züge. »Und du wüsstest, dass dieser Person … womöglich Gefahr droht …«

Valentin kam näher. Nur ein winziges Stück, aber es war, als würde die Welt aufhören, sich um uns zu drehen.

»Dein Bruder ist ein guter Kämpfer. Wenn ihm Gefahr droht, wird er sich zu verteidigen wissen.«

»Ich rede nicht von ihm.«

Valentin runzelte die Stirn und ich nahm meinen Mut zusammen.

»Wenn ich dir eine Frage stelle, Valentin«, flüsterte ich, denn er war so nah, dass jedes laute Wort störte. »Schwörst du, mir eine ehrliche Antwort zu geben?«

Seine Lippen kräuselten sich zu einem fast unmerklichen Lächeln. »Wenn Mädchen ehrliche Antworten fordern, geht es meistens darum, wie sie aussehen«, neckte er mich und ließ seinen Blick über mein Kleid wandern. »Und nur damit du es weißt – ich teile die Meinung deines Bruders nicht.« Er zwinkerte mir zu. »Ich finde dich zauberhaft in diesem Kleid.« Er hob den Finger, als wäre ihm etwas eingefallen. »Warte –« er ließ mich stehen und ging zur Kutsche, wo er sich auf dem Kutschbock nach etwas streckte. Als er wieder zurückkam, hatte er das Diadem in der Hand. Er strich mir die Haare aus der Stirn und schmunzelte, als er einige Tannennadeln herauszupfte. Dann schaute er mir in die Augen, während er das Diadem behutsam zurück in meine Frisur steckte.

»Dein Bruder irrt sich«, wiederholte er leise und sein Finger glitt über meine Wange, ehe er die Hände sinken ließ. »Du siehst zauberhaft aus – egal, in welchem Kleid.«

»Es geht nicht um das Kleid, Valentin«, presste ich heraus, denn ich wollte nicht, dass er sich zurückzog. Das Blau seiner Augen war strahlender als der erwachende Morgenhimmel über uns. »Es geht um dich.«

»Was ist los, hm?«, fragte er sanft, wobei ich schlucken musste. Irgendwie verlor alles andere an Bedeutung, wenn ich bei ihm war.

»Ich brauche eine ehrliche Antwort«, wiederholte ich.

Valentin lächelte. »Braucht nicht jeder Ehrlichkeit?«

»Ich muss es wissen, Valentin«, nahm ich meinen Mut zusammen. »Bist du … der Teufel von Paris?«

Valentin regte sich nicht. Er hielt meinem Blick stand und ich konnte keine Regung in seinen Zügen erkennen. Es schien fast so, als hätte er mich nicht gehört. Doch er hatte mich gehört. Langsam trat er zurück. Fuhr sich durchs Haar, ohne unsere Verbindung zu lösen. »Du hältst mich für den Teufel von Paris?«, vergewisserte er sich und ich kam mir dumm vor.

»Wenn du es bist, Valentin, dann bist du in Gefahr!«, versuchte ich eindringlich, ihn zu warnen, aber er schüttelte lediglich den Kopf, als wollte er überhaupt nichts hören.

»Warum glaubst du das, Sophie? Was habe ich getan, das dich glauben lässt, ich wäre der Teufel?« Er sah verletzt aus, und ich wusste überhaupt nichts mehr.

»Nichts. Ich meine …«, stammelte ich und fasste nach seinem Arm, denn er wandte sich ab. »Valentin!«, flehte ich und redete schnell weiter. »Ich weiß nichts über dich! Du gibst mir keine Antworten, du bist mir ein Rätsel. Was soll ich denn da denken? Du wohnst ganz allein in diesem Stadthaus mit einem Hund! Auch der Teufel von Paris hat einen Hund«, versuchte ich ihm meine Überlegungen zu erklären.

Valentin hob die Augenbrauen. »*Viele Menschen* haben einen Hund.« Er kniff die Lippen zusammen, als wollte er nicht mehr sagen. »Manche Menschen haben nichts *außer* einem Hund.«

Ein drückendes Schweigen baute sich zwischen uns auf und seine Worte kamen mir vor, als hätte er mich damit geschlagen. Wir standen uns gegenüber und jede Nähe, die zuvor da gewesen war, war fort.

»Valentin, ich …«

»Was ist mit euch?«, kam der Ruf meines Bruders aus dem Gasthof. »Kommt rein. Wir müssen etwas besprechen!«

Valentin sah mich noch einen Moment an. Dann drehte er sich um und verschwand im Gastraum. Und ich stand da und war nicht schlauer als zuvor.

Verstand Valentin nicht, dass ich ihn nur schützen wollte? Dass ich wissen musste, wer er war, um zu ergründen, was dies mit meinen Gefühlen machen würde? Ich mochte ihn.

Sehr. Diese Spannung zwischen uns bildete ich mir nicht bloß ein. Doch konnte ich diese Gefühle zulassen, falls er wirklich der Teufel von Paris wäre? Der Mann, der uns durch diese Blutschuld seit Jahrhunderten an sich band und uns für seine Zwecke missbrauchte? Wie sollte ich ihm das vergeben? Und was noch wichtiger war, woher nahm er seine Macht, das zu tun?

Wer war der Teufel von Paris? War es Valentin Delacroix?

Als ich das Gasthaus betrat, hatte Elian einen Humpen Bier vor sich auf dem Tresen stehen. Valentin saß mit ausgestreckten Beinen auf einer der Bänke und dieser Luc, der nach wie vor das Halstuch wie ein Bandit unterm Kinn hängen hatte, riss einen Laib Brot in Stücke. Er reichte den schlichten Holzteller herum und jeder griff zu. Auch ich nahm mir ein Stück Brot, wenn auch nur, um meine zitternden Hände zu beschäftigen.

»Also, was ist hier los?«, fragte Valentin und musterte meinen Bruder neugierig.

»Ich habe, wie ihr ja nun schon wisst, meine Entführung vorgetäuscht«, gab er zu und sah mich dabei schuldbewusst an. »Es tut mir leid, Sophie. Ich wollte dir damit keine Angst machen. Ich hatte keine Ahnung, dass du das überhaupt mitkriegst.«

»Warum?« Valentin schien nicht mehr in der Stimmung für lange Erklärungen zu sein.

Elian fasste sein halblanges Haar im Nacken mit einem Seidenband zusammen. »Es gibt da jemanden, der meiner Familie schadet. Um unbemerkt an diesen Mann heranzukommen, war es nötig, von der Bildfläche zu verschwinden. Und um unseren Onkel Albert und dessen Familie glaubhaft aus der Sache herauszuhalten, habe ich ein Lösegeld gefordert.

Außerdem brauche ich tatsächlich Geld, um jemanden für seine Hilfe zu bezahlen.«

»Thibault?«

Elian nickte. »Er kontrolliert den Hafen. Was immer nach Paris hereingeschafft wird – es geht durch seine Hände. Ich habe herausgefunden, dass der Mann, der uns schadet, eine Schiffsladung erwartet. Darum habe ich mich mit Thibault zusammengetan, um zu erfahren, wann diese spezielle Lieferung eintrifft, damit ich so eventuell auf seine Fährte gelange. Doch Thibaults Dienste sind nicht billig. Darum musst du mir das Lösegeld beschaffen, Sophie.«

Unruhig sah ich zwischen Elian und Valentin hin und her. *Der Mann, der unserer Familie schaden wollte* – Elian sprach eindeutig vom Teufel von Paris. War das Valentin klar? Ich legte das Brotstück auf den Tresen zurück, ohne auch nur einen Bissen genommen zu haben.

»Dummerweise ist nun Sophie hier aufgetaucht und stört meine Pläne.«

»Also erstens wusste ich nichts von deiner Absicht, und zweitens bin ich hier, weil du ohne mich nicht nach Hause kannst!«, wehrte ich mich. »Dir fehlt ein … *Transportmittel!*«, erinnerte ich ihn unauffällig an den Verlust seines Chronographen.

Valentin folgte unserem Gespräch aufmerksam, auch wenn er sich in Schweigen hüllte und stattdessen das Brot aß.

»Du willst mich nach Hause holen?« Elian sah mich überrascht an. »Wie?« Er schüttelte den Kopf. »Unser … *Transportmittel* ist ungeeignet, mehr als einen Mann zurück nach Hause zu bringen. Wusstest du das nicht?«

»Das ist Unsinn! Du und Papa, ihr irrt euch, wenn ihr denkt, dass das nur Männer können. Immerhin bin ich hier, oder nicht?«

Elian schüttelte den Kopf. »Du verstehst mich falsch, Sophie. Ich spreche nicht von *Mann* oder *Frau* – sondern von der Anzahl. Nur *ein Mann* – oder besser gesagt *eine Person* kann auf diesem Weg reisen.«

»Was?«, platzte es aus mir heraus. Das war doch unmöglich! Nur eine Person? Mir wurde schwindelig und ich musste mich setzen. Das Bild meines Vaters erschien vor meinem geistigen Auge. Ich sah ihn gegen die Wirkung der Schlaftabletten ankämpfen, die ich ihm gegeben hatte. Ich sah, wie er nach Luft schnappte. Er wollte etwas sagen, doch das Medikament tat seine Wirkung. *Nicht … zurück!,* hatte er herausgepresst. *Chronograph kann … nur … ein Mann …*

Ich schauderte und presste mir die Hand auf den Mund. Ich glaubte, mich übergeben zu müssen. Wenn der Chronograph nur einen durch die Zeit befördern konnte, wie sollte Elian dann je zurückkehren? Oder, wenn er ginge … musste ich dann bleiben? Und stimmte das überhaupt? Zählte der Tote nicht, den ich mit hierhergebracht hatte? Zählte er nicht, weil er … tot gewesen war?

»Benötigt Ihr ein Pferd, Monsieur?«, bot Valentin an und riss mich damit aus meinen Überlegungen. Beinahe hätte ich gelacht. Ein Pferd würde keines unserer Probleme lösen.

»Non, merci.« Elian verneigte sich leicht vor Valentin. »Ich habe ohnehin nicht vor abzureisen, ehe ich mein Ziel erreicht habe.« Er schaute wieder mich an. »Aber du solltest nach Hause gehen, Sophie. Das hier ist nicht der richtige Ort für ein Mädchen.«

Ich schnaubte. »Tja, nun«, gab ich spitz zurück, »nach Hause kann ich nicht! Wie ich dir schon in der Kutsche berichtet habe, gibt es da das Problem mit Papa!« Ich wurde mit jedem Wort lauter. »Du siehst, auch ich habe hier noch etwas zu erledigen, bevor ich an meine Heimreise denke!« Ich starrte Elian zornig an und mir war klar, dass ich echt sauer auf ihn war, weil er die Libelle nicht gefunden, den Auftrag des Teufels nicht erfüllt und damit den ganzen Ärger erst verursacht hatte. »Und ich sollte am besten nicht noch mehr Zeit vertun, indem ich mir hier von dir sagen lasse, dass ich nur störe oder Probleme mache!« Ich sprang auf und sah Valentin an. »Nimmst du mich mit zurück in die Stadt?«

Valentins Antwort kam verzögert, was mir zeigte, dass er ebenfalls verärgert war. »*Oui,* natürlich. Schließlich bin ich hier, um Euch zu beschützen. Es wäre wohl … die Tat eines *Teufels*, würde ich Euch hier zurücklassen.«

Er stand auf und verneigte sich vor meinem Bruder. »Monsieur Dubois, es war mir eine Ehre, wenn auch kein reines Vergnügen, Euch kennenzulernen.« Valentin musterte meinen Bruder skeptisch. »Und verzeiht, wenn ich mich einmische, aber was immer Ihr vorhabt – passt besser auf, dass Euch und Eurer Familie dadurch kein Schaden entsteht. Ich halte es für riskant, das eigene Verschwinden oder Ableben vorzutäuschen.« Er strich sich über den blauen Stoff seines Mantels und richtete den Degen an seinem Gürtel wie beiläufig. »Ihr wisst doch, wie die Leute sind. Sie glauben nur, was sie sehen – um Eure Geschichte zu glauben … müssten sie wohl Eure Leiche finden.«

Ich schnappte nach Luft. Drohte Valentin meinem Bruder? Weil er nun wusste, dass Elian gegen den Teufel von Paris vorging? Dass er demnach gegen *ihn* vorging, falls Valentin der Teufel war? Ich rieb mir die Schläfen, denn mein Kopf platzte beinahe unter all diesen Vermutungen.

»Eure Sorge ist unbegründet, Monsieur Delacroix«, gab Elian zurück und kam an meine Seite. »Mir passiert schon nichts. Und auch wenn ich nicht ganz verstehe, wie es dazu kommt, fühle ich mich wohler, wenn ich weiß, dass Ihr in meiner Abwesenheit ein Auge auf Sophie habt.« Er scheuchte seinen Helfer nach draußen, die Pferde wieder vor die Kutsche zu spannen. Dann hakte er sich bei mir ein und führte mich aus dem Wirtshaus. Dabei neigte er sich zu mir und flüsterte: »Hast du den Chronographen bei dir?«

Ich nickte. »Ich habe ihn an meinem Strumpfband befestigt.«

»Wie viel Zeit haben wir noch?«

»Morgen Abend um zehn läuft die Zeit ab. Bis dahin muss ich die Goldene Libelle von Lyon gefunden haben.«

Elian winkte ab. »Vergiss die Libelle. Wir brauchen sie nicht. Nicht wenn mein Plan aufgeht und ich den Teufel von Paris finde. Bleib du einfach bei Albert und bring mich nicht noch weiter in Schwierigkeiten.«

»Ich bringe dich nicht in Schwierigkeiten!«, ärgerte ich mich über ihn. »Wahrscheinlich bin ich dem Teufel sogar dichter auf der Spur als du!«, platzte es wütend aus mir heraus und sofort bereute ich meine Worte. Eine Gänsehaut überzog meinen Körper, und wie von selbst wanderte mein Blick zu Valentin, der den Sitz der Tresse bei den Pferden prüfte. Beruhigend hatte er die Hand auf die Blesse eines der Tiere gelegt, während er die Zügel kontrollierte.

»Wie meinst du das?«, hakte Elian nach und packte mich am Oberarm. Sein Griff war fest und ich schüttelte ihn ab.

»Vergiss es!«, versuchte ich das Gesagte zurückzunehmen, aber Elian blieb hartnäckig.

»Sag, was du damit meinst!«, forderte er.

Ich senkte den Kopf und fühlte mich furchtbar. »Vielleicht musst du ihn nicht länger suchen«, murmelte ich kaum hörbar und sah auf meinen rissigen Rocksaum. »Es könnte sein, dass ich ihn schon gefunden habe.«

»Du?« Elian zog die Augenbrauen fragend zusammen. »Du glaubst, *du* hast den Teufel von Paris gefunden? Wie das?«

Sein Unglaube ärgerte mich, während ich mir zugleich wie eine Verräterin vorkam. »Es ist nur eine Vermutung. Ich bin mir nicht sicher, aber es könnte sein, dass … dass Valentin der Teufel von Paris ist«, gab ich zu.

»Valentin?« Elian wirkte verwirrt. »Dieser Valentin?« Er deutete zur Kutsche und ich schlug schnell seine Hand weg.

»Nicht!«, warnte ich ihn, zu deutlich zu werden.

»Wie kommst du denn darauf?«, wollte er wissen und starrte zu Valentin hinüber.

»Na ja, Albert meinte, der Teufel hat dunkles Haar. Und einen Hund – genau wie Valentin.«

Elian nickte skeptisch. »Ja, genau wie hundert andere Franzosen, oder nicht?« Elians Zweifel beruhigten mich und mein verräterisches Herz. Vermutlich hatte er recht. Vermutlich irrte ich mich. Dann wiederum war es auch nicht schlimm, ihm von meinen Gedanken berichtet zu haben. Dann würde er Valentin auch nichts anhaben.

»Du hast recht«, antwortete ich irgendwie erleichtert. »Ich bin bloß darauf gekommen, weil Valentin mir immer ausgewichen ist, wenn ich ihn auf den Teufel angesprochen habe – und das obwohl angeblich genau der ihn dazu aufgefordert hat, mir zur Seite zu stehen. Er *kennt* ihn also. Und er war bei Arnault im Arbeitszimmer, als der festgestellt hat, dass die Libelle eine Fälschung ist. Er hat mich dort gesehen, zuerst jedoch behauptet, er wäre den Abend über bei Mademoiselle Flamant gewesen«, konnte ich meinen Redefluss plötzlich nicht mehr stoppen. Als ich all diese Dinge am Stück aufzählte, war ich froh, meine Gedanken endlich mit jemandem teilen zu können. »Und stell dir vor, er wohnt ganz allein in diesem Stadthaus in der *Rue de la Finesse*, ohne Personal. Und laut Estelles Freundin, Vivienne de la Roche, weiß niemand etwas über seine Abstammung. Das alles kam mir doch etwas merkwürdig vor.«

Anstatt Skepsis trat nun allerdings Misstrauen in Elians Blick, während er Valentin musterte. Das löste auch in mir eine unvermeidbare Beunruhigung aus. Es war nicht direkt so, als bereute ich, Elian in meinen Verdacht eingeweiht zu haben, doch immer, wenn ich Valentin nahe gewesen war, konnte ich mir selbst nicht vorstellen, dass dieser sich bewahrheiten könnte.

»Der Teufel hat ihn dir zur Seite gestellt?«, hakte Elian nach und ich sah richtig, wie es in seinem Kopf arbeitete.

»Ja«, meinte ich zögerlich. »Albert hat ihn um Aufschub und Hilfe gebeten, als du den Auftrag nicht erfüllt hast.«

Elian kniff die Augen zusammen. »Warum hat der Teufel das getan? Er hat noch nie etwas Uneigennütziges gemacht.« Er tippte sich ans Kinn und beäugte mich fragend. »Denkst du, er weiß, dass ich gegen ihn arbeite?«

Ich schnaubte. »Na, wenn Valentin der Teufel ist, dann hast du ihm heute genug Infos geliefert, dass er von selbst daraufkommt.«

Elian nickte ernst. »Wir brauchen Gewissheit«, meinte er und fasste mich an der Schulter. »Ich benötige etwas Zeit, um mir Zutritt zu diesem Stadthaus zu verschaffen, von dem du gesprochen hast. Bitte Valentin, dir bei der Übergabe des Lösegeldes beizustehen, während ich Beweise für deinen Verdacht suche.« *Beweise für meinen Verdacht …* Na toll, nun steckte ich doch wieder in der Rolle der Verräterin, was meinem Magen einen dumpfen Schlag verpasste.

Elian schob mich in Richtung Kutsche, denn inzwischen waren die Pferde angespannt und Valentin saß wartend auf dem Kutschbock.

»Halt«, bat ich Elian und stemmte die Füße in den Boden. »Sag mir, was du machen wirst, falls …«

»Dann werde ich tun, was nötig ist, um unsere Familie zu befreien.«

»Du wirst ihn doch nicht verletzen?« Ich musterte ihn genau und das leichte Zucken an seinem Augenwinkel gefiel mir nicht. Sein Schweigen ebenso wenig. »Bitte, Elian! Du musst mir versprechen, ihm nichts zu tun.«

Er löste meine Hand von seinem Arm und schob mich weiter. »Ich werde dich nicht anlügen, Sophie«, raunte er und öffnete mir die Kutschentür. »Also frag nicht mehr, wenn du die Antwort nicht hören willst!«

Ein Kratzer und eine Erkenntnis

Rue de la Finesse, 1688

Valentin kraulte Bruno den Kopf und sein leerer Blick ging ins Kaminfeuer. Wasser perlte noch aus seinem feuchten Haar und er trug nur ein Handtuch um die Hüften. Nach dem Bad ließ er sich die Haut von der Wärme des Feuers trocknen, aber das Prasseln der Flammen nahm er kaum wahr. Die rote Glut erinnerte ihn an die Farbe von Sophies Kleid. Seit er sie gegen Mittag an der *Maison de Dubois* abgesetzt hatte, verging keine Minute, in der sie nicht seine Gedanken beherrschte. Dabei konnte er die einzelnen Gedanken noch nicht einmal richtig fassen. Es war ein Herumwirbeln einzelner Fetzen aus Gefühlen, Worten und Bildern, die ihn umtrieben. Wieder und wieder durchlebte er den Kuss, aber auch den Überfall und die damit verbundene Angst um ihre Sicherheit. Er sah sie vor sich, in diesem roten Kleid, spürte noch ihren Körper an seinem, wie beim Tanz der Volta. Doch all das geriet in den Hintergrund, wenn er an den ernsten Ausdruck in ihren Augen dachte, als sie ihn gefragt hatte, wer er war.

Valentin stieß einen Fluch aus und der Hund hob irritiert den Kopf. »Sie will wissen, wer *ich* bin!«, teilte er dem Hund mit und schüttelte den Kopf. »Gerade *sie* fragt mich das«, ärgerte er sich weiter. Ob sie ihrem Bruder von ihrem Verdacht berichtet hatte? Vermutlich. Auch wenn sie beim Aussteigen aus der Kutsche keinerlei Schuldbewusstsein hatte erkennen lassen. Es war beinahe unmöglich, zu sagen, was sie dachte.

Sie wäre eine gute Kartenspielerin. Oder eine gute Lügnerin … Wie alle Mitglieder der Familie Dubois. Abgesehen vielleicht vom Comte. Der war offenbar in Elians Plan nicht eingeweiht. Im Gegenteil. Er sollte ein Lösegeld begleichen, um die Geschichte glaubhafter zu machen.

Valentin schüttelte den Kopf. Glaubte Elian wirklich, der Teufel von Paris wäre so leicht zu täuschen? Und Sophie? Ihr Verdacht brachte ihn in eine schwierige Lage. Er konnte nicht agieren, wie er wollte, sonst würde er scheitern. Dabei verstand er endlich alle Zusammenhänge. Der Überfall hatte ihm einen Kratzer eingebracht. Er sah auf die rötliche Linie auf seiner Brust hinab. Einen Kratzer, aber auch eine Erkenntnis. Er breitete seine Hände flach vor sich aus und betrachtete die roten Male in seinen Handflächen. Die Dornen der Brombeerranken hatten sich tief in sein Fleisch gebohrt, doch im Moment des Überfalls hatte er das kaum gespürt. Er hatte bloß den seidigen Stoff von Sophies Strümpfen gespürt. Den sinnlichen Übergang von Strumpf zu Bein – und das glänzende Kupfer an ihrem Strumpfband.

Von plötzlicher Unruhe ergriffen stand Valentin auf und ging vor dem Feuer auf und ab. Die Sache wurde immer komplizierter und er wusste nicht, was er tun sollte. Zum ersten Mal überhaupt wusste er nicht weiter.

Er fuhr sich durchs Haar und seufzte. »Ich hätte sie nicht küssen sollen!«, stöhnte er und versuchte, das Gefühl zu verdrängen, das seitdem in ihm brannte. Sehnsucht – das konnte er sich nicht leisten. Nicht mit ihr. Nicht in seiner Situation! Und doch war das Sehnen nach mehr als diesem Kuss und diesem einen Tanz so stark, dass er hier stand und darüber nachdachte, all seine Ziele einfach aufzugeben. Er würde scheitern. Nach all der Zeit würde er alles verlieren, wenn er diesem Sehnen nachgeben würde. Diesem Wunsch nach einem Kuss, der nie *mehr* sein konnte. Das war ihm heute klar geworden, als er einen kurzen Blick auf das Geheimnis erhascht hatte, das Sophie Dubois unter ihrem Rock trug.

Gewissheit

Rue de la Finesse, 1688
– 12 Stunden verbleibend –

Rémi hatte die Kutsche schon vor einer ganzen Weile in der *Rue de la Finesse* unter den Bäumen angehalten. Seitdem starrte ich auf die weiß gestrichene Haustür mit dem goldenen Türklopfer. Ich sollte aussteigen und hinübergehen, doch ich brachte es nicht über mich. Ich wollte nicht wieder diese Enttäuschung in Valentins Blick sehen, die sich dort regelrecht eingenistet hatte, nachdem ich ihn bezichtigt hatte, der Teufel von Paris zu sein.

Wie konnte ihn das verletzen, wenn er es doch war? Er hatte es ja nicht einmal geleugnet! Ansonsten hätte er das schließlich getan, oder nicht?

Ich seufzte. Es half alles nichts. Ich wollte die Wahrheit. Und um die zu bekommen, musste ich jetzt aus der Kutsche steigen, an die Tür dort klopfen und Valentin aus dem Haus locken.

Nach einem weiteren Seufzen raffte ich den sonnengelben Satin des im Vergleich zu den Abendkleidern sehr schlicht gehaltenen Tageskleides und vergewisserte mich, dass sich der goldgelbe Beutel mit dem Lösegeld auch wirklich an meinem Handgelenk befand. Rémi, der offenbar merkte, dass ich mich in Bewegung setzte, öffnete sogleich den Kutschenverschlag und reichte mir die Hand. Dennoch entging mir nicht, dass er geradezu empört darüber war, dass ich ohne Anstandsdame einfach bei einem Herrn an die Tür klopfen wollte.

»Mademoiselle«, verneigte er sich und nahm Haltung an. »Ich könnte Euch begleiten, falls …«

»Danke, Rémi. Das ist nicht nötig. Ich bleibe nicht lange.« Das war keine Lüge. Ich hatte nicht vor, mich lange bei Valentin im Haus aufzuhalten. Vermutlich stand mein Bruder bereits in irgendeiner Gasse bereit, um in das Haus einzubrechen, sobald keiner mehr darin wäre.

»Fleur!« Er horchte, doch es waren keine Schritte zu vernehmen, die seinem Ruf folgen würden. »Fleur!«

Er steckte die Feder ins Tintenfass und blickte zur angelehnten Tür. Er hörte etwas. Dann schwang die Tür auf, aber anstatt des Mädchens trottete der Hund gemächlich herein. Er widmete ihm ein halbherziges Bellen, ehe er es sich auf dem Kissen nahe der Feuerstelle gemütlich machte.

»Weißt du, wo unsere Fleur wieder steckt?«, fragte er den Hund, ohne sich dabei komisch vorzukommen. »Sie ist vor Stunden aus dem Haus gegangen.«

Der Hund zuckte lediglich mit den Ohren, hatte dabei die Schnauze bereits auf seine Pfoten gebettet und die Augen geschlossen. Von ihm war keine Antwort zu erwarten.

Der Teufel von Paris atmete tief ein. Geduld war nie seine Stärke gewesen. Er hasste es, auf etwas warten zu müssen. Sein Blick glitt durch die Tür in seine Werkstatt hinüber. Der Sand rieselte stetig durch die Uhren. Es war ein ewiges Warten auf Ergebnisse.

Er schob seinen Stuhl zurück und umrundete seinen Schreibtisch. Dann marschierte er in seine Werkstatt. *Warten auf Ergebnisse. Warten auf Erfolg.* Er trat an den Tisch mit den Pergamentbögen, die allesamt so aussahen, als wären sie unbeschrieben. Er legte seine Finger auf die Zeilen, auf denen zugleich die zuvor unsichtbaren Worte hervortraten. Die zittrige Unterschrift von Sophie Dubois zierte das Pergament der Schuld und er betrachtete die fehlenden Feinheiten ihrer Federführung. Sie hatte um Aufschub gebeten. Ließ ihn also noch länger warten. Es war gut, dass er nicht nur sie mit diesem wichtigen Auftrag betraut hatte. Die Dubois waren unzuverlässig – zumindest in letzter Zeit.

Ein knackendes Geräusch riss ihn aus seiner Betrachtung. Er zog die Finger zurück und die Signatur verblasste.

Horchend kehrte er in sein Arbeitszimmer zurück. Was war das für ein Geräusch gewesen? Selbst der Hund hatte den Kopf gehoben und die Ohren gespitzt.

Elian schob das Brecheisen unter den Fensterrahmen. Er hielt den Atem an und schaute sich ein letztes Mal nach allen Seiten um. Die Gasse hinter der vornehmen Häuserfront war schmal und schattig und mit Unrat überflutet. Es roch weit weniger gut, als es einen die erlesene Gegend glauben machte. Aber da sich niemand sehr gerne in so einer übel riechenden Gasse aufhielt, war auch niemand zu sehen.

Mit einem kräftigen Ruck gegen das Stemmeisen brach die Verriegelung aus dem Rahmen. Elian nahm das Eisen beiseite und schob möglichst leise die Scheibe nach oben. Dann zählte er bis zehn. Hatte ihn jemand gehört? War überhaupt jemand da, der ihn hätte bemerken können? Wenn es stimmte, was Sophie sagte, dann lebte Valentin Delacroix allein und ohne Dienerschaft in diesem Haus. Das war mehr als nur ungewöhnlich.

Da sein Tun offensichtlich unbemerkt geblieben war, schob

Elian ein Bein durch die Öffnung. Erneut vergewisserte er sich, dass er ungesehen blieb, bevor er sich kurzerhand unter der Scheibe hindurchduckte und im Haus verschwand. Bei jedem anderen hätte wohl das Herz schneller geklopft, oder die Hände gezittert. Aber Elian Dubois hatte schon etliche Dinge getan, die gefährlicher waren als ein schlichter Einbruch. Nicht weil er es gewollt hätte, sondern weil er und seine Familie in der Schuld eines Mannes standen, der weit schlimmere Dinge forderte und gefordert hatte. Von daher verlieh es ihm sogar innere Ruhe, nun hier zu sein, um ebendiesen Mann zu Fall zu bringen.

Wie von selbst glitt Elians Hand an den kurzen Dolch, der in seinem Gürtel steckte. Er verspürte keine Angst, denn selbst wenn er seit dem Kampf mit Valentin wusste, dass der ein geschickter Kämpfer war, so würde er das Überraschungsmoment auf seiner Seite haben, sollte er ihm wider Erwarten hier über den Weg laufen.

Elian drückte sein Ohr an die Tür des Raumes, in den er eingestiegen war. Er lauschte auf Stimmen oder Geräusche irgendwo im Haus.

Wenn bisher alles nach Plan gelaufen war, dann durfte niemand hier sein. Er hoffte bloß, Sophie würde ihren Teil der Abmachung erfüllt haben. Sonst …

Er drehte den Türknauf und spähte in den Flur.

Valentin trat ans Fenster und blickte auf die Straße hinunter. »Hast du das auch gehört?«, fragte er, woraufhin Bruno an seine Seite kam. Er rammte Valentin den Schädel in die Handfläche, um sich zwischen den Ohren kraulen zu lassen. Eine Kutsche auf der anderen Straßenseite zog seinen Blick auf sich und er runzelte die Stirn. Es war die Kutsche der Dubois, wie er unschwer an den markanten goldenen Zierleisten erkennen konnte. Valentin wandte sich vom Fenster ab und der Hund tappte neugierig durch die angelehnte Tür aus dem Arbeitszimmer. Nach einer Sekunde des Zögerns kehrte Valentin an seinen Schreibtisch zurück und griff nach dem Pergament, das ihn den ganzen Tag schon beschäftigte. Er rollte es ein und ließ es in der Schublade verschwinden. Dann richtete er die gerüschten Ärmel seines Hemds, in dem Moment, als der goldene Klopfer an der Haustür gegen das Holz gehämmert wurde.

Elian erstarrte in der Bewegung. Ein klopfendes Geräusch durchschnitt die Stille. Dann vernahm er Schritte.

Er verkniff sich den Fluch, der ihm auf der Zunge lag, und hielt stattdessen die Luft an. Warum war das Haus nicht verlassen? Gehörten die Schritte zu Delacroix? Und wenn ja, wo zum Teufel steckte Sophie? Leise zog er den Dolch aus der Scheide, bereit anzugreifen.

Er sperrte die Tür zum Arbeitszimmer hinter sich ab und ließ den Schlüssel in der Innentasche seiner Weste verschwinden. Dann durchquerte er die Halle, um die Tür zu öffnen. Er hatte nicht mit Besuch gerechnet. Er straffte die Schultern und sah sich nach seinem Hund um, doch der war in den Flur Richtung Küche abgebogen, als fände er Besucher nicht sonderlich spannend. Dabei kam es nur sehr selten vor, dass jemand an diese Tür klopfte. Der Teufel von Paris fuhr sich mit der Hand durchs dunkle Haar und räusperte sich. Dann griff er nach der Klinke.

»Hi«, presste ich verlegen heraus, als die Tür aufschwang und ich wie erwartet keinem Bediensteten, sondern Valentin persönlich gegenüberstand.

Er beugte sich leicht nach vorne und spähte die Straße hinauf und dann in die andere Richtung hinab. Daraufhin sah er mich fragend an. »Was führt dich her? Waren wir verabredet?« Er trat zurück, um mich hereinzulassen. »Bist du allein hier?«

»Ich wollte dir eine Nachricht schicken, aber nachdem wir gestern irgendwie unglücklich auseinandergegangen sind, hatte ich Angst, du würdest mir nicht helfen, wenn ich nicht …«

»Wenn du den Tratsch um unser Techtelmechtel nicht noch durch einen vollkommen unangemessenen Besuch hier verstärken würdest?« Seine Worte klangen ironisch, aber in seiner Stimme schwang ein Lachen mit.

»Das wollte ich nicht sagen«, verbesserte ich ihn, musste allerdings ebenfalls schmunzeln. »Ich dachte nur, du kannst schlecht Nein sagen, wenn ich erst vor dir stehe.«

Er hob gespielt überrascht die Augenbrauen und sein Grinsen wurde breiter. »Ich dachte, du hältst mich für den Teufel von Paris – und trotzdem versuchst du mich zu erpressen?«

Es lag mir auf der Zunge, mich bei ihm für meinen Verdacht zu entschuldigen, aber das brachte ich nicht über mich, denn selbst jetzt hatte ich das Gefühl, als würde Valentin etwas verbergen. Ich brauchte keine Schuldgefühle zu haben, erinnerte ich mich selbst. Es war richtig, Gewissheit erlangen zu wollen, immerhin war er mir eine Antwort schuldig geblieben. Das redete ich mir zumindest ein.

Ich sah mich unauffällig um, alle Türen zu den angrenzenden Räumen waren geschlossen. An den Wänden hingen keine Ahnenporträts und auch sonst deutete nichts auf Valentins Herkunft hin. Das schlechte Gewissen, das ich schon den ganzen Tag verspürte, wenn ich daran dachte, dass Elian hier eindringen und alles durchsuchen würde, schwand. Es war wichtig, endlich zu erfahren, wer mir gegenüberstand.

Doch bereits im nächsten Moment wurde meine Selbstsicherheit über den Haufen geworfen, als ich Valentin in die Augen blickte. Mein Puls beschleunigte sich schlagartig. Und zwar nicht aus Angst, er könnte der Teufel von Paris sein. Sondern aus Vorfreude, weil ich gleich Zeit mit ihm verbringen würde. Egal, wer er war.

»Meine Nerven sind gestern einfach etwas mit mir durchgegangen«, brachte ich mit belegter Stimme hervor und strich mir das Kleid glatt. »Der Überfall der Kutsche, die unerwartete Begegnung mit Elian. Alles etwas viel auf einmal. Außerdem ist Erpressen das falsche Wort«, korrigierte ich ihn und räusperte mich. »Ich wollte dir bloß keine Wahl lassen.« Ich hob den Arm und wackelte mit dem Beutel an meinem Handgelenk. »Ich bringe das Lösegeld in den *Parc de Boulogne* und könnte einen Begleiter gebrauchen. Vielleicht sogar einen Beschützer.«

»Warum sollte der Teufel von Paris dich beschützen?« Valentin schien es mir nicht so einfach machen zu wollen. »Was hat er davon?«

Sein Blick war so eindringlich, dass ich kaum Luft bekam. »Vielleicht …« Ich schluckte, denn meine Kehle war mit einem Mal wie ausgetrocknet. »Vielleicht ist er nicht so … so …«

»So böse, wie sein Name ihn scheinen lässt?« Valentins Lächeln gefror. »Ich kann dir garantieren, Sophie, dass er sich seinen Ruf zu Recht verdient hat.« Dann veränderte sich der Ausdruck in seinem Gesicht und er lächelte wieder. »Aber lassen wir das. Gehen wir das Lösegeld begleichen, ehe die Leute es ungehörig finden, dass deine Kutsche so lange vor meinem Haus steht.«

Elian zuckte zusammen, als die feuchte Schnauze eines Hundes sich durch den Türspalt der Tür schob, hinter der er sich versteckt hielt. Der Hund neigte neugierig den Kopf und kam schnuppernd näher.

»Schhht«, beschwor Elian das Tier und wich dabei ein Stück zurück. Das hatte er sich anders vorgestellt.

Außerdem drangen nun zu allem Übel auch noch Stimmen an sein Ohr. Er tätschelte dem Hund den Kopf, in dem Versuch, das Tier davon abzuhalten, ihn zu verraten. »Schhht, mein Großer«, redete er leise auf ihn ein. Dabei versuchte er zu verstehen, was sich im Haus abspielte. Er lauschte und erkannte die Stimme seiner Schwester. Dic andere Stimme gehörte demnach Valentin Delacroix. Er hoffte nur, Sophie würde es schaffen, den Hausherrn möglichst schnell fortzulocken, denn er wusste nicht, wie lange er den Hund noch würde davon abhalten können, ihn zu verraten.

Er hörte die Tür ins Schloss fallen. Dann nichts mehr. Der Hund jaulte und trottete wieder hinaus in den Flur. Elian folgte ihm schleichend. Zwei Mal bellte der Hund lautstark, als protestierte er, allein gelassen zu werden. Er starrte auf die Eingangstür und setzte sich dann abwartend davor.

Zeit, abzuwarten, hatte Elian nicht. Er eilte los und öffnete der Reihe nach jede Tür. Ein kleiner Salon, ein Speisezimmer – nichts, das er nicht erwartet hatte. Leider auch nichts, das sein Interesse weckte. Nicht, bis er die Tür erreichte, die abgeschlossen war.

Elian jubilierte innerlich. Aus welchem Grund schloss man ab, wenn man allein lebte? Weil man etwas zu verbergen hatte!

Er zückte das Dietrich-Set, das stets mit ihm durch die Zeit reiste, und machte sich sogleich daran, das Schloss zu knacken. Es dauerte keine Minute, da sprang die Tür auf. Noch einmal lauschte er auf Geräusche, doch abgesehen vom leisen Hecheln des Hundes war alles ruhig. Also betrat er das Zimmer, das sich als Arbeitszimmer herausstellte. Ein Schreibtisch vor dem Kamin, mehrere Sitzgelegenheiten und dunkelblaue Vorhänge an den Fenstern. Eine Standuhr neben dem Bücherregal. Auf den ersten Blick nichts Ungewöhnliches.

Elian trat in die Mitte des Zimmers und schloss die Augen. Er ließ den Raum auf sich wirken, in der Hoffnung, zu spüren, ob es da etwas gab, das ihm weiterhelfen würde.

»Wäre ich der Teufel von Paris«, murmelte er und breitete die Arme aus. »Wo würde ich meine Geheimnisse aufbewahren?« Er hob die Lider und drehte sich einmal um sich selbst. Seine Aufmerksamkeit richtete sich auf den Schreibtisch. Eine Lampe, ein Tintenfass, ein Fässchen mit Löschsand, Siegelwachs, ein glänzender Brieföffner. Nichts Besonderes, dennoch zog es ihn automatisch dorthin.

Sein Atem kam ruhig und gleichmäßig, und als er die neben dem Tintenfass liegende Schreibfeder berührte, überkam ihn eine Gänsehaut. Er zog die Finger zurück und öffnete die Schreibtischschublade.

»Merde!«, flüsterte er. Entgegen allen Erwartungen beschleunigte sich nun doch sein Puls. Mit spitzen Fingern nahm er das zusammengerollte Pergament heraus. Und sobald er es ausgerollt hatte, wurden überall dort, wo er es berührte, schwarze Wortfragmente sichtbar.

Atemlos starrte Elian Dubois auf seinen Fund.

Es war ein sonniger Tag und die Kutschfenster waren weit geöffnet, als wir in Richtung des *Parc de Boulogne* fuhren. Trotz des nur leichten Tageskleides war mir warm und ich beugte mich sanft nach vorne in den Luftzug, der durch die Fenster ins Innere strömte. Das Täschchen von meinem Handgelenk ruhte in meinem Schoß und ich hatte schützend eine Hand darauf gebettet. Es enthielt ein wahres Vermögen. Ich fragte mich, ob dieser Thibault seinen Preis wirklich wert war. Konnte er Elian tatsächlich Informationen liefern, die ihn zum Teufel führten? Am liebsten hätte ich mit Valentin darüber gesprochen, aber der wich, seit wir aufgebrochen waren, meinem Blick aus.

Ich betrachtete sein markantes Profil und seine dichten Wimpern, die wie Fächer verhinderten, dass seine Augen zu viel von seinen Gedanken oder Gefühlen preisgaben. Die kleine Narbe an seiner Augenbraue fesselte meine Aufmerksamkeit, und ich fand, sie machte ihn noch attraktiver. Aber sein Kiefer zuckte angespannt und seine Lippen waren stumm zusammengekniffen. Er war nach wie vor gekränkt – das war klar.

»Das mit gestern tut mir leid«, versuchte ich die unangenehme Stimmung zwischen uns durch ein Gespräch zu verbessern. »Dass Elian wie ein Dieb die Kutsche anhält, hätte ich nie erwartet.«

Valentin blickte unbeirrt weiter aus dem Fenster. »Er ist nicht das einzige Mitglied deiner Familie, das Dinge tut, die unerwartet sind.«

»Was meinst du?«

Nun drehte er sich doch in meine Richtung und sah mich

an. »Es kam unerwartet für mich, dass du glaubst, ich wäre der Teufel von Paris.«

»Dann bist du es nicht?« Ich zitterte in Erwartung seiner Antwort. Dass er so weit von mir entfernt saß, machte es mir schwer zu erkennen, ob er ehrlich war. Im Grunde hätte mir egal sein können, was er mir sagte, denn Elian würde die Wahrheit herausfinden. Aber es war mir nicht egal. Ich wollte es von ihm hören. Es war wichtig, es von ihm zu hören. Also rückte ich auf meiner Bank nach rechts, bis ich ihm gegenübersaß. Ich musterte ihn genau, seine Miene allerdings blieb verschlossen.

»Was würde ich auf diese Frage antworten, wenn ich der Teufel wäre?«, stellte er die Gegenfrage. »Denkst du, ich würde meine Identität, die ich vor aller Welt geheim halte, einfach so preisgeben? Warum sollte ich das tun, Sophie?« Er lächelte. »Etwa, weil du immer so ehrlich zu mir bist?«

»Ist es denn nicht egal, was ich dir antworte?«, rief ich verzweifelt. »Wenn du der Teufel bist, dann weißt du doch alles über mich. Dann kennst du meine Geheimnisse! Du weißt, wo ich herkomme und warum ich hier bin, ist es nicht so?«

Valentin nickte und kam näher. »So muss es sein! Woher sollte ich sonst von dem Chronographen wissen, den du unter deinen Röcken versteckst? Warum sonst könnte ich über dein ungewöhnliches Verhalten hinwegsehen, wenn nicht, weil ich ganz genau weiß, woher es rührt?« Er kniff die Augen zusammen und musterte mich wütend. »Und nicht zu vergessen, dass ich einen *Hund* habe!«

Seine Wut kam so überraschend, dass ich im ersten Moment kaum verstand, was er über den Chronographen sagte. Doch als die Sekunden verstrichen, dämmerte mir die Bedeutung seiner Worte, die mich nach Luft schnappen ließ.

»Aber überleg mal eines, Sophie«, raunte Valentin leise, als wäre die Wut wie weggespült. Er kam auf meine Bank, schob seine Hand in meinen Nacken und zwang mich, ihm direkt in die Augen zu sehen. »Würde ich dich wohl begleiten, wenn ich der Teufel wäre? Wenn ich wüsste, dass dein Bruder mich finden und hintergehen will?« Sein Atem strich heiß wie ein Peitschenhieb über meine Lippen. »Würde ich dich dann küssen wollen?«, wisperte er verheißungsvoll. Seine Worte ließen mich zittern und ich rückte wie von selbst näher an ihn heran. Jeder Millimeter Distanz war mir mit einem Mal zu viel, denn ich wollte ihn ebenfalls küssen.

»Ich bin nicht der, für den du mich hältst, Sophie«, flüsterte er und sein Blick traf mich mitten ins Herz. »Ich bin dir ähnlicher, als du denkst.« Seine Lippen berührten bei jedem Wort leicht die meinen, und ich sehnte mich nach mehr, doch er hielt sich zurück. »Wenn du doch nur ein Mal ehrlich zu mir wärst, Sophie, dann würde ich mich dir vollkommen offenbaren. Dann würdest du wissen, wer ich bin, und dass das hier keine gute Idee ist.« Seine Zunge glitt über meine Unterlippe. Dann eroberte er meinen Mund.

Elian ließ seine Fingerspitzen über die scheinbar unbeschriebene Seite gleiten. Er erkannte die elegante Schrift sofort und die Worte, die er las, ließen ihm das Blut in den Adern gefrieren. Geschockt ließ er die Hand mit dem Pergament sinken und starrte ins Leere. Er hatte sich geirrt. Sophie hatte sich geirrt. Valentin Delacroix war nicht nur ihr Begleiter. Nicht nur ihr Beschützer. Ganz im Gegenteil. Valentin arbeitete gegen sie.

Noch einmal fuhr Elian mit dem Finger über die Seite, denn was dort stand, veränderte alles.

Valentin spionierte ihm nach. Valentin misstraute ihm. Und Valentin wollte wissen, was er vorhatte. Aber nicht, weil er der Teufel war.

Elian schluckte und der Briefbogen in seiner Hand wog schwer. »Er erfüllt eine Blutschuld – für den Teufel von Paris!«

»Wartet, Herr!« Fleur hastete den Flur entlang und schob dabei den Hund vor sich aus dem Weg. »Ich werde öffnen.«

Der Teufel von Paris nahm die Hand von der Klinke und nickte. Das war ihm allemal lieber.

»Wo warst du denn?«, fragte er, denn Fleur machte einen gehetzten Eindruck. Einige Strähnen hatten sich aus ihrem Zopf gelöst.

»Am Hafen. Das Schiff mit Eurer Ware kommt bald an«, erklärte sie und straffte die Schultern, während sie sich bereit machte, die Tür zu öffnen. »Ich habe veranlasst, dass alles auf sicherem Weg geliefert wird.«

»Du bist wie immer ein Schatz«, lobte er das Mädchen und schenkte ihm ein ehrliches Lächeln. »Und nun lass uns sehen, wer etwas von uns möchte.« Er nickte zur Tür, woraufhin Fleur gehorsam knickste.

Sie öffnete und er erhaschte einen Blick auf einen Mann in königlicher Livree.

»*Bonjour* Mademoiselle«, grüßte der Page und verneigte sich höflich vor Fleur. Dann präsentierte er ein kleines Paket. »Mit besten Grüßen aus dem Palast«, erklärte er und verneigte sich erneut. Er übergab das Päckchen an Fleur und nach einer letzten angedeuteten Verbeugung stieg er rückwärts die Stufen wieder hinab und ging.

Fleur schloss die Tür und wandte sich breit grinsend zu ihm um.

»Herr!«, rief sie und wog das Paket abschätzend in den Händen. »Post aus dem Palast!« Sie kam an seine Seite und wollte es ihm reichen, doch er schüttelte den Kopf.

»Ich sehe doch, wie neugierig du bist. Was hältst du davon, wenn du es öffnest?«

»Wirklich?«

Er nickte und zog bereits den Schlüssel zum Arbeitszimmer wieder aus seiner Tasche. Der Hund trottete an seine Seite und schob sich noch vor ihnen in den Raum.

»Lass uns sehen, ob uns die Goldene Libelle von Lyon Flügel verleiht«, antwortete er und zog Fleur spielerisch an ihrem Zopf. »Worauf wartest du? Hol den Brieföffner und lass uns das Paket öffnen.«

Keine Lügen mehr

Parc de Boulogne, 1688
– 10 Stunden verbleibend –

Es war keine gute Idee, sich zu Sophie Dubois hingezogen zu fühlen. Es war keine gute Idee, sie zu küssen. Und doch konnte er nicht anders. Als er ihre Lippen mit seiner Zunge teilte und seinen Kuss vertiefte, da wurde ihm klar, dass jeder Widerstand zwecklos war. Er hatte so lange keinen Menschen an sich herangelassen, dass er überhaupt nicht mehr wusste, wie das ging. Das einzige Gefühl, das ihn in den letzten Jahren begleitet hatte, war Verzweiflung gewesen. Und nun war er ebenfalls verzweifelt. Er wollte verzweifelt den Moment festhalten, in dem es keine Fragen und Antworten, keine Wahrheit und Lügen gab, sondern nur diesen Kuss. Dabei war dieser Moment so flüchtig wie sein restliches Leben. Er würde ihn nicht festhalten können. Würde sich irgendwann nur noch schwach daran erinnern können, denn loszulassen war nicht bloß sein Schicksal, wie er nun verstand, sondern auch Sophies. Was immer es war, das sie beide in diesem Kuss vereinte – es würde und konnte keinen Bestand haben. Mit jeder Sekunde, die verging, rann ihm das, was er so verzweifelt gesucht und endlich gefunden hatte, durch die Finger.

Valentin grub seine Hände in mein Haar und zog mich an sich. Unsere Lippen passten perfekt aufeinander und ich neigte den Kopf, um ihn zurückzuküssen. Mein eigenes Seufzen klang mir heiser im Ohr und ich legte meine Arme um Valentins Hals. Es war verrückt, ihn zu küssen. Ich kannte ihn kaum, doch mein Körper reagierte auf ihn, als würde ich ihn bereits ewig kennen. Ich zitterte, als er seine Finger über meinen Nacken streichen ließ. Als er über mein Schlüsselbein nach unten streichelte und schließlich meine Taille umfasste. Er presste mich an sich und ich sank gegen seine starke Brust. Sein Herz schlug so nah an meinem und ich spürte, dass nicht nur mein Puls viel zu schnell schlug. Dieser Kuss war keine Lüge. Dieser Kuss hatte Bedeutung.

Valentin legte seine Stirn gegen meine. Er unterbrach unseren Kuss, obwohl er seine Lippen kaum von meinen nahm. Sein Blick ging direkt in meine Augen. »Ich bin nicht der Teufel von Paris, Sophie«, murmelte er und küsste mich wieder. »Aber ich kenne ihn.« Er legte seine Hände an mein Gesicht, als fürchtete er, ich würde vor ihm zurückweichen. »Er kennt mich. Und ich stehe in seiner Schuld. Genau wie dein Bruder.« Valentin seufzte. »Und wenn du ehrlich zu mir gewesen wärst, dann hätte sich dein Bruder den Einbruch in mein Haus ersparen können.«

Ich stutzte und wollte zurückweichen, aber Valentin hielt mich fest. Er küsste mich noch einmal und lachte leise. »Denkst du, ich hätte das nicht bemerkt?«, fragte er, allerdings nicht wütend.

Ich runzelte die Stirn und legte ihm die Hände an die Brust. »Du wusstest das die ganze Zeit?«, fragte ich und rückte nun doch etwas von ihm ab, dabei hätte ich ihn am liebsten sofort noch einmal geküsst.

»Ich hätte hier keine vier Jahre überlebt, wenn mir etwas so Offensichtliches entgehen würde.« Er zwinkerte. »Dein Bruder hätte warten sollen, bis ich das Haus verlasse.«

Das Blut stieg mir in die Wangen und ich senkte den Kopf. »Es tut mir leid, ich … ich brauchte Gewissheit. Und du hast keine meiner Fragen beantwortet«, verteidigte ich mich. »Du hättest gar nicht merken sollen, dass Elian bei dir einbricht.«

Sein tiefes Lachen ließ meine Haut prickeln. »Tut mir leid, dass ich eure Pläne durchkreuzt habe«, meinte er schmunzelnd.

»Warum hast du nicht gleich etwas gesagt?«, fragte ich und suchte erneut seinen Blick. »Warum hast du mich dann hierher begleitet?« Die Kutsche hatte den *Parc de Boulogne* erreicht und fuhr langsamer.

Valentin lächelte nach wie vor, doch der Ausdruck in seinen Augen veränderte sich. Er wurde intensiver. »Vielleicht wollte ich meine Wahrheit nicht mit dir vor deinem Bruder teilen«, flüsterte er und nahm meine Hand. Er küsste meine Handfläche, ehe er mich wieder ansah. »Sondern nur mit dir. Vielleicht wollte ich einfach mit dir allein sein, weil es seit Langem das erste Mal ist, dass ich mich in der Nähe eines Menschen nicht einsam fühle.« Er schloss die Lider und schüttelte den Kopf über seine eigenen Worte. »Ich weiß nicht, was du mit mir machst, Sophie, aber es gefährdet meine Zukunft. Und ich weiß nicht einmal, ob mich das noch kümmert.«

Die Kutsche hielt an und Valentin ließ mich los. Er rückte von mir ab, als das Wackeln des Gefährts zeigte, dass Rémi vom Kutschbock kletterte. Ich hatte noch tausend Fragen, wollte noch tausend Küsse, und es war echt übles Timing, dass die Fahrt gerade jetzt endete. Doch das tat sie. Rémi öffnete die Tür und die Sonnenstrahlen, die durch das Blätterdach der Bäume im Park fielen, blendeten mich. »*Parc de Boulogne,* Mademoiselle«, erklärte er und klappte die Trittstufen aus.

»Danke, Rémi«, sagte ich und folgte Valentin aus der Kutsche. Er half mir beim Aussteigen, und als wir uns einige

Schritte von der Kutsche entfernt hatten, legte er seine Hand auf meine. Der Weg war gewunden und von blühenden Rabatten gesäumt. Ein Springbrunnen funkelte vor uns im Sonnenlicht und das leise Plätschern hatte etwas Fröhliches an sich. Das passte überhaupt nicht zu dem Orkan an Gefühlen, der in meinem Innersten tobte.

»Du stehst also wirklich in der Schuld des Teufels von Paris?«, fragte ich, als wir außer Hörweite waren. Der Beutel mit Gold an meinem Handgelenk kam mir beinahe unbedeutend vor, im Vergleich zu dem, was Valentin mir anvertraut hatte, und über all meinen Gedanken dazu schwang das Echo unseres Kusses. Mein Herz schlug jetzt noch schneller und ich wollte und konnte nicht aufhören, daran zu denken. Dazu wirbelten zeitgleich tausend andere Fragen in meinem Kopf herum. Welche Schuld verband ihn mit dem Teufel? Konnte er ebenfalls durch die Zeit reisen? Hatte er doch eine Familie?

»Das tue ich. Und es bringt mich in eine Zwickmühle, Sophie«, gestand Valentin und unterbrach mein Gedankenkarussell.

Wir erreichten den Ort unter den Linden, an dem das Geld übergeben werden sollte, doch abgesehen von uns war niemand hier. Valentin sah sich argwöhnisch um. »Wir sind zu früh«, schätzte er und wir traten in den Schatten unter dem größten Baum. Ich lehnte mich gegen den Stamm und versuchte mein wild hämmerndes Herz mit gleichmäßigen Atemzügen zu beruhigen, doch Valentins sinnlicher Blick machte das unmöglich.

»Ich habe dir meine Wahrheit gesagt«, raunte er und kam näher. »Jetzt will ich deine Wahrheit hören.« Er nahm die Strähne in die Hand, die mir seitlich der Stirn ins Gesicht fiel und wickelte sie sich spielerisch um den Finger. »Ich finde, das schuldest du mir.«

Ich wollte ihm alles sagen. Ihm jede Lüge erklären, aber noch viel mehr wollte ich, dass er näher kam. Dass er seine Arme um mich legte und mich vergessen ließ, dass ich in wenigen Stunden aus dieser Zeit gerissen werden würde. Ohne Elian. Und ohne ihn. Unsicher griff ich nach seiner Hand und zog ihn dichter an mich heran.

»Du hast recht. Ich … war nicht ehrlich zu dir. Ich bin eine Lügnerin. Schon immer«, gestand ich und biss mir auf die Unterlippe. »Aber du musst mir glauben, dass es mir nie leichtgefallen ist, dich anzulügen.«

»Warum sollte ich einer Lügnerin glauben?« Seine Stimme war samtweich und er beugte sich über mich, sodass ich den Kopf an den Stamm lehnen musste, um ihm in die Augen sehen zu können.

»Weil …« Ich drängte die Tränen zurück, die mir hinter den Lidern brannten. Warum machte er es mir so schwer? »… Gott, Valentin!«, stieß ich hervor. »Spürst du denn nicht, dass ich dich mag? Dass ich …« Ich konnte nicht aussprechen, dass ich in ihn verknallt war. Dass ich ihn toll und superheiß fand. Wie sollte ich das denn sagen? »Vergiss es einfach«, gab ich auf und senkte den Kopf. »Wenn du es nicht merkst, dann …«

Er hob mein Kinn an und betrachtete mich unter seinen dichten Wimpern heraus. »Dann?«

»Dann weiß ich auch nicht, wie ich es dir mit Worten klarmachen soll!«

Valentin lachte und das Beben seiner Brust vibrierte in meinen Fingerspitzen wider. »Worte können täuschen, Sophie«, wisperte er und umfasste mein Gesicht.

»Aber Küsse nicht«, entgegnete ich und drängte mich an ihn. Ich hob mich auf Zehenspitzen und schlang ihm die Arme um den Hals. Ich wollte, dass er verstand, was ich nicht aussprechen konnte. Ich wollte, dass er begriff, wie leid es mir tat, dass ich nicht aufrichtig zu ihm gewesen war und ihn verdächtigt hatte. Ich kreuzte meine Hände in seinem Nacken, zog ihn näher und küsste ihn. Als unsere Zungen sich trafen, sank ich seufzend gegen ihn. Es war unwichtig, wo wir waren oder ob uns jemand sehen würde. Dieser Kuss war die Wahrheit. Und die wollte ich nicht länger verbergen. Ich krallte mich in Valentins Schultern und genoss seine Muskeln unter meinen Fingern, während er behutsam seine Arme um mich schloss. Er trat zwischen meine Beine, fühlte seine Oberschenkel an meinen.

Die Zärtlichkeit, mit der er mich berührte, mit der er mich küsste und hielt, war das Beste, das mir je passiert war, und ich dankte im Geiste dem Teufel von Paris – wer immer er auch sein mochte – mir Valentin zur Seite gestellt zu haben.

»Ich mag dich wirklich«, murmelte ich zwischen zwei Küssen, und zur Antwort drückte Valentin mich noch fester an sich. Schließlich löste er seine Lippen von meinen und streichelte meine Wange mit einem bedauernden Lächeln.

»Ich wünschte, das würde eine Rolle spielen«, meinte er mit sich verdunkelnder Miene. »Was wir fühlen, ist nebensächlich, oder? Uns läuft die Zeit davon. *Dir* – läuft die Zeit davon, richtig?« Er strich über mein Mieder, hinab zu meiner Taille und über meine Hüften auf meinen Rock. Dann ertastete er den Chronographen. »Wie viel Zeit hast du noch, Sophie?« Er sah traurig aus. »Und wohin bringt dich der Chronograph, wenn er dich hier wegholt?«

»Dass wir uns mögen, spielt für dich also keine Rolle?«,

fragte ich ungläubig, denn ich verstand nicht, wie er nach diesem Kuss einfach seine Gefühle abstellen konnte, wo doch mein Innerstes mit aller Kraft nach mehr schrie. »Der Chronograph ist doch nicht wichtig! Ich kann zurückkommen. Der Teufel gewährt mir bestimmt erneut Aufschub, immerhin habe ich seinen Auftrag noch nicht erfüllt!«

»Was ist dein Auftrag?«

»Ich muss bloß die Goldene Libelle von Lyon für ihn finden. Elian hätte das erledigen sollen, doch dann …«

Valentin kniff die Lippen zusammen. »Das dachte ich mir.«

»Und dein Auftrag lautet also, mich zu begleiten oder zu beschützen, damit der Teufel seine Libelle schneller bekommt, oder wie?«, überlegte ich laut.

»Das ist nicht mein Auftrag«, meinte Valentin und trat ein Stück zurück. Zwei Reiter in dunklen Umhängen mit tiefhängenden Kapuzen näherten sich uns. Valentin bedeutete mir mit einer Handbewegung, ihm den Beutel mit den Münzen zu reichen. Er sah mich an und sein Blick war nüchtern und besorgt. »Mein Auftrag ist es, den Verdacht des Teufels von Paris zu bestätigen, dass dein Bruder etwas gegen ihn im Schilde führt.« Er zuckte leicht mit den Schultern. »Und herauszufinden, wer alles mit Elian unter eine Decke steckt.«

Im Galopp kamen die Reiter näher. Valentin trat aus dem Schatten hervor und stellte sich mittig auf den Weg. Das Donnern der Hufe schien ihm keine Angst zu machen und er wirkte kein bisschen nervös, obwohl die Reiter ihre Pferde bis direkt neben ihn preschen ließen.

»Habt Ihr das Lösegeld, Monsieur?«, fragte einer der Reiter und griff direkt nach dem sonnengelb bestickten Beutel. »Dann her damit!«

Widerstandslos übergab Valentin das Gold, und die Kerle verschwanden so schnell, wie sie gekommen waren.

»Das war Thibault«, stellte er fest, als er zu mir zurückkam. Er klopfte sich den Staub, den die Pferde aufgewirbelt hatten, vom Umhang. »Dein Bruder paktiert also wirklich mit diesem Ganoven vom Hafen«, stellte er fest und rieb sich den Nacken, während mir eine Gänsehaut über den Rücken lief.

»Du hast gesagt, dein Auftrag ist es, Elian zu verraten, ist das richtig?« Ich rieb mir die Arme gegen die plötzliche Kälte, die in mir hochkroch. »Aber das wirst du nicht wirklich machen, oder?« Ich ging langsam auf ihn zu. »Du musst doch verstehen, warum er das tut, wenn du selbst in der Schuld des Teufels stehst.«

Valentin wich meinem Blick aus und schritt den Weg zurück, den wir gekommen waren. »Natürlich verstehe ich, warum er das tut.«

Ich raffte meinen Rock und rannte ihm nach. »Warte mal!«, forderte ich und holte ihn ein. »Und was wirst du jetzt machen?«

»Das ist es, was ich vorhin meinte, Sophie. Ich stecke in einer Zwickmühle.« Er blieb stehen und fuhr sich durchs Haar. »Ich muss diesen Auftrag erfolgreich abschließen. Unbedingt! Ich habe keine Wahl.«

»Man hat immer eine Wahl!«

Valentin lachte. »Das habe ich vor vier Jahren auch gedacht. Ich erhielt einen Auftrag, der gegen meine Überzeugungen war. Ich weigerte mich.« Sein Lächeln war bitter. »Ich glaubte, ich würde die richtige Wahl treffen, den Auftrag zu verweigern. Und es hat mich mein Leben gekostet. Meine Zukunft. Mein Zuhause.«

»Wie meinst du das?« Ich suchte in seinen Augen nach einer Antwort, dunkle Schatten lagen über seinen Zügen.

»Ich kann nicht zurück nach Hause, weil der Teufel von Paris im Besitz meines Chronographen ist. Er sagt, er könne mir nicht mehr vertrauen, also würde er mich nicht wieder in meine Zeit zurückkehren lassen.«

Ich rieb mir die Stirn, tat mich allerdings schwer, seinen Worten zu folgen. »Dann … steckst du hier fest? Seit Jahren?«

Valentin nickte. »Ich muss ihm nun beweisen, dass ich vertrauenswürdig bin. Sonst kann ich nie wieder nach Hause.«

»Dann willst du wirklich Elians Pläne verraten?«

Er sah mich mitfühlend an. »Ich will nach Hause, Sophie. Weg aus Versailles, weg von all den Lügen hier. Verstehst du das nicht?«

»Schon. Aber … aber vielleicht … gibt es einen anderen Weg«, überlegte ich, auch wenn mir absolut keiner einfallen wollte. Valentin schwieg. Vermutlich, weil auch er keine Möglichkeit sah. Doch es musste einen anderen Weg geben, als Elian zu verraten.

»Aus welcher Zeit kommst du?«, fragte ich, um die Stille zu durchbrechen. Denn inzwischen war auch in meinem Gehirn angekommen, dass er ebenso ein Zeitreisender war wie ich, wenn er einst im Besitz eines Chronographen gewesen war. Dabei schlang ich die Arme um meinen Körper, in der Hoffnung, mein Zittern zu verbergen.

Weil er nicht antwortete, ergriff ich die Initiative. »Ich komme aus dem einundzwanzigsten Jahrhundert«, gab ich zu und hielt den Atem an. Es war verrückt, das auszusprechen. Verrückt, dass irgendjemand glaubte, dass ich durch die Zeit gehen konnte. Und noch verrückter war, dass ich damit nicht allein war.

Valentin schmunzelte. »Ich wusste gleich, dass mit dir etwas nicht stimmt.«

»Hey!«, lachte ich und folgte ihm, als er sich in Bewegung setzte, ohne mir mehr zu verraten. Es schien fast, als wollte er vor etwas davonlaufen. Doch anstatt zur Kutsche abzubiegen, ging er in Richtung des Sees, der das Herz des Parks bildete. Die Nachmittagssonne schien warm auf uns herab und am Ufer lagen Enten im Schatten violett blühender Schwertlilien. Als ich ihn eingeholt hatte, bot er mir wie ein Gentleman dieser Zeit seinen Arm an und ich legte meine Hand darauf. Wer uns begegnete, würde nichts Ungewöhnliches an uns finden, abgesehen vom Fehlen jeglicher Anstandsdamen. »Mit mir stimmt alles«, widersprach ich. »Wenn schon, dann stimmt mit dieser Zeit hier so einiges nicht.«

Valentin nickte. »Wem sagst du das.« Sein Blick schweifte in die Ferne ans andere Ufer. »Aber ich bin schon so lange hier, dass es langsam zur Normalität wird.«

Ich spürte, dass er litt. Und dass er nicht darüber sprechen wollte. »Darf ich fragen, welchen Gefallen dir der Teufel getan hat, dass du in seiner Schuld stehst?« Mein Herz blutete, als ich Valentin so sah. Er war vollkommen verändert. Das schelmische Schmunzeln verschwunden, der neckende Glanz seiner Augen verblasst und die mutige Entschlossenheit, die ich von ihm kannte, wie weggepustet. Ich wollte ihn trösten, ihn in den Arm nehmen, doch es war, als hätte er einen Schutzwall um sich errichtet. Mit trauriger Miene betrachtete er mich.

»Nicht ich habe den Vertrag mit dem Teufel unterzeichnet. Es ist eine alte Schuld, die mein Vorfahr auf sich geladen hat«, setzte er an und seine Miene verfinsterte sich. «Und trotzdem ist es nun an mir, diese zu begleichen.«

»So ist es bei uns auch«, sagte ich, in der Hoffnung, ihn mit meinen folgenden Worten aus der Reserve zu locken. »Mein Onkel Albert – der ja nicht wirklich mein Onkel ist – hat den Teufel um einen Gefallen gebeten. Und seitdem steht unsere Familie in seiner Schuld. Etliche Generationen, bis hin zu Elian!«

Valentin nickte. »Wir werden nie wieder frei sein«, war alles, was er darauf antwortete. Seine Niedergeschlagenheit passte nicht zu dem schönen Wetter und der herrlichen Umgebung. Ich wollte ihn schütteln, damit er diese Schwermut ablegte und wieder lächelte, und beschloss, ihn fürs Erste nicht weiter mit meinen neugierigen Fragen zu bombardieren. Die Erinnerungen an sein früheres Leben schienen sehr schmerzhaft für ihn zu sein, sodass ich es ihm vorerst durchgehen lassen würde, dass er wie so oft nur ausweichend antwortete. Vielleicht war ihm das während seiner Zeit hier schon zur Gewohnheit geworden, sich niemandem anzuvertrauen. Nichts zu sagen, war offenbar seine Art zu lügen.

»Es muss einen Weg geben! Vielleicht hat ihn nur noch nie jemand gesucht? Vielleicht hat Elian recht mit seiner Rebellion gegen den Teufel!«

Valentin drehte sich zu mir und fasste mich an den Schultern. Sein Blick war eindringlich. »Du kennst ihn nicht, Sophie! Der Teufel von Paris hat diesen Namen nicht zufällig! Er *ist* ein Teufel! Wir bedeuten ihm nichts, das kannst du mir glauben!« Er holte Luft. »Was dein Bruder vorhat, wird scheitern! Es wird ihn das Leben kosten – und solltest du Pech haben, dann auch den Rest deiner Familie. Dein Bruder ist ein Dummkopf, wenn er glaubt, er könnte es mit dem Teufel von Paris aufnehmen!«

»Woher willst du das alles wissen?«

»Gott, Sophie!« Er trat zurück und raufte sich frustriert die Haare. »Meinst du, ich habe in den letzten Jahren nichts anderes getan, als mich auf Bällen herumzutreiben? Ich habe natürlich versucht, den Teufel zu finden. Herauszukriegen, wer er wirklich ist und woher seine Macht kommt!« Ein Schatten legte sich über seine Züge und sein Kiefer zuckte vor Anspannung. Er senkte die Stimme und ein eisiger Schauer rann mir den Rücken hinab. »Der Auftrag, den ich abgelehnt habe, bestand darin, Madame de Montespan, die Mätresse des Königs, zu überführen, den König und ihre Widersacher am Hof zu vergiften. Ich sollte falsche Beweise streuen, die ihre Schuld beweisen würden.«

»Was?!« Mir wurde schlecht. Ich hatte in der Schule von der Giftaffäre gehört. Aber wie hatte ich Hunderte Jahre später davon hören können, wenn Valentin sich geweigert hatte?

»Ich habe mich geweigert – aber kurz darauf wurde mir klar, dass ich offensichtlich nicht der Einzige bin, der in der Schuld des Teufels steht. Denn ein paar Tage später wurde nicht nur der Verdacht laut, Madame de Montespan wäre an den Giftanschlägen im königlichen Umfeld beteiligt, sie hat auch wirklich die Zuneigung und das Vertrauen des Königs verloren«, fuhr Valentin nachdenklich fort.

»Warum sollte der Teufel von Paris das wollen? Was hat er denn davon?«

»Das weiß ich auch nicht«, gestand Valentin frustriert und schüttelte den Kopf. »Fakt ist allerdings, dass jemand anderes diesen heiklen Auftrag für ihn erledigt hat.« Er sah mich bedeutungsvoll an. »Wenn es nicht dein Bruder war, der diesen Auftrag erfüllt hat, dann gibt es noch mehr von uns!«

So weit hatte ich bisher gar nicht gedacht. Und daran, dass womöglich mein Bruder oder mein Vater an der Giftaffäre beteiligt sein konnten, *wollte* ich lieber gar nicht denken.

»Wir müssen mit Elian reden!«, stieß ich hervor und packte Valentins Hand. »Ich kann nicht glauben, dass jemand aus meiner Familie darin verwickelt sein soll, aber wir müssen das herausfinden!« Ich sah ihn an, während mich neue Energie durchströmte. »Das ist doch verrückt! Absolut verrückt! Die Giftaffäre ist geschichtlich belegt. Sie steht in Schulbüchern! Wie kann das alles gelogen oder erfunden sein? Wie ...?«

Valentin lachte und zumindest ein wenig von dem ursprünglichen Glanz kehrte in seine Augen zurück. »Ich habe dir ja gesagt, dass in Versailles jeder lügt.«

Eine Pfanne voll Eier

Rue de la Finesse, 1688
– 6 Stunden verbleibend –

Das Ticken der Standuhr in dem kleinen Salon in Valentins Haus machte mich trotz des weich gepolsterten Sessels, in dem ich saß, nervös. Ich hatte das Gefühl, als würde der Haufen an Problemen, die wir hatten, mit jeder Stunde größer. Nicht nur, dass mir die Zeit davonlief und sich herausgestellt hatte, dass ich, selbst jetzt, wo ich Elian gefunden hatte, nicht einfach mit ihm zusammen nach Hause zurückkehren konnte. Sondern ich hatte auch noch immer nicht die Libelle von Lyon gefunden. Und obwohl Valentin mich geküsst hatte – und ich glaubte, dass er mich mochte –, hatte er kaum eine andere Wahl, als Elians Pläne dem Teufel von Paris zu offenbaren. Wer war ich, von ihm zu verlangen, sein eigenes Leben für das von Elian zu opfern? Ich verstand, dass er heimkehren wollte. Das wollte ich auch. Oder etwa nicht?

Ich blickte Valentin unauffällig von der Seite an, der vor dem Kamin kniete, um das Feuer zu entfachen. Er hatte einen Boten mit einer Nachricht zu dem verlassenen Gasthof geschickt und Elian gebeten herzukommen. *Diesmal gerne durch die Tür,* hatte er ironisch hinzugefügt. Es tat gut, dass Valentin trotz der ausweglosen Situation seinen Humor behielt. Überhaupt blieb er ziemlich cool, wenn man bedachte, was er alles durchgemacht hatte. Ich wollte mir nicht ausmalen, wie ich mich fühlen würde, wenn man mich in einer falschen Zeit gefangen halten würde.

Mit einem Schürhaken stocherte Valentin in den Holzscheiten herum, bis die Flammen loderten. Dann legte er den Haken beiseite, kraulte Bruno, der neben dem Kamin döste, den Kopf und stand auf. Er knöpfte sein *Justaucorps* auf und schlüpfte aus der Weste.

»Hast du Hunger?«, fragte er. »Wie du weißt, habe ich kein Personal, aber wir könnten in die Küche gehen und …«

»Gute Idee.« Ich sprang auf und schenkte ihm ein Lächeln. »Und wenn ich ehrlich bin, bin ich froh, dass du keine Dienerschaft hier hast«, gab ich zu. »Ich mag es nicht, ständig beobachtet zu werden.«

»Ich auch nicht.« Valentin deutete auf die Tür und ließ mir den Vortritt. »Die Küche ist links«, wies er mir den Weg und kam neben mich. »Der Nachteil ist, dass man seine Eier selbst braten muss«, scherzte er.

»Empfängst du nie Gäste? Hat sich denn noch nie jemand darüber gewundert, dass du keine Bediensteten hast?«

Valentin schüttelte den Kopf. »Hast du nicht den Tratsch über mich gehört?«, fragte er mit einem amüsierten Ton in seiner Stimme. »Ich bin ein Mysterium, was mich wohl noch reizvoller macht.« Er hob vielsagend die Augenbrauen und ich musste lachen.

Tatsächlich hatte ich das Flüstern gehört, das hinter den aufgeklappten Fächern der Damen seine Runde machte. Woher er kam, wusste niemand, und wenn ich nun so darüber nachdachte, würde es wohl auch niemand glauben.

»Noch reizvoller? Noch reizvoller als was?«

Valentin lachte, während sich ein verführerischer Zug auf seine Lippen stahl. »Na, als mein gutes Aussehen natürlich. Und meine hervorragenden Manieren. Und mein Geschick beim Tanz.« Er grinste breit und zwinkerte mir zu. »Ich könnte noch etliche weitere Vorzüge aufzählen. Allerdings hatte ich gehofft, du … würdest auf einige davon vielleicht selbst kommen.« Der Blick, mit dem er mich bedachte, ließ mein Herz schneller schlagen.

»Ich sehe schon«, presste ich verlegen heraus und war froh, dass wir die Küche erreichten. »Du bist eine ziemlich gute Partie.«

Valentins Lachen wurde durch die gewölbte Decke der Küche verstärkt. In der Mitte befand sich eine große Arbeitsfläche mit Töpfen und Bratpfannen, die von der Decke hingen. Er nahm eine der gusseisernen Pfannen herunter und schwang sie wie einen Tennisschläger in der Hand. Er warf ein Holzscheit in die immerwährend glimmende Glut des Herdes, stellte die Pfanne auf die Herdplatte, gab einen Löffel Schmalz hinein und schlug die Eier dazu. Dann näherte er sich mir. Langsam, als würde er erwarten, dass ich vor ihm zurückwich, streckte er die Hand nach mir aus und berührte meine Wange. Ich spürte seinen Blick auf meinen Lippen.

»Ich bin keine gute Partie«, widersprach er leise und seine Fingerspitze zeichnete die Linie meines Kinns nach, während das Fett in der Pfanne brutzelte. »Ich habe nichts zu bieten. Keine Zukunft, kein Zuhause und nicht sehr viel mehr als ein paar Eier, etwas Speck und einen Kanten Brot in der Vorratskammer.« Er schluckte. »Ich biete der Welt nur Lügen, ohne die ich hier nicht leben könnte.« Er lächelte traurig. »Nein, Sophie, ich bin wirklich keine gute Partie. Die Leute sollten vor mir weglaufen, statt sich zu dem verlogenen Glanz der Person hingezogen zu fühlen, die ich vorgebe zu sein.«

Mein Atem kam zitternd über meine Lippen und ich lehnte mich leicht gegen ihn. Ich wollte nicht weglaufen. Im Gegenteil, ich wollte, dass er mich festhielt, mich noch einmal küsste und wir gemeinsam einen Weg fanden, dem Teufel von Paris zu entfliehen. Und zugleich wusste ich, dass wir dann für immer voneinander getrennt sein würden.

»Es ist nicht meine Art wegzulaufen«, wisperte ich, hob meine Arme in seinen Nacken und stellte mich auf Zehenspitzen. Mein Puls raste, als Valentin daraufhin seine Hände an meine Taille legte.

»Tu das nicht, Sophie«, raunte er wenig überzeugend und ließ seine Stirn gegen meine sinken. »Das macht alles doch nur schwerer.«

Ich wusste, was er meinte. Er würde Elian verraten. Er würde in seine Zeit zurückkehren. Der Chronograph an meinem Strumpfband zählte die Minuten herunter, die mir blieben, das zu verhindern, doch im Grunde war das alles unwichtig. Ich wollte einfach seine Lippen auf meinen spüren. Alles andere war egal, wenn mein Herz nur endlich bekam, wonach es sich sehnte.

»Dann wird es eben schwer«, flüsterte ich und suchte seinen Blick. »Aber ich werde dich nicht anlügen, indem ich so tue, als würde ich etwas anderes wollen als das hier.« Ich küsste ihn und all die Gefühle, die ich zuvor nicht zugelassen hatte, schlugen mit einem Mal über mir zusammen. Ich war verliebt. Und zwar richtig. Mein Herz zersprang fast vor Glück, als Valentin nach kurzem Zögern den Kuss erwiderte. Wir hatten so viel gemeinsam, so vieles verband uns, dass die Probleme, die sich zwischen uns auftürmten, beinahe nebensächlich schienen. Zumindest dann, wenn wir uns küssten.

Auch Valentin wollte nichts anderes als diesen Kuss. Er wollte ihn so sehr, dass er sich mitreißen ließ, sobald Sophie einladend ihre Lippen öffnete. Er schlang seine Arme um sie und hob sie auf die Arbeitsplatte. Sie spreizte die Beine, soweit ihr Kleid es zuließ, sodass er zwischen ihre Schenkel treten konnte. Dann zog er sie an sein Becken heran und ließ seine Hände Stück für Stück nach oben wandern.

Sophies Atem strich über seine Wange und ihm entging nicht, wie sich ihr Puls beschleunigte. Sie krallte sich in sein Haar und hob sich ihm entgegen, als er seine Zunge in ihren Mund gleiten ließ. Der Satin ihres Mieders unter seinen Fingern ließ ihn die Hitze ihrer Haut nur vermuten. Am liebsten hätte er ihr die Bänder, die das Kleid im Rücken geschlossen hielten, gelöst. Er breitete die Hände über ihren Rippenbogen aus, als könnte er so mehr von ihr fühlen, und als er dabei die Rundung ihrer Brust berührte, fiel es ihm schwer, vernünftig zu bleiben.

Sophie drängte sich gegen seine Finger und ließ selbst ihre Hand unter das Spitzenjabot am Kragen seines Hemdes wandern. Dann löste sie die Bänder am Kragen seines Ausschnitts, als würde auch ihr ein Kuss nicht reichen. Valentin legte eine Hand in ihren Nacken und bog ihren Kopf leicht nach hinten, um den Kuss weiter zu vertiefen. Er lockte ihre Zunge in seinen Mund, während er seinem Verlangen folgte und seine Hand von ihren Rippen weiter nach oben wandern ließ. Der zarte Satin des sonnengelben Kleides umschloss ihre Brust wie eine zweite Haut und Sophie keuchte, als seine Finger der Spitzenborte ihres Ausschnitts folgten und er schließlich zärtlich ihre Brust umfasste.

Dann stieg ihm der beißende Geruch verbrannter Eier in die Nase.

»Merde!«, murrte er, riss sich von Sophie los und zog hastig die Pfanne von der Herdplatte. Das angebrannte Ei zischte

qualmend vor sich hin und Sophie sprang sich Luft zufächelnd von der Arbeitsplatte und riss ein Fenster auf.

»Oh, Shit!«, kicherte sie und sah ihn amüsiert an. »Ich schätze, das war etwas zu heiß.« Ihre Wangen glühten vor Verlegenheit und ihre Lippen waren rot von seinen Küssen. Sie sah zauberhaft aus, als die hereinströmende Luft ihr die Haare ins Gesicht blies und die letzten goldenen Strahlen der sinkenden Sonne über ihre Haut glitten.

Valentin lachte, nahm den Kochlöffel und kratzte das ruinierte Mahl aus der Pfanne. Dann wiederholte er die Zubereitung mit neuem Schmalz und neuen Eiern. Nur diesmal blieb er brav vor der Pfanne stehen. Lediglich sein Blick wanderte zu Sophie hinüber, die ihr Kleid glatt strich und sich die Haare hinter die Ohren steckte.

Was hier eben geschehen war, war wirklich zu heiß gewesen. Gefährlich heiß. Er würde sich die Finger verbrennen, wenn er nicht aufpasste. Aber wie sollte er aufpassen, wenn sein Herz doch viel zu schnell schlug, wann immer Sophie in seiner Nähe war? Es war, wie er gesagt hatte. Er befand sich in einer Zwickmühle!

Die frische Luft kühlte meine erhitzten Wangen und ich strich den Satin meines Rocks glatt, um meine Hände zu beruhigen. Ich fragte mich ernsthaft, was mit mir nicht stimmte, dass ich mich gerade jetzt Hals über Kopf verliebte? Wo ich doch sonst immer alles logisch anzugehen versuchte.

Und auch Valentin schien sich über sich selbst zu wundern, denn er schaute überaus konzentriert auf die Pfanne, als würden die Eier gleich wieder in Flammen aufgehen. Ich wünschte, ich wüsste, was er von diesem ungeplanten Kuss hielt.

Er fuhr sich durchs Haar und warf mir zurückhaltende Blicke zu, während er so tat, als würde das Salzen der Eier seine gesamte Aufmerksamkeit fordern.

»Ich nehme an, mein Bruder wird bald hier eintreffen«, unterbrach ich das Schweigen.

»Dann mach ich besser noch ein paar Eier mehr«, meinte Valentin und ließ die erste Ladung auf einen Holzteller gleiten, ehe er weitere Eier in die Pfanne schlug. Erst danach sah er mich wieder direkt an. Kurz fixierte er meine Lippen, bevor er sich losriss und mir in die Augen sah. »Glaubst du, dein Bruder hat mit der Giftaffäre zu tun?«

»Nein«, antwortete ich, ohne zu zögern. »Elian hat mir oft von seinen Aufträgen erzählt, nachdem er sie erledigt hatte.« Ich lächelte bei der Erinnerung daran, wie wir vor meinem Bett auf dem Boden gelümmelt hatten und ich mit angehaltenem Atem den Berichten von seinen Abenteuern gelauscht hatte. Nicht selten war ich neidisch auf all das gewesen. Er hatte so viel erlebt, während ich zu Hause ständig sein Fehlen erklären musste.

Ich biss mir auf die Lippe und betrachtete Valentin. Wenn wir nach dieser Sache daheim vor meinem Bett sitzen würden, hätte ich ebenfalls einiges zu erzählen. Ich schmunzelte. So mancher würde seinen ersten Kuss nie vergessen, aber kaum einer konnte wohl von sich behaupten, seinen ersten Kuss in den verworrenen Gängen des Schlosses von Versailles bekommen zu haben, während eines Balls zu Ehren des Sonnenkönigs. Noch dazu von einem Jungen, der aus einer anderen Zeit kam als man selbst.

»Was für Aufträge musste dein Bruder denn bisher erfüllen?«, fragte Valentin und hob auch die nächsten Eier auf den Teller. Dann griff er zum Messer und schnitt einige breite

Scheiben Brot vom Laib, ehe er mehrere Stücke von einem großen Schinken abschnitt. Er lud alles auf Teller, als es an der Tür klopfte.

»Fragen wir deinen Bruder einfach selbst«, schlug Valentin vor und drückte mir einen Krug mit Wasser und einige Becher in die Hand. Anschließend nahm er das Essen und wir verließen die Küche voll beladen, um Elian hereinzulassen.

Ein Schmerz, der jeden Tag schlimmer wird

Rue de la Finesse, 1688
– 4 Stunden verbleibend –

Bruno hob neugierig die Nase, als wir mit Tellern voll Essen in den Salon zurückkehrten. Ob das am Duft der Eier lag oder an Elian, der uns folgte, konnte ich nicht sagen. Der Hund erhob sich von seinem Platz am Feuer und kam mit wedelndem Schwanz näher. Erst umrundete er Elian, bevor er das Interesse an dem Neuankömmling zu verlieren schien und sich an Valentins Fersen heftete. Der stellte die Teller auf den Kaminsims und gab Bruno ein Stück Schinken.

»Und jetzt ab mit dir. Der Rest ist für uns«, sagte er und tätschelte dem Hund die Flanke. Dann sah Valentin zwischen mir und Elian hin und her. »Es gibt auch ein Speisezimmer, aber hier ist es bereits warm – zudem sind wir unter uns. Übertriebene Etikette ist also unnötig.« Er lud sich eine Scheibe Brot auf den Teller, belegte diese mit Schinken und Ei und biss umgehend herzhaft davon ab. »Nehmt euch, wenn ihr wollt«, bot er an und trat vom Kaminsims zurück, um uns die Möglichkeit zu geben zuzugreifen.

»Danke«, meinte Elian und folgte der Aufforderung. Er belegte auf die gleiche Weise wie Valentin zwei Brote, von denen er mir eines reichte. »Schmeckt gut«, nuschelte er mit vollem Mund.

Valentin grinste mich über seinen Tellerrand an. »Die Kunst ist es, die Eier nicht verbrennen zu lassen.«

Ich warf Valentin einen warnenden Blick zu, aber sein Grinsen wurde nur breiter. Dann wandte er sich an Elian, als würde er die Spannung nicht spüren, die sich zwischen uns aufbaute.

»Es tut mir übrigens leid, dass ich hier eingebrochen bin«, gab Elian zu, ohne wirklich schuldbewusst zu wirken.

Valentin nickte. »Wäre ich nicht damit einverstanden gewesen, hätte ich Euch gestellt«, gab Valentin trocken zurück und runzelte die Stirn. »Hätte ich *dich* gestellt«, verbesserte er sich. »Ich sieze niemanden, der bei mir einbricht, auch wenn ich wusste, dass du da bist, noch ehe Sophie an die Tür geklopft hat.« Er warf dem Hund ein weiteres Schinkenstück zu. »Er ist harmlos, hat aber eine gute Nase.«

Elian zuckte mit den Schultern. »Wie gesagt, es tut mir leid. Aber ich musste mir Gewissheit verschaffen.«

»Weil Sophie mich für den Teufel von Paris gehalten hat?«

Elian nickte. »Dabei stehst du genauso in der Schuld dieses Kerls wie ich.« Seine Augen verengten sich. »Und ich bin dein Auftrag.«

»*Oui*. Ein durchaus interessanter Auftrag.« Valentins Blick streifte mich kurz. »Und so leid es mir tut, ich habe keine andere Wahl, als ihn zu erfüllen. Da ich bereits einen Auftrag nicht erfüllt habe, stecke ich seit ein paar Jahren in dieser Zeit fest. Dies ist meine Gelegenheit, dem Teufel von Paris zu beweisen, dass ich willens bin, die Schuld meiner Familie zu erfüllen, und sein Vertrauen zurückzugewinnen. Dann händigt er mir hoffentlich meinen Chronographen aus, sodass ich endlich nach Hause zurückkehren kann.«

»Der Teufel von Paris hat verlangt, dass er in der Giftaffäre Beweise fälscht, um Madame de Montespan zu belasten«, brachte ich Elian auf den neuesten Stand.

»Ich weigerte mich.« Valentin stellte seinen leeren Teller zurück auf den Sims. »Aber jemand anders hat den Auftrag ausgeführt. Madame de Montespan *wurde* verdächtigt. Sie hätte hingerichtet werden können.« Er musterte Elian. »Warst du das?«

»Nein.«

»Aber wer dann?«, fragte ich und schüttelte den Kopf. »Wie viele Menschen stehen wohl in der Schuld dieses Teufels? Und warum? Was ist an ihm so besonders, dass er eine solche Macht über die Menschen hat?«

»Das werden wir herausfinden«, meinte Elian entschlossen. »Und dann werden wir uns von unserer Schuld befreien.«

Valentin schüttelte den Kopf. »Was du vorhast, bringt nicht nur dich in Gefahr. Hast du mal an deine Schwester gedacht?«

»Nein, habe ich nicht!« Elian wurde laut. »Ich habe ja überhaupt nicht gewollt, dass sie hierherkommt. Das alles betrifft sie nicht! Sie ist ein Mädchen, und dem Teufel damit nichts schuldig!«

»Das stimmt nicht! Ich habe den Auftrag übernommen, die Goldene Libelle von Lyon zu finden, weil du es nicht getan hast!«

»Du hättest dich nicht einmischen dürfen!«

»Was?« Ich starrte Elian entgeistert an. »Hätte ich vielleicht lieber zusehen sollen, wie der Teufel unsere Blutlinie auslöscht?« Ich feuerte den Teller auf den Sims zurück und stemmte die Hände in die Hüften. »Ich bin zufällig Teil dieser Blutlinie und nicht gerade scharf darauf, ausradiert zu werden!«

»Es war nicht geplant, dass ich den Chronographen verliere«, murrte Elian. »Ich war am Hafen, um mich mit Thibault zu treffen. Ich wusste, dass meine Zeit abläuft und ich gleich nach Hause zurückkehren würde. Also bin ich um die Lagerhalle gegangen, damit mein Verschwinden nicht auffällt, und im nächsten Moment – bäm! – haut mir jemand ein Holzscheit über den Schädel. Ich hab den Kerl mit dem Dolch abgewehrt. Alles war verschwommen und dann … hat es mich einfach umgehauen.«

»Der Kerl hat sich deinen Chronographen geschnappt, nur um dann auf unserem Fußboden zu verbluten!«, fauchte ich. »Manchmal gehen also deine ach so tollen Pläne nicht auf!« Ich warf die Arme in meiner Verzweiflung in die Luft. »Und jetzt kann einer von uns nicht zurückreisen, Papa ist weg und Valentin muss uns verraten, wenn er seine Chance auf ein normales Leben nicht auch noch wegwerfen will!« Ich ließ die Hände sinken und die Tränen rannen mir über die Wangen.

Ich schaute Valentin an, wünschte mir, dass er zu mir kam und mich in die Arme nahm, doch das tat er nicht. Er senkte den Blick, als könnte er es nicht ertragen, mich weinen zu sehen. Doch Trost suchte ich bei ihm vergeblich. Vermutlich, weil meine Tränen nichts an seinem Vorhaben änderten.

Sophie weinen zu sehen, war mehr, als er ertragen konnte. Alles in ihm schrie danach, sie zu trösten, ihr die Tränen von den Wangen zu küssen, doch das würde seinen Entschluss ins Wanken bringen. Er konnte sich Gefühle nicht leisten. Konnte es sich nicht leisten, so kurz vor dem Ziel zu scheitern.

»Der Teufel von Paris weiß längst, dass dein Bruder gegen ihn arbeitet.« Valentin bedachte Elian mit einem Kopfschütteln.

Dessen Miene verfinsterte sich. »Er *ahnt* es! Er weiß es nicht – zumindest steht auf deinem Pergament der Schuld, dass es dein Auftrag ist, ihm darüber Gewissheit zu verschaffen und mich und Sophie im Auge zu behalten.« Er hob den

Zeigefinger. »Und: Du sollst ihm die Libelle besorgen, falls du sie in die Hände kriegst!« Elian trat an Sophies Seite. »Es wäre also besser, wir vertrauen diesem Kerl nicht!«

Valentin seufzte. »Und am allerbesten wäre es, du erledigst einfach deinen Auftrag, findest die Scheißlibelle selbst und beweist so, dass der Verdacht des Teufels sich als falsch herausstellt. Dann kann ich berichten, dass du dich als zuverlässiger Schuldner herausgestellt hast, der bloß das Pech hatte, am Hafen einem Halunken in den Weg zu laufen und entführt worden zu sein.« Er fuhr sich durchs Haar und sein Blick heftete sich wie von selbst auf Sophie. Ihre Augen waren von Tränen gerötet und sie stand regelrecht verloren neben ihrem Bruder. »Vielleicht gibt er euch dann die Gelegenheit, zusammen in eure Zeit zurückzukehren.« Er ignorierte das stechende Gefühl der Verlorenheit, das diese Worte in ihm auslösten. »Wenn einer die Macht dazu hat, dann der Teufel von Paris.«

Elian presste verächtlich die Lippen aufeinander. »Wären wir ihm dann aber nicht noch mehr schuldig?« Er schüttelte den Kopf. »Nein. Das ist keine Option. Es muss einen anderen Weg geben!« Elian ballte die Fäuste. »Ich bin so dicht an ihm dran! Wir brauchen nur noch etwas Zeit, dann finde ich ihn und …«

»Was hast du vor, wenn du ihn findest?«, wollte Valentin wissen. Ein Teil von ihm hielt Elians Idee für töricht und egoistisch. Er riskierte das Leben seiner Familie, ohne zu wissen, ob es überhaupt möglich war, diese Blutschuld zu löschen. Aber ein anderer Teil von ihm bewunderte Elian dafür, sich sein Leben zurückholen zu wollen. »Nehmen wir an, du hast Erfolg? Du findest den Teufel, tötest ihn, oder tust sonst was, um dich von dieser Schuld zu lösen. Was dann? Wie kommst du nach Hause? Wie kommt Sophie zurück? Hast du dir das überlegt?«

»Ich hatte nicht geplant, dass Sophie hier sein würde!«, gestand Elian frustriert. »Das ist natürlich etwas, das ich bedenken muss. Aber der Chronograph tickt – und in wenigen Stunden wird er Sophie nach Hause bringen. Dann muss ich zuschlagen!«

»Aber was ist mit dir?«, rief Sophie stirnrunzelnd. »Wie kommst du zurück?«

Elian schwieg, was sie scheinbar noch wütender machte.

»Er wird dir nicht helfen, nach Hause zu kommen, wenn du …«

»Das weiß ich doch!«, fuhr Elian seine Schwester an. »Denkst du, das wüsste ich nicht?« Er raufte sich die schulterlangen Haare und blickte zu Boden. »Dann bleibe ich eben hier.« Schwer atmend trat er an den Kamin und starrte in die Flammen. »Glaub mir, Sophie, ich hab jede Eventualität durchgespielt. Ich hab die ganze Zeit gedacht, dass etwas schiefgehen könnte. Etwas, das es mir unmöglich machen könnte, zu dir und Papa zurückzukehren.«

»Du hast das in Betracht gezogen?«, kreischte Sophie. Sie sah aus, als würde sie sich gleich auf Elian stürzen. »Spinnst du?«

Obwohl er es nicht vorgehabt hatte, ging Valentin zu Sophie hinüber. Er fasste nach ihrer Hand, um sie zu beruhigen.

»Sophie hat recht«, mischte er sich ein. »Du hast keine Ahnung, was es bedeutet, in einer Zeit gefangen zu sein, die nicht die eigene ist. Man ist allein. Gehört zu niemandem.« Er schluckte, denn die Verzweiflung der letzten Jahre wollte ihn packen. »Allein zu sein, bringt einen um. Es tötet alles in dir, bis nur noch Kälte in dir herrscht. Wir sind nicht Teil dieser Zeit – und werden es niemals sein.« Die Erinnerung schnürte ihm die Kehle zu. »Es ist, als wüssten unser Herz und unsere Seele, dass wir Lügner in dieser Zeit sind. Dass das Leben, das wir hier fristen, eine einzige Lüge ist. Es ist ein Schmerz, den … den ich dir nicht beschreiben kann, Elian, der aber mit jedem Tag schlimmer wird.«

Ein drückendes Schweigen legte sich über den Salon, lediglich das Prasseln der Flammen im Kamin zeigte, dass die Zeit nicht genauso eingefroren war wie wir. Valentins Schmerz war greifbar und ich drückte ganz fest seine Hand, um ihm zu zeigen, wie ich mit ihm litt. Erst jetzt wurde mir klar, dass er wirklich keine andere Wahl hatte, als seinen Auftrag zu erfüllen. Und dass das kein gutes Ende für uns selbst bedeuten würde. Ich schaute ihn an und las in seinen Augen, wie leid ihm das tat.

»Wenn der Chronograph Sophie nach Hause gebracht hat, dann werde ich dem Teufel sagen, was du vorhast, Elian«, stellte Valentin klar.

»Bitte!«, flehte ich und umklammerte seinen Arm. »Valentin, bitte, tu das nicht!«

»Ich brauche bloß etwas mehr Zeit«, meinte Elian und ging unruhig vor dem Kamin auf und ab. Sein angestrengter Blick war auf Valentin geheftet. »Thibault sagt, dass morgen ein Schiff mit einer sehr kostbaren Ladung eintrifft.« Elian redete schnell und Valentin hörte aufmerksam zu. Er war so vertieft in Elians Erklärung, dass er nicht zu bemerken schien, dass er meinen Arm streichelte.

Ganz im Gegensatz zu meinem Bruder, der Valentin missbilligend ansah.

»Was für eine Ladung ist das?«, überging Valentin Elians zerknirschte Miene, während sich seine Finger mit meinen verwoben, fast als wollte er Elian herausfordern. Ich versuchte das Kribbeln nicht zu beachten, das seine zarte Berührung mir verursachte, aber es gelang mir nicht. Die Vorstellung, schon in wenigen Stunden für immer von Valentin getrennt zu werden, war der Horror. Trotzdem tickte der Chronograph an meinem Strumpfband unaufhaltsam weiter.

»Ich habe daheim die Tinte, mit der der Teufel das Pergament der Schuld beschreibt, in einem Labor untersuchen lassen«, setzte Elian an. »Ein Hauptbestandteil ist ein seltenes Gesteinsmehl. Und genau davon befindet sich eine Phiole auf dem Weg nach Paris.« Mein Bruder ballte die Fäuste. »Thibault wird mich informieren, sobald die Phiole am Hafen eintrifft. Dann liefere ich sie aus und finde den Teufel.«

Valentin schüttelte den Kopf. »Glaubst du, der Teufel von Paris lässt sich seine geheimnisvollen Zutaten direkt an die Haustür liefern? Ein Mann wie er sorgt sicherlich vor. Du übergibst die Phiole an irgendwen, der sie wiederum weitergibt, bis niemand mehr weiß, worum es eigentlich geht.« Valentin ließ meine Hand los und legte einige Holzscheite im Kamin nach. Dann griff er nach dem Schürhaken und stocherte in der Glut, bis die Flammen um das Holz züngelten. »Mein Hund hat eine gute Spürnase. Ich habe in den letzten Jahren mehrfach gedacht, ich hätte jemanden gefunden, der für den Teufel arbeitet, doch sobald ich versucht habe, mit Bruno der Fährte dieser Person zu folgen, bin ich in einer Sackgasse gelandet.« Valentin stellte den Schürhaken zurück und zuckte mit den Schultern. Dann fixierte er Elian. »Ich kann dir etwas Zeit verschaffen, indem ich dem Teufel noch nichts davon berichte, dass wir dich gefunden haben. Trotzdem bin ich überzeugt, dass du scheitern wirst.« Sein Blick durchbohrte Elian regelrecht. »Und ich lasse mich nicht von dir mit in den Untergang ziehen.«

Elian nickte. »Das klingt fair.« Er ging zu Valentin und schüttelte ihm die Hand. »Danke.«

»Oh mein Gott!«, japste ich erleichtert und hopste vor Freude auf der Stelle. »Dann finden wir vielleicht die Libelle, Valentin kann sie dem Teufel übergeben und damit unsere Treue beweisen und Elian hat eventuell die Möglichkeit, dem Kerl heimlich auf die Schliche zu kommen. Dann kriegt Valentin seinen Chronographen wieder und wir zerstören alle Schuldscheine, die wir finden!« Mein Herz hämmerte so schnell, als wäre ich gerannt. »Es gibt sicher einige mehr als nur unsere beiden, wenn keiner von euch mit der Giftaffäre zu tun hatte. Dann sind da noch …«

»*Wir* tun gar nichts, Sophie«, unterbrach Elian mich streng. »Du wirst nach Hause gehen. Jetzt. Du musst in Sicherheit sein, falls etwas schiefgehen sollte.«

»Das ist bescheuert, Elian!«, widersprach ich wütend. »Du weißt so gut wie ich, dass ich dort nicht sicher bin! Und ich könnte euch helfen. Ich muss nur noch einmal Aufschub beantragen. Der Teufel wird ihn mir gewähren, wenn ich ihm sage, dass ich seine Libelle gefunden habe und sie ihm übergeben will.«

»Schluss mit dem Quatsch!«, donnerte Elian, sodass ich vor Schreck zusammenzuckte. »Du hast dich hier lange genug herumgetrieben! Das ist kein Spiel, bei dem man …« Er warf Valentin einen vernichtenden Blick zu und sein markanter Kiefer zuckte. »… bei dem man sich ein bisschen amüsiert!« Er stürmte auf mich zu und stieß mich rückwärts in Valentins Richtung. Der fing mich auf, ebenso überrascht darüber wie ich, dass Elian meinen Rock hochhob und den Chronographen aus meiner Strumpfhalterung riss. Bruno knurrte warnend und nahm eine drohende Haltung ein. Doch Elian ließ sich nicht beeindrucken. Er drückte mir das tickende Uhrwerk gegen den Bauch und verschränkte entschlossen die Arme vor der Brust.

»Geh nach Hause, Sophie! Das hier ist nichts für Mädchen! Es ist gefährlich! Ich werde keine Zeit haben, mich um dich zu kümmern. Jede Sekunde, die du länger hier bist, ist eine verlorene Sekunde für mich! Ich muss den Teufel finden, also … verschwinde – und zwar jetzt!«

Zeit für eine Lüge

Rue de la Finesse, 1688
– 2 Stunden verbleibend –

»Reiß dich zusammen!«, forderte Valentin und trat zwischen Sophie und ihren Bruder. Es gefiel ihm nicht, wie dieser mit ihr umging. Und es gefiel ihm noch weniger, was er fühlte, wenn er den Gedanken zuließ, dass Sophie in Kürze für immer aus seinem Leben verschwinden würde. Darum stellte er sich Elian entgegen. »Ich glaube, es ist besser, wenn du jetzt gehst.«

»Ich gehe, wenn Sophie in Sicherheit ist!« Elian straffte die Schultern, als hätte er nicht vor, sich von ihm einschüchtern zu lassen. Valentin biss die Zähne zusammen.

»Sophie ist hier sicher.« Er warf ihr einen kurzen Blick zu und las Wut und Enttäuschung in ihren Zügen. Der Chronograph in ihren Händen tickte wie eine Bombe, die leider niemand entschärfen konnte. Die Zeit lief ab – und würde die neuen Gefühle, die Sophie in ihm geweckt hatte, in Stücke reißen.

Elian winkte frustriert ab. »Macht, was ihr wollt. In zwei Stunden bringt der Chronograph dich nach Hause«, wandte er sich an Sophie. »Dann muss ich mir wenigstens um dich keine Sorgen mehr machen.« Er kam zu ihr und riss sie kurz in seine Arme. Er küsste ihre Schläfe, ehe er genauso schnell wieder zurückwich. »Vertrau mir, Sophie – alles wird gut, wenn du tust, was ich sage.«

Damit drehte er sich um und verließ den Salon. Nur wenige Augenblicke später schlug die Haustür hinter Elian zu.

In der darauffolgenden Stille hätte man eine Stecknadel fallen hören. Valentin drehte sich langsam um und musterte Sophie. Sie sah wie versteinert aus. Keine Regung war in ihrem Gesicht zu erkennen.

»Geht es dir gut?«, fragte er und ging auf sie zu.

Sie nickte. Dann ließ sie sich vor dem Kamin auf die Knie sinken, legte den Chronographen vorsichtig vor sich auf den Boden und zog schließlich die Hände zurück, als würde auch sie ihn wie eine Bombe fürchten. »Soll es das gewesen sein?«, fragte sie so leise, dass Valentin sie kaum verstand.

Zögernd setzte er sich neben sie. Das Kleid bauschte sich wie Blütenblätter um ihre Knie und sie strich den Stoff glatt. Verloren schaute sie ihn an. »Soll das das letzte Gespräch gewesen sein, das ich je mit meinem Bruder geführt habe? Soll das unser Abschied gewesen sein?« Eine Träne rann ihre Wange hinab und sie wischte sie beinahe trotzig ab. Doch das brachte ihren Tränenstrom nicht zum Versiegen. »Ich bin stinksauer!«, fauchte sie schluchzend.

Valentin rückte näher. Er wusste nicht, wie er sie trösten sollte, wusste lediglich, dass ihre Tränen ihn hilflos machten. »Du solltest nicht sauer sein«, sagte er leise und suchte ihren Blick. »Er ist bloß besorgt um dich.«

»Ich weiß.« Sie schluchzte. »Und das macht mich noch viel wütender.« Immer mehr Tränen liefen ihr übers Gesicht. »Ich kann einfach nicht akzeptieren, dass der Chronograph nur mich nach Hause bringt. Papa wird sich verantwortlich fühlen. Er wusste, dass der Chronograph bloß eine Person befördern kann. Deshalb wollte er gehen. Er wollte Elian zurückholen und an dessen Stelle hierbleiben. Er hätte sich geopfert!« Ein Krampf schüttelte sie und Valentin stieß einen Fluch aus. Dann zog er sie an sich und schloss sie in die Arme. Er küsste ihren

Scheitel und streichelte ihr tröstend den Rücken. Ihr Schmerz tat auch ihm weh, und er wünschte, er hätte etwas tun können, um ihn zu lindern.

Er strich über ihr blondes Haar, atmete ihren Duft ein, und als sie den Kopf in den Nacken legte und ihn mit leicht geöffneten Lippen ängstlich anschaute, da wusste er, dass es vielleicht doch etwas gab, das ihre Not lindern würde. Was das mit ihm anrichten würde, würde sich zeigen, dennoch war klar, dass er alles tun würde, um die Tränen auf Sophies Wangen zu trocknen.

Der Chronograph tickte. Ihre Zeit lief ab und Valentin verspürte zum ersten Mal seit Langem Angst. Angst, das Mädchen in seinen Armen würde sich in Luft auflösen und ihn in diese qualvolle Einsamkeit zurückbefördern. Er senkte seine Lippen auf ihre, und in dem Moment, in dem sie sich küssten, wusste er nicht, wessen Not größer war. Ihre, oder seine.

Das Ticken des Chronographen verstärkte jeden Kuss, jede Berührung und jede Zärtlichkeit und ihre Sehnsucht.

»Ich will nicht weg von dir«, wisperte Sophie gegen seine Lippen und grub ihre Finger in sein Haar.

Valentin umfasste ihr Gesicht. Er suchte ihren Blick, und als sie ihn ansah, leistete er ihr einen Schwur, der viel größere Bedeutung hatte als eine Blutschuld. »Und ich lasse dich nicht einfach gehen«, versprach er. »Ich habe eine Idee, aber ich fürchte, das wird nicht einfach.«

»Du hast eine Idee?« Das Leuchten kehrte in ihre wunderschönen Augen zurück.

Valentin nickte und küsste sie. Was er da tat, war riskant. Es würde ihn alles kosten, falls sie scheiterten. Und doch war Sophie es wert. Sie war es wert, weil sie sein Herz aus dieser endlosen Kälte befreit hatte, die ihn zu erdrücken drohte.

»Du musst allerdings etwas für mich tun«, flüsterte er und zog sie auf seinen Schoß. Der goldene Rock bauschte sich um sie beide und er umfasste ihre Taille. Die Zeit lief ihm davon, für alles, was er gerne getan hätte. Und doch wollte er jede Sekunde auskosten, die ihnen blieb. Er strich ihre Wirbelsäule hinauf und zog die Haarnadeln aus ihrer Frisur. Eine nach der anderen, bis er seine Finger ungehindert durch ihre Strähnen gleiten lassen konnte.

»Was soll ich tun?«, wisperte sie und schüttelte ihr Haar aus.

»Lügen.« Er beugte sich vor, um ihr Ohrläppchen zwischen die Zähne zu nehmen. Mit der Zunge zeichnete er den zarten Schwung ihrer Ohrmuschel nach. Ihr Zittern beschleunigte seinen Puls und sein Atem kam zitternd. »Du musst lügen«, raunte er und küsste sie ein weiteres Mal. »Nur eine Lüge kann uns jetzt noch retten.«

Ich klammerte mich an Valentins Schultern und lauschte den Worten, die er mir ins Ohr flüsterte. Es war ein Plan. Ein Plan mit Schwächen, aber immerhin ein Plan. Und obwohl der Chronograph unbeirrt weitertickte, überkam mich etwas Ruhe, sobald ich verstand, was Valentin vorhatte. Ich sah ihm in die Augen. Auch wenn wir uns noch nicht besonders lange kannten, hatte ich das Gefühl, ihn besser zu kennen als mich selbst. Ich verlor mich im Blaugrau seiner Iriden, das mich wie mystischer Nebel umschloss. Nebel, dem ich nie wieder entkommen würde – und auch nicht wollte. Ich ließ meine Hände über seine Schultern gleiten und strich seine starken Arme hinab. Dann weitete ich den Kragen seines Hemdes und zog es ihm über den Kopf. Ich hatte ihn bereits ohne Hemd gesehen, aber so nah wie jetzt war ich noch nie einem Jungen gewesen.

Meine Fingerspitzen zitterten, als ich seine Brust berührte. Die Narben glänzten im Feuerschein golden und ich verstand so langsam, wie viel er riskiert hatte, indem er den Auftrag für den Teufel abgelehnt hatte. Ich strich über sein Herz, dessen gleichmäßiges Schlagen mich beruhigte. Ganz anders als Valentins Hände, die – während sie über meine Oberschenkel strichen – den Stoff des Kleides anhoben, bis ich seine Finger auf meiner Haut spürte. Dann griff er hinter sich, und ehe ich verstand, hatte er den Chronographen wieder an meinem Strumpfband befestigt.

»Nicht!«, wollte ich protestieren, aber Valentin griff nach meinen Händen und hielt mich auf. »Ich will nicht gehen!«

»Schht«, flüsterte er und legte meine Hände flach gegen seine Brust. Sein Herz schlug nun schneller und auch an seiner Kehle hämmerte sein Puls. Er beugte sich leicht über mich und senkte seine Lippen auf meine. Ich spürte seine Berührung an meinem Rippenbogen, fühlte, wie seine Hände höher wanderten und er der engen Schnürung des Korsetts bis zu meinen Brüsten folgte. Sein Atem glitt zitternd über meine Wange und ich drängte mich ihm entgegen.

»Es ist besser, der Chronograph rettet dich vor mir«, raunte er zwischen zwei Küssen, »bevor wir etwas tun, wofür mich dein Bruder in dieser Zeit zum Duell fordern würde.«

Ich lachte und schmiegte mich an ihn. »Keine Sorge. Ich weiß, wie mein Bruder kämpft. Er vernachlässigt die Deckung seiner linken Flanke. Du hättest also Chancen gegen ihn.«

Valentins Brust bebte, als auch er lachte. Provozierend langsam zeichnete er den Ausschnitt über meinen Brüsten mit seinen Fingerspitzen nach, während er seine Lippen über meinen Hals bis zum Schlüsselbein wandern ließ.

»Süß, dass du denkst, dein Bruder könnte mir gefährlich

werden.« Er sah mich von unten herauf an und sein Lachen strich heiß über meine Haut.

Ich schloss die Augen und überließ mich seiner Zärtlichkeit, in dem Wissen, dass vermutlich wirklich nicht er es war, um den ich mir Sorgen machen musste. Vielmehr brauchte ich vielleicht tatsächlich die Rettung durch den Chronographen, denn ich war drauf und dran, mein Herz vollkommen an Valentin Delacroix zu verlieren.

Ich grub meine Hände in Valentins Haar, zog ihn zu mir, um ihn zu küssen, doch in dem Moment, als unsere Lippen sich berührten, tickte der Zeiger des Chronographen ein letztes Mal, das Band der Zeit spannte sich und riss mich aus Valentins Armen.

Mir war kalt, als ich im Dunklen die Augen öffnete. Ich vermisste Valentins Nähe und seine Hände auf meinem Körper. Ich vermisste, dass jemand bei mir war.

Stöhnend richtete ich mich auf und schlug auf die unpraktischen Stoffbahnen meines Kleides ein, während ich nach dem Lichtschalter tastete.

»Papa!«, rief ich, so laut ich konnte, und trat in den Flur. »Papa! Bist du hier?« Ich wischte mir die Haare aus dem Gesicht, dabei zuckte kurz ein Lächeln über meine Lippen. Valentin hatte mir die Haarnadeln herausgezogen und ein ganz schönes Chaos auf meinem Kopf hinterlassen, aber ich hatte es geliebt, wie er seine Finger genüsslich durch meine Strähnen hatte gleiten lassen. Ich berührte mein Haar, ehe ich mich ermahnte, dass dies nicht die richtige Zeit für Träumereien war.

Ich rannte die Treppe hinunter und suchte das ganze Haus ab, aber wie schon bei meinem letzten Eintreffen blieb mein

Vater verschwunden. Panik stieg in mir hoch und ich atmete tief durch, um mich zu beruhigen. Dann rief ich mir die Anweisungen in Erinnerung, die Valentin mir gegeben hatte.

Eine köstliche Gänsehaut überzog meinen Körper, als ich an den Moment dachte. Es war, als würde sein Atem nach wie vor über meinen Nacken gleiten und seine Lippen mein Ohr berühren.

»Bitte um Aufschub«, wisperte ich und kehrte angespannt zurück ins Obergeschoss. Ich tastete nach dem Chronographen an meinem Oberschenkel und nach der gefälschten Libelle, die ich stets bei mir trug. Ich hatte etwas, das der Teufel von Paris wollte. Es gab also keinen Grund, nervös zu sein. Es war nicht mehr als eine kleine Lüge.

Die Goldene Libelle von Lyon

Irgendwo in Paris, 1688

Mit angehaltenem Atem brachte er das Zahnrad in der komplizierten Anordnung an. Mit der Pinzette setzte er das kleine Gewinde ein und drehte es probehalber einmal um sich selbst. Wie erhofft drehten sich alle anderen Rädchen, die an dem neuen Zahnrad anlagen, mit.

»Funktioniert es, Herr?«, flüsterte Fleur kaum hörbar, um auch nicht einen Luftzug zu erzeugen.

Er antwortete nicht. Stattdessen richtete er sich aus der gebeugten Haltung, die er über dem Arbeitstisch angenommen hatte, auf und bog den Rücken durch. Dann legte er die Pinzette beiseite und winkte Fleur näher heran.

»Sieh selbst.«

Sie hob sich auf Zehenspitzen und spähte auf das einem Uhrwerk ähnliche Gebilde aus winzigen Schrauben, Muttern, Scheiben und Zahnrädern. Ihre Augen leuchteten begeistert. »Es ist so wunderschön!«, staunte sie und schenkte ihm ein Lächeln. »Herr, es läuft so ruhig, dass man es kaum hören kann!«

Ihre Begeisterung machte ihn stolz und er strich ihr behutsam über den Kopf.

»Jetzt muss es nur noch funktionieren«, gab er sich weniger enthusiastisch und beugte sich erneut über sein Werk. Für einen Moment betrachtete er Seite an Seite mit Fleur den reibungslosen Lauf des Mechanismus, ehe er zu einer winzigen Zange griff. »Stellen wir es fertig«, meinte er und schaute Fleur an. Ihre blonden Zöpfe schwangen, als sie gehorsam nickte.

»Soll ich die Schatulle herbringen?«

»Bring die Schatulle – und noch ein paar Lampen. Wir dürfen jetzt keinen Fehler machen.«

Fleur knickste. Dann huschte sie davon, um alles vorzubereiten. Er selbst blieb am Arbeitstisch stehen und betrachtete das tickende Uhrwerk vor sich. Es schlug im selben Takt wie sein Herz. Und das war kein Zufall.

Er zitterte, und wie so oft, wenn er an das dachte, was ihm widerfahren war, verspürte er auch jetzt diese stechende Enge in seiner Brust. Mit ganzer Kraft presste er sich die Faust aufs Herz und taumelte rückwärts gegen den Tisch mit den Pergamentrollen. Er zwang sich, tief durchzuatmen und nicht an diesen längst vergangenen Tag zu denken, der ihn zu dem gemacht hatte, was er war.

Er wollte nicht daran denken. Verbot sich die Erinnerungsfetzen, die wie Blitze durch seinen Geist zuckten. Er wollte nicht noch einmal durchleben, wie die Pistolenkugel seine Brust durchschlug, sodass sie selbst die Uhr im Laden hinter ihm traf. Er wollte sich nicht daran erinnern, wie er von der Wucht des Schusses rückwärts in die Standuhr gerissen wurde und der Zeiger der Uhr ihn durchbohrte.

Die Hand auf seinem Herz fühlte sich an, als würde sie brennen, weswegen er panisch nach Luft schnappte.

»Herr!« Fleurs erschrockener Ruf riss ihn aus der grausamen Spirale seiner Erinnerungen, und als sie ihn schüttelte, ließ er dankbar zu, dass sie ihn umarmte. »Herr, Ihr seht blass aus!«

Sie führte ihn zurück in sein Arbeitszimmer, zwang ihn mit sanfter Gewalt in einen Sessel und goss ihm hastig ein Glas Wein ein. »Ihr denkt doch nicht wieder an all diese schrecklichen Dinge, Herr?«, wollte sie wissen und schaute ihn aus großen Augen an. »Ihr müsst aufhören, daran zu denken!«, ermahnte sie ihn streng. »Wenn Ihr nicht konzentriert bleibt, dann werdet Ihr das niemals ändern, richtig?«

Fleurs Worte waren seine Rettung. Das Kind hatte natürlich recht. Er musste aufhören, sich selbst zu quälen, und stattdessen weiter daran arbeiten, diesen schrecklichen Tag ungeschehen zu machen. Er hatte so viele Dinge ungeschehen gemacht. So viele Leben verändert. Es war nur eine Frage der Zeit, bis es ihm gelingen würde, auch sein Schicksal zu ändern.

Er kippte den Inhalt des Glases hinunter und wischte sich anschließend den Angstschweiß von der Stirn. Dann nickte er Fleur zu und griff nach der Schatulle auf seinem Schreibtisch. Er klappte den Deckel auf und betrachtete die goldene Libelle, die auf dem Samtkissen ruhte.

Vielleicht war er seinem Ziel näher als gedacht. Er erhob sich mit neuem Mut und kehrte an seinen Arbeitstisch zurück. Er nahm die Libelle heraus und drehte sie auf den Rücken. Das winzige Gewinde an der Unterseite ließ ihn die Stirn runzeln. »Ich brauche die Pinzette«, sagte er zu Fleur und streckte ihr die Hand hin, ohne seine Betrachtung der Libelle zu unterbrechen. Er legte sie provisorisch auf das sich bewegende Uhrwerk vor sich und stellte sich das Zusammenspiel der Rädchen mit der Libelle vor. Sie war wunderschön, und sie würde einen Zeiger abgeben, der ihm – so hoffte er – den Weg in eine neue Zeit eröffnete.

Fleur legte ihm die Pinzette in die Hand und räusperte sich. »Herr?«, flüsterte sie, um ihn nicht zu stören. »Die Sanduhr der Familie Dubois ist durchgelaufen«, meinte sie und deutete auf die Wand mit den Sanduhren hinter ihm. »Kann das warten, oder …?«

Er sah von dem tickenden Mechanismus vor sich auf und atmete durch. Seine Hände zitterten noch von den Erinnerungsfetzen, die ihn doch mehr aufgewühlt hatten, als er zugeben würde. Die Libelle konnte er mit solch unruhigen Fingern nicht anbringen, auch wenn es nichts gab, das er dringender tun musste. Seufzend legte er die Pinzette nieder und wandte sich von seinem Werk ab und den Pergamentrollen zu. Er berührte die Sanduhr, deren Inhalt sich vollständig in der unteren Glashälfte befand, ehe er zusah, wie schwarze Worte auf dem Pergament vor ihm sichtbar wurden.

Um Aufschub wird gebeten, wurde geschrieben, doch es folgten noch weitere Worte:

> Ich habe die Goldene Libelle von Lyon in meinen Besitz gebracht. Ich erbitte Anweisungen zur Übergabe. Gezeichnet, Sophie Dubois

Fleur neben ihm runzelte die Stirn. »Wie kann sie die Libelle haben?«, fragte sie verwundert und sah ihn an. Er neigte den Kopf und hob die Augenbrauen. Sein Blick glitt zu einer anderen Pergamentrolle, deren Seite zu seinem Ärger bislang unbeschrieben blieb. Warum erstattete Valentin Delacroix keinen Bericht?

»Warten wir noch eine Weile«, erklärte er Fleur und kehrte den Schuldscheinen den Rücken. Sein Blick glitt zur Goldenen Libelle von Lyon, die sich glänzend auf seinem Uhrwerk machte. »Aber ich tendiere dazu, Mademoiselle Dubois noch einmal herzuholen, um uns zu erklären, wie sie es wagen kann, uns anzulügen.«

Wieder allein

Rue de la Finesse, 1688

Ohne Sophie war die Nacht kälter. Das Feuer im Kamin weniger wärmend. Die Sehnsucht in Valentins Brust machte ihn unruhig und er verfluchte den Teufel von Paris dafür, ihm all das anzutun.

Zornig fuhr Valentin sich durchs Haar, ehe er in sein Arbeitszimmer ging und das Pergament aus dem Schreibtisch nahm. Seine Lippen verzogen sich leicht, als er die Unordnung in seiner Schublade bemerkte. Elian hatte sich keine große Mühe gegeben, seinen Einbruch zu verheimlichen. Valentin griff das Pergament der Schuld und schloss die Schublade. Dann setzte er sich und rollte das Blatt auf. Es fühlte sich anders an, die dunklen Buchstaben zum Leben zu erwecken, jetzt wo er wusste, dass auch Sophies Bruder es gelesen hatte. Er war nicht länger allein mit dieser Schuld. Zum ersten Mal überhaupt kannte jemand sein Schicksal. Die Wahrheit über sein Leben. Valentin starrte mit leerem Blick auf die Tinte, die verblasste, sobald er sie nicht berührte. Doch auch wenn die Buchstaben verblassten, sein Auftrag löste sich nicht in Luft auf. Und er musste ihn erfüllen. Doch wie sollte er das? Jetzt, wo er die ganze Geschichte kannte.

Er strich mit der Fingerkuppe über seine Lippe, als könnte er den Kuss festhalten. Doch das konnte er nicht. Er würde Sophie nie festhalten können. Sie gehörte nicht in diese Zeit – und sie gehörte nicht zu ihm. Sie gehörte – genau wie er selbst – dem Teufel von Paris. Und daran würden auch die Gefühle nichts ändern, die sie in ihm weckte. Gefühle, die ihn davon abhalten wollten, seine Schuld zu begleichen.

Doch was immer er fühlte, für ihn galt es jetzt, sich seinen Chronographen zurückzuholen. Und dafür war es wichtig, dass Sophie ihm vertraute. Und so, wie sie sich geküsst hatten, tat sie das auch.

Nachdenklich wischte sich Valentin über die Lippen, denn der Kuss war vergangen und was blieb, war bittere Einsamkeit. Er griff nach dem Federkiel und öffnete das Tintenfass. Dann tauchte er die Feder in die schwarze Tinte und verfasste eine Nachricht an den Teufel von Paris.

Die Antwort kam prompt, und sie bestätigte, was er vermutet hatte. Sein Auftrag war nicht gänzlich erfüllt. Er rollte das Pergament der Schuld ein und verstaute es wieder sicher in seinem Schreibtisch. Seine Hände zitterten und er fragte sich, ob er nicht gerade den größten Fehler seines Lebens machte. Doch für Zweifel war es zu spät. Er hatte seine Entscheidung getroffen. Jetzt musste er nur tun, was getan werden musste.

Valentin hatte sich den Hut tief in die Stirn gezogen und der Kragen seines Mantels war aufgestellt, um möglichst viel von seinem Gesicht zu verbergen. Er lauerte an der Hausecke und spähte hinüber zum Hafen. Doch nicht die Schiffe interessierten ihn, sondern einer der Männer, die die Ladung vom Deck des Frachtschiffs entgegennahmen, das am Kai der Seine angelegt hatte. Das halblange Haar des Mannes war im Nacken zusammengebunden und Elian Dubois trug einfache Kniebundhosen und ein abgewetztes Hemd wie die übrigen Hafenarbeiter. Er schleppte Kisten und Fässer von Deck, genau wie alle anderen. Und vermutlich fiel außer ihm selbst keinem auf, dass Elian in ständigem Blickkontakt zu Thibault stand, der an Deck des Schiffes die Ladelisten kontrollierte.

Valentin trat von einem Bein aufs andere. Er stand schon eine ganze Weile hier im Verborgenen, doch das Ausladen konnte noch etwas dauern. Das Schiff lag tief im Wasser, was auf einen gut gefüllten Frachtraum schließen ließ. Er seufzte. Geduld war nicht seine Stärke. Nicht jetzt, wo sein Ziel so nahe war. Er lehnte sich gegen die Hauswand, um es sich bequemer zu machen, als Thibault auf dem Deck einen Pfiff durch die Finger ausstieß. Einige Männer wandten die Köpfe in dessen Richtung, doch er winkte lediglich einen zu sich. Elian Dubois. Angespannt kniff Valentin die Augen zu schmalen Schlitzen, um besser sehen zu können, was vor sich ging. Elian ging über die Planke an Deck, stieg die Leiter zu Thibault hinauf und sie wechselten einige Worte. Kurz darauf überreichte ein anderer Decksmann Elian eine Kiste. Elian klemmte sich die Ware unter den Arm und nickte Thibault zu, der ihm einen Lieferschein auszuhändigen schien.

Valentin verließ sein Versteck, zog sich den Hut noch tiefer ins Gesicht und band die Zügel seines Pferdes los, während er Elian nicht aus den Augen ließ. Nachdem er aufgesessen hatte, folgte er Sophies Bruder in einigem Abstand, als der den Hafen verließ, in eine Mietdroschke stieg und aus der Stadt hinausfuhr.

»Teufel noch mal, was hat er vor?«, fluchte Valentin und runzelte die Stirn, sobald er erkannte, welche Richtung Elians Kutsche einschlug. »Was will er denn in Versailles?«

Wenig später hielt Valentin sein Pferd an, denn ein Stück weiter den Weg entlang standen zwei Torhäuschen links und rechts der Straße, um die Zufahrt zum Palast zu kontrollieren. Wer keine Einladung oder einen guten Grund hatte, das Gelände um das Schloss zu betreten, wurde abgewiesen.

Er beobachtete, wie die Torwärter die Droschke anhielten. Dann reichte Elian ihnen ein Schreiben, das ihm das Passieren zu erlauben schien, denn die Kutsche fuhr wieder an und folgte dem Weg weiter bis zum Palast.

Unsicher sah Valentin dem Gespann hinterher. Das ergab doch keinen Sinn – oder? Er wendete sein Pferd und ritt die Straße zurück, die er gekommen war. Dann lenkte er es am Zügel vom Weg ab und ein Stück ins Dickicht. Sobald er eine gute Sicht auf den Weg hatte, ließ er die Zügel locker und wartete auf die Rückkehr der Kutsche. Er hatte einige Fragen an Elian Dubois, auf die er bis heute Abend Antworten brauchte. Es war so weit. Er würde seinen Auftrag abschließen und dann endlich das Ticket für die Heimkehr in Händen halten.

Nichts ergab mehr einen Sinn. Seit Elian die Lieferadresse auf dem Paket am Hafen gelesen hatte, schwirrte ihm der Kopf. Er hatte nicht damit gerechnet, dass das Gesteinsmehl für die mystische Tinte des Teufels von Paris nach Versailles geliefert werden sollte. Was verband den Teufel von Paris mit dem Palast? Er stieg vor dem Dienstbotentrakt aus der Kutsche und klemmte sich das kostbare Paket unter den Arm. Dann sah er sich um. Niemand nahm von ihm Notiz. Niemand wirkte verdächtig.

Ein Pfiff durch die Finger ließ ihn aufhorchen. Er drehte sich nach dem Geräusch um und ein livrierter Bediensteter winkte ihn heran. »Kommst du vom Hafen?«, fragte er und deutete auf die Kiste unter Elians Arm.

»Oui.« Elian ging auf ihn zu. Er versuchte, sich jedes Detail des jungen Mannes mit dem Allerweltsgesicht einzuprägen. Blondes Haar, lebhafte Augen. Sehr viel mehr konnte man über dessen Äußeres kaum sagen. »Ich soll das hier abliefern.«

Der Angestellte nickte und streckte die Hände nach der Kiste aus. Dabei schnippte er Elian einen Sou als Trinkgeld zu. *»Merci«,* sagte er und tippte sich an die Stirn. »Und *au revoir.«*

Elian fing die glänzende Münze. Es fiel ihm schwer, die Kiste loszulassen. Er hatte gehofft, sie würde ihn zum Teufel von Paris führen. Doch dieser unscheinbare Diener war kaum der Mann, den er suchte. Er biss die Zähne so fest zusammen, dass sein Kiefer knackte, aber das änderte nichts daran, dass die beste Spur, der er je gefolgt war und für die er ein Vermögen für Thibault ausgegeben hatte, im Sand verlief.

»Merde!«, fluchte er und hämmerte mit der Faust gegen die Droschke. Seine Niederlage anerkennend stieg er wieder ein. Er raufte sich die Haare, als sich das Gefährt in Bewegung setzte, und stützte dann den Kopf in die Hände. Das war eine Katastrophe! Aber wenigstens war Sophie in Sicherheit.

Von der Zeit gejagt

Maison de Dubois, 1688
– 17 Stunden verbleibend –

»Lucille!« Ich rannte mit dem Chronographen in der Hand die Treppe aus dem verbotenen Zimmer hinunter und rief nach der Zofe. Jetzt zählte jede Sekunde!

Meine Knie zitterten noch von der erneuten Reise durch die Zeit, und sobald ich die Augen schloss, sah ich die verblassende Tinte meines Auftrags vor mir. Mir wurde Aufschub gewährt. Ein letztes Mal. Doch diesmal blieben mir keine drei Tage. Der Teufel von Paris machte ernst und änderte die Regeln. Ich hatte Zeit bis Mitternacht, ihm die Goldene Libelle von Lyon auszuhändigen. Die Übergabe sollte auf dem seit Langem geplanten Lichterfest im Palast stattfinden. Also musste ich dorthin.

Ich rannte eine andere Zofe fast um, als ich um die Ecke schoss. »Huch! Entschuldigung! Ich suche Lucille!«, stieß ich hervor und starrte die junge Frau ungeduldig an. »Ich brauche ein Kleid für den heutigen Abend! Ich muss umwerfend aussehen!«

Das musste ich wirklich, denn je auffälliger mein Äußeres war, umso leichter würde ich kleine Regungen verbergen können, die bei jeder kleinen Lüge zwangsweise entstanden. Und ich hatte nicht vor, eine *kleine* Lüge aufzutischen.

»Lucille ist zum Markt. Sie geht immer ganz früh, um das frischeste Obst und das beste Fleisch zu bekommen«, erklärte das Mädchen bedauernd und knickste leicht. »Aber vielleicht kann ich Euch helfen, Mademoiselle Sophie?«

»Das hoffe ich«, stieß ich hervor und riss sie am Arm mit in mein Schlafzimmer. »Ich brauche ein Kleid und ich muss eine Nachricht an Monsieur Delacroix schicken! Ich benötige heute Abend einen Begleiter!«, wies ich sie hektisch an. Die Zeit lief und ich konnte nicht wählerisch sein. Trotzdem war es ärgerlich, dass Lucille gerade jetzt nicht hier war.

Valentin richtete sich im Sattel auf, denn das Geräusch von Kutschenrädern wurde lauter. Er spähte aus dem Dickicht hervor, und als er sicher war, dass es sich um die richtige Kutsche handelte, ließ er das Pferd zurück auf den Weg traben und verstellte dem Gespann den Weg.

»Ho!«, rief der Kutscher, um die Pferde anzuhalten, und schlug seinen ledernen Umhang zur Seite, unter dem er bewaffnet war. »Was soll das? Schaff den Gaul aus dem Weg!«

Valentin hob die Hände. Er zeigte, dass er keine böse Absicht hatte. »Ich muss mit deinem Fahrgast reden«, forderte er und nickte Elian zu, der ihn dank der offenen Droschke bereits bemerkt hatte.

»Was willst du hier?«, blaffte der ihn an. »Folgst du mir etwa?«

Valentin schmunzelte. »Ich begegne dir sicher nicht zufällig mitten im Wald vor den Toren von Versailles.«

Elian stieg aus der Droschke und bedeutete dem Kutscher, kurz zu warten. Anschließend kam er näher. »Wenn es also kein Zufall ist – was willst du dann? Ich habe einem Verräter nichts zu sagen! Oder geht es etwa um Sophie?« Der Ausdruck in Elians Augen wurde strenger. »Sie ist doch gegangen, oder? Ist etwas schiefgelaufen?«, wollte er mit Sorge im Blick wissen. »Sag schon!«

»Sophie geht es gut«, beschwichtigte Valentin ihren Bruder und stieg vom Pferd. Er ging Elian entgegen, nicht ohne zu bemerken, dass der nach der Waffe unter seiner Jacke griff. »Der Chronograph hat sie nach Hause gebracht, aber unser gemeinsamer Bekannter ist damit nicht zufrieden, wie du dir sicher denken kannst«, begann Valentin das Gespräch. »Weder mein noch Sophies Auftrag ist abgeschlossen.«

»Weil du mich noch nicht als Verräter überführt hast?«, maulte Elian ihn an, wobei die Fingerknöchel um den Dolchgriff weiß hervortraten.

»Stimmt«, gab Valentin unbeeindruckt zurück. »Aber auch, weil der Teufel von Paris noch immer die Libelle von Lyon in seinen Besitz bringen will.«

Elian schüttelte den Kopf und warf mit einem Schulterzucken ratlos die Arme in die Luft. Die harte Miene wich aus seinem Gesicht und er seufzte. »Wir haben die Libelle nicht«, stöhnte er und fuhr sich durchs Haar. »Und ich bin ebenfalls gescheitert. Meine Hoffnung, das Gesteinsmehl würde mich direkt zum Teufel von Paris führen, hat sich in Luft aufgelöst. Eine Sackgasse.« Er deutete den Weg zum Palast zurück. »Hunderte Menschen gehen dort jeden Tag ein und aus. Jeder von ihnen könnte an die Lieferung aus dem Hafen kommen. Jeder von ihnen könnte der Teufel sein.« Er sah Valentin verzweifelt an. »Ich stehe bei null, und wenn du mich verrätst, dann will ich nicht wissen, welche Konsequenzen das nach sich ziehen wird«, murmelte er niedergeschlagen. Er ließ den Kopf hängen. »Manchmal wünsche ich mir, Albert hätte nie in den Lauf der Geschichte eingegriffen und diese Blutschuld auf uns geladen.«

»Welchen Dienst hat der Teufel ihm erfüllt?«

Elian rieb sich übers Gesicht. »Estelle war schwanger. Sie war Gast auf einem Fest. Im Gedränge wurde sie vom König angerempelt und versehentlich die Treppe hinuntergestoßen«, berichtete Elian. »In der Nacht, als Bray geboren wurde, kam es zu Komplikationen. Etwas stimmte nicht mit dem Kind und Albert ging los, um seinen Sohn zu retten.« Elian sah auf, aber er wirkte gebrochen. »Es gelang ihm, den Sturz zu verhindern. Bray ist gesund – und wir alle stammen von seiner Blutlinie ab und haben damit die Schuld geerbt.«

Regungslos hatte Valentin zugehört. Eine Gänsehaut überzog seinen Körper und er erinnerte sich. Bilder blitzten vor seinem geistigen Auge auf. Bilder einer schwülen Nacht in einem überfüllten Haus. Der König von Frankreich war zu Gast – und mit ihm Dutzende andere. Selbst in seiner Erinnerung erschlug ihn die Fülle an farbenprächtigen Kleidern, das Wedeln der Fächer und das Gelächter all jener, die wichtig genug waren, dieser Soiree beizuwohnen. Er war vollkommen überfordert damit gewesen, sich durch die eng gedrängten Gäste zu arbeiten, um die eine Frau zu finden, deretwegen er hier war.

Valentin schloss die Augen, wobei er klar und deutlich die verblassende Tinte auf dem Pergament der Schuld vor sich sah, das er – ebenso, wie Elian Dubois – von seinem Vorfahren geerbt hatte.

Sorge dafür, dass niemand während der Soiree von Madame Noirot zu Schaden kommt. Ein Sturz an der Treppe muss verhindert werden.

Das war sein Auftrag gewesen. Eine der unzähligen Aufgaben, die er erfüllt hatte. Er hatte nicht gewusst, wen er da gerettet hatte. Dass die Schwangere die Comtesse Dubois gewesen war. Er hatte sie in seiner Aufregung nicht einmal richtig wahrgenommen. Und doch wäre ohne ihn Bray Dubois bei der Geburt gestorben. Ohne ihn würde es die Blutlinie, der Sophie und Elian entstammten, überhaupt nicht geben.

»Das hängt alles zusammen«, überlegte er laut und sein Blick glitt in Richtung der strahlenden Fassade des Schlosses von Versailles in der Ferne. »Der Teufel von Paris hat mich aufgefordert, heute Abend auf das Lichterfest zu kommen«, sagte er nachdenklich, ehe er Elian wieder ansah. »Ich denke, du solltest vielleicht ebenfalls kommen. Denn irgendwo dort drinnen« – er deutete zum Schloss – »laufen die Fäden offenbar zusammen.«

Elian nickte zögerlich. »Triffst du den Teufel dort?«

Valentin lachte. »Glaubst du, ich kenne dessen Pläne? Ich bekomme nur eine Nachricht auf dem Pergament der Schuld – genau wie du.«

»Dann sollst du mich heute an ihn verraten?«

Valentin sah Elian in die Augen. »Ich denke, das erwartet er von mir.«

»Und wirst du es machen? Er droht, meine Blutlinie auszulöschen, wenn ich einen Auftrag für ihn nicht erfülle. Was denkst du, wird er erst tun, wenn er erfährt, dass ich mich von meiner Schuld befreien will?« Elian stemmte die Hände auf die Oberschenkel und atmete gequält aus. Dann schaute er Valentin von unten herauf an. »Ich hatte das Gefühl, du magst meine Schwester. Wenn du mir nicht um meinetwillen helfen willst, dann vielleicht um Sophies willen?«

»Du hättest an deine Schwester denken sollen, als du diesen irrsinnigen Plan gefasst hast!«, gab Valentin verärgert zurück. Elian machte es sich leicht, jetzt ihm Verantwortung in die Schuhe zu schieben. »Es hätte dir klar sein müssen, dass das schiefgehen kann!«

»Du hast ja recht, ich bin ein Idiot. Denkst du, das ist mir nicht klar? Aber du ahnst ja auch nicht, wie das ist, die Frau, die du liebst, immer wieder verlassen zu müssen. Sie ständig anlügen zu müssen, um zu erklären, warum du gehst, ohne zu wissen, wann oder *ob* du zurückkehren wirst!« Elian versetzte einem Erdklumpen einen Tritt, der in Richtung der wartenden Kutsche flog und die Pferde scheu machte.

»Erwartest du ernsthaft Mitleid von mir? Du bist je Auftrag im schlimmsten Fall drei Tage von zu Hause weg.« Valentin deutete auf sich selbst. »Ich bin seit Jahren nicht zu Hause gewesen und will mir die Lügen gar nicht vorstellen, die meine Familie erfinden musste, um *meine* Abwesenheit zu erklären! Ich würde alles dafür geben, wenn ich statt Jahren nur Tage hier hätte verbringen müssen!«

Elian senkte betroffen den Kopf und ließ die Schultern nach vorne sinken. »Ich tue das alles nicht wegen der drei Tage, die ich von zu Hause weg muss. Sondern wegen der Wochen und Monate, in denen ich nicht hier bin«, murmelte er leise und rieb sich den Nacken. Er sah Valentin nicht an, als er weitersprach. »Ich nehme in Kauf, nicht zurückzukehren, wenn ich erst den Schuldschein vernichtet habe. Das Risiko bestand immer, dass dann der Chronograph womöglich nicht mehr funktionieren könnte. Aber ich … trage den Gedanken, uns vom Teufel zu befreien, schon seit meinem ersten Auftrag mit mir herum. Seit Vaters Verletzung war mir klar, dass diese Blutschuld enden muss. Seitdem verfolge ich insgeheim diesen Plan. Und seitdem ist mir auch klar, dass ich möglicherweise hier strande. In dieser Zeit. Ich habe lange gezögert. Dann … habe ich jemanden kennengelernt und plötzlich schien es mir nicht mehr so schlimm … hierbleiben zu müssen.« Er hob den Kopf und ihre Blicke trafen sich. »Es bricht mir jedes Mal das Herz, wenn der Chronograph mich zurück in meine Welt reißt und ich nicht weiß, wann ich Lucille das nächste Mal wiedersehe.«

»Du liebst ein Mädchen aus dieser Zeit?« Valentin glaubte, sich verhört zu haben.

Elian nickte. »Lucille ist toll. Sie ist Zofe im Haus des Comte.« Er fuhr sich verlegen durchs Haar. »Ich würde am liebsten immer bei ihr sein.«

»Gott, Elian!«, stöhnte Valentin und schlug sich die Hand an die Stirn. »Ist das dein Ernst?«

»Mein voller Ernst. Ich weiß nicht mehr, was ich tun soll. Ich …«

Valentin stöhnte erneut. »Ihr Dubois' macht es einem echt nicht leicht.«

»Was meinst du damit? Wirst du mich nicht verraten?« Hoffnung schwang in Elians Stimme mit.

Valentin musterte Elian. Dann trat er an sein Pferd und zog sich in den Sattel. »Mach dich schick und komm heute Abend in den Palast«, sagte er und straffte die Zügel. »Ich werde sehen, was ich für dich tun kann – aber ich werde nicht für dich lügen.«

Wenn Libellen nicht fliegen

Irgendwo in Paris, 1688

Die Spannung, die in der Luft lag, war regelrecht greifbar. Kein Lüftchen wehte, kein Mucks war zu hören, selbst der Hund hatte aufgehört zu hecheln.

»Herr, worauf wartet Ihr?«, zerriss Fleurs Flüstern die Stille, wie ein Knall.

Er hatte so lange auf den Chronographen vor sich gestarrt, dass er alles um sich herum vergessen hatte. Er war versunken in seinem Meisterwerk. Nun hob er den Kopf, neigte ihn nach links und rechts, was seine Wirbel knacken ließ, und schenkte Fleur ein kaum wahrnehmbares Lächeln. »Du hast ja recht. Zu zögern wird nichts am Ergebnis ändern, *oui?*«

»Ich glaube an Euch. All Eure Sorgen werden sich in Luft auflösen.« Fleur kratzte sich an der Nasenspitze und sah ihn mit leicht gerunzelter Stirn an. Sie stand auf Zehenspitzen an seinem Arbeitstisch.

»Das wissen wir nicht sicher«, teilte er seine Bedenken mit ihr. »Was, wenn wir uns irren? Was, wenn die Goldene Libelle von Lyon nicht ist, was sie zu sein scheint?«

Fleur hob die Augenbrauen zu steilen Bögen. »Wir haben so lange nach ihr gesucht!«, keuchte sie. »Bei ihr stimmt alles! Sie muss das fehlende Teil sein, das Ihr braucht!«

Er nickte. »Ich vertraue auf die Libelle. Wir haben so viel über ihre Bedeutung herausgefunden, und ich denke, wir liegen endlich richtig. In der Mythologie ist sie das Symbol für Veränderung, der Freude und der Wiedergeburt. Sie ist das

Symbol der verstorbenen Seelen, und du erinnerst dich, dass es heißt, der magische Glanz ihrer Flügel könnte Dinge wiederbeleben.«

»Ich weiß!«, schwärmte Fleur und strich andächtig mit der Fingerspitze über die goldene Libelle vor sich. »Sie ist das perfekte Krafttier für diesen Chronographen!«

»Zudem ist das Gold ihres Körpers im richtigen Jahr geschmiedet und sie war stets Bestandteil einer Uhr. Die Zeit ist also ihr Zuhause«, fasste er noch einmal all die Gründe zusammen, weshalb er von der Macht der Libelle überzeugt war.

»Und worauf wartet Ihr dann noch?«, fragte Fleur und schob ihm die Libelle zu. »Baut den Chronographen, der es schafft, endlich in die Zeit zu reisen, in der all Euer Leid begann.« Ihre Augen sprühten vor Zuversicht. »Dann könnt Ihre endlich das Unrecht wettmachen, das Euch widerfahren ist«, drängte sie.

»Nicht mir ist in jener Nacht Unrecht widerfahren, Fleur. Sondern meiner Mutter und meinen Schwestern. Sie wurden ermordet, wohingegen ich noch heute hier stehe.«

Fleur fasste sich ans Herz. »Und ich danke Gott dafür! Hätte Euch der Zeiger der Uhr nicht durchbohrt und Euer sterbendes Herz durch sein stetiges Ticken am Leben gehalten, hättet Ihr nie die Macht erhalten, die Zeit so zu beugen, dass Ihr jetzt kurz davorsteht, den Mord an Eurer Familie zu verhindern.«

»Ich werde erst feiern, wenn das wirklich geschehen ist«, gab er zurück, griff aber nach dem winzigen Uhrmacherwerkzeug, um sich erneut dem Chronographen zuzuwenden. Er atmete tief durch und nahm anschließend die Goldene Libelle von Lyon auf. Jeder Handgriff war ihm vertraut. Er hatte schon viele Chronographen gebaut. Keiner hatte seinen eigentlichen

Zweck erfüllt und ihn an den Tag vor dem Überfall auf die Uhrmacherwerkstatt seines Vaters zurückgebracht. Dabei vermochten sie es alle, die Zeit zu beugen. Nur eben nicht hin zu diesem einen und entscheidenden Tag.

Es hatte Jahre gedauert, herauszufinden, dass verschiedene Krafttiere ihm halfen, die Zeiten zu steuern. Und keiner seiner Chronographen hatte sich je als unnütz herausgestellt. Er hatte andere gefunden, die er damit durch die Zeit schickte. Die ihm all die Dinge besorgten, die er brauchte, sodass er sein Ziel verfolgen konnte. Dinge wie Unabhängigkeit, Geld, Stellung und weitere Schuldner in noch machtvolleren Positionen, um noch leichter an all die kostbaren Teile zu gelangen, die womöglich das entscheidende Puzzlestück für den finalen Chronographen sein würden. Er hielt viele Schicksale in seinen Händen, doch wenn er erst sein Ziel erreicht hätte, dann würde er sie alle nicht mehr brauchen.

Vielleicht war heute der Tag, an dem dies geschah.

Die Anspannung war groß, während er die filigrane Libelle mit dem Uhrwerk des Chronographen zusammenfügte und der Mechanismus sich mit einem leisen Rattern, fast wie ein Flüstern, mit dem goldenen Insekt verband. Als wäre sie lebendig, kam Bewegung in die Libelle und ihr glänzender Körper wurde zum Zeiger eines Kunstwerks von unfassbarem handwerklichem Geschick. Der Teufel von Paris wusste, es gab keinen Zweiten, der so etwas zu schaffen in der Lage wäre. Allein die Schönheit seines Chronographen war atemberaubend. Und als er nun das letzte Zahnrad in Position brachte und die Zeit einstellte, von der er hoffte, sie bereisen zu können, da war das leise Ticken der Sekunden wie Musik in seinen Ohren.

»Oh, Herr, ich bin so aufgeregt!«, stieß Fleur hervor und rang nervös die Hände vor ihrem Bauch.

Auch er war aufgeregt. Er strich sich die dunklen Haare zurück, nahm den fertigen Chronographen zur Hand und deutete auf eine vorbereitete Sanduhr. »Fülle Sand für fünf Minuten ein«, wies er Fleur an.

»Wie wollt Ihr die Mörder in nur fünf Minuten stellen?«, fragte sie verwundert. »Meint Ihr nicht, Ihr braucht dafür mehr Zeit?«

Er schluckte. »Ich will nur sehen, ob der Chronograph diesmal funktioniert. Wenn er es tut – dann werde ich mich gründlich vorbereiten, ehe ich Rache an diesen Mördern nehme, dessen sei dir gewiss, Fleur.« Sein Blick war eisig. »Und ich werde mir weit mehr Zeit für meine Vergeltung nehmen als fünf Minuten.« Damit glitt das Zahnrad in Position und die Rädchen des Chronographen setzten sich in Bewegung. Dann riss ihn die Macht seines Werks durch die Zeit.

Cinderella-Moment

Maison de Dubois, 1688
– 6 Stunden verbleibend –

»Du hast meine Nachricht also erhalten«, stellte ich erleichtert fest, während das Hausmädchen Valentin in den Salon führte. Der blieb in der Tür stehen und musterte mich schweigend. Verlegen ging ich auf ihn zu. »Du hättest Bescheid geben können, dass du mich abholst. Ich war der Meinung, du kommst nicht.«

Er schmunzelte, ohne seinen Blick von mir zu nehmen. »Ich habe kein Personal, das ich herumschicken kann«, erinnerte er mich. »Aber jetzt bin ich ja hier.« Seine Miene wurde ernst und er trat einen Schritt näher. »Und du bist tatsächlich auch wieder hier«, raunte er, und als er diesmal die Lippen kräuselte, da erwachten die Schmetterlinge in meinem Magen zum Leben. »Schöner, denn je«, stellte er fest und trieb mir damit das Blut in die Wangen.

Ich strich den goldenen Samt der oberen Stofflage meines Kleides glatt, die die Aufmerksamkeit auf die elfenbeinfarbene Seide darunter lenkte, und winkte ab, auch wenn der bewundernde Ausdruck in seinen Augen meinen Puls beschleunigte. »Ich hab gedacht, man macht sich besser etwas zurecht, wenn man den Teufel von Paris trifft«, erklärte ich, obwohl ich zugeben musste, dass ich mir den ganzen Nachmittag ausgemalt hatte, was Valentin wohl zu meiner Aufmachung sagen würde.

Als er jetzt langsam den Abstand zwischen uns verringerte,

zog ich die Unterlippe zwischen die Zähne und hielt den Atem an. Nur wenige Zentimeter vor mir blieb Valentin stehen und ich legte den Kopf in den Nacken, um seinem Blick standhalten zu können. Ein Feuer loderte in seinen Augen und mir wurde heiß.

»Der Teufel hat so etwas Schönes nicht verdient«, wisperte er. Sogleich hob er seine Hand an die kunstvoll aufgesteckten Strähnen und folgte deren Schwung bis an mein Ohr. Dann ließ er die Finger langsam in meinen Nacken gleiten, ehe er seine Lippen auf meine legte. Er war behutsam, als er mich küsste, fast, als wäre er eingeschüchtert vom goldenen Glanz meines Kleides.

»Und hast du so etwas verdient?«, flüsterte ich, denn seine Zärtlichkeit ging mir mehr unter die Haut, als gut war. Ich wollte nicht mehr auf das blöde Lichterfest gehen. Wollte nicht mehr den Teufel von Paris treffen, sondern einfach mit Valentin irgendwohin verschwinden, wo uns niemand finden würde.

Valentins Lachen war rau. »Wenn ich Nein sage, ziehst du das Kleid dann aus?« Er sah mich so sinnlich an, dass mein Herz stolperte.

»Ganz sicher nicht!«, stieß ich kichernd hervor und schlug nach seiner Hand, die sich über meinen Rücken auf meine Taille schob. »Ich hab Stunden gebraucht, all das Zeug anzuziehen.« Ich senkte die Stimme. »Allein das Mieder ist achtundvierzigmal geschnürt.«

Nun legte Valentin beide Hände um die eng gefasste Taille. »Dann sollten wir jetzt besser aufbrechen, ehe ich dem Impuls nachgebe, herauszufinden, wie lange es dauert, diese achtundvierzig Ösen zu lösen.« Er lachte leise. »Gott, Sophie, wenn dein Anblick den Teufel von Paris nicht darüber hinwegtäuscht, was wir vorhaben, dann muss er wirklich blind sein.« Er trat einen Schritt zurück und schaute mich bewundernd an. »Du raubst mir den Atem und ich kann nicht glauben, dass uns nur drei Tage bleiben. Wie soll ich dich nur je wieder gehen lassen?«

Seine Worte, so wundervoll sie waren, brachen mir das Herz. »Uns bleiben keine drei Tage«, verbesserte ich ihn traurig. »Der Teufel von Paris hat die Regeln geändert. Sobald er die Libelle von Lyon hat, schickt er mich zurück in meine Zeit. Er hat den Chronographen nicht voll aufgezogen.«

Valentin wurde blass und der Druck seiner Finger an meiner Taille wurde fester. »Was? Wie lange haben wir? Wie viel Zeit hat er dir gegeben?«

Ich schluckte, um die plötzliche Enge in meiner Kehle zu vertreiben, und gab mir Mühe, nicht ganz so verzweifelt zu klingen, wie ich mich fühlte. »Bis Mitternacht«, presste ich heraus und versuchte mich an einem missglückten Lächeln. »Das ist quasi unser Cinderella-Moment.«

Valentin kniff die Lippen zusammen. Er wirkte getroffen, als er sich durchs Haar fuhr. »Bis Mitternacht ist einfach nicht genug«, schüttelte er den Kopf und griff nach meiner Hand. »Gott, Sophie, für immer wäre nicht genug!« Er zog mich an sich und schlang die Arme um meinen Körper »Für immer wäre nicht genug, oder?«

»Nein. Wäre es nicht«, stimmte ich zu und schmiegte mich mit Tränen in den Augen an seine Brust.

»Ich war so lang allein, konnte mich niemandem anvertrauen«, flüsterte er und küsste meinen Scheitel. »Wenn uns gelingt, was wir vorhaben, dann …«

Ich wollte nicht hören, was er sagte, also küsste ich ihn, denn meine Gedanken waren seinen sehr ähnlich. Auch ich hatte mich jahrelang allein gefühlt. Zu Hause in meiner Zeit, mit all den Lügen und den Geheimnissen, die ich vor Valentin nicht haben musste. Er war der erste Mensch, der mich verstand, der wusste, was mein Leben ausmachte. Und es tat so furchtbar weh, mir vorzustellen, dass die Zeit uns auseinanderreißen würde.

Ich sah ihn wenig hoffnungsvoll an. »Meinst du, wir werden uns noch einmal begegnen?«

Er lächelte schwach. »Lass uns die letzten Stunden nicht mit düsteren Gedanken verbringen«, schlug er vor und löste sich nach einer letzten festen Umarmung von mir. »Steigen wir in die Kutsche und fahren nach Versailles. Wir müssen auf das Treffen mit dem Teufel vorbereitet sein.« Er nickte zur Tür und verneigte sich übertrieben höflich. »Und wenn mir das Glück hold ist, Mademoiselle – dann gestattet Ihr mir einen letzten Tanz.«

Die Fahrt in der Kutsche war merkwürdig. Nicht nur wegen Estelle, die erneut als Anstandsdame fungierte. Es war, als würde sich die unausweichliche Trennung bereits jetzt zwischen uns zwängen. Valentin hielt meine Hand, aber nicht wie sonst, mit diesem verführerischen Kribbeln, sondern wie jemand, der mit mir zusammen eine Aufgabe zu erledigen hatte. Zwar saßen wir nebeneinander, doch mein üppiges Kleid und mein nachtschwarzer Umhang mit dem Pelzkragen verhinderten, dass wir uns wirklich nahe waren.

Sobald ich zu Valentin hinübersah, kam es mir vor, als hätte ich die letzten Tage nur geträumt. Als wäre das alles nicht wirklich passiert. Bloß mein Herz, das ganz klar sagte, dass es sich verliebt hatte, schien zu wissen, dass dies echt war. Und doch fühlte es sich an, als würde ich langsam aus einem schönen, romantischen und spannenden Traum erwachen. Ich wollte nicht aufwachen. Wollte nicht, dass es endete. Aber der Chronograph an meinem Strumpfband tickte gnadenlos weiter. Es würde enden. Heute, Schlag Mitternacht.

»Ich habe deinen Bruder getroffen«, brach Valentin das Schweigen und setzte sich etwas aufrechter hin. Das Rumpeln der Kutsche machte es nötig, sich ständig neu auf dem Polster zu arrangieren.

»Echt? Warum hast du das nicht gleich gesagt?«

Valentin schmunzelte. »Weil mich dein Anblick ... leicht aus der Bahn geworfen hat.«

Seine Antwort machte mich verlegen und mir wurde warm. Estelle schnaubte.

»Hat er denn am Hafen etwas herausgefunden? Weiß er, wer der Teufel von Paris ist? Kennt er dessen Identität?«

Valentin hob abwehrend die Arme, denn die Fragen schossen nur so aus mir heraus. »Die Spur verlor sich im Palast von Versailles.«

»Im Palast? Wie das?«

Valentin zuckte mit den Schultern. »Ich weiß es nicht. Aber es führen verdammt viele Spuren in den Palast, findest du nicht?«

Fand ich das? Eigentlich nicht. Oder war mir etwas entgangen? »Welche denn?«

Valentin zählte an den Fingern auf. »Zuerst verschwindet die Libelle von Lyon aus Sinclairs Werkstatt – ohne jede Einbruchsspur an der Tür«, setzte er an.

»Ja, aber haben wir nicht selbst bewiesen, dass eine Haarnadel ausreicht, um dort hineinzukommen? Die Werkstatt ist immerhin nicht gerade die bestbewachte Schatzkammer von ganz Frankreich«, gab ich zu bedenken.

Valentin neigte den Kopf, als gäbe er mir recht, hielte es jedoch trotzdem für unwichtig. »Jemand mit einem Schlüssel zu dieser Tür käme aber noch leichter hinein, richtig? Im Palast gibt es sicher einige, die einen Schlüssel haben.« Ein zweiter Finger gesellte sich zu dem ersten. »Das Gesteinsmehl für die Tinte wurde in den Palast geliefert. Wer der endgültige Empfänger ist, konnte dein Bruder nicht herausfinden, allerdings könnte es dieselbe Person sein, die auch die Libelle gestohlen hat.«

Mein Puls beschleunigte sich, denn irgendwie kam es mir so vor, als wären wir auf einer heißen Spur. »Was noch?«

Valentin zögerte. »Warum sollten wir uns an deinem ersten Tag in dieser Zeit ausgerechnet hier treffen? Warum sind wir heute hier – und nicht an einem Ort, der sehr viel diskreter wäre?«

Ich hielt den Atem an und sah Valentin entgeistert an. »Du denkst, er war immer in unserer Nähe? Er war hier, als wir uns begegnet sind? Weiß er, dass wir bei Sinclair eingebrochen sind? Weiß er, dass … du mich geküsst hast?« Ich biss mir nachdenklich auf die Lippe und Estelle hielt sich empört ihr Riechsalz unter die Nase.

Ich rollte mit den Augen und wandte mich wieder Valentin zu. »Du glaubst, der Teufel von Paris ist jemand aus dem Palast?«

»Es ist zumindest jemand, der in Versailles ein und aus geht, so viel steht fest.« Er straffte die Schultern und deutete aus dem Kutschenfenster, wo gerade die Mauern des Schlosses vorbeizogen. »Lassen wir uns überraschen«, meinte er mit eindringlicher Miene. »Seid Ihr bereit, Mademoiselle Sophie? Bereit zu lügen?«

»Bin ich. Und Ihr, Monsieur?«

Valentin sah mir direkt in die Augen und eine Gänsehaut wanderte mir den Rücken hinauf. »Du wirst überrascht sein, was für ein überzeugender Lügner ich bin.«

Fest der tausend Lichter

Versailles, 1688
– 4 Stunden verbleibend –

Tausend Lichter waren in und um das Schloss entfacht. Die Dunkelheit hatte keine Chance gegen das Meer an Fackeln, Flammen und Lampen, die jeden Winkel von Versailles in ihren magischen goldenen Glanz tauchten. Und obwohl ich ganz andere Sorgen hatte, war ich tief beeindruckt. Ludwig der XIV. wusste, wie man ein solches Fest rockte.

Es war, wie in Licht zu schwimmen, als Valentin mich gefolgt von Estelle durch das Spalier aus Fackeln über den Marmorhof ins Schloss führte. Der goldene Stoff meines Kleides erwachte durch die Flammen regelrecht zum Leben und ich spürte, dass Valentins Blick immer wieder bewundernd über mich glitt. Wir reihten uns in die Schlange der Gäste ein, die alle die Treppe hinauf in den Spiegelsaal wollten, denn durch die weiten Bogenfenster dort würden sie um Mitternacht die beste Aussicht auf das Feuerwerk haben, das im Garten über den Wasserbecken entzündet werden sollte. Außerdem hielt seine Majestät der König dort Hof. Er ließ es sich nicht nehmen, den heutigen Abend mit seinen adeligen Untertanen zu verbringen, die schließlich nur hier waren, um ihm zu huldigen.

Während wir warteten, musterte ich alle Umstehenden genau. War einer von ihnen der Teufel, in dessen Schuld offenbar mehr Menschen standen als gedacht?

Ich wusste es nicht, aber ich traute niemandem mehr.

Wut! Er verspürte nichts als Wut! Die tausend Lichter schienen ihn zu verhöhnen, denn in ihm herrschte Finsternis. Hass, so schwarz wie die Nacht, umhüllte sein Herz und seine Seele. Er wollte etwas zerstören, etwas vernichten! All sein Schmerz brauchte ein Ventil. Dass er sein Arbeitszimmer in Trümmer geschlagen hatte, hatte bei Weitem nicht gereicht. Am liebsten wäre er überhaupt nicht hergekommen.

Mit energischen Schritten lief er den Flur entlang, die Gäste um sich herum nicht beachtend. Sie waren ohnehin bloß Dummköpfe, die keine Ahnung von der Macht des Universums hatten.

»Beeil dich gefälligst!«, knurrte er Fleur an, die mit einer großen Ledertasche beladen nicht mit ihm Schritt halten konnte.

»Es tut mir so leid, Herr, dass der Chronograph versagt hat«, wisperte sie zum wiederholten Mal. Und wie all die Male zuvor, hatte es für ihn keine Bedeutung.

»Halt den Mund! Ich will das nicht mehr hören!«, fauchte er sie an und riss ihr die Tasche aus den Händen. Die Pergamentrollen flogen darin herum und er hörte das Tintenfass klappern. »Wer weiß, ob du mich nicht auch betrügst!« Ohne auf das Mädchen zu warten, hastete er weiter.

»Wie könnt Ihr so was nur denken, Herr? Ich würde Euch nie hintergehen! Ihr habt mir das Leben gerettet, ich bin Euch für immer dankbar!«

»Alle anderen habe ich ebenfalls gerettet!«, erinnerte er sie. »Jeden aus einer anderen Not, aber immer war *ich* ihre letzte Rettung! Und jetzt?« Er brüllte inzwischen, doch da sie die Hauptflügel des Schlosses bereits verlassen hatten, achtete niemand darauf. »Jetzt bin ich umgeben von Verrätern!«

»Das wisst Ihr doch gar nicht, Herr. Lasst uns erst hören, was Monsieur Delacroix zu berichten hat«, versuchte ihn das Kind zu beschwichtigen.

»Worauf wartest du dann?«, jagte er Fleur davon. Sie hatte schließlich eine Aufgabe zu erfüllen, außerdem brauchte er ihren Trost nicht.

Er schloss eine Tür auf und betrat den im Dunkeln liegenden Raum. Mehrfach erlosch das Zündholz bei dem Versuch, eine Öllampe zu entzünden, denn seine Hände bebten vor Wut. Ausnahmsweise war nichts von dem Geschick zu spüren, mit dem er sonst die filigransten Uhrwerke zusammensetzte. Als endlich ein Lichtkegel über seinen Arbeitstisch fiel, breitete er die mitgebrachten Pergamentrollen nebeneinander aus und platzierte das Tintenfass rechts oben.

Dann nahm er den verfluchten Chronographen heraus und sein eisiger Blick glitt über die Goldene Libelle von Lyon an der Oberseite, die seine Erwartungen und Hoffnungen zerstört hatte. Auch sie hatte ihn verraten.

Es war niederschmetternd. Und es ließ ihn ratlos zurück. Was nun? Wie sollte es jetzt weitergehen? Es wäre so unendlich viel einfacher zu akzeptieren, dass seine Schwestern und seine Mutter ermordet worden waren, als diesen Weg voller Rückschläge noch länger zu beschreiten. Doch er konnte nicht aufhören. Er war nicht wie sein Vater, der, um sein eigenes Leben zu schützen, kampflos die Hände gehoben und zugesehen hatte, wie die Mädchen ermordet worden waren.

Er atmete hektisch ein. Nach all den Jahren raubte ihm die Erinnerung nach wie vor den Atem. Mädchen musste man doch schützen. Mädchen überließ man nicht der Gefahr oder dem Tod. Seine Schwestern hätten Schutz gebraucht. Von seinem Vater – oder auch von ihm. Doch er hatte versagt. Und deshalb würde er nicht ruhen, bis er diese Tat ungeschehen gemacht hatte!

Er stieß einen Schrei aus, so qualvoll wie ein verwundetes Tier, und wischte dabei den Chronographen mit aller Kraft vom Tisch. Die verfluchte Libelle von Lyon hatte ihn zurückgebracht – zurück zu dem Moment, als man die Leichen seiner Schwestern aus der Uhrmacherwerkstatt getragen hatte. Doch keine Stunde früher.

Er ballte die Fäuste und presste sie sich auf die Augen, um die Bilder zu vertreiben. Er war so nah dran. Und doch keinen Schritt weiter.

Mit zitternden Fingern fasste er erneut in die Tasche und holte den dunklen Wein heraus, den er später brauchte. Er öffnete den Weinschlauch mit den Zähnen und ließ den Alkohol direkt in seine Kehle fließen. Dieser Tag verlief nicht wie geplant. Er hoffte nur, es würde nicht noch schlimmer kommen …

»Ich bin so aufgeregt«, flüsterte ich Valentin zu, als der Abend immer weiter fortschritt, ohne dass etwas geschah. Ich schwitzte unter dem üppigen Kleid und tastete alle paar Sekunden nach der Libelle, die ich unter meinem Rock verborgen hatte. »Warum zeigt sich der Teufel nicht? Will er die Libelle etwa nicht mehr?«

»Hab etwas Geduld.« Valentin führte mich an die Seite. So entkamen wir dem Gedränge etwas, konnten in den Spiegelwänden aber dennoch beobachten, was um uns herum geschah. Am Kopf des Saals war auf einem Podest der Thron aufgestellt, doch vom König fehlte bislang jede Spur.

»Wo bleibt der König?«, hörte man ringsum die Leute tuscheln, und auch ich fragte mich, warum Ludwig der XIV. sein eigenes Fest verpassen sollte. Andererseits brauchte ich mir weniger Gedanken um die höfische Etikette zu machen, solange er nicht hier war.

Ein Page, der ein Tablett mit Gläsern auf der flachen Hand balancierte, kam in unsere Richtung. Valentin drückte meine Finger, die, wie es der Anstand gebot, nur sacht auf seinem Arm ruhten. Sofort überkam mich Panik. War es nun so weit? Mein Herz hämmerte und ich war froh, dass Valentin bei mir war.

»*Pardon,* Monsieur, Mademoiselle.« Der Page verneigte sich leicht vor uns, ohne uns direkt ins Gesicht zu sehen. »Dieser Wein ist für Euch«, sagte er tonlos und präsentierte das Tablett.

»Wer schickt den Wein?«, verlangte Valentin zu erfahren und hielt meine Hand zurück, als ich nach dem angebotenen Kristallkelch mit der blutroten Flüssigkeit griff.

»*Pardon,* das weiß ich nicht, Monsieur.«

»Ihr müsst doch wissen, wer Euch zu uns geschickt hat«, widersprach Valentin vorsichtig.

»*Non, excusez-moi,* das weiß ich nicht. Das Tablett wurde mir so aus der Küche gereicht.«

Valentins Kiefer zuckte, seine Anspannung gefiel mir nicht.

»Monsieur, wenn Ihr das nicht annehmen wollt, dann …« Der Page räusperte sich und zuckte mit den Schultern.

»Wir sollten das trinken«, meinte ich und stieß Valentin den Ellbogen in die Seite. »Anders werden wir nicht an den Teufel herankommen«, wisperte ich ihm ins Ohr.

Nickend ließ Valentin meine Hand los und nahm die beiden Gläser vom Tablett. Er schaute sich aufmerksam um, und auch ich fragte mich, ob uns der Teufel von Paris in diesem Moment beobachtete.

Der Page wollte sich gerade höflich zurückziehen, da hielt Valentin ihn auf. »Wir brauchen ein drittes Glas«, meinte er und sah dem Diener ins Gesicht.

»Pardon?« Der Page wirkte verwirrt, ich runzelte ebenfalls die Stirn.

»Wofür?«, fragte ich, aber Valentin beachtete mich gar nicht. Er war ganz auf den Diener fokussiert.

»Wer immer Euch in der Küche diesen Wein für uns gereicht hat – geht zu ihm und sagt ihm, wir brauchen ein weiteres Glas. Wir erwarten noch einen Gast.«

Der Bedienstete zögerte. Dann nickte er und verschwand in der Menge. Erneut ließ Valentin seinen Blick suchend über die Gästeschar schweifen. Ich hatte keine Ahnung, ob ihm etwas Verdächtiges auffiel. Mir jedenfalls nicht. All diese üppigen Ballkleider, die schrillen Frisuren und die herausgeputzten Herren waren eine regelrechte Reizüberflutung für mein Gehirn.

»Dort.« Valentin drehte mich leicht und deutete zu einer der Türen.

»Der Teufel?«, fragte ich erschrocken, woraufhin Valentin lachte.

»Dein Bruder«, verbesserte er mich schmunzelnd und deutete zum Eingang des Saals. »Da kommt dein Bruder.«

»Was? Elian? Elian ist hier?« Ich konnte es nicht glauben, obwohl mein Bruder direkt auf uns zukam. Er wirkte wie ein typischer Höfling dieser Zeit, mit engen Beinlingen und einem fein bestickten *Justaucorps.* Sein Haar trug er offen bis auf die Schultern. Er sah gut aus. Aber ich hätte ihn fast nicht als meinen Bruder erkannt. Er war in Begleitung einer jungen Frau, die mit einem ausladenden Fächer gegen die Hitze im Saal anwedelte, beinahe, als wolle sie sich hinter ihm verstecken. Elian küsste der Dame höflich die Hand, ehe er sie sich selbst überließ und auf uns zukam. »Was macht er denn hier? Spinnt er? Der Teufel von Paris wird …«

»Er wird erfreut sein«, unterbrach Valentin mein Gestammel und drückte beruhigend meine Hand. »Ich dachte, du vertraust mir.«

Vertraute ich Valentin? Ich schaute in sein Gesicht. Das Graublau seiner Augen war so schwer zu deuten wie immer. Und im Grunde war es auch egal, ob ich ihm vertraute. Elian war nun sowieso hier.

»Ich hätte es echt nett gefunden, wenn du oder Elian mich in eure Pläne eingeweiht hättet«, fauchte ich Valentin an und entriss ihm meinen Arm. »Ihr könnt euch nicht vorstellen, wie nervig es ist, dass ihr ständig euer eigenes Süppchen braut und mich behandelt, als wäre ich eine Außenseiterin! Niemand sagt mir was! Das ist zum Kotzen!«

Elian erreichte uns, und anstatt mich zu freuen, ihn nach unserem letzten nicht so erfreulichen Treffen wiederzusehen, verspürte ich lediglich Wut auf ihn. »Was machst du hier?«, presste ich zornig zwischen den Zähnen hervor. »Und warum bist du nicht mit uns zusammen von der Villa aus hierhergekommen?«, wollte ich wissen, denn dann würde mich seine Anwesenheit jetzt nicht völlig aus der Bahn werfen. Ich schielte zu Valentin hinüber, immerhin war er der Grund, warum mich Elians Nähe nun so verunsicherte. Ich hatte es nämlich gut gefunden, mit Valentin allein zu sein. Mit ihm das größte Abenteuer meines Lebens zu teilen. Und zwar nur mit ihm. Jetzt hatte ich das Gefühl, als wäre es Elians Abenteuer, in das ich bloß zufällig hineingestolpert war. Selbst Valentin wich ein Stück vor mir zurück, als sei es ihm unangenehm, vor meinem Bruder meine Hand zu halten.

»Ich konnte nicht früher kommen«, gab Elian mit gesenkter Stimme zurück und funkelte mich warnend an. »Was ich tue, hat schon seinen Grund.«

Na klar. Das glaubte ich ihm gerne. Gründe, die er mir aber nicht erklären würde, denn ich war ja *nur* seine Schwester, richtig? Ich ballte die Fäuste, um zu verhindern, dass ich nach ihm schlug.

»Der Page kommt zurück!«, erweckte Valentin unsere Aufmerksamkeit und neigte leicht den Kopf in die entsprechende Richtung. »Es geht also los.« Er warf mir einen aufmunternden Blick zu. *Bist du bereit?,* schien er zu fragen, woraufhin ich nickte. Um meinen Ärger über Elian würde ich mich später kümmern.

Der Page hatte ein einzelnes Kristallglas auf seinem Tablett, das er nun mit einer tiefen Verbeugung und ohne Worte Elian anbot. Und kaum hatte der das Glas genommen, verschwand der Diener wieder in der Menge.

»Du denkst der Wein kommt vom Teufel von Paris, oder?«, fragte ich, obwohl alles andere keinen Sinn gemacht hätte.

Valentin nickte. »Er sorgt vor«, erklärte er. »Um später nicht erkannt zu werden, wird er uns hiermit die Sinne trüben.«

»Und wenn wir es einfach nicht trinken?«, schlug ich vor. »Wir könnten es … aus dem Fenster schütten, oder so.«

Valentin schmunzelte. »Glaubst du, wir sind in diesem Moment unbeobachtet?« Ich sah mich um, aber niemand schien uns besondere Aufmerksamkeit zu schenken. Niemand, außer Mademoiselle Flamant, die Valentin vom anderen Ende des Raums aus abwechselnd schmachtende und wütende Blicke zuwarf.

»Ich denke, ihr werdet beobachtet, seit ihr aus der Kutsche gestiegen seid«, stimmte Elian Valentin zu. »Also trinken wir auf den Abend, der über unser Schicksal entscheidet.« Er hob das kostbare Kristall in die Höhe und wir stießen an, selbst wenn mir gar nicht nach Feiern zumute war. Ich zitterte, als ich das Glas an meine Lippen führte und der betäubend süße Wein meinen Gaumen benetzte. Er schmeckte nach Himbeeren, Honig und bitterem Wermut – und er stieg mir direkt in den Kopf.

»Valentin!«, keuchte ich und streckte die Hand nach ihm aus. Er kam an meine Seite und legte mir den Arm an die Taille.

»Hab keine Angst.« Seine Stimme klang rau, als würde auch ihm der Alkohol in der Kehle brennen. »Ich bin bei dir. Genau wie Elian.« Tatsächlich beruhigte mich das ein wenig. Nicht dass Elian hier war, sondern die warme Hand in meinem Rücken. Es war beruhigend, dass Valentin bei mir war. Dass er mich hielt und stützte, dass er mir ein Lächeln schenkte, selbst jetzt, wo nichts mehr sicher war.

»Trink aus«, ermutigte er mich und strich mir eine Strähne aus dem Gesicht. »Bringen wir es hinter uns.«

Mit wild klopfendem Herz leerte ich den Wein. Ich wusste nicht, ob es das Gift war, das meinen Puls antrieb, oder die Aufregung, weil wir gleich dem Teufel von Paris gegenüberstehen würden. Oder weil ich in diesem Moment erkannte, dass ich furchtbare Angst vor dem Ende des Abends hatte, denn selbst wenn der Teufel von Paris nicht unsere Blutlinie kappen würde, es wäre der letzte Abend mit dem Jungen, den ich liebte. Die letzten Stunden mit Valentin Delacroix waren bereits angebrochen.

»Mademoiselle, Monsieurs …« Eine der Hofdamen der Königin sprach uns an. »Ich wurde gebeten, Euch auszurichten, dass Ihr in der Bibliothek erwartet werdet.«

»Wer ließ Euch dies ausrichten?«, hakte Valentin auch diesmal nach, aber die Frau schüttelte nur den Kopf. »Oh, ein Herr bat mich.« Sie drehte sich um, als würde sie ihn in der Menge suchen. »Aber er … ich sehe ihn gerade nicht. Er bat mich bloß, Euch dies auszurichten.«

»Kanntet Ihr den Herrn?«, wollte Elian wissen.

»Oh, *non*. Aber ich denke … ich habe ihn schon öfter *gesehen*.«

»Dann kennt Ihr nicht seinen Namen?« Elian klang ungeduldig und fasste sich an die Schläfen, als würde er versuchen, gegen die Wirkung des vergifteten Weins anzukämpfen.

»Oh, *pardon*, Monsieur.« Sie knickste. »Ich kann nicht jeden kennen, *oui?*«

»Das hilft uns nicht weiter«, meinte Valentin und stützte mich, denn meine Knie wurden wackelig. »Lasst uns zur Bibliothek gehen, ehe die Wirkung dieses Tranks noch zunimmt.« Er legte meine Hand zurück auf seinen Arm und führte mich mit sanftem Druck aus dem Saal. Der breite Flur kam mir endlos vor und das Betäubungsmittel im Wein erweckte in mir den Eindruck, die Treppenstufen würden wie bei einer Rolltreppe in Bewegung sein. Ich taumelte bei jedem zweiten Schritt gegen Valentin und brachte auch ihn zum Wanken.

Wir erreichten die Bibliothek, deren Türen offen standen, als würden wir bereits erwartet. Nur eine einzelne Öllampe beleuchtete den Raum, der ringsum mit deckenhohen Bücherregalen ausgestattet war. Die unzähligen Bücher sandten Ruhe aus, und obwohl mir das Bild vor Augen verschwamm, kam es mir vor, als gäben mir die Bücher Sicherheit. Was konnte einem in einer Bibliothek schon zustoßen?

»Mein Herr ist erfreut, dass Ihr seiner Einladung gefolgt seid«, riss mich eine Mädchenstimme aus meinem Schwindel.

Ich hatte das Kind mit den blonden Zöpfen gar nicht bemerkt. Es stand hinter einem der Lesesessel und bot uns mit einer Handbewegung an, Platz zu nehmen.

Valentin führte mich zu einem der Sessel, und weil es mich so drehte, setzte ich mich, auch wenn alle meine Sinne mich warnten, mich zu sicher zu fühlen. Doch diese Hitze in meinem Blut, sie machte mich achtlos. Ich folgte Valentins undeutlicher Gestalt mit den Augen, als er wie mein Beschützer hinter mir Aufstellung bezog.

Das Mädchen ging noch einmal herum und verteilte an jeden von uns einen weiteren Becher mit Wein. Sie wartete geduldig, bis wir reihum auch den geleert hatten. Mir verschwamm das Bild vor Augen und meine Zunge kribbelte taub.

Elian hatte sich in den anderen Sessel geflätzt und strich sich in einer fahrigen Bewegung die blonden Haare aus der Stirn. »Wo bleibt der Teufel?«, verlangte er zu erfahren und sah sich mit gerecktem Hals um. »Da draußen steigt ein rauschendes Fest – es wäre schade, es zu verpassen, *non?*«

Das Mädchen kicherte. »Das Fest hat noch gar nicht richtig begonnen«, meinte sie achselzuckend, und im nächsten Moment erschien ein Schatten in der Tür.

Ich wollte mich umdrehen, doch ich war viel zu benommen, auch nur den Kopf zu drehen.

»Niemand feiert, solange der König nicht anwesend ist«, kam eine tiefe Männerstimme aus Richtung der Tür. Mein Herz hämmerte, während ich kaum Luft bekam. Kein Muskel gehorchte. Ich wusste nicht einmal, ob Valentin noch hinter mir stand. Das Mädchen jedenfalls war aus meinem Blickfeld verschwunden und nur die tiefe Stimme erfüllte meine Sinne. Die Worte hallten in meinem Kopf wider. *Nie-*

mand feiert, solange der König nicht anwesend ist, wummerte es irgendwo in mir.

Wo ist der König?, wollte ich fragen, doch meine Stimme gehorchte mir nicht.

Dann kam der Schatten näher. Er umrundete die Sessel und trat in den goldenen Lichtschein der Öllampe. Dunkles Haar bedeckte seinen Kopf, er war groß und … und dunkles Haar bedeckte seinen Kopf … Ich rieb mir die Schläfen. Kein Gedanke ließ sich fassen. Ich kämpfte verzweifelt gegen die Watte in meinem Kopf an. Dunkles Haar … mehr konnte ich nicht denken.

»Ihr alle seid heute hier, weil ihr Eure Schulden nicht beglichen habt«, setzte der Teufel mit seiner tiefen Stimme an. »Ich fordere nun die ausstehende Schuld ein.« Er ließ seinen Blick über uns schweifen. Zuerst über Elian, der nicht den Eindruck machte, als würde er auch nur zuhören, und auch mir fiel es schwer, aufmerksam zu bleiben.

»Die Familie Dubois schuldet mir zudem eine Erklärung, wie mir scheint.« Er ging vor mir in die Hocke und sah mir direkt ins Gesicht. »Mademoiselle Sophie – ich hoffe, Ihr hattet keine Schwierigkeiten in dieser Zeit. Ich hoffe, Ihr habt keine falschen Entscheidungen getroffen.« Er betonte das so komisch, doch ich war zu benommen, um das zu hinterfragen. Ich biss mir auf die Innenseite der Wange, um das betäubende Gefühl zu vertreiben. Ich musste mich konzentrieren.

»Elian wurde entführt und ich musste ein Lösegeld für seine Freilassung bezahlen«, log ich und zwang meinen rasenden Puls zur Ruhe. »Ich bin dankbar für seine gesunde Rückkehr!« Etwas verzögert – das merkte ich selbst, fasste ich mir ans Herz. »Ich hatte solche Angst um meinen Bruder!«

Der Teufel von Paris kniff misstrauisch die Augen zu Schlitzen. »Er wurde entführt, Lösegeld wurde bezahlt und nun ist er wohlbehalten zurück? Das … nenne ich eine glückliche Fügung.«

»Ja, ich bin Onkel Albert zu endlosem Dank verpflichtet, dass er das Lösegeld aufgebracht hat«, wisperte ich bewegt und rang meine Tränen nieder. Ich sah dem Teufel in die Augen, während ich meine mehrlagigen goldenen Röcke bis über die Knie nach oben zog. Ich holte die goldene Libelle hervor und reichte sie ihm. »Monsieur, die Familie Dubois erfüllt ihre Schuld«, wisperte ich und unterdrückte ein Zittern, als der Teufel meine Hand berührte. »Es war nicht leicht, es gab … Schwierigkeiten … das muss ich zugeben.« Ich schluckte. Valentins Hand auf meiner Schulter war beruhigend, als wollte er mir zeigen, dass er mich unterstützte. Dass ich sicher war. Dass er nicht der Teufel von Paris war, nur weil er ebenfalls dunkles Haar hatte.

Wie ich das je hatte denken können? Ich hätte es doch wissen müssen. Immerhin hatte ich ihn geküsst. Ich blinzelte, denn es kam mir vor, als würde der dunkle Dämon vor mir mich ungeduldig anstarren.

»Mademoiselle Dubois«, riss er mich aus meinen Gedanken. »Ihr spracht von … Schwierigkeiten? Wollt Ihr das ausführen?«

»Ich wusste nicht, was mich erwartet, als ich den Chronographen benutzt habe«, stieß ich hervor, denn das Gefühl, zu ersticken, wenn ich redete, war erdrückend. Noch nie zuvor war es mir so schwergefallen, die passenden Worte zu bilden. »Ich bin einfach hergekommen, um Elian zu finden – und jetzt liebe ich Valentin Delacroix!« Ich ließ die Libelle in die Hand des Teufels gleiten und suchte dessen unergründlichen Blick. »Danke, dass du … dass Ihr …« Ich zitterte. Ich bekam kaum

Luft! »… ihn mir zur Seite gestellt habt! Nur so konnte ich den Auftrag erfüllen.«

»Ihr liebt Monsieur Delacroix?« Der Teufel zog skeptisch die Augenbrauen zusammen. »Nun, das … kommt unerwartet.« Er hob den Kopf und schaute auf etwas hinter mir. Es dauerte einen Moment, bis ich mich erinnerte, dass Valentin dort stand.

»Monsieur Delacroix …«, setzte der Teufel an. »Teilt Ihr denn diese … romantischen Gefühle?«

Valentin zog seine Hand zurück und kalte Luft streifte meine Schulter, dort, wo eben noch seine Finger gelegen hatten.

ꟷ

Valentin schluckte. Sein Kiefer zuckte vor Anspannung und er atmete tief durch, ehe er antwortete. »Ich habe Euren Auftrag erfüllt. Nicht mehr und nicht weniger. Es gibt bloß ein Gefühl in mir – Hoffnung, endlich nach Hause zu können.«

Der Teufel nickte und Sophies Kehle entrang sich ein hartes Schluchzen. Sie drehte sich benommen zu ihm um. Ihre Lippen bebten, aber sie brachte kein Wort heraus. Ob vor Schmerz über seinen Verrat oder wegen des Weins konnte er nicht sagen.

»Ihr habt also Euren Auftrag ebenfalls erfüllt?«, fragte der Teufel von Paris wenig überzeugt. »Nun, dann klärt mich auf. Was geht hinter meinem Rücken vor? Wem aus der Familie Dubois kann ich noch vertrauen?«

Tränen drängten unter Sophies Lidern hervor und ihre Lippe bebte, als ihr verletzter Blick Valentin traf. »Du hast mich geküsst!«, keuchte sie, wobei eine der Tränen über ihre Wange rann. »Du hast mich doch geküsst.«

Er senkte beschämt den Kopf. »Ich musste dein Vertrauen gewinnen, um meinen Auftrag erfüllen zu können. Es tut mir leid. Ich …«

»Schluss mit dem rührseligen Gewäsch! Berichte endlich! Was geht hier vor?«, donnerte der Teufel und erhob sich aus der Hocke.

»Mademoiselle Dubois lügt«, sagte Valentin emotionslos. »Ihr müsst wissen, dass sie lügt.«

»Inwiefern?« Er starrte Sophie an und allein sein Blick drängte sie, zu antworten.

»Ich …« Sie schaute Valentin verständnislos an. Dann sackten ihre Schultern nach vorne und sie ließ den Kopf hängen. »Ich habe wirklich gelogen«, gab sie kaum hörbar zu. »Ich habe die Libelle schon vor Tagen gefunden und dennoch immer wieder um Aufschub gebeten«, gestand sie. »Ich hatte Angst, Elians Sicherheit wäre Euch egal, wenn Ihr nur erst hättet, was Ihr wollt.«

»Wenn ich erst hätte, was ich will?«, brüllte der Teufel lauthals, sodass nicht nur Sophie, sondern auch Valentin zusammenzuckte.

Er straffte die Schultern und ging um den Sessel herum. Nun konnte er Sophie ins Gesicht sehen, dabei traf ihn ihre Enttäuschung wie ein Schlag. Er wollte sie berühren, sich entschuldigen, doch er ließ es bleiben. Stattdessen wandte er sich an den Teufel von Paris. Es war an der Zeit, sich seinen Chronographen zurückzuholen. »Sie hat nicht, was Ihr wollt«, stellte er sie bloß und deutete auf die Libelle in der Hand des Teufels. »Das ist nicht die echte Goldene Libelle von Lyon«, erklärte er, ohne sich Sophie noch einmal zuzuwenden. »Das ist eine Fälschung. Sie hat das Original nicht. Sie hat nichts – außer Eure Zeit verschwendet.«

»Das weiß ich bereits!«, donnerte der Teufel harsch. »Die echte Libelle ist längst in meinem Besitz! Die Familie Dubois hat versagt, ihre Schuld nicht erfüllt und mich hintergangen!«

Valentin hob die Hand. »Ich muss jedoch zu Mademoiselle Dubois' Verteidigung vorbringen, dass sie nicht wusste, dass es sich bei der Libelle in ihrem Besitz um eine Fälschung handelt. Ich klärte sie nicht über das auf, was ich im Rahmen meiner Ermittlungen für Euch herausgefunden hatte. Sie führte Euch nicht böswillig hinters Licht.«

»Sehr freundlich, dass du jetzt plötzlich für mich Partei ergreifst! Du elender Lügner!«, fuhr Sophie ihn an. »Ich habe dir vertraut! Elian ist hier, weil wir dir vertraut haben!«

Valentin ballte die Fäuste. Der Schmerz in ihren Augen war schneidend. »Ich hatte dich gewarnt, Sophie. In Versailles lügen alle.«

»Ich habe nicht gelogen!«, schrie sie und wischte sich über die tränennassen Wangen. »Alles, was ich getan habe, habe ich aus Liebe gemacht. Aus Liebe zu Elian, zu meinem Vater … und sogar aus Liebe zu dir! Wenn das mein Vergehen ist, dann bin ich schuldig! Dann werde ich wohl die Konsequenzen tragen müssen!«

Elian hob den Kopf, als hätte die Nennung seines Namens ihn aus einem tiefen Schlaf gerissen. »Ich hab gleich gesagt, dass das nichts für Mädchen ist«, lallte er benommen von dem Gift im Wein. »Ich nehme die Schuld auf mich«, gab er sich großmütig und schlug sich heldenhaft auf die Brust. »Schickt Sophie zurück nach Haus und bringt Vater zurück – und ich stehe weiterhin zu Euren Diensten. Noch mehr als je zuvor, denn ich bin es, der versagt hat. Ich ließ mich überfallen und entführen und habe damit meine Familie in Gefahr gebracht und die Blutschuld nicht erfüllt. Sophie ist nur ein Mädchen. Sie kann nichts dafür, dass sie sich verliebt hat. So sind Mädchen halt.«

»Halt die Klappe, Elian!«, fauchte Sophie ihn an und sah so aus, als wollte sie sich trotz ihrer Benommenheit auf Elian werfen.

Der Teufel von Paris klatschte in die Hände, um die Streitenden zu unterbrechen. »Ruhe!«, forderte er streng und maßregelte alle mit seinem Blick. »Ich werde Euch nun sagen, wie es weitergeht.« Er musterte Valentin eine Weile, ehe er nickte. »Ich vertraue Euch, Monsieur Delacroix. Ihr habt erfolgreich das Vertrauen der Familie Dubois erworben und wart ehrlich zu mir.«

Valentin hielt den Atem an. »Bekomme ich meinen Chronographen zurück?«

Der Teufel hob die Hand, um Geduld zu fordern. »Eins nach dem anderen. Er streckte die Hand aus und das blonde Mädchen reichte ihm ein Gebilde, einer Taschenuhr nicht unähnlich. Auf den sich drehenden Zahnrädern befand sich eine glänzende goldene Libelle.

Er schaute von Valentin zu Elian und danach zu Sophie.

»Ich sehe es ebenfalls so, dass Elian Dubois noch immer in meiner Schuld steht.« Er ging auf Sophie zu und blickte auf sie hinab. »Händigt Euren Chronographen der Zeit aus«, befahl er. »Dann ist Euer Vater unverzüglich frei.« Er schnippte mit den Fingern und das Mädchen reichte ihm ein Pergament und eine mit Tinte getränkte Feder. »Gebt ihr den Chronographen – und ich erteile den Auftrag, Euren Vater unversehrt nach Hause zu bringen.«

Ich starrte auf die Hand des Mädchens, die darauf wartete, mir den Chronographen abzunehmen. Ich fühlte mich furchtbar. Der Wein verstärkte Valentins Worte und ich wusste nicht mehr, was ich noch glauben sollte. Ich konnte Valentin nicht in die Augen sehen. Ich schaffte es einfach nicht. Er war wirklich ein besserer Lügner, als ich mir je hätte ausmalen können.

Niedergeschlagen gab ich den Chronographen aus der Hand, der mein Ticket nach Hause war. Ich schaute zu Elian hinüber. Er betrachtete mich, als wäre das alles meine Schuld.

Der Teufel schrieb in schwungvollen Lettern einen Auftrag nieder und ich bewunderte erneut seine elegante Handschrift. Sie passte zu ihm. Zu der verschwommenen Gestalt, die ich durch den Nebel des Betäubungsmittels vor mir ausmachte. Ich würde ihn auf der Straße vielleicht nicht mehr wiedererkennen, doch in diesem Moment, da erkannte ich ihn. Er war genauso verzweifelt wie wir. Er erteilte einen Auftrag nach dem anderen, unbedingt darauf angewiesen, dass sie erfüllt wurden. Doch warum? Vielleicht lag hier das Geheimnis. Ich biss mir auf die Lippe, um diesen Gedanken festzuhalten, denn meine Gedanken waren so glitschig wie Algen und so wenig zu fassen wie Nebel.

Der Teufel ließ das Pergament sinken und reichte es zusammen mit der Feder wieder an das Mädchen. Jede seiner Bewegungen war elegant, und ich musste mich zusammenreißen, mich davon nicht ablenken zu lassen.

»Clément Dubois ist ein freier Mann. Anders als sein Sohn.« Er zeigte den Chronographen herum, den er mitgebracht hatte. »Die Goldene Libelle von Lyon ist das Herz dieses Chronographen«, setzte der Teufel an und ich bewunderte die Schönheit seines Werks. »Er bringt einen in eine Zeit, die sehr wichtig für mich ist. Es gilt, einen Auftrag zu erfüllen. Den wichtigsten Auftrag überhaupt.« Er schaute von mir zu Elian. »Einer allein wird einen solchen Auftrag nicht bewältigen können. Doch da die Schuld der Familie Dubois größer ist als je zuvor … sehe ich hier eine Lösung für unser aller Problem.«

»Welche?«, verlangte Elian zu erfahren.

Der Teufel lachte, was mir eine Gänsehaut verursachte. »So ungeduldig? Nun … das verstehe ich, immerhin scheint soeben der König das Fest mit seiner Anwesenheit beehrt zu haben.«

Ich runzelte die Stirn, aber als ich aufmerksam lauschte, da hörte ich das begeisterte Klatschen der Gäste. Der Teufel von Paris hatte recht. Der König war hier.

»Ich will wissen, was der Auftrag ist!«, korrigierte Elian ihn harsch. »Sophie hat damit nichts zu tun!«

Der Teufel hob mahnend dic Hand und winkte erneut das Mädchen mit den Zöpfen zu sich heran. »So wie ich das sehe, hat Sophie alles damit zu tun. Sie schuldet mir nun etwas – für das Leben ihres Vaters.« Er lächelte gefährlich, griff sich meinen Chronographen mit der Schlange auf der Oberseite und brach die Schlange heraus. Geschockt schnappte ich nach Luft. Was sollte das? Wie sollte ich nun nach Hause kommen?

Der Teufel drückte mir die Schlange in die Hand und grinste gehässig. »Bewahrt sie gut auf, Sophie. Sie ist Euer Weg nach Hause. Doch da Ihr nun ebenfalls in meiner Schuld steht, werdet Ihr vorerst nicht dorthin zurückkehren. Ich werde einen Chronographen für Euch bauen, der Euch in das Jahr befördert, in das ich auch Euren Bruder für Euren gemeinsamen Auftrag schicke.« Er drehte und wendete die gefälschte Goldenen Libelle von Lyon zwischen seinen Fingern, als hätte er bereits eine Idee. Dann sah er auf, denn das Kind kam mit einem weiteren Pergament an. »Sophie Dubois – bitte unterzeichnet hier Eure immerwährende Blutschuld«, forderte der Teufel von Paris mit einem so unschuldigen Lächeln, als würde er nicht gerade unser gesamtes Schicksal in Händen halten.

Ich zögerte. Dann wurde mir klar, dass ich überhaupt keine Wahl hatte. Ich war hier. In einer falschen Zeit. Und es gab nur einen Ausweg.

Ich ballte die Faust um die Schlange meines Chronographen, griff mit der anderen Hand nach der Feder und setzte meine Unterschrift auf das Pergament.

Der Teufel lachte. »Hervorragend. Dann überreichen wir nun Monsieur Delacroix seine Belohnung und begehen mit dem König das Fest der tausend Lichter, *oui?*«

Er bedeutete dem Mädchen, Valentins Chronographen aus der Tasche zu holen, in der sie die Pergamente verstaut hatte. »Benutzt ihn gleich, Monsieur Delacroix, oder bringt Eure Angelegenheiten hier zu Ende – wie immer ihr wollt. Euch bleibt eine Stunde bis Mitternacht. Dann wird Euch der Chronograph von hier fortbringen«, erklärte ihm der Teufel und händigte ihn Valentin aus.

Ich senkte den Blick, als der sich bedankte.

Er war ein Lügner. Ein schamloser Lügner.

Ich hob die Hand an meinen Hals, strich über mein Ohr, als könnte ich noch die Worte seines Plans hören. *Vertrau mir,* hatte er gesagt. Und das hatte ich. Und nun …? Der Plan war riskant gewesen. Und er war gescheitert. Meine Unterschrift auf dem Pergament bewies das. Ich war nun hier gefangen, genau wie Elian. Hier, in dieser Zeit, die Valentin bald verlassen würde.

Als ich wieder aufsah, war der Teufel von Paris verschwunden. Ebenso das Mädchen mit den Zöpfen. Das ferne Lachen der Gäste drang an mein Ohr und nach einer Weile spürte ich wieder Valentins Hand auf meiner Schulter.

»Tut mir leid«, flüsterte er und ich nickte knapp.

»Gut gelogen, Valentin«, presste ich heraus, steckte die Schlange ein und drehte mich zu ihm um. Das Blau seiner Augen war mir nie klarer vorgekommen als in diesem Moment.

Himmel in Flammen

Versailles, 1688
– 1 Stunden verbleibend –

Valentin hatte erwartet, mehr Freude zu empfinden. Er hielt den Chronographen in der Hand, den er schon so lange hatte zurückhaben wollen. Doch nun, wo der Zeiger in Form eines Tigers tickend die letzte Stunde in dieser Zeit anriss, da blieb das erhoffte Glücksgefühl aus. Er würde nach Hause zurückkehren. Endlich. Er hatte so lange darauf gewartet. So lange an nichts anderes gedacht, doch jetzt …

Er ging vor Sophie in die Knie und fasste nach ihren Händen. Ihr Blick war noch glasig von dem Gift im Wein, dennoch spürte er ihre Verzweiflung. »Es tut mir leid«, wiederholte er leise, während in dem Sessel neben ihnen Elian gerade gegen die Wirkung des Giftes ankämpfte.

»Sophie, hörst du mich? Es … tut mir leid«, wiederholte er.

Sie nickte. Ungehindert rannen ihr die Tränen über die Wange. »Ist doch … besser gelaufen als gedacht«, schluchzte sie und warf sich ihm in die Arme. »Niemand musste sterben. Vater wird sicher sein, und … und du … kannst endlich zurück in dein Leben gehen.«

»Das war anders geplant«, flüsterte er ihr ins Ohr und zog sie hart an seine Brust. »Du weißt, dass das anders geplant war. Ich war überzeugt, er würde *dich* nach Hause gehen lassen.«

Sophie klammerte sich an seine Schultern, als hätte sie Angst, ein Sturm würde sie von ihm fortreißen. »Davon waren wir beide überzeugt«, schluchzte sie und schmiegte ihre Wange an seine. »Wichtig ist nur, dass er uns geglaubt hat, oder?«

Valentin nickte. Seine Kehle war wie zugeschnürt und er sah über Sophies Schulter zu Elian hinüber. »Denkst du, du bist heute deinem Ziel ein Stück näher gekommen?«, wandte er sich an ihn und beobachtete, wie er sich aus dem Sessel stemmte. Elian rieb sich hart übers Gesicht und kam wankend näher.

»Ich hoffe es«, meinte er etwas langsamer als gewöhnlich und klopfte sich auf die Wangen, um seine Sinne zu beleben. »Ich werde mich auf die Suche nach Lucille machen, um zu sehen, ob sie etwas beobachten konnte«, erklärte er und klopfte Valentin dankbar auf die Schulter. »Der Teufel von Paris denkt, er hat uns in der Hand – doch mit diesem Abend sind wir ihm näher als je zuvor.« Er griff nach Sophies Hand und drückte ihre Finger. »Tut mir leid, Schwesterlein, dass ich dich in die Sache mit hineingezogen habe. Ich werde nicht zulassen, dass dir etwas geschieht, das schwöre ich.« Er beugte sich vor und küsste ihren Scheitel. »Wir treffen uns bei Albert. Ich bin gespannt, welchen Auftrag genau der Teufel von Paris für uns hat.« Dann sah er Valentin in die Augen. »Ich danke dir. Ich weiß, du wolltest nicht für mich lügen – danke, dass du es doch getan hast. Ich schulde dir etwas.«

»Ich habe nicht für dich gelogen. Ich habe für Sophie gelogen. Du schuldest mir nichts. Das Einzige, das ich verlange, ist, dass du für Sophies Sicherheit sorgst, sobald ich nicht mehr hier bin.«

Elian atmete ein. Er legte seine Hand auf sein Herz und nickte. »Wir werden alle sicher sein, wenn ich den Teufel von Paris am Ende enttarne«, gab er zurück und verließ inzwischen deutlich sicherer auf den Beinen die Bibliothek.

Valentin stöhnte. Elians Antwort war nicht, was er gehofft

hatte. Zugleich aber hatte er befürchtet, dass der sich nicht von seinem Vorhaben, alle Schuldscheine zu zerstören, würde abbringen lassen.

»Was hat Elian damit gemeint, als er gesagt hat, Lucille hätte etwas beobachtet?«, riss ihn Sophie aus seinen Überlegungen.

Er stand auf und zog sie mit sich zum Stehen hoch. Ihre Beine waren noch kraftlos und sie taumelte sacht gegen ihn. Unauffällig atmete er ihren zarten Duft ein und wünschte sich, dass ihm mehr Zeit blieb als nur eine Stunde. Dabei hatte er doch seit Jahren darauf gewartet zurückzukönnen. Nun, wo es endlich so weit war, da …

»Valentin?«, hakte Sophie nach und schaute ihn unter dichten Wimpern heraus an. Sie benetzte ihre Lippen und es kostete ihn alle Kraft, sie nicht zu küssen. Denn wenn er das täte, würde ihm der Abschied nur noch schwerer fallen.

»Elian ist nicht allein hierhergekommen«, flüsterte er ihr ins Ohr. »Hast du nicht die junge Frau an seinem Arm gesehen, als er in den Saal kam?«

ꟹ

Mein Kopf war reinste Watte. Ich konnte mich kaum an die letzten fünf Minuten erinnern, geschweige denn an das, was früher an diesem Abend geschehen war. Ich erinnerte mich schwach an einen ausladenden Fächer … Ich kniff die Augen zusammen, doch das Bild blieb wie von Nebel verhangen. »Das war Lucille?«, fragte ich ungläubig. »Lucille, die Zofe?«

»Dein Bruder liebt sie«, klärte mich Valentin auf und ich hob überrascht die Augenbrauen. Zumindest versuchte ich es, auch wenn ich mein Gesicht kaum spürte.

»Elian liebt Lucille?« Es war nicht so abwegig, wenn ich Lucilles Verhalten bedachte. Dass er sie allerdings hierher, an den Hof des Königs, mitbrachte – das war selbst für meinen Bruder kühn.

»Ja. Und sie sollte beobachten, wer uns folgt. Im besten Fall hat sie also den Teufel von Paris und seine junge Gehilfin soeben aus dieser Tür spazieren sehen. Sie könnte die Erste sein, die seine wahre Identität herausgefunden hat.«

Der Gedanke war erschreckend. Vielleicht war Elian seinem Ziel nun wirklich näher. Vielleicht würde mich meine Unterschrift auf dem Pergament des Teufels nicht lange zum Schuldner machen.

»Vielleicht kann Elian uns ja doch alle befreien, genau wie er es sich erhofft«, murmelte ich nachdenklich. »Dann können wir vielleicht alle nach Hause gehen, so wie du.«

Valentin berührte meine Wange. »Hätte ich gewusst, dass der Teufel von Paris dich nicht gehen lässt, dann … hätte ich … Ich hätte einen Weg gefunden, hier bei dir zu bleiben.«

Ich lachte. »Denkst du, ich habe einen Beschützer so nötig?«

Valentin schmunzelte und sein Blick wurde zärtlicher. »Nein. Du brauchst keinen Beschützer. Aber ich bin wirklich gerne dein Begleiter.«

Er legte mir die Hand an die Taille und führte mich ein paar Schritte. Meine Beine waren schwer wie Blei, aber der Schwindel in meinem Kopf verblasste allmählich. Ich fühlte mich besser, möglicherweise, weil Valentin bei mir war. Ich legte meine Hand auf seinen Arm, wie es sich gehörte, und schenkte ihm ein Lächeln. »Ja, ich fürchte, ich werde dich vermissen, wenn du nicht mehr hier bist«, gab ich zu und folgte ihm zurück in den Spiegelsaal.

Der Chronograph, den er unter seinem *Justaucorps* verstaut hatte, tickte so laut, dass ich regelrecht spürte, wie uns die Zeit davonlief. Der Abend endete bald, dabei fing das Fest gerade erst an. Der König thronte am Kopf des Saals und ließ sich von seinen Untertanen huldigen.

»Das wird wohl das Schlimmste an der ganzen Sache«, überlegte ich halblaut, als ich neben Valentin herging. »Dass ich diesen Auftrag ohne dich erfüllen muss, und dass ich keine Möglichkeit sehe, meinem Vater zu sagen, dass es mir und Elian gut geht. Er ist bestimmt krank vor Sorge.«

Valentin nickte. »Vermutlich hält meine Familie mich für tot«, gestand er und rieb sich den Nacken. »Ich bin schon so lange fort – ob sie sich damit abgefunden haben, dass ich weg bin?«

»Ich glaube, man findet sich nie damit ab, einen geliebten Menschen zu verlieren. Nie.«

Valentin kniff die Lippen zusammen und schwieg. Ich bemerkte, wie er schluckte. Es fiel ihm offenbar nicht leicht, an zu Hause zu denken.

»Mademoiselle Flamant wird viele Einstecktücher in Erinnerung an ihre Gefühle für dich besticken, wenn du erst weg bist«, versuchte ich ihn aufzumuntern und tatsächlich lachte Valentin. Es war dieses überraschte Lachen, das meine Haut zum Prickeln brachte.

»An Mademoiselle Flamant habe ich gar nicht gedacht«, gestand er und sah mir tief in die Augen. »Ich denke an nichts anderes als daran, dass du dem Teufel gesagt hast, du würdest mich lieben«, raunte er und führte mich auf die Tanzfläche. »Du warst überzeugend, denn er hat dir geglaubt.«

Eine Gänsehaut überzog meinen ganzen Körper, als ich an das Gespräch in der Bibliothek dachte. Mein Herz schlug schneller und ich war froh, dass die Volta gespielt wurde – der Tanz, bei dem ich mich ganz auf Valentin konzentrieren konnte. Er umfasste meine Taille und die Wärme seiner

Haut brannte sich durch mein goldenes Mieder. »Ich habe dir geglaubt«, ergänzte er und führte uns in die erste Umdrehung.

»Ich bin keine so gute Lügnerin, wie ich immer dachte«, gab ich zurück, als er mich hochhob, bis meine Augen auf höher der seinen waren. »Darum habe ich ihm einfach die Wahrheit gesagt.«

Ich glitt an seinem Körper hinab und wir machten die nächsten Schritte. Valentin hielt meinen Blick wie gefangen, und als er mich wieder dicht an sich zog, zuckten seine Mundwinkel amüsiert. »Ist das so?«

Ich nickte und hob meine Hände an seine Schultern. Seine Muskeln arbeiteten, während er mich erneut anhob. »*Oui.* Und ich muss gestehen, ich hatte bei deinen Worten kurzzeitig Zweifel, ob du nun die ganze Zeit über mich oder den Teufel angelogen hast. Du warst wirklich überzeugend.«

»Sollte ich nicht überzeugend wirken?« Valentin lachte und seine Lippen streiften wie zufällig meine. »Es war unser Plan, dass der Teufel mir glaubt. Du hingegen solltest doch inzwischen wissen, was die Wahrheit ist.«

Mir wurde warm und ich verlor mich in seinem Blick. »Vielleicht hat der Wein mein Vertrauen erschüttert«, überlegte ich und genoss die Nähe, die uns der Tanz bescherte. Wie zufällig ließ ich meine Lippen über seine streichen. »Aber der Teufel hätte mir zehnmal so viel Gift in den Wein mischen müssen, um mich vergessen zu lassen, wie es ist, von dir geküsst zu werden. Das ist die einzige Wahrheit, die ich kennen muss, Valentin. Denn ja, ich habe mich in dich verliebt, und es bringt mich um, dass uns nur noch wenige Minuten bleiben.«

Obwohl das Orchester das Stück noch nicht beendet hatte, blieb Valentin auf der Tanzfläche stehen. Er hielt mich fest und es war ihm egal, dass wir von anderen Paaren angerempelt wurden. Er schien das noch nicht einmal zu spüren.

Er griff unter seinen Gehrock und holte den Chronographen hervor. Dann zog er mich mit sich in eine Ecke. »Gib mir die Schlange, die der Teufel von deinem Chronographen entfernt hat«, forderte er und ich runzelte die Stirn – reichte ihm allerdings den goldenen Zeiger.

»Was hast du vor?«, fragte ich und beobachtete, wie er behutsam an dem Tiger zog, der seinen Chronographen bedeckte. Er löste die Raubkatze und ersetzte sie durch die Schlange. Mit etwas Gewalt drückte er den Zeiger an Ort und Stelle fest.

»Keine Ahnung, ob das funktioniert«, gab er zu und schnitt eine Grimasse. »Aber wenn ich das richtig verstanden habe, dann soll die Libelle Elian in eine besondere Zeit bringen. Der Teufel hat die falsche Libelle so angesehen, als wollte er daraus ebenfalls einen Chronographen bauen – oder deinen damit ausstatten, um dich mit Elian dorthin zu schicken«, versuchte er zu erklären, was er tat. »Der Tiger bringt mich nach Hause. Die Schlange führt demnach in deine Zeit, richtig?«

»In der Theorie …«, stimmte ich zweifelnd zu.

Valentin grinste. »Du warst doch immer eine Befürworterin waghalsiger Theorien.«

»Du erinnerst dich aber schon, dass uns das in der Praxis nur Ärger eingebracht hat«, widersprach ich skeptisch, auch wenn mir seine Gedanken einleuchtend erschienen. »Und überhaupt, was willst du in meiner Zeit? Ich werde nicht dort sein.«

Valentin lachte. »Gott, Sophie, manchmal bist du wirklich schwer von Begriff.« Er küsste meine Nasenspitze, um seine Worte abzumildern. Dann grinste er und bauschte meine goldenen Röcke.

»Was tust du?«, fragte ich und das Blut stieg mir in die Wangen, als ich seine Hände an meinem Oberschenkel wahrnahm. Er befestigte den Chronographen an meinem Strumpfband.

»Du hast recht. Es gibt nur eine Wahrheit«, stimmte er mir zu und umfasste mein Gesicht, nachdem er mir die Röcke wieder glatt gestrichen hatte. »Elian hat das erkannt. Er ist bereit, für Lucille seine eigene Zeit aufzugeben. Und das werde ich auch tun.«

Ich hob überrascht die Augenbrauen. »Du willst für Lucille deine Zeit aufgeben?«

Valentin lachte. »Doch nicht für Lucille! Für dich. Du nimmst meinen Chronographen, sagst deinem Vater, dass es euch beiden gut geht – und ich werde Elian zur Seite stehen und ihm helfen, den Teufel von Paris zu enttarnen.« Valentin sah mir traurig in die Augen. »Denn das, was dieser Kerl uns nimmt, ist mehr als unser Schicksal. Er nimmt uns alle, die wir lieben – und zwar immer und immer wieder. Es ist an der Zeit, ihn aufzuhalten.«

»Das kannst du nicht tun!«, widersprach ich und packte ihn fest an der Schulter. »Du musst nach Hause. Wer weiß, ob du je eine andere Möglichkeit finden wirst, zurückzugehen. Du kannst das nicht einfach wegwerfen.«

»Ich werfe nichts weg, Sophie. Im Gegenteil. Ich beschütze, was mir am wichtigsten ist. Und das bist du.«

»Aber du weißt nicht einmal, worum es sich bei dem Auftrag handelt, den ich mit Elian erfüllen soll. Was, wenn es gefährlich wird? Was, wenn …«

Wieder schmunzelte Valentin. »Keine Sorge, Sophie. Ich verspreche, ich werde deinen Bruder beschützen. Inzwischen weiß ich ja, dass er die Deckung seiner linken Seite vernachlässigt.«

»Es geht mir nicht um ihn!«, wurde ich wütend. Verstand er denn nicht, was er da vorhatte? Dass er seine Rückkehr in sein echtes Leben aufs Spiel setzte?

»Ich weiß. Aber der Teufel hat selbst gesagt, es ist der wichtigste Auftrag überhaupt.« Valentin umfasste mein Gesicht mit den Händen und küsste mich. »Wenn ihm etwas so wichtig ist wie dieser Auftrag, dann ist er vielleicht verletzlicher als je zuvor.«

»Es könnte aber auch gefährlicher sein als je zuvor!«, warf ich ein. »Wir wissen nicht, was …«

»Schhht!« Valentin schaute in den Spiegel hinter mir an der Wand und erstarrte. »Schau mal«, meinte er und drehte uns um, sodass wir direkten Blick in Richtung des Königs hatten.

»Was denn?«, fragte ich, denn mir war nicht klar, was er meinte. Ein Sekretär beugte sich über die Schulter des Monarchen und hielt ihm eine Schreibfeder hin.

»Das Pergament, das dem König gereicht wurde …«, flüsterte Valentin angespannt und kniff die Augen zusammen, um besser zu sehen. »Das kann doch unmöglich …«

Der König setzte seine Unterschrift auf das Pergament und mir wurde schwindelig.

»Jetzt weiß ich es!«, entfuhr es mir und ich packte Valentins Hand. »Ich weiß es!«

»Was?«, fragte er, während er nach wie vor zu erkennen versuchte, was der König tat.

»Die Schrift. Auf dem Pergament in der Küche meines Vaters! Ich kenne sie. Aus dem Museum! Ich bin mir ganz sicher! Die Nachricht auf dem Küchentisch meines Vaters hat Ludwig der XIV. von Frankreich geschrieben!« Ich starrte den König an und da war kein Zweifel in mir. Ich sah die

Schrift auf der Notiz in der Küche vor mir und die Unterschrift des Königs auf dem königlichen Erlass im Museum. Ich war mir sicher. Absolut sicher – und doch …

Der König reichte seinem Sekretär die Feder zurück und rollte das Pergament ein. Es machte den Anschein, als wäre es unbeschrieben, nur dort, wo die Finger des Königs es berührten, war Tinte zu erkennen.

Neben mir schnappte Valentin nach Luft. Der König knöpfte seinen edel bestickten Gehrock auf und griff nach einem Gegenstand, den er an einer Uhrenkette an seiner Weste trug. Er betrachtete das kupfern glänzende Stück und erhob sich dann. Die Menge erstarrte und der König klatschte in die Hände. Dann ertönte vor den Fenstern der erste Knall des Feuerwerks. Rote Sterne explodierten über den Nachthimmel und wurden von den Fenstern und Spiegeln hier im Saal hundertfach reflektiert. Ich klammerte mich an Valentin und sein Atem strich über mein Gesicht.

»Ist der König ein …« Ich konnte es nicht aussprechen, aber Valentin nickte.

»Der König von Frankreich steht in der Schuld des Teufels von Paris«, führte er meinen Gedanken fort und sah mir in die Augen. »Guter Gott … der König! Wo endet das? Wie mächtig ist der Teufel?«

Angst überkam mich, denn die Antworten auf all diese Fragen zeigten bloß eines: Valentin und Elian waren in größerer Gefahr als gedacht, wenn sie sich mit dem Teufel anlegen würden.

»Halt mich fest«, flehte ich und klammerte mich an Valentin. Ich versuchte mir trotz der Tränen, die meine Sicht trübten, jedes Detail seines schönen Gesichts einzuprägen, während draußen bunte Funkenregen die Leute zum Staunen brachten. »Ich hab Angst. Ich liebe dich und ich will nicht, dass dir etwas passiert! Du musst –«

Valentin unterbrach mich mit einem harten Kuss. Sein Blick bohrte sich in meinen und er zitterte. »Vertrau mir, Sophie. Alles wird gut.« Er presste seine Lippen verzweifelt auf meine und hielt mich so fest, dass meine Rippen zu brechen drohten. Dann tickte der Zeiger des Chronographen ein letztes Mal, während der nächtliche Himmel in einer Kaskade aus goldenen Tränen ertrank.

Zurück in der Zeit der Schlange

Maison de Dubois, heute

Diesmal war ich froh um die Dunkelheit, die mich im verbotenen Zimmer umfing. Ich versuchte, den Schmerz der Zeitreise festzuhalten, denn er war mir lieber als der Schmerz in meinem Herz, der mir den Atem nahm. Ich war zu Hause. Und Valentin war dort. In der Zeit, die nicht seine eigene war. Elian war dort. Und sie waren in Gefahr.

Tränen rannen mir über die Wangen und tropften aufs Parkett, aber ich regte mich nicht. Ich hasste es, hier zu sein. Dazu verdammt, untätig abwarten zu müssen, was geschehen würde. Ich schloss die Augen und die Tränen brannten heiß hinter meinen Lidern. Vor meinem geistigen Auge sah ich die goldenen Funken bersten, das Spektakel am Nachthimmel über Versailles. Doch trotz der unfassbaren Schönheit des Feuerwerks war mir die Lüge nicht entgangen, die Valentin mir zum Abschied aufgetischt hatte.

Alles wird gut, hatte er gesagt. Aber ich kannte die Regeln einer guten Lüge, und er hatte sie in diesem Moment nicht beherrscht. Valentin hatte gezittert. Nur, wen hatte er damit angelogen? Mich? Oder sich selbst? Ich stand auf und holte den Chronographen der Zeit unter meinem Rock hervor. Ich starrte auf die glänzende Schlange und benetzte meine Lippe.

Valentin hatte gelogen. Nichts war gut, solange ich nicht wieder bei ihm sein konnte …